U0093697

龍飛記

司馬中原 著

龍飛記

目錄

第一章 亂世

北大河流過這濱河的集鎮之後，兩岸就顯得更荒涼啦；旱蘆、水蘆，和綠滾滾的灌木，亂蓬蓬的夾生著，一路斜向東海邊去，放眼遠眺，難得見到較大的村落，黑松林背後的土阜邊，老鄒莊算是像樣的聚落了。

老鄒莊早先是靠飼養牲畜發達起來的，這兒的平野廣闊，青草茂密，最適宜牧養馬匹和牛羊，當地的人，只要買進一批口外的馬匹，讓牠們交配繁殖，不用幾年，單賣小駒兒，就足夠回本了，至於當地產的牛羊，多屬肥壯，老鄒莊的牲口，不用牽到市集上去，附近的牲口販子，每年都會陸續的趕來，大批的買走。

這些年，鄉下不平靖，海匪以大樓船駛來侵擾過，陸上的土匪毛賊捻成很多股，日夜窺伺著老鄒莊，在他們眼裏，這可是一塊滴油的肥肉。

做爲鄒家一族族主的鄒大老爹，是個穩沉縝密的人，他領著族人築土圩、挑壕溝、設鹿砦，又添購不少的洋槍、火銃，村落當中，修築了兩座高可五丈的磚砌槍樓，這對大股匪徒捲襲，有極大的用處。

「看咱們有幾文，他們眼紅啊。」鄒大老爹說：「咱們的錢財，可都是辛苦掙得來的，從沒盤剝過咧，想來強搶硬奪，門都沒有，咱們抵死也要護著自家產業的。」

「野地上放牧的馬匹牛羊怎麼辦？」做姪兒的鄒棠說：「咱們不能把牠們趕回圩子裏頭來，關著飼養啊。」

「編莊丁，組鄉隊，帶槍扼在河口緊要的地段，一遇有警，就鳴槍通報放牧的人，把牲口趕進柵門。」鄒大老爹說：「只要咱們平素有戒備，他們就不會那麼容易得手啦。」

日子雖過得有些緊張，但鄒莊裏面，還是平平靜靜的，在感覺上，和平常沒什麼不同。老鄒莊的南梢，有一座塾館，塾師宋子平，是花很高的束脩，打北岸的宋家旗桿延聘來的。宋家旗桿的老主人，是荒天一角唯一的舉人公，他是宋子平的族祖，民國後廢了科舉，但這位宋老爹是前朝拔過貢的，在鄉下人眼裏，仍舊是通學大儒，他主持的塾館，有許多是十多里外村莊上的學生，也許鄉下孩子的腦袋瓜裏缺少紋路，宋老爹教他們的經書，沒有幾個真能理解，害得他搖頭嘆氣，大嘆英雄無用武之地。

夏季的黃昏很長，學生散塾後，宋老爹就愛踱到村裏來，到鄒歪的酒鋪裏喝上幾盅，和村裏的酒客們閒閒的聊上一陣子。

「我想來想去，翻過年，我得辭館回家去啦，」他說：「入塾的學童七八十個，沒幾個真是念書的料子，族主鄒大老爹是個好人，他主張維持這間塾館，但他那個寶貝孫子鄒龍，夥著一撥孩子耍槍弄棒，我教他的經書，他根本沒念進去。」

「鄒龍不是挺機伶的嗎？」鄒歪說：「他爺爺盼他日後能文能武呢。」

「嗯，他的資質不錯，」宋老爹說：「可惜板凳黏不住他的屁股，他應該被送進武館，不是塾館。」

酒鋪外，臨著大片相連的打麥場，一大群散了塾的塾童，正在平整的沙地上玩摔角遊戲，鄒歪一眼就看出來，帶頭的正是鄒龍，在莊裏，鄒龍長得白淨斯文，誰也想不到他會那麼野性，膽識和力氣，在差不多年歲的那一群裏，幾乎沒人比得。他摔角的門道極精，一眨眼工夫，他就連著摔倒四五個人了。

「敢情是聽說書、看野戲害的。」鄒歪說：「族主就是這麼一個寶貝孫子，平素也太寵著他點兒，八歲那年，就讓他騎馬了。」

「世道不平靖，練練武術防身，並不爲過。」宋老爹說：「但經書裏那些明理治世的學問，也得要去學、去悟才成，要是像這麼荒嬉下去，日後是正是邪，是龍是蛇，那可就得難說了！」

其實，宋老爹這些話，早就對族主鄒大老爹講過，對方也並不是不擔心，只是鄒大老爹本身也只是粗通文墨的人，他主張設館延師，全著重在入塾認得些字，學會記記賬目，寫寫書信，應用上比較方便，並沒企望這窩鄉角落出身的孩子，日後如何博古通今，偏偏自己的孫子太外向，連這點最起碼的都學不周全；鄒歪沒看錯，他確實是中了聽說書、看野戲的毒了，傍晚他夥著一群村童玩耍，一會兒他扮封神演義裏的姜太公，一會兒又扮說唐裏的郭子儀，下一回他又跳進水滸，扮打虎的武松，或是施公案裏的黃天霸，這還不能讓他滿足，成天纏住他爺爺，要他花一大疊銀洋，包一組說書的人到莊子裏來，說上整整一個夏季呢。

對著這些野猴似的孩子，宋老爹明白，板起面孔用戒尺，一味嚴苛的責打是沒有用的，他不得不藉用一些歷史故事講給他們聽，再把處世做人的道理融化其中，希望能點點滴滴的滲進他們心裏去，那總比一般說書人誇張失實、胡拉瞎扯要好得多。可是他教了兩年，看不出這些孩子們有什麼長進，他卻倦累不堪了。

過沒幾天，鄒歪的酒鋪裏果然來了個說書人，聽說是打縣城裏請來的，是個五十多歲的瞎子，這回他說的書，不再是「濟公傳」、「七俠五義」那類聽熟了的故事，而是全本「平倭傳」。這可是一部冷門書，講的是東海外扶桑三島，有一些矮腿倭奴，浮海為盜，明代中葉，經常出擾我沿海地帶，最早僅為零星海盜，洗劫海上船隻後，即行揚帆遠遁，後來逐漸結為大股，飛舟渡海登陸，洗劫我沿海的村鎮，他們手段毒辣，所到之處，殺人縱火，無惡不作，一次大掠山東青州府，蹂躪了好幾個縣分，及後轉掠浙閩地區，使沿海居民火壁灰灶，遍野殘屍，幸得戚繼光將軍，練成勁兵一旅，督導居民編組團練，配合大軍，共同抗挫倭寇的故事。

一般說來，這部書太硬，也很悲慘，缺少南朝小將和番邦公主那種浪漫的戀情，也沒有合同記、牙痕記那種可生可死的離合悲歡，講起來很難討好，但這個說書的瞎子老于，硬把書裏眾多的人物都說活了，連飽學的塾師宋老爺，都不得不佩服老于的知識和口才，稱讚他是近年難得見到的說部名家。

「這部血淚大書，你們散了塾，真該去聽啊！」他對塾童們說：「古時的倭奴國，就是現今俗稱的東洋鬼子，他們搖身一變，變成世上的強國，變本加厲的常來欺侮咱們，你們日後長大了，都該學學戚繼光哩。」

而倭寇和什麼東洋鬼子，和這荒鄉一角感覺上的距離太遠了，即使是鬍子變白的老人，也沒誰見過鬼子，何況像鄒龍這樣的孩子。村莊裏的人，最關心的是附近的土匪會不會來捲襲村子，剽掠他們的財物，搶走他們辛苦牧養的牲畜，和眼前生活有關的事，才是最重要的。

「平倭傳」正說到熱鬧的地方，土匪就結集成大股，向大河南岸的老鄒莊捲襲，他們一過青龍渡口，就被鄉隊的崗哨發現了，立即鳴槍示警，族主鄒大老爹、鄉隊長鄒世清，便招呼莊裏的丁壯，趕著把在野外放牧的馬匹牛羊，驅回圩堡裏來，鄒大老爹想到塾館裏的宋老爹，特別派人去請他進圩堡，暫時避一避，來人去後回報說：

「大老爹，宋老先生脾氣倔透啦，恁咱們說破嘴唇皮，他就是不肯離開塾館呢。」

「他一個人端坐在長案前，說是在孔夫子牌位前面，那些土匪毛賊，絕不敢把他怎樣的。」另一個說：「他是個有學問的人，咱們只能苦勸，不能把他硬拖進圩堡裏來啊。」

「嗨，宋老爹也太迂直了，如今是什麼年頭啦，神廟都有敢扒的，孔夫子一樣不能拿當護身符啊！」鄒大老爹吁嘆說：「他這樣單獨留在圩外，怎能不教人擔心？」

土匪是在黃昏時分圍上來的，遠遠的開了一陣槍，然後喊罵叫陣，喊罵出來的話極爲惡毒，充滿恐嚇勒索的意味，大意是說：老鄒莊的這幫肉頭財主，全是吸食人血的人渣，臭氣四溢的垃圾，他們這回來，是替老天爺討債，開出一萬大洋的盤口，外加馬匹百隻，牛隻百頭。

「嗐，這是他們的老套，」鄒大老爹說：「這些烏合之眾，平素都是游手好閒，不務正業的傢伙，窮瘋了心，想把旁人的財產拿當自己的，還好意思說是替天討債？他們只是想唬住咱們，輕易受他們的勒索，咱們又不是三歲孩子，容得他們嚇唬。」

「兵來將擋，水來土掩。」鄒世清說：「老鄒莊有本事，就站住，沒本事，想賴著活也不成，咱們拿話硬擋，先斷了他們的妄想，任他們用槍火把莊子煮紅，咱們也認了。」

依鄒世清的估量，土匪多股捻合成的這一大股，有千人以上，六百多條洋槍，按照實力，要比老鄒莊的鄉隊大過五倍，但老鄒莊的人，一條心保莊保產，股匪只是想活著得些錢財，講到死拚，他們不會願意，因爲那種白折老本的買賣，他們不會幹的。

鄒世清站上圩崗，把話回絕了，雙方就開火過硬，在黑夜裏打了起來。

若說鄒世清低估了土匪，對方卻低估了老鄒莊，股匪的總頭目丁紅鼻子，糾合他族弟丁二絡頭、青龍渡北邊的悍匪蘇老虎、苗小混子，蓄意要一鼓作氣把老鄒莊踏平，他們認定鄒家一族有錢怕事，沒膽子硬拚，誰知道老鄒莊的人拚起來比誰都兇，這一夜鏖火的猛烈，可是大河附近多年少見的。

丁紅鼻子想速戰速決捲掉這座莊子，一夜之間，饗角硬撲三回，每回都叫莊裏槍火頂了回來，打到五更天，股匪死傷近百，灌是灌不進去，說撤走又不甘心，這才決定在附近盤屯，暫時喘口氣，再另謀攻撲的辦法。

盤屯在哪兒呢？不用說，只有那座塾館了，丁紅鼻子的護駕槍手推開塾館的門，赫然發現老塾師單獨一個人，端端正正坐在長案前，板著一張老臉，一副不可侵犯的樣子。

「嗨，老傢伙，你真酸得可以啊！」一個槍手說：「咱們總瓢把子丁大爺，想借你的塾館歇歇腳，你還不滾開？人五人六的坐在那兒算啥？」

「放肆！」宋老爹拍著戒方說：「這是什麼地方，容得你們如此胡鬧？讓你們總瓢把子來見我！」

「你這不知死活的老棺材穰子！」另一個槍手亮著短槍說：「老子一高興就斃掉你！」

「算了，拿這老酸丁開彩，沒什麼意思。」原先那個說：「咱們回稟丁大爺一聲，讓他來處斷罷。」

正說著，丁紅鼻子領著一夥頭目進屋來了。

「呵哈哈，要是我沒有看走眼，你就是宋家旗桿斗子的宋子平宋大先生罷。」

「不錯。」宋老爹說：「你說的，正是老朽。」

「這足證我眼沒瞎。」丁紅鼻子說。

「你眼確實沒瞎，只是心瞎了。」宋老爹說。

「我可不是奉束脩，當塾童來了，」丁紅鼻子說：「你不用嘔酸罵人，替我把話說清楚，要不然，我會把你這老酸丁煮成一鍋酸湯喝掉。」

「人說：兔子不吃窩邊草，強龍不壓地頭蛇，」宋老爹說：「你也是當地土生土長的人，幹嘛爲貪那份不義之財，跟鄉里上的人結下生死血仇？你們這類的短命狗熊，老朽在書本上見過多了。如今，東洋人、西洋人，全在中國橫行，國都快沒了，你們這些魚鱉蝦蟹，還在不知死活的横行鄉里，你不瞎誰瞎？」

「哼！咱們手底下死傷一大片啦，哪有閒工夫聽他窮嘮叨？」蘇老虎發火說：「給他一槍兩洞最是爽快，有牢騷，讓他到閻王那兒發去。」

「好啊，」宋老爹文風不動說：「死在土匪毛賊手裏，一點也不丟人。」

「算了，」丁紅鼻子說：「咱們這回攻撲老鄒莊，原不關你的事，你那天下滔滔的大道理，也甭對咱們說，咱們只是要借用塾館歇一歇罷了。」

「不借。」宋老爹說：「讓你們這套把戲，在孔夫子面前玩，決計免談，除非你們先把我斃掉。」

蘇老虎業已拔槍，丁紅鼻子把他阻住了。

「咱們犯不著得罪宋家旗桿斗子的人，來人，把宋老夫子綑在驢背上，把孔夫子的牌位揣在他懷裏，將他牽到老鄒莊的柵門口去。」他轉對宋老爹說：「你不妨告訴鄒大老頭兒，這回咱們非砸破他的圩堡不可。」

天亮後不久，守在圩垜上的莊丁，發現一匹驢子跑到柵門附近來，驢背上綑著一樣東西，看上去極像一個人，但不知死的還是活的，鄉隊附鄒棠帶人開柵門出去，攔住那匹驢，才發現被綑在驢背上的是塾師宋老爹，他的鬍子被土匪剃光了，臉上也被炭灰塗得漆黑，嘴裏塞著一塊破布，掏出來才知道是一雙臭襪子。

「這些野畜生，」鄒棠說：「怎麼會這樣對待一個讀書的長者呢？」

「這些人若是有一點教化，也不會幹土匪，明火執仗的打家劫舍了。」宋老爹紅濕著兩眼說：「對這樣的無知頑民，就算孔老夫子活回來，也沒有辦法了！」

「有話進圩堡再說罷，」鄒棠說：「土匪沒退，這裏太危險啦。」

把宋老爹護送至族主的宅子裏，族主鄒大老爹看到塾師被整成這副模樣，也大動肝火，他說：「夫子之道，講仁講恕，但也得看對方是怎麼樣的人，這幫子土匪，全是扁毛畜生，不通人性的，您以爲能夠用經書上的道理感化他們，那可就錯了；他們怕的是怒目金剛啊。」

頭一夜熬火，老鄒莊也死傷六七個人，但依據宋老爹所見，土匪的傷亡，要比老鄒莊多過三倍，鄒大老爹認爲，他們不會善罷甘休的。

「咱們的氣很旺，人人肯拚肯打。」鄒大老爹說：「唯一擔心的是咱們槍火存得有限，禁不住長時間消耗的，土匪在外面，他們有辦法補充彈藥，咱們被困在裏面，打一發少一發，一旦槍火耗盡，就沒辦法啦。」

「土匪圍攻老鄒莊，是當地一樁大事。」宋老爹說：「區長汪二爺，不會坐視不救的。」

「汪二爺是個剛直的人，沒錯的。」鄒世清說：「但他區署裏，總共不到卅條洋槍，自保還來不及，哪有力量援助咱們吶？」

「他會和縣裏連絡啊。」宋老爹說：「縣裏有保安大隊，約莫五百人槍，丁紅鼻子這些捻

股的土匪，難道還敢硬抗官軍？」

「我說老爹，官裏真要有那個能耐，土匪哪會多如牛毛？」鄉隊長鄒世清說：「早年鐵漢王專員在任的時刻，曾經發動清剿，領有幾千人槍的土匪頭子張志高，一樣被擒拿正法，如今國家鬧外患，咱們的東三省都叫鬼子強占了，華北吃緊，哪有多餘的兵力用來清剿荒鄉一角的土匪，縣長又是素不知兵的文墨人，沒有靖鄉的氣魄呀。」

「這樣坐困著也不是辦法啊。」宋老爹說：「鄰近的村莊，總會拉槍來應援的。」

「鄰近沒有幾座像樣的莊子了。」鄒大老爹說：「他們那點兒人槍，自保也談不上，哪有力量援助咱們？於今之計，一切全靠咱們自己啦！」

「宋老爹顧慮得不錯。」鄒棠說：「咱們不能坐困著，儘管區裏縣裏兵力不足，他們能擺出應援的態勢也是好的，趁土匪喘息的時刻，咱們該差人出去告急，聯絡附近村莊，一起應變。」

「讓姪兒帶人去一趟，」鄒棠說：「黃昏後，出西柵門，土匪不會注意那邊。」

在鄒棠還沒出發求援之前，股匪又已經集結到東柵門外面，準備再次攻撲了，這一回，他們紮妥了一座高可三丈的木樓，下面裝置四隻牛車輪子，可以推動，另外，他們也結紮了三架雲梯，又用巨竹製成投射火彈的彈發器，看樣子，他們打算速戰速決，要在最短的時間裏，一舉灌開老鄒莊了。

原在酒鋪裏說書的瞎子老于，也上了圩崗，鄒世清對他解說當前的情勢，老于說：

「我雖只是個說書人，並不知兵，但我可是眼瞎心不瞎，股匪這一套，並不算新鮮，你們目前，要緊的是節省子彈，土匪不攻到切近，絕不要浪費一粒槍火，他們搭雲梯，你們可以用長叉把它推倒，少數進來的，用刀矛砍殺，其他像石灰、石塊、滾油……都派得上用場，只要再熬過這一夜啊！你們就能安然過關啦。」

「莊裏業已有人求援去了。」宋老爹說：「這一夜確實要緊。」

丁紅鼻子那邊，也明白這一夜確實要緊，他們好不容易才捻成大股，假如不能及時拔去老鄒莊，他們真算是賠了夫人又折兵，朝後再想捻股，那可是難上加難了。

這一夜股匪進攻，可說是一直沒有停歇，三進三出，在圩崗上戰成一團，雙方倒下的人，總共有上百之數，鄒老爹被流彈擊中左胸，當場斃命，鄉隊長鄒世清也傷了左臂，用佈條紮緊傷口，繼續奮戰。對方死傷也極慘重，丁紅鼻子胸側受了槍傷，蘇老虎斷了右手，土匪衝進圩崗的，有百十多人，鄉隊被逼放棄圩崗，改守內線的民房和炮樓，股匪彈發火彈，使村莊多處燒起大火，牲口柵欄也被大火延燒，馬匹牛羊外竄，股匪一見牲口，每人爭著去捕捉，天剛放亮，圩外槍聲大作，股匪知道外邊來了援軍，他們便倉皇撤走了。其實，來的人並不多，只是鄒棠出去，約來區署一個分隊，外加附近莊上廿多條洋槍而已。

區長汪二爺是文墨人，但他膽識過人，自己掖起長袍，拎著槍匣趕過來的，他們並沒和土匪開戰，但卻忙著料理老鄒莊的善後，對老鄒莊來說，這是有史以來損失最慘重的一次，他們素所敬重的族主中彈死了，鄉隊長鄒世清掛彩，鄉隊裏的丁壯死了廿多人，馬匹牛羊，損失了

七成，莊裏房舍也被大火燒了十多間。

「丁紅鼻子這些賊亡命，全都是些沒心肝的傢伙！」汪二爺恨聲的說：「他們和逼於飢寒，淪爲盜賊的人不同，他們爲貪吃香的，喝辣的，儘幹殺人放火的勾當，有朝一日，我有那個能力，非逮捕他們正法不可。」

「其實，以二爺的聲望，各鄉哪個不聽您的？只要您登高一呼，各地鄉隊就能聯合起來，一致對付這些土匪的。」鄒世清說。

「但這些土匪到處流竄，一出咱們的地界，咱們就無權越界圍剿他們了。」汪區長說：「這還得由縣長出面，會同鄰縣一致行動，才會有效。」

「退一步說，咱們區裏集結人槍，總能自保罷。」鄒棠說：「要是各鄉莊不團結，想單獨應付股匪，那就連自保都談不上啦。」

這個夏季，算是老鄒莊的慘季，埋葬死去的人，使全莊都在戴孝，處處聽到哭聲，股匪一次剽掠，也改變了他們的生活，他們結聚更多的丁壯，設崗守哨，防著土匪再來。鄒大老爹死後，族人推舉鄒世清爲族主，鄒世清堅持塾館一定要維持下去，塾師宋老爹也打消辭館的念頭，繼續在這兒執教。

奇怪的是老鄒莊這批頑童，在經過股匪事變之後，個個都變得乖巧用功起來，尤其是鄒龍變得最多，平常在塾裏，他讀書習字之外，一句話也不說，宋老爹問他都在想些什麼？他說：「我要爲爺爺報仇，殺光這些土匪。讓我們活得不安穩的壞蛋，全都該死。」

「有這樣的志氣，是很好的。」宋老爹說：「但你畢竟還年輕，要避免殺氣太重，如今，遍地土匪多如牛毛，你一個人哪能對付得了呢。」

鄒龍經宋老爹一數說，便抿著嘴不說話了，但宋老爹看出這個孩子沉默中顯著倔強，他是不會放棄他的想法的。經過這次災劫，新族主鄒世清更注重鄉隊的實力，另外，他又請了武術教習到莊裏來，讓莊裏的孩子們都練習拳腳，也教他們使用槍械，防著股匪再次來犯。

「咱們在這種偏荒的地方，不能不靠自己來保全自己。」他說：「靠別人，往往是遠水救不了近火，沒有什麼比活下去更要緊了。這些孩子，我讓他們攻書入塾，學做人的道理，更讓他們練武強身，能夠抗禦土匪，因爲晃眼之間，他們就會長大成人啦，若果軟丟丟的像把鼻涕，他們能在這兒活下去嗎？」

「是啊！」鄒棠跟著說：「俗話說：人善被人欺，馬善被人騎。遇上這等亂世，做個不被人欺的人，非要能文能武不可呢。」

宋老爹想想股匪們的作爲，也頹然嘆息起來，自己空抱著一番道理，對那些人說，直如春風灌不進驢耳，真箇如俗話所說的：百無一用是書生麼？看光景，像鄒龍這一代，若想活得安穩，就不能一味把他們困在塾館裏；光是從書本中看世界，那確是不實際的。

新來的這位武術教習是當地人，何家圩出生，名叫何兆魁，旁人都管他叫何班長，因爲早年他吃糧當兵，幹過騎兵班長，他不但精通拳腳，也懂得槍械和現時作戰的陣法，他白天組訓莊丁，黃昏時帶領孩子操練，按照他的估計，有六個月的時間，他會讓老鄒莊人人知兵，有足

夠的力量抗拒大股土匪。

區長汪二爺又到老鄒莊來過，召集鄒世清、鄒棠、何兆魁商議事情，他說：

「老鄒莊這樣做法，實在是禦匪最好的法子，如果全區各莊都這樣做，全區就安靖多了，如果推展到全縣，那土匪在縣裏就很難站得住腳啦。」

「區裏的事，您可以推動。」鄒世清說：「至於縣裏，那得靠您和各區長向縣長稟說啦。」

「咱們不妨先從區裏做起，讓各鄉莊按照你們的做法，先擴充鄉隊，等到有了成效，再提出全縣靖匪的案子，請縣長採納施行。」汪二爺說。

「各組鄉隊，只能保家防匪。」何兆魁說：「如果沒有一支隊伍，專門剿辦這些土匪的話，讓他們飄忽流竄，那些實力較弱的鄉莊，還是會遭殃的。」

「你不知道丁紅鼻子、丁二絡頭、蘇老虎、苗小混子這些土匪有多狡猾。」汪二爺說：「想擒剿他們，太不容易了，他們流竄十多個縣分，總藏在兩縣搭界的地方，這邊風聲緊了，他們便朝那邊跑，兩邊風聲都緊了，他們再換地方，有時他們扮成行商客旅，正正經經做起買賣來，土匪兩字，又沒寫在他們臉上，抓都沒處抓呢。」

鄒家大廳裏的集議，外面都設有層層崗哨，一般人不得隨意進出，但對老族主的孫子鄒龍來說，卻是例外，鄒龍平常雖很野性，在長輩面前可是十分乖順，大人們端坐在椅子上，他坐在屋角小凳上，捧托著腮幫子，抿著嘴唇，全神貫注的聽著。

外面的年景不算十分好，但也沒起過大的災荒，不論窮些富些的人家，本份日子都還能過得去，沒見誰家鍋臺上長青草的，既然如此，爲什麼有些人不願務本依農，卻要槍呀、馬呀、搶呀、殺呀的，幹起土匪強盜來呢？想到這裏，鄒龍就陷進充滿惱恨的困惑裏了，當眞像汪二爺形容的那樣，這幫亡命的土匪頭目，擒剿起來，異常困難麼？鳥有巢，蛇有穴，人麼？總有他們習慣落腳的地方，只是區裏縣裏，缺少那種有膽識的幹員，也沒人具有千里追蹤的耐性，才容得他們在法外消遙罷？

他時常想起說書人講過的俠義英雄的故事，講那些好漢們怎樣深入虎穴，或是夜探賊巢，一舉擒獲積案如山的江洋大盜。這些故事使他非常神往。尤其這一回，丁紅鼻子捻聚的一股匪類，打死了他的祖父，令他痛恨到極點，他想：等我長大後，有你們瞧的！

做爲族主的鄒世清是他叔祖，偏偏關照鄒棠，不讓鄒龍再騎馬玩槍了，每當鄒棠管他時，鄒龍就追問：這是爲什麼?!

鄒棠說：「這還用問嗎?你爹是叫土匪抬財神抬去撕了票的，你媽是悲傷過度跳井死的，你是長房留下唯一的香火傳人，你叔祖不忍讓你再冒險啊！」

「這話是說不通的，」鄒龍說：「就算我不騎馬玩槍，日後變成手無縛雞之力的文墨人，能擋得土匪不來綁票勒贖?!你們又能把我關在莊院裏養一輩子?!」

「世清叔他是盼你好生念書，日後到縣城或是更大的埠頭，開爿商號什麼的，要能離開這片天荒地野的鄉窩，就沒有那麼多的災劫啦。」

「要我躲著那些惡人過日子？」鄒龍說：「我天生不是那樣的人呢。」

爲了防禦股匪再生爭端，區長汪二爺各鄉莊不斷的奔跑，聯莊終於有了眉目，在東鄉這一帶的莊子，全都推舉鄒世清擔任會統，情勢逼得鄒世清不得不答應下來，但他也想到，他輔助汪二辦理靖鄉肅匪的事務，丁紅鼻子那幫人，準是恨他入骨，不單會針對他施行報復，更會對老鄒莊使用歹毒的手段，他不能不格外的提防。

頭一宗他想到的事，就是把坐落在莊外的塾館，遷到莊內的鄒家宗祠來，因爲塾裏的塾童，大多是老鄒莊的子弟，也正是土匪抬財神的好對象，他無法分散人槍去守護那座塾館，靠老塾師宋老夫子，根本保護不了那些孩子的。

他把這話先對宋老爹說了，宋老爹也點頭說：

「我這把老骨頭，不値幾文錢，但依那幫土匪的性情，他們很可能把腦筋動到這些孩子的頭上，秋季裏，高莖莊稼長得茂密，青紗帳裏，到處藏得人，萬一真叫歹人把孩子擄了去，那就很難區處啦。」

「是啊，」鄒世清說：「咱們鄉下粗人，不在乎真砍實殺，最怕有人質在對方手上攢著，弄得軟也不是，硬也不是，不得不忍受他們的敲詐勒索，那最不是滋味呢。」

塾館總算在秋頭上遷進莊裏，暫時使用宗祠的東廊房，鄒世清仍然不放心，特別交代看管祠堂的老程，要多幫著宋老爹照管這些孩子，更關照鄒棠加撥兩個帶槍的鄉隊，長駐在祠堂裏，防範萬一。正巧的是武術教練何兆魁也寄居在祠堂裏，塾童們白天修文，晚間習武，倒是挺方便的。

不過，也就在這當口，有人從縣城來，帶來一種很奇怪的消息，說是東洋鬼子真的興兵來打中國了。鄉角裏的人，知道東海外邊的島上，住得有一群東洋鬼子，那些人矮小精靈，鬼裏鬼氣的，古老的傳說裏，那裏有許多夜叉洞，頭生雙角，口如血盆的母夜叉，曾經把中國濱海的漁人擄進洞去，交配生子，照這麼說法，敢情那些東洋鬼子都是夜叉的後代了。這些邪門的雜碎，若說做做海盜，侵擾濱海的村舍，也許還說得過去；若說興兵攻打中國，那可就太荒唐啦。

莊裏的習慣，凡遇上困惑難解的事，照例會找到宋老爹的頭上，俗說：秀才不出門，能知天下事，宋老爹的一肚子墨水，準會懂得的。其實，念經書的宋老爹對於鬼子的事，知道得也很有限，但和莊漢們比較起來，那可就博學多了。

「鬼子倒不是夜叉生的異類，」他說：「有人說，他們是秦朝徐福帶去的童男童女的後代，有幾分可信，但也不盡其然，因爲島上還有番族，這些原是海島野人的國家，偷的本領是一等一的，我說偷，並不是土匪強盜那種的，而是另一種偷法；最先，他們把咱們漢唐時代的章法制度，把中國的經書文字，全都偷了去，使用在他們的國裏，後來，他們又打西洋鬼子那兒，偷了科技文明，造兵船、造槍炮，儼然變成東方強國了。」

「真他娘的希罕，竟有這等偷法？」鄒世清嘟囔著：「比咱們的大挪移的戲法更新鮮

咧。」

「他們當真算得強國？」鄒棠說。

「應該夠強的，」宋老爹說：「前清末，日俄爭奪滿洲控制權，一戰打敗俄國，把南滿的權利揣進荷包，甲午年，和咱們開戰，又把清朝的北洋艦隊給毀掉了，他們要割地、要賠款，千方百計的欺侮咱們，少說也有好幾十年啦。」

「這太可惡啦，」鄒世清摸著鬍子說：「這比土匪欺咱們更可惡得多，以小吃大，在他們眼裏，不是把中國當成魚肉嗎？」

「誰叫咱們國勢弱呢。」宋老爹沉沉的嘆著說：「前朝的朝廷到了末世，昏憒愚庸雖是事實，但老民百姓，不也昏愚至極麼？大夥兒沒見識不說，本身也都亂糟糟的，像國家臨到這種辰光了，幹土匪的還在慶幸渾水裏頭好摸魚，還有些推銷洋貨的黑心買辦，趁亂大撈其錢，什麼國家民族，全扔到腦後去了，至於鄉下老土，得要有人帶領才能成事，要不然，哪能抗得了東洋啊。」

「人都是一路摸著學著朝前走的，」鄒世清說：「咱們少見無識，只有走一步算一步，古人不是說：船到橋頭自然直麼？我相信這個。」

那年秋末，縣境過大軍，老鄒莊的人沒見到，只聽人傳講，說是成千上萬的隊伍，兩頭望不到邊，過了整整一天一夜，這次過大軍是幹什麼，沒人清楚底細，只模糊的意識到，中國和東洋鬼子，真的開戰了。

不久之後，有一支由縣城組成的宣傳隊下鄉來，唱歌演戲，畫牆頭畫，站在高處講演，老鄒莊的人，這才明白許多事情，原來東北被占，華北危險，中日雙方業已在上海展開大戰了。

到了冬季，縣裏張告示，派人下來督工，要大家出工開挖交通壕。平原地上，交通壕挖得很快，不到年底就完成了，但連個鬼影兒也沒見著，宋老爹說：

「天下大亂，一時還不至於亂到荒鄉僻角來的，如今最怕的是股匪趁火打劫，他們只知眼前吃喝，不管日後死活的。」

「您說得對，」鄒世清說：「無論如何，咱們要加緊訓練鄉隊，日後不管是對付股匪，或是對抗東洋鬼子，好歹能多一份用場，多一個人是一個人，多一枝槍是一枝槍，這是放鬆不得的。」

東洋鬼子沒有來，但股匪的聲勢更大，有人看見他們騎馬帶槍，公然在幾個大集鎮上活動，有的開設鴉片煙館，有的設賭抽頭，和當地混混們裹在一起。區長汪二爺為這事來到老鄒莊，專和鄒世清商議這個。

「打鬼子是一回事，剿辦股匪是另一回事，」鄒世清說：「咱們不能等著打東洋，把這些股匪放著不管，該抓的還是要抓，該殺的還是要殺，不容寬假的啊！」

「你說的全是正理，」汪二爺說：「在咱們轄地上，你是鄉隊的頭兒，好歹全看你的了。」

鄒世清確實承允下來，也曾和其他鄉鎮的地方團隊連絡，想把當地著名的匪目繩之以法，

幾個月裏，也捕捉到三幾個土匪的小頭目，送進縣裏審問砍頭，但股匪的反擊更爲厲害，舉火焚掉三座大莊子，把北鄉鄉隊長的獨子也綁去撕了，這只能算是鄉團和股匪拉鋸，談不上清剿。

「能有這樣的局面，您已經盡了力了。」武師何兆魁說：「論人槍，股匪和鄉隊一般多，但鄉隊是分散的，各守各的村鎮，股匪卻是分合自如，不沾累贅，想抓住他們的大頭目，一時是辦不到的。」

「何兄說的是，」鄒棠說：「像丁紅鼻子那夥人，經驗老到，狡猾得像狐狸，每到一處地方，必先張布耳線眼線，等咱們得訊撲過去，他早開溜了，就算運氣好，攫住其中一個，也是瞎貓撞著死老鼠，陰錯陽差碰上的。」

「遇上這種時局，地方能結隊自保，算是好的，」何兆魁說：「真說清剿，至少得要省保安旅出動，如今時辰不對，哪能調撥出隊伍來呢？」

說著說著到了開年的春末，麥子垂穗了，鄉民和股匪又爲爭奪糧食激烈周旋著，在大河北面，鬧過幾次火，股匪奪得些糧去，卻也丟掉十多條命，外加很多牛馬。但老鄒莊還是很平靜，股匪一時沒有越河而南的跡象。

也許太過平靜造成了疏忽，突然之間，老族主唯一的孫子鄭龍離奇的失蹤了，這個十多歲的孩子，一向是機敏能幹的，平素也都和其他村結夥玩耍的，怎麼著單獨離奇失蹤了呢？

鄒世清親自查問過，他失蹤當天，照樣在塾裏念書，念的是孟子離婁篇，並且寫了一張小楷，散塾後，也到祠堂何武師那邊去習練拳腳，最後見到他的是塾童程武，也是他的好友，據程武說：「他是在打麥場邊和我分開的，分明是回家去的。」

鄒世清又查了家裏的傭僕，沒人離開過，也都沒見到鄒龍，他不認爲股匪會派人來臥底，蓄意綁架鄒龍的，如果不是被人綁架，他又會到哪兒去了呢？

鄒世清再行仔細的查察，發現鄒龍平素穿著的衣物失去很多，他存錢的撲滿也打開了，照這些跡象推斷，他很可能是主動離家出走的，放著書不念、武不學，獨自離家出走，究竟有什麼道理？鄒世清想不通這一點。

但程武想出來了，他認爲鄒龍聽說書、聽故事聽得多了，滿腦門子英雄俠義之類的人物，他也許真的入匪窟，探賊巢去了。

「真要是這樣，那就太危險啦。」鄒世清憂急的說：「全怪我這做叔祖的，沒弄懂他，不知他肚子裏藏著這許多精靈古怪的念頭。」

老鄒莊差出許多人，到附近鄉鎮悄悄的訪查尋找，皺著眉出去，苦著臉回來，問到情形如何，都只有搖頭聳肩的份兒，鄒龍直如石沉大海，沒音沒訊了，鄒世清唯一肯定的是：這孩子只是離家出走，並沒落在股匪的手裏，如果被股匪擄了去，勒贖的片子早就發過來了。

「俗說：吉人自有天相，我相信他會沒事的。」老塾師宋老爹說：「鄒龍這孩子，性情剛猛沉著，跟別的孩子不一樣，他在外面流落一陣子，終必會回來的。」

「但願如您所說就好了，」鄒世清說：「要不然，祖孫三代都毀在土匪手裏，這個天就太沒天理了。」

直到那年十一月裏，東洋鬼子的軍隊，終於開進了縣城，在鄉野人們的感覺中，天總是暫時的黑了。不過，鬼子兵並沒下鄉，各村莊的鄉隊仍然存在，中央區長汪二爺，仍然擔任著他的區長，至於縣城裏群魔亂舞的情狀，自有人前來通報消息，最先推舉出維持會長，後來經鬼子安排，由販賣鴉片致富的夏歪，做了首任僞縣長，四個僞保安大隊長裏，有兩個是丁紅鼻子的手下，有人嘲說：破鞋配爛襪子，塌鼻子配嘴歪，東洋鬼子只配用當地寡廉鮮恥的下三濫，當成他們的走狗奴才。

夏歪順從鬼子的旨意，在縣城裏大設煙館和賭場，也開設了妓院和公營當鋪，大概鬼子兵認爲，讓中國奴染了毒癮和吃喝嫖賭的興頭，這個人雖活著，也算報廢了，不會再去冒險抵抗日本，他們把這些消閒頹廢的聲色場所，題名爲「支那良民俱樂部」，聽說俱樂部揭幕的時刻，鬼子駐軍太田少佐，還親自參加，表示與民同樂呢。

「東洋鬼子怎麼樣，咱們先不去提它，」宋老爹氣得鬍子都豎了起來：「倒是咱們國裏，怎會出這許多沒廉恥的人渣，國破家亡的辰光，居然還有心尋樂，這還算得上是人嗎？」

「老人家，您就是氣死也沒用啊，」何兆魁說：「您在這兒講得再多，對方可是一句也聽不見的。」

「我不講了。」宋老爹說：「打從今兒起，我把長衫剪掉半截，跟你學用槍，除了打鬼子，還要殺盡那些甘爲鷹犬的漢奸，至少，我有這個心，年紀大一把又有什麼關係，拚死了見閻王，還得讓我坐上席呢。」

宋老爹這個人，真的說到做到，非但把長衫剪成短褂，而且到剃頭擔子上，叫剃頭的把他鬍子全剃掉了，雖說豪情萬丈，但他的槍法一點也不靈光。

「你們急個什麼勁兒？」他對莊裏帶有嘲笑眼光的漢子們說：「世間無難事，單怕有心人，讓我慢慢練，我如今差也差不到哪裏去，正如書本上形容的：雖不中，亦不遠矣，面對大群鬼子兵，我打張三，拐著了李四，結果都是一樣的呀。」

這時刻，有人從縣城裏來，帶來一宗消息，說是丁紅鼻子當了夏歪的座上客。這事並不稀奇，稀奇的是丁紅鼻子帶的四個護駕槍手，其中一個半樁小子，像極了失蹤多時的鄒龍。

「這就怪了，鄒龍怎麼會跟丁紅鼻子混到一夥去呢？」鄒世清一逕尋思著，忽然，他有了恍然大悟的神情：「嗯，這孩子，不愧是老有心人宋老爹調教出來的，他真有這個膽子，潛進虎穴啦。」

第二章　押寶

在縣城東街夏歪的公館裏，丁紅鼻子算是遠來的貴客，夏歪知道他是桿老煙槍，特意把他延進暖閣去，準備了上好的雲土，召到縣裏最紅的妓女水包皮幫他燒煙泡兒，那副煙具，是夏歪最喜歡拿來向人炫耀的，據說是前清時，揚州府大鹽商珍藏的寶貝，煙槍是白色透明的溫涼玉雕成的，嵌上亮銀的煙嘴兒，吸食的時刻，可以看見煙在吸管裏流動，八寶煙燈是純銀打製的，手工極其精巧，燈腹立雕著古畫中的人物，燈上加有紫水晶的燈罩兒，看在識家的眼裏，單就這套煙具，也值上大洋幾千了。

夏歪陪著丁紅鼻子，相對躺在煙榻上，煙燈的燄舌吐出微藍的光，把人臉映得雪青，水包皮坐在夏歪的腳邊，歪著身子，用煙籤兒挑著個煙泡，就著火，擰轉著燒捏，空氣裏溢著一股煙香。

「甭看這個縣長不怎麼地，在古時候，也是一方父母官哩，如今縣官請強盜，同榻抽大煙，也真希罕著咧。」丁紅鼻子帶著自嘲的意味打著哈哈：「年頭顛倒，總他娘像做夢似的。」

「俗說：人抬人、水抬船，兄弟我如今站到台口上混，還不是靠你老哥幫襯，沒有您手下那些人槍充數，鬼子也不會委任我幹這個呀。」

「我哪是在一意幫襯你呀，」丁紅鼻子說：「老實講，離開縣城，到處仍是中央的勢力，咱們全都是他們想緝拏的要犯，若不睡倒身靠鬼子，咱們早晚沒活路，我幫襯你上臺，咱們一明一暗串著玩兒，辦起事來，可就方便多啦。」

水包皮把燒妥的煙泡兒遞過來，丁紅鼻子接著，順手把水包皮牽過來，半攬著她的肩，然後順起煙槍，就火吸食著。

「上回您踹東鄉的老鄒莊，我真替您暗捏一把汗。」夏歪說：「全縣各鄉鎮，要數老鄒莊最難扳，他們鄉隊的人槍也最齊整的。」

「也沒你說的那麼難，」丁紅鼻子哼了一聲：「上回我跟他們，半斤八兩扯平了，他們保住了莊子，卻賠上了馬匹和人命，他們老族長中槍死了，鄒世清也帶了傷，咱們多死幾個嘍囉，不算回事兒，立時就有人補上。」

「那個汪二老頭更難纏，」夏歪說：「早先我販煙走土，吃他的虧太多了。那老不通氣的傢伙，他以爲他是誰？也夢想做林則徐呀？我的煙土，被他燒掉三麻包。」

「汪二要是不死，早晚會接任縣長，和你打起對台來的。」丁紅鼻子乾咯兩聲，聲音悶悶的：「他不單要加緊查緝煙土，他還會靖鄉除盜呢。」

「嘿，想衝著您來呀？」夏歪說：「憑他那點個頭兒，夠得上嗎？」

「也無所謂，」丁紅鼻子丟話說：「各憑本事，各有造化，古往今來，有幾個強盜留著腦袋變白頭的？好歹我都認啦。」

「既是生死對頭，就得捏著狠字訣，儘快擺平他。」夏歪說：「汪二早先還兜得轉，如今，中央大軍撤走了，他業已變成遊魂，要依靠鄉隊才能混下去，這正是動手的好機會呀。」

「嗯，你顧慮得不錯，」丁紅鼻子說：「這事依我看，由你這幹縣長的出面辦最妥當，放倒中央的人，你在鬼子面前也好表功啊，我的人槍借給你充場面，派用場，一時並不打算抽回來，你打算怎麼辦都行，交代他們一聲就得了。」

「總得等這一冬過去才能動得了。」夏歪計算說：「如今風訊連連，四野都是冰雪，城裏的人槍拉出去，十里外都看得見，在對方眼皮底下，啥事能辦得成？」

「反過來看，他們想混進城來對付咱們，一樣不容易啊。」丁紅鼻子說：「這一冬，雙方是鳴金歇鼓，各掛免戰牌了。」

丁紅鼻子的煙癮很大，連著吸了三鍋鴉片，這才摸起托盤以金絲纏把兒的小茶壺，嘓嘓的喝了幾大口，水包皮替他點燃一支炮臺煙，自己先吸了一口，再塞到對方的唇角上，丁紅鼻子用唇片吊住煙捲，在過足煙癮之後，兩眼發亮，顯得精氣神十足的樣子。

暖閣外面的花壇，那枝老梅樹打了一樹的花苞，只要再有一場風雪吹壓，它就要放花了，隔著窗紙，屋裏也有著一絲浮動的暗香，但只有沒有吸煙的水包皮能彷彿的嗅得出來。

坐在暖閣外間的，有夏歪兩個帶槍的馬弁，小田和鄭麻子，丁紅鼻子的四個護駕槍手，綽號叫四大金剛的錢風、胡二亂子、張逢時和周隆。周隆只是個半樁小子，卻沉默寡言，出奇的冷靜。

鄭麻子把匣槍拆卸開來，攤在一方絨布上，一件一件的擦拭著，張逢時眨著色迷迷的眼，和其餘的幾個在談論女人的事，沒有幾個字眼不骯髒的，好像不那樣扯黃，就淡而無味沒意思了。

張逢時講起當年踹破雲家渡口，五六個老幾強暴姓雲的閨女，他是頭一輪，嘲笑胡二亂子是喝醬油的。

「你他娘，你還有啥好顯的？單就那一遭，你成天拿它掛在嘴皮上，想拿它當牙刷呀？」

「別急頭了，本來嘛，頭水清，二水混，三水四水黑醬油……嘿嘿，你他娘是老五，說你喝醬油還抬舉你了。」張逢時笑著。

「你們這雙穿小鞋的，幹嘛互掀尾巴根，」槍手裏的頭兒錢風說：「不怕周隆小兄弟笑掉大牙。」

「你會笑嗎？」張逢時轉向周隆說：「你最好留著牙齒，哪天我送粒青果，讓你一個人獨啃。」

「算了，」周隆說：「我命裏從不犯桃花，老瞎子替我算絕了。像老哥你自命風流，缺

德帶冒煙的，我頭上頂著塊天，沒那個膽啦。」

「呵呵，這你可弄岔啦，你沒聽說過『色膽包天』嘛。」張逢時說：「你這隻沒開叫的小公雞，還沒到開竅的時刻呢。」

「我相信那個老瞎子說的話，」周隆一本正經的說：「像咱們這號人，立意玩槍賭命的，最好甭犯『色』字，色字頭上一把刀，犯它沒有好交梢，常犯這一條，日後總會出紕漏，我是這麼相信的。」

「瞧你這麼一說，把我老二全嚇軟了！」張逢時打諢說，其餘的全都鬨笑起來了。

外頭灰雲壓著天，屋裏黯得像要掌燈的樣子，這夥年輕賭命的漢子，只憑一股盲湧的血行，朝前撞著日子，明知多行不義，心裏亂茫茫的，裹著撥不開的雲霧，但人已在長久的刀頭舐血中麻醉了，閉起兩眼，不願承認他們惶亂和恐懼，嘲謔、嬉罵，至少能沖淡惶亂和恐懼的情緒，因此，他們捨棄了周隆那種正經，認爲只有初出道的後生，才會那麼嫩。

「請稟告縣座一聲，席已經在花廳擺妥了。」夏家管事的跑來說：「縣座請的客人，也都陸續的來了，在花廳裏候著呢。」

「您先去招呼客人罷。」鄭麻子把匣槍裝妥插進腰眼說：「我跟夏大爺稟告去。」

夏宅的西花廳，離暖閣不遠，跨過一道圓門就是了，縣裏居民都知道，這棟豪華的巨宅，原是汪厚餘老太爺手置的產業，汪家世代書香，在著名學府執教的子孫有好幾位，出省經商的，在政府爲官的都有，夏歪看上這棟宅子，原先想花高價收買它，沒得到結果，後來向鬼子駐軍求得一張查封條子，朝門上一貼，便巧取豪奪弄到手了。

宅子的西花廳，原稱做「榴園」，偌大的平圃裏，都種植著各種名貴的石榴，像火石榴、玉石榴，洛陽附近產的白馬甜榴，賞花的千葉榴等等，但在走私販毒出身的夏歪沒那個學問，橫豎強占到手的宅院，能拿它充闊擺譜就成；這時候，來到西花廳的客人，有鬼子部隊的魏翻譯員，縣商會的李會長，良民娛樂所的程所長，縣警所的余所長，丁紅鼻子的族弟丁二絡頭，土匪大頭目蘇老虎，苗小混子，戴老哈幾個，再加上從當地妓院召來出局的鶯燕，正在治狎不休的熱鬧著，這是夏歪上台後，最具排場的一次宴會。

「魏翻譯，縣長怎麼沒請太田少佐來呢？」

「有請過，」魏翻譯說：「可惜少佐到徐州開會去了，交代本人代理他出席。」

扁腦杓的魏翻譯是東北籍的人，笑瞇瞇挺隨和的。

「縣長他不會沒事純請客罷？」商會的李會長對招待的人說。

「天寒地凍的，會有什麼旁的事。」管事的說：「是他的好友丁大爺到城裏來了，請些人來湊個局，飯後熱鬧熱鬧罷。」

「這好啊！」警所的余所長說：「這陣子，我的手風極順，財神爺朝我招手來了。」

「瞧罷，你的財神爺不是來了麼？」

余所長轉過臉去，夏歪陪著今兒宴客的主客丁紅鼻子，已經跨過圓門，走到西花廳門口了。

余所長雖不是當地的人，但他早就聽說過，繼江洋大盜張志高之後，橫行七八個縣分的股匪總頭目，最著名的就是這個丁紅鼻子，他的個兒不高，腰桿因爲摔馬成傷，腰眼又中過流彈，弄得上半身朝一邊擰著，好像上下兩截沒放置妥當的樣子，他穿著灰呢嗶嘰的長袍，玄緞的馬褂，鑲有銀色貂皮，馬褂的上方，拖著一條純金的懷錶鍊子，他頭上戴了頂灰呢禮帽，和一般城裏仕紳的打扮相似，看不出一點股匪總頭目的精壯剽悍來，只是濃眉下那雙細凹的眼，閃著懾人的精光。

說來也真顛倒了，穿著黑呢警服的余所長嘴角掛著自嘲的意味，自己身任僞縣警所的所長，卻在夏縣長的召喚下，到這兒做股匪頭子的陪客，這是什麼對什麼嘛？不過，話又說回來，這如今鬼子正運用以華制華的策略，把早先上不得臺盤的人物，管他是哪門哪路的，全都給挖掘出來，給他們名目，放他們番號，像丁紅鼻子這樣，手裏握著上千條槍的人物，一放不就成了支隊司令了嗎？自己所帶的黑狗隊，三五十個人頭，不也都是街頭上的小混混，青皮流氓之類的雜碎，大哥不說二哥，兩個哥哥差不多，說穿了，大夥兒全吃鬼子飯的，看實力論高低，夏歪貴爲縣長，還不是在一邊呵奉著。

「丁大爺您好。」丁紅鼻子經過時，每個人都哈腰招呼著，丁紅鼻子大派派的在椅子上坐下，四個護駕槍手立時分站到他的背後，彷彿是木雕的一樣。

「諸位兄台爺們，甭拘束啊。」丁紅鼻子笑說。

「對對對，」夏歪說：「大夥都不是外人，等歇吃酒開牌局，那就更熱乎了，丁大爺，我來替你介紹，首先要介紹的是魏翻譯，嗯，他是太田少佐面前的紅人。」

丁紅鼻子總算站起身來，和魏翻譯拉手，並且央請對方落座。

「日後咱們在地方混世，還得靠您魏兄多幫襯吶。」丁紅鼻子說。

「好說，丁大爺。」魏翻譯說：「日軍初到這裏，情勢並沒穩下來，地方上的事，還靠您協力維持，只要順著日軍的毛抹，好話多說些兒，凡事糊弄過去就行，如今，他們正是用人的時刻啊。」

「倒不是我替老朋友丁大爺吹噓，在咱們縣裏，論人槍實力，大半都握在他手上，您要是在太田少佐面前，多多美言幾句，給他弄個適當的番號下來，我保險不用皇軍下鄉清剿，單憑丁大爺的手下，就能把四鄉八鎮擺得平。」夏歪說。

「嗳，縣太爺，你可甭把話說得過頭，」丁紅鼻子笑說：「光棍打九九，不打加一，事情沒眉目之前，還是留兩句的好。」

「客人全到齊了，咱們就上桌罷，」夏歪說：「邊吃邊聊，多喝幾盅暖身子，鬼天，像要落雪了。」

「這正是喝酒打牌天。」余所長說：「酒後來場賭，勝過做知府啊！丁大爺，魏翻譯上坐罷。」

廳外果真落雪了，風不大，雪花飄得頗爲文靜，座上的爺兒們有鶯燕偎著侑酒，三杯落肚都有了暖意，從漫天風雪裏嗅出春意來，商會的李會長有一張幫閒的嘴，由這種天色，竟

然想到歷史上劉備和曹操會面的一幕，把這座花廳，比成青梅煮酒論英雄的地方。

「魏兄在這兒，」丁紅鼻子說：「你看咱們之中，有哪個看起來像是英雄啊？我不是，我只是個逞強鬥狠的亡命徒。」

「自古英雄出莽蕩，草莽英雄也算個兒的。」魏翻譯打著哈哈，想用空洞的奉承，沖淡對方自嘲的尷尬。

「甭再談這個啦，」丁紅鼻子聲音裏，有些不是味道的味道：「等歇上了賭桌，再看誰是英雄罷，贏的是英雄，輸的是狗熊！」他總算把一股襲向內心深處的不快意，用轉換的方式推開了，大夥兒也樂得鬨笑一陣。

本來嘛，要是魏翻譯沒在座，大夥兒說話要方便些，如今一屋的人，都吃日本人的飯，俸著皇軍玩的，四鄉的人，全把他們看成漢奸，窩在鬼子兵的翅膀底下，撐起個小局面，擺出點兒排場，說來有今天沒有明天，只圖一點兒眼前的花梢，算得了什麼呢？人人心裏都有這麼一層意思在，只是沒人願意點明它罷了，李會長不提青梅煮酒的事兒還好，一提，正好碰著心裏那把疙瘩，太不是滋味了，幸好桌面上有酒，座位邊有色，大家在鬨笑中麻醉一下子，便把剛才嘔人的事給扔到一邊去了。

酒在喝著，一群三喜鵲兒躲避風雪，旋落到花廳外的兩棵老榆樹上，吱吱喳喳的，吵鬧得大過人聲。

「嘿，三喜鵲兒喧鬧，是好兆頭吶，」李會長剛剛提到青梅煮酒，碰上一鼻子灰，這一來，便找話兒轉圜說：「丁大爺日後出山，定是一帆風順啊。」

「呵呵，是嗎？」丁紅鼻子笑說：「我要真領了番號出來，你們商會的臉就變長啦！日本人只給番號，不給糧餉，縣裏養兵的費用，都得你們商會設法子籌措啊，軍裝費、子彈費、口糧、菜金、薪餉，缺一個蹦子兒也不成啊！萬一拉上火線，打躺下來，薄皮棺材少不了的，安家費、治喪費，你們也得照拿。沒有這個模樣兒，你想想，我那些吃香喝辣弄慣了的手下肯幹嗎？」

丁紅鼻子還沒提真的出來呢，只在嘴頭上隨便說說，商會的李會長臉就變長了；縣城裏的人全知道，這個姓李的是開當鋪起家的，後來又放印子錢，高利盤剝貧戶，因此街坊們送他個綽號叫李剝皮，像這種一錢如命的傢伙，聽說能使他傾家蕩產的花銷，怎會不心驚膽戰呢！

「李會長先甭愁眉苦臉的啦，」苗小混子說：「咱們業已借出人槍，給夏縣長充保安隊了，咱們決意還幹老本行，只要日軍不動咱們，咱們就好在鄉區混下去，中央的地方團隊，拿咱們沒有辦法的。」

「夏公是希望兄弟出來，」丁紅鼻子說：「目前我倒不急乎，我是想和中央那批人鬥一鬥，姓戴的那個縣長，姓汪的、姓謝的那幾個區長，咱們是多年的血仇，他們早先靠中央軍撐腰，不斷緝拏剿殺咱們，如今他們後頭沒人撐腰了，我要報復，要一個個的收拾他們。」

「老大說得對。」丁二絡頭說：「鄉莊裏那些有產有業的大戶，從來沒放過咱們，抓的

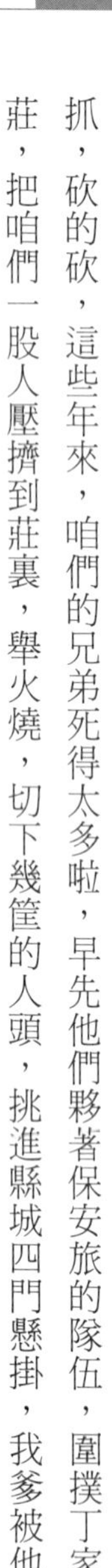

抓，砍的砍，這些年來，咱們的兄弟死得太多啦，早先他們夥著保安旅的隊伍，圍撲丁家大莊，把咱們一股人壓擠到莊裏，舉火燒，切下幾筐的人頭，挑進縣城四門懸掛，我爹被他們活捉，釘在城門上晾成人乾。我有口氣，必找他們算賬。」

「有這等的事？」魏翻譯說，「那是那個姓戴的縣長，姓汪的、姓謝的那幾個區長幹的嗎？」

「那倒不是，」丁二絡頭說：「我老爹揚名立萬的時候，他們還是毛頭小子，不夠格在地方上管事呢。總之，我說的是：誰在那個職位上，誰就是我的仇家。」

「好了好了，丁二爺，」做主人的夏歪出面打圓場說：「中央的那些地方官，如今全成了沒眼蛆，只能窩在鄉角裏混了，皇軍早晚一出動，不怕他們插翅飛掉，那些人日後落到咱們手裏，蒸烤煮燉，還不是全由著咱們嗎？如今眼面前有酒菜，大夥兒逗樂要緊啊。」

落雪天，暮色來得早，一場酒剛喝完，屋裏已經掌起燈來了，花廳裏掌起的，是兩盞點燃美孚油的大樸燈，燈罩兒剛擦拭過，燈光雪亮的，透著土氣的豪華：良民娛樂所的程所長，早著人把賭具準備妥當了，牌九、麻將、骰子、寶，看丁紅鼻子的意思。

「選哪樣啊，丁大爺？」

「那就押寶好啦，」丁紅鼻子說：「快當，爽氣，一翻兩瞪眼的物事，你們押，我來做它一莊。」

押寶的檯面鋪設開來，足能容納幾十個人下注。寶，實在是一種極簡單的原始賭具，在濟公傳裏，就出現過濟公和尙做莊押寶的場面。寶牌一共有四塊，每塊標明一個號碼，依次是一二三四這四個數字，做莊的負責吃和賠，也可以自兼裝寶的寶官，有時是專門指定寶官，另有負責唱寶的，唱出每一注押上的賭注數目和所押的方式，做莊的會在亮寶後，依照各注的輸贏吃進或賠出；按賭寶的規矩，單在四個數字中押一個，叫做單攮或獨沖，押中了一個錢賠三個，押一和三，叫單撐，押二和四，叫雙撐，押二和三，叫黑槓，押一和四，叫紅槓，押一和二，叫小槓，押三和四，叫大槓，押中了，一個錢只賠一個錢。有些精於賭寶的人，會注意寶官的一舉一動，因爲把寶牌裝進寶塊，再覆上一塊黑絨布送到賭檯上的時刻，寶牌上的數字，只有寶官一個人知道，如果多數的賭注押中那個數字，寶官必會有緊張的反應，後押的人，就會把大筆賭注，押到熱門上去。也因此，做寶官的人，必須冷靜沉著，經驗老到，有些賭注很大的場合，寶官都用黑巾蒙面，不讓人看見他臉上的表情，寶牌上的數字，都是紅黑兩色的圓洞代表的，一和四是紅點，二和三是黑點，寶官裝寶時不必看，是在黑絨布下摸著裝的。

這樣簡單原始的賭法，充滿心理的刺激，也充滿了一賭見輸贏的味道，最爲江湖人物所喜愛，你可以連續下注賭幾個時辰，也可以猛下一注，贏了就拔腿走人；這一回，丁紅鼻子做莊，像是預先準備了的，吩咐護駕槍手說：

「錢風，叫人把大洋替我抬來，我今兒做的是沒底莊，有押就有賠的，絕不讓下注的喝水！（有些莊家，預先設定一底若干，超過此數不賠，謂之喝水）。」

四五個嘍兵，先抬進來兩大籮筐的現洋，白花花的讓所有的眼珠子全亮起來了。

「哇哇，」水包皮哆氣的叫嚷起來：「丁大爺，您這是堆金山，起銀山啦。」

「哪兒的話，你沒看檯面上什麼人物嘛，」丁紅鼻子說：「我這莊家，不能做得太寒酸啦。」

「我們也要賭，」妓女小揚州說：「賭小錢帶不帶啊？丁大爺。」

「當然帶啊，」丁紅鼻子笑說：「脂粉注，皮肉錢，你們隨意押，我再著人抬小錢出來，贏錢聽你們笑，輸錢聽你們叫，一樣是過癮來哉！」

他模仿蘇南的話音兒，逗出一陣曖昧的笑聲來。

「那周隆，你來充我的寶官罷，」丁紅鼻子指著最年輕的護駕槍手說：「眾位，這是我身邊護駕，第一活線手周隆，早晚有一天，我會收他做乾兒子，這小伙子，非但槍法好、拳腳精，又吞了一肚皮墨水，能文能武，我要他當寶官啊，你們可得要當心了！」

「誰當寶官都一樣，」夏歪說：「橫直是一二三四裏頭打轉，他總不會寶蹲五罷？」

「他要敢寶蹲五，那就是你的乾兒子了，你是老歪，他也不是正點，名副其實的歪貨。」丁紅鼻子笑得兩肩亂抖，夏歪的嘴也越笑越歪，兩個老傢伙打情罵俏的嘲弄，顯出一份江湖人肉感的親暱。

「抬我的錢！」夏歪對馬弁說：「我要下幾注猛的，把這當寶官的小嫩崽子給贏過來。」

「丁大爺，聽夏縣長這一說，我的手腳全嚇軟啦，」周隆說：「寶，我只是看人賭過，可從沒當過寶官，何況這場賭，注兒這麼大法。」

「注兒再大，全衝著我來的，你怕個什麼勁兒？」丁紅鼻子說：「把黑巾紮上，裝你的寶。那張逢時，你唱寶，錢風，你監場子，二亂子押邊，好啦，上寶，大夥兒下注啊！」

寶官周隆把黑絨寶盒兒捧上賭檯，各人計算著可能出現的點數，紛紛的下注了，張逢時瞇著眼，一注一注的重誦著：「嗳，那寶來啊，一注單攮三啊，二注獨沖三啊，夏縣長的三十大洋也押在三上不拐彎啊，嗳，那攮三沖三全是三，押中了準保一賠三啦。嗳，四注水姑娘，三塊大洋單押么啊，腰窟窿裏見財神嗳，一路大洋朝下滾嘍！那五注魏翻譯，五塊大洋押單撐，一三有錢分，二四沒得混，嗳，來瞧這邊啊，李二爺他一百大洋獨沖一啊，這個點子沖的怪啦，來，程所長五塊大洋雙撐，寶出一三朝下蹲啊，下一注，小揚州姑娘十個銅板押紅槓，這注輸贏我賠上啊！……」

「死鬼，誰跟你賭來著！」小揚州掄起粉拳搥了張逢時幾下，那個涎笑說：

「嗳，打歸打，唱歸唱，誰教我昨夜沒跟你算帳啊，嗳，那下一注，押得怪，蘇大爺他十塊押單，十塊又押雙，輸輸贏贏兩沒賬啊……」

就這麼黃瓜喇叭連珠炮，像鐵板快書一般的，用流俗、順口，隨意編成的詞兒，把檯面上每一注全交代清楚了，葷的、黃的，更夾帶而出，用以舒鬆雙方緊張的情緒，造出陣陣嘲謔的笑聲。

寶官唱完最後一注，監場的錢風揚起一支白藤條，指點著，要賭客的手掌遠離檯面，押邊的胡二亂子來回走動著，幫忙照應。

就在場子上完全靜下來，鴉雀無聲的時刻，丁紅鼻子朝空一擊掌，喊一聲：

「亮寶！」

寶官周隆揭開黑絨布，寶盒裏出現了一個四點。

「他娘的，攮三出四，今晚必屁！」夏歪嘟噥著：「瞧不出這個嫩崽子，真他娘有一手！」

監場的錢風用白藤條指一注，看堆的便按吃和賠的慣例吃進或賠出，單是這一寶，丁紅鼻子就賺進大洋五百多，他又樂得笑開了。

「我說怎麼樣?賭寶最怕遇著生手，正因周隆從沒當過寶官，他裝的點子，你們壓根兒沒法子猜！」丁紅鼻子得意的說：「唱唱唱，叫你們睜眼上洋當，輸輸輸，叫你們回家賣小豬，家裏沒有小豬賣，賣掉老婆還賭債!我打出周隆這張絕牌，你們是輸定啦！」

「嘿，心不定，錢沒命，老子抵死不相信，」夏歪也編出一套順口溜兒來說：「下一寶，穩住勁，活像老和尚入了定，贏它千兒八百，順順手風添賭興！」他呸的一聲，吐出一口口水，在掌心搓抹著，那種粗魯貪婪的勁頭兒，望在人眼裏，使人不得不喝彩般的讚他一聲：好一個賭徒僞縣長!無怪他敢甘冒不韙把渾蹚了！

「嗨，寶官兒，寶裝上，」丁紅鼻子揚聲叫喚著：「眾位想妥了下注莫慌忙，嗳，有人落注，逢時，唱起來……啊！」

「噯，莫驚慌啊，攮中有肉吃，撐中了喝口湯啊，」張逢時抑揚頓挫的唱著：「寶點兒圓，寶盒兒方啊，好比陰司的惡狗莊，輸得少，脫褲子去當當，輸得多，只好撲通跳大汪啊。」

賭寶的興致，除了輸贏立見真章之外，最大的興致，也許就繫在唱寶的身上，他眨眼一個主意，能見風轉舵的唱出無數即興的新詞兒，刺激，嘲弄，挑逗著人不服輸的心性，愈加狠命下注兒，有些經常押寶的老賭徒，能以同樣精采的唱詞兒，針鋒相對的頂回去，使賭局在此起彼落的相對嘲罵和鬨笑中進行著。

「噯，一百大洋攮三硬賭上啦，攮它不中跳大汪，洗洗一身老疥瘡啊！」蘇老虎吊著膀子唱起來：「找我那把兄海龍王啊！」

「蘇老虎，你這老小子，旁人都能下注塘，唯獨你不能吶，」丁紅鼻子說：「老虎下注找龍王，豈不是生出一場龍虎鬥了嗎？」

他這一說，大夥兒又都笑得像喝了一鍋熱湯。

「蘇大爺，你攮，我跟著攮上！」小揚州說：「喏，廿個銅板，全攮三啦！」

「你攮什麼？」蘇老虎說：「你沒那個本錢呀。」

花廳外的三喜鵲兒飛走了，又換來了一大群黑老鴰子，哇哇的嚕嚷著，使丁紅鼻子皺緊了眉頭。

「這些臭老鴰子！」他罵說：「沒天沒日的，窮叫喚什麼？」

「也許是預報不吉，要你砸莊罷，」夏歪說：「我不信邪，這一寶，我上一千大洋攮三。」

清了注兒亮寶，寶盒裏出現的，仍然是紅四。賭博繼續進行下去，不由不使人對周隆這個年輕漢子另眼相看了，他一連出了六次寶，全是四，當大夥兒紛紛轉押四和么時，他又連著出了五次三點，賭到起更時分，莊家大贏，至少收進一籮筐銀洋。

「烏鴉對你們叫的，」丁紅鼻子說：「一個周隆，你們全對付不了，還想再賭下去嗎？」

「噯，小周，你出的是什麼怪寶，盡在四和三上打轉，害得我們輸慘啦。」水包皮發嗲說。

「我是跟濟公和尚學的，」年輕的周隆說：「這有個名堂，叫黑虎下山啦。」

「咱們不相信會栽在你這楞頭青的手上，」蘇老虎說：「咱們還要賭下去。」

「寧願打開縣庫，我也標上了！」夏歪發狠說。

「只要不是下賭薄了交情，我是奉陪到底。」丁紅鼻子說：「賭檯上，講的是手風和時運，寶不是我裝的，我並沒存心要贏呢。」

夏歪關照手下準備茶點消夜，賭檯上的寶局，仍熱熱鬧鬧的繼續下去，當寶官的周隆始終很少開口，只是籌算著如何裝上下一寶，但在他心裏，卻有著一股說不出的痛恨，他記起幼年時刻，每逢新歲，村莊裏的大大小小，都在聚賭，婦女鬥紙牌，鬥牙牌，擲紅，漢子們推牌九，擲骰子，押寶，孩子們擲小骰子（三粒計點，謂小骰子，六粒計點，謂大骰子。），玩小窯，賭陞官圖，也有許多學著大人推牌九的，有錢有閒的打麻將，邊打邊唱麻將歌，完全是萬世太平的那種逍遙勁兒。無怪老爺爺常嘆說：

「賭錢和抽大煙，這兩種壞習尚不改，想讓中國強盛，那只是空頭瞎話，很多土匪，原都是賭鬼，輸急頭了，才去當強盜的。」

老爺爺全沒說錯，眼前這夥子魚鱉蝦蟹，不都是吃喝玩樂的老行家麼？如果說，這些傢伙都是天生的壞胚子，這並不妥當，農村不良的老習尚，把他們逐漸染黑倒是實情。人，有許多不同的性格，並非每個人都忠厚純良，老實安分的，遇上些不定性的傢伙，壞習尚對他們的影響可就大了，像丁紅鼻子這些人，在道上混了半輩子，經他們帶壞的年輕嘍囉，又有成千人，好像野地裏拔紅薯，一拔就是牽牽連連的一大串兒，說起來，帶頭的傢伙罪過就大了。

放眼看這些在座的傢伙，有的是爲富不仁的吸血鬼，有的是甩膀子吃閒飯的土混混，有的是走私販毒起家的毒梟，有的是滿手血腥的土匪強盜，他們最大的本領，就是鑽夾縫，蹚混水，憑他們頑硬強梁活下去，而且活得比小民百姓寬鬆得多，無拘從天理、國法、人情哪方面看，他們都應該剷除掉，但在這強梁橫行的年頭，鬼子勢力一把罩，這些傢伙鑽在鬼子兵的翅膀拐兒下面，活得倒是挺得意的，正像丁紅鼻子掛在嘴邊的口頭禪：「狼行千里吃肉，豬行萬里吃糠。」——他們是捏定一個「狠」字訣，豁著幹了。

對付這些賭命的傢伙，只有用賭命的法子，這是一般農戶人家做不出來的，他記得塾師宋老爹特殊的看法，他曾經說過：

「咱們常常講到氣數兩個字，氣是自己能掌握的，比如你認定你想幹什麼，你要怎麼幹，數是周圍大環境，裏面伏著太多機運，人很難事先弄得清的，但你總要機敏靈變，能先作多方設想，化危排難做下去。」

對於「數」，宋老爹也做過一番解說：

「數，有常數，有異數和變數，它不是固定的，像這些土匪強盜能夠在世上猖狂，都脫出常數，在異數和變數裏浮沉，用常理常法對待他們，往往是奏不了效的，必得有人做怒目金剛、大力金剛，叱吒一聲獅子吼，揮動降魔杵，才能粉碎他們。怒目金剛的正力，和邪門詭道的邪力，是不一樣的啊！」

「噯，寶官，裝寶啊，」丁紅鼻子提醒他：「檯面上的人，全在等著你啦！」

賭寶賭到二更天，縣保安的一個分隊長，氣急敗壞的跑進來喊報告，一連喊了六七個報字，下面的話卻講不出來，夏歪惱火說：

「你他娘也能穿二尺半，幹分隊長啊？瞧你這副狼狽樣子，活像一把鼻涕，死了親娘親老子啦?!」

「報報報告縣長，大事不好！」那個終於擠出話來：「皇皇皇軍去海州開會的車子，回來的路上遭突襲，全車死了三個，掛彩帶傷的五個，太田少佐小腹也捱了槍，把子孫堂打壞了！他他他要找魏翻譯……恐怕要要開會，屬下趕急過來稟告一聲兒。」

「有這等事？」魏翻譯站起身說：「兄弟先走一步，趕過去瞧瞧。」

「不是戴，就是汪，」夏歪說：「他們膽子也太大了，竟把大日本帝國的駐軍司令打成了太監，日軍一動火，他們可有得受啦。」

這消息像一盆冷水，潑滅了大夥兒的賭興；魏翻譯一走，賭局就散了，丁紅鼻子沒領番號，橫豎事不干己，他打個呵欠，說是要回暖閣躺煙鋪，夏歪和幾個保安隊長不敢離開，要等進一步的消息，丁紅鼻子手下的幾個頭目，都陪總瓢把子去了暖閣，把幾個妓女也帶過去了。

「日軍對付中央，對咱們來說是宗好事，」丁紅鼻子說：「他們雙方打得越兇，咱們越好混咧。」

夏歪帶人等到天快亮，魏翻譯才跑回來，把日軍遇到伏擊的經過，概略的說了一番：這次日軍華東戰場的司令官，爲了魯南地區的會戰，要求各地駐屯單位配合行動，特地在海州召開作戰會議，已由日軍占領的徐州外圍各縣，駐屯軍指揮官，紛紛起程赴會，中央的敵後游擊隊得到消息，分別在中途設伏，等到會議完畢，各駐軍頭頭們返回駐地時，有好幾股都遇到突襲。太田少佐這一股，一共是兩部卡車，一小隊護衛的日軍，他們攜有輕重機槍、擲彈筒，和一門小炮，火力相當強旺，卡車沿著黃土官道，在開闊平野上飛馳，太田少佐認爲支那游擊隊根本沒有力量攔阻他們，但當他們在黃昏欲雪的時辰，橫過北六塘河渡口，繼續南駛途中，遇上設伏在草溝裏的游擊隊，他們用槍射破卡車輪胎，然後朝車上擲黃木柄的手榴彈，一開始，日軍就吃了癟，等到他們下車還擊時，游擊隊已經順著草溝溜走了。

「就這麼讓他們溜掉了啊！」夏歪說：「怎麼不追呢？」

「車子壞了不說，太田少佐又負了傷，」魏翻譯說：「再說那時天又澹澹的黑了，四面地形不熟，小隊長下令，先救人裹傷，再抽換打壞的輪胎，一路摸黑回到城裏來，太田少佐經過急救，也才醒過來呢！」

「少佐怎麼說？」夏歪探問著。

「他的傷勢不輕，」魏翻譯說：「現在還不能開口講話呢。」

夏歪打了個寒噤，他想不到中央的那些地方團隊，竟有這樣的膽子，使火力強大的日軍捱了一記悶棍，就算太田少佐的傷勢很快痊癒，他也無法即時調動部隊出城去掃蕩了，因爲天起大風雪，道路冰封雪鎖，汽車無法行駛，日軍雖有一小隊騎兵，在隆冬惡劣氣候裏，活動也受到了很大的限制，四鄉這樣廣闊，想找到游擊隊藏身的地方，談何容易，日軍這一注牌是輸定了。他擔心的不是日軍這一注的輸贏，而是恐怕游擊隊的膽子愈玩愈大，日後難保不玩進縣城來，衝著自己的腦袋開槍，那就不好玩啦。

送走魏翻譯，他踱到暖閣去找丁紅鼻子，丁紅鼻子早已過足煙癮，閉著眼，由水包皮替他通身拿捏呢。夏歪在煙榻對面歪下身子，自己取了煙籤，戳了一個泡兒，就著煙燈燒捏著。

「情形究竟怎樣？」丁紅鼻子帶著濃濃的鼻音說。

「還不是那樣，」夏歪說：「日軍被襲，我跟著洩氣，一時拿他們沒辦法啊。」

「嗯，」丁紅鼻子說：「有些事，你不得不做，比如帶份厚禮，去探望太田和受傷的日軍，要商會出面，募集款項，慰勞日軍那個小隊，這是奉承拍馬的機會呀。」

「瞧我，真嚇軟腳爪了，」夏歪打自己的腦袋：「俗話說：端人碗，服人管，沒事替人捧大卵。連這個都辦不到，我這猴頭縣長還能幹下去嗎？虧得您提醒啦。」

「我也不能常留在城裏，」丁紅鼻子說：「等到雪停了，我就得到雲家渡、周家道口那一帶去，會合我手底下的人槍，把我的垛子窯朝南邊挪一挪。太田如果跟中央對上，你幫日軍敲敲邊鼓，我正好在南邊好撈幾票。」

「對對對，咱們各得其所。」夏歪說。

「你在城裏混明的，購槍買火要方便得多。」丁紅鼻子說：「我拿煙土黑貨換子彈，你得幫忙張羅。」

「您不打算站到明處來嗎？」夏歪說：「弄個番號，占穩一塊地盤，硬跟那個戴縣長、汪區長對上，早把那幾根眼中釘拔掉，睡覺都安穩啊。」

「別別苗頭，到時候再說，」丁紅鼻子說：「目前處處都在滾煙起火，日軍初占這兒，也並沒站穩，我手底下各股幾千人，他們也要吃喝，沒本的生意還要幹下去的，跟咱們過不去的，不還是姓戴的那批人嗎？」

「不管明裏暗裏，咱們夥著幹就是了！」夏歪說，開始裝上第二鍋煙。

「我得要把水包皮帶走，」丁紅鼻子捏了她一把：「她的拿捏功夫真算一等的，我這把經常痠痛的老骨頭，全得交給她收拾才行啦。」

「您儘管帶她走啊。」夏歪說：「我原就傳喚她來侍候您的呀。」

「你怎麼說？」丁紅鼻子說：「我可不願勉強人。」

「批發總比零售好些，」水包皮說：「我聽您的吩咐，您荷包鬆一鬆，我就感激不盡啦。」

第三章 爭鋒

在佃湖東北角的雲家渡口，股匪窩聚著，他們分股駐紮，占據了方圓十多里的地面，冷得刺骨的寒冬夠他們熬的，各股所斂聚的糧食，顯然不夠他們捱過這一冬，他們每天只開兩餐飯，一乾一稀，都用粗糧加上薯葉，塡飽肚子完事，偶爾逐得一隻野兔、射中一隻野鳥，聲騰四野那種興頭，是壓都壓不住的，因爲有許多人，早已三月不知肉味了。

丁紅鼻子的垜子窯，安在周家老圩，那裏的住戶十九逃光了，他住的是周家大瓦房，前三進，後兩進，滿氣派的，不管他手底下有多苦，他和他的護駕槍手們，雖談不上頓飯成席，卻也精米細麵供應無缺，而且他設有煙鋪，成天對著煙燈，吞雲吐霧的過著他的老癮。

這個滿身血腥的老匪酋，生性陰沉冷僻，有時在人多的場合，他會大聲講話，發出洪亮的笑聲，給人機智而爽氣的印象，但在他閉門獨處的時刻，他就陰冷下來，帶點兒失魂落魄的樣子，對著煙燈，不知在想些什麼；他和侍候他的水包皮說話，也只告訴她，搥哪兒，捏哪兒，不及其他，至於他的四個護駕槍手，他和他們絕少交談，儘管雙方只是裏外間之隔，卻有著咫尺天涯的味道。

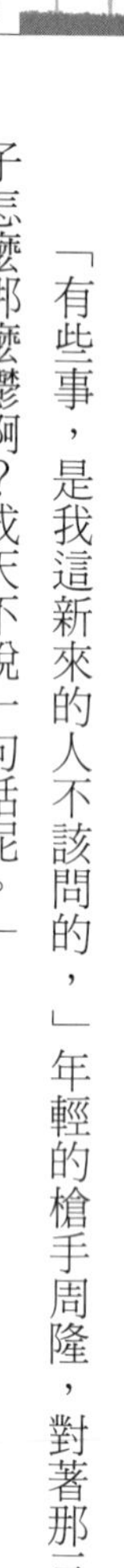

「有些事，是我這新來的人不該問的，」年輕的槍手周隆，對著那三個說：「咱們總瓢把子怎麼那麼鬱啊？成天不說一句話呢。」

「這是他的老脾性了，」錢風說：「他總是在想著，往後的日子該怎麼區處？……幹咱們這行的，就像一場極大的賭局，一把也輸不得的。」

「咱們的情形不同，」張逢時說：「咱們是捻股成眾的，像蘇老虎、苗小混子、戴老哈、二絡頭，他們都各自領有大股，暫時推定一個總頭目來；咱們頭兒被推舉爲總瓢把子，那只是暫時的，萬一出了紕漏，他們可以隨時另推別人，這樣一來，總瓢把子總得要爲繼續幹下去動大腦筋啦。」

「如今正逗上節骨眼兒。」錢風說：「棋差一著，滿盤皆輸，他能不好好的考慮嗎？」

「你說的節骨眼兒，是指什麼啊？」周隆說。

「僞軍等著咱們去幹，中央希望把咱們一網打盡。」錢風分析說：「咱們兩頭都懸著，眼前這個冬寒季節，各股全缺少糧食械彈，大當家的要不能及時拿定主意，各股頭勢必會各自散夥，很難再捏攏的。」

錢風入夥的時間久，看事看得清楚些，這些問題，的確在困擾著丁紅鼻子，各股裏頭，蘇老虎和戴老哈極爲粗魯強悍，他們真的要拉槍拆夥，丁紅鼻子拿他們毫無辦法。風雪再來時，蘇老虎就騎馬過來，當著丁紅鼻子吼叫了。

「好歹您是大當家的，我不能不來問一聲。」蘇老虎說：「這麼個寒冬臘月裏，您要咱們把人槍拉過來，窩在這種雞不拉屎、鳥不生蛋的鬼地方，讓弟兄們縮著脖子忍饑捱餓，是什麼道理?!」

「兄弟，依你該怎麼辦呢?」丁紅鼻子很沉得住氣，不溫不火的說：「你倒是先說說看啊。」

「咱們既幹這一行，就得灌圩子，破寨子，不管掠得多少錢財、弄到多少糧食，全是好的。」蘇老虎說：「早些時，您帶咱們去撲鄒家老莊，我帶傷斷胳膊全認了，沒吐半個字的怨言，不是嗎?」

「我有說過一直窩在這兒不出動的話嗎?」丁紅鼻子輕描淡寫的反問說。

「這……這倒沒有。」蘇老虎有點發楞了。

「你們要是不相信我，改天各股頭聚會，總瓢把子換你們幹算了。」丁紅鼻子說：「在這種滴水凍成冰的季候裏，我不能硬逼你們迎風冒雪拉出去，冒險攻撲那些像樣的莊院。鬼子和夏歪不出價，咱們幹嘛替他們打中央游擊隊，打贏了也沒錢賺的。」

「我只是說打莊院，並沒要打游擊隊啊。」

「嗨，你那腦瓜子，怎麼這麼沒紋路呢?!」丁紅鼻子唉嘆說：「這辰光，哪座像樣的莊院不是由中央游擊隊守著的，鬼子太田少佐要清剿他們，由他先去剿啊，咱們等這冬過去，跟著鬼子後面去拾拾撿撿，撿現成的不行嗎?我是不忍看你們拚死拚活的冒風險啦。」

「這……這倒是個好主意……」蘇老虎沉吟著。

「所以嘍。」丁紅鼻子說：「咱們寧可暫時窩在這兒，吃些苦頭，讓鬼子和中央衝突，咱們在一邊沾些油水，若說對火過硬，咱們這點老本，三場兩場就玩光了，那時候，我們又拿什麼混？」

輕輕的一番言語，就把盛氣凌人的蘇老虎打發走了，隔了一天，同樣的說服了戴老哈。丁紅鼻子認為，鬼子盤據的局面，不是三天兩日就能改變的，處在亂局之中，捏緊一個「混」字訣兒，絕不幹貼老本的事，這才是要緊的。

「他娘的，如今是千里狼煙、群雄並起的時辰，」他說：「誰能有耐性，保住老本，慢慢的混，混到後來站得住腳，那才算個兒。你們這些莽急性子，燒起來像把麥草，乍看火燄沖天，轉眼就出溜光了，那怎麼行呢？」

戴老哈捱他訓了一頓，也夾著尾巴溜了，至於二絡頭和苗小混子，以及其他各小股，原就是捧著丁紅鼻子混的，丁紅鼻子放個屁，他們也有滋有味的捧著聞，當然不會從中杯葛什麼了。

饒是這樣，丁紅鼻子還是把各股頭的當家的請來周家老坊，吃酒談心，把當前的局勢做了一番剖析。

「寒冬臘月裏，大隊最不宜拉動的，」他說：「鬼子上回捱了突襲，吃了游擊隊一個大悶虧，那個太田少佐，他怎麼捏著鼻子忍下來，不馬上出動清剿呢？……說起來，就是我講的那個道理啊，四鄉都沒遮攔，人家在十里外就把你看得一清二楚。人家守著坑和堡，吃熱飯、喝熱湯，以逸待勞等著你，咱們露處荒野，頂風冒雪，下沒鋪的，上沒蓋的，一夜熬下來，甭說中槍掛彩了，單就飢餓寒冷，就能擺平一大堆，這種火能打嗎？蘇老虎和戴老哈兩個有膽氣，不妨領頭去打一火給我看看！」

「我……我只是看弟兄們窩著捱餓，也不是辦法，」戴老哈說：「打既不能打，也得想個旁的法子呀。」

「誰說不想來著？」丁紅鼻子說：「你以爲我成天吞雲吐霧的躺在煙鋪上，只是爲了過癮嗎？」

丁紅鼻子即使再惱恨，說起話來，也是溫溫的，從不疾言厲色，甚至在槍斃一個手下的時刻，也沒精打采、呵欠連天，慢吞吞的吩咐著：嗯，拖出去斃了罷，也怪可憐的。他這招瘟毒功夫，使得跟他捻股的頭目都很害怕，戴老哈被他說得低著頭，不敢再吭聲了。

「如今四鄉的小莊子，早已水乾魚盡，沒有什麼撈頭了，」丁紅鼻子接著說：「大莊子，莊莊都有中央的槍枝人頭窩在裏頭，論實力，又比當年的老鄒莊強得多，豁命硬啃，並非啃不動它，但咱們幹這行，誰要開火打仗來著？只是喳呼喳呼撈上幾票，每人分它一份兒，真要玩躺下來，嘍囉們早散光啦。當然嘍，總窩著不動也不是辦法，這我還有不清楚的嗎？我打算寫個條子，向夏歪借五十擔糧，日後用煙土還他，先把這一冬糊弄過去再講。」

「這倒是個好主意。」二絡頭說。

「也沒什麼好不好，權宜之計罷了。」丁紅鼻子說：「等到開了春，鬼子隊伍拉下鄉，掃蕩姓戴的那夥人，咱們趁亂去掠那些大莊子，就有得賺了。」

借糧的字條，是由年輕的護駕槍手周隆寫的，丁紅鼻子要二絡頭替他送進城去，交代他見到夏歪，要催他儘速撥糧，路上太泥濘，用車運不方便，可以向驢店雇用毛驢，無論如何，也要在幾天之內，把糧運的來。他儘管對蘇老虎、戴老哈很氣恨，但他卻明白一個事實，各股的嘍囉們，是耐不得長期捱餓的，餓久了必定走人。

人說：大口小口，每月三斗。股匪一、兩千人，就算借到五十擔糧，熬稀湯灌肚子，也維持不了多久。丁二絡頭去了一趟縣城，是把糧食借到了，夏歪託二絡頭捎信，還是敦促丁紅鼻子早一天領日軍的番號，站到台口上明混，只穿上軍裝，就能占塊駐地，向地方要糧要草，要一切維持的費用；信上還說：你我就算不投靠日本人，在地方上一樣站不住腳，像早年橫行淮海的那票人，蹚渾數十年，壓後也都關的關、斃的斃，沒有個交梢，既然如此，爲何不抹下臉來，乾脆依東洋人做靠山，操它個天翻地覆再講。

信是由周隆念出來的，外頭的天色陰黯，屋裏掌著燈，丁紅鼻子照舊躺在大煙鋪上，一面吸著煙，一面由水包皮替他拿捏患風濕的兩腿，他族弟二絡頭躺在他對面，瘦削的臉被燈光映成青綠色，狀如鬼魅。

「老二，你覺得怎樣？」他從鼻孔噴煙說。

「夏歪說得很實在啊，」二絡頭說：「你我之輩，本來就是土匪強盜，拎著腦袋玩命的，書沒念過，塾沒進過，孔孟跟咱們八竿子打不著，世道清了，鬼子走了，對咱們有什麼好處，咱們跟中央的地方勢力，始終是生冤家死對頭，只要能扳倒他們，啥事我都願幹啦！」

「哈哈，你倒是敞得很啦。」丁紅鼻子說：「那周隆，二爺的話，你都聽著了？你的看法如何？」

「回當家的話，」年輕的槍手恭敬的說：「我們做屬下的，只是跟定您朝前闖，哪還有意見啊。」

「你幹嘛不問問我呢？」水包皮使勁捏了丁紅鼻子一把。

「有話你就講呀！你這雌貨。」

「我倒覺丁二爺說得不錯，土匪強盜和烏龜忘八實在是一路貨，像我這個賣的，當初也喬作張致，夢想什麼貞呀節呀的，一旦下了海，豁開了，挑明了，就只懂得兩腿一拉，洋錢花花，土匪和漢奸差不多嘛。」水包皮笑瞇瞇的說：「甭以為我是指桑罵槐，你們這些霸爺，一樣是賣的，我是賣身，你們是賣命，不是嗎？」

「他媽的，真是一個敞、一個透，照這麼說，我倒要好生揣摩揣摩了。」

「有什麼好揣摩的呢，」二絡頭說：「你領了番號，無形中就把各股吞併了，不像如今擰股，只是暫推你做頭兒，情勢一變，說散股就散股，你管得著蘇老虎、戴老哈他們嗎？要想混大，這是個好機會啊！」

「你總把事情想得那麼簡單。」丁紅鼻子說：「就算要幹，也得先召大小各股的頭目，大

夥兒一道合計，願則留，不願則去，話若不事先攤明，日後照樣擺不平的。」

「你擔心蘇老虎和戴老哈？那兩個老粗筒子，用幾句好聽的話，就籠得住他們了。」二絡頭說：「哄不了，再拿話嚇，一軟一硬間著來，還怕他們不就範嗎？」

「狗頭軍師，怎麼嚇？你說說看。」

二絡頭從煙罐裏抽出一支紙煙，不點火，把它黏在唇邊空掛著。

「簡單吶，」他說：「眼下分股，對大夥兒全不利，這是明擺著，人頭槍枝不聚攏，中央游擊隊一樣吃掉咱們，他們一面張著抗日的旗號，一面也能清剿土字號兒的，咱們實力勝過他，他們只好乾瞪眼，咱們實力一分散，他們正好各個擊破，蘇老哈他們不怕這個，我才不相信呢？」

他用手掌橫切著頸子，嘴裏還吐出一聲喀嚓！

「好了，」丁紅鼻子說：「先把糧分下去，讓他們塡塡穰子，今晚談的事，過些時再說，總得捱過這一冬，夏歪他講的不能算數，太田少佐點頭才上得了譜。」

糧是嘈嘈嚷嚷的勻著發下去，各股都覺得這點糧無濟於事，但天候實在太惡劣了，風勢勁猛尖寒，又偶爾飄些小雪，土匪們大多砍樹劈柴，偎在火盆邊聚賭，少數的探馬剪出去，刺探鄰近的消息，爲日後做買賣墊底兒。由於窩在荒涼的地方太久，部分頭目著人把家小也接了來，暫時團聚一段日子，連二絡頭的老婆也帶著大丫頭巧姐、小丫頭素姐來了。

「煩啦，煩啦，」丁紅鼻子氣惱得皺著眉毛：「女人嚷叫、小囡哭鬧，這哪像垛子窯？活脫是逃荒避難的窩棚嘛，連老二也他娘玩起拖家帶眷的把戲來了，存心要把老子氣吐血。」

「二爺說他要帶二娘過來看望您吶。」周隆說。

「你告訴他免啦，」丁紅鼻子說：「什麼三親六故，女人孩子，關照下去，全都離我遠點兒，不准他們靠近垛窯。」

周隆退出來，低聲詢問錢風，那人說：

「你畢竟只是個新入夥的毛頭，哪懂得當家的過去來著，他老家在靠海的丁家灘，地薄不出糧，他出道早，跟隨過張志高，也坐過大牢，後來中央准他自新，放出來在縣城開賭場，他家那口兒是老實人，勸他不要再幹老行當了，他沒聽，對方就喝鹽滷自殺掉啦，他兒子丁小亂子，十三歲玩槍，十五歲跟著做案，在馬家油坊和鄉隊接火，被擄去砍了頭，他的一門就絕了嗣啦。」

「嗨，」張逢時湊過來說：「小周，你知道早些時，當家的在賭場碰見你，就拉你入夥的緣故嗎？他說你很像他死去的兒子啊。」

「嗯，那是他想兒子想過頭啦，」周隆說：「有這許多傷心事梗在心裏，怨不得他討厭旁人接家眷來的。」

「旁人我不敢講，」錢風說：「絡頭二爺最爽，他平素從沒接過眷，這回不但接眷，連兩個閨女也帶來了，嗯，我越想越覺得事出有因，不會是選女婿罷？」

「選女婿幹嘛帶閨女來？」二亂子的腦袋也伸了過來：「想讓閨女自己挑啊？」

「你甭伸腦殼啦，橫豎挑不到你頭上，」錢風說：「像小周這號兒的，倒是一等的女婿材料，一旦挑中了，當時就拜堂成親，那才有趣得緊呢。」

「妙！」張逢時說：「做賊的討個賊閨女，生個兒子定是胎裏帶的賊，要正如錢老大猜想的，這三天兩日裏，咱們就有戲看啦。」

「天靈靈，地靈靈，」二亂子說：「要是選上我，日後二把子頭那個位子，我也屁股一歪坐上去，神氣罷。」

「人家選上小周，你還不是跟二把頭揹盒子。」

「不要緊，真要選上我，我讓給你。」周隆說：「我這剛入夥的，只是皮肉賊，骨頭缺少賊味，丁二爺他該嗅得出來，我還不上道呢。」

說笑自歸說笑，錢風猜的事兒，到第二天真的現出些眉目來了；儘管丁紅鼻子為這事心煩，關照在外把風的嘍囉，不讓女人孩子挨過垛窯的窯口，但第二天傍晚，丁二絡頭仍然帶著老婆孩子，過來拜望丁紅鼻子來了，放風把哨的不敢硬擋駕，報到裏面來，周隆進屋稟告，丁紅鼻子大嘆一口氣說：

「嗨，煩啦，煩啦，讓她們都進屋來罷，老二不怕拖累，我又擔心什麼呢。」

丁二絡頭帶著老婆和兩個閨女進屋，丁紅鼻子仍在煙鋪上躺著沒動，順起煙槍照抽他的煙，他甚至連眼皮也沒抬一抬，只聽著腳步聲說：

「坐，都坐著說話。」

但三個女的依然站著，周隆替她們拖椅子。

「大伯，我帶女兒們來跟您請安啦。」二絡頭的老婆說：「平素想見您一面，不容易啊。」

「好啦，」丁紅鼻子說：「大寒天，大老遠的跑過來，真是難爲你們，丁家灘那邊情形怎麼樣？」

「還是老樣，」二絡頭的老婆說：「荒灘連著大海，人也不到，鬼也不到。」

丁紅鼻子這才放下煙槍，抬起臉來：

「一晃眼，兩個姪女全長大了，嗯，都長得挺出落，要許人家了罷？」

「那全靠大伯幫忙啦，」二絡頭的老婆說：「像咱們這種人家，在旁人眼裏算是盜戶，比剃頭忘八吹鼓手還低三等，您甭生氣，您和二砍頭的在外頭混，金銀魚肉很風光，可是咱們丫頭教坑慘啦，誰願娶賊頭的閨女，認個賊老丈人呢？」

「有苦水，甭彆彆扭扭窩在心裏，坐下喝盅熱茶，」丁紅鼻子平靜得出奇：「儘管數黃瓜道喇叭，在我面前嘔出來好了！老二當年是我帶出來的，一切擔子全該由我擔著！……姪女也都坐下，你們老媽說得全是實話，我不會生氣的。」

「老大，」二絡頭站在一邊卻有些惶恐：「女人家不懂事，我很過意不去啊。」

「沒這回事，」丁紅鼻子說：「弟妹這番話，使我想起當年許多事情，心裏泛潮倒是真的。」

周隆招呼小聽差的沏茶，把火盆加炭，在一邊順眼看看二綹頭的家人，二綹頭的老婆平頭整臉，模樣兒倒是老實端正，也許在家日子過得苦，臉色有些憔悴，眉眼間有些掩不住的淒苦紋路；巧姐看樣子十八、九歲了，精瘦的瓜子臉，薄嘴唇兒，面目姣好，有些黧黑；素姐十五、六歲，比她姐姐嬌憨活潑些，兩眼骨碌碌的望人，頰邊帶笑，漩出圓圓的酒渦兒。

「我是跟二砍頭的說過，牽牛拉耙、抹牛尾巴踩大糞、耕田種地的日子雖苦，但活得心安啦。」二綹頭的老婆說：「死鬼他說走錯了路，回不了頭，再怎麼說破嘴唇，他也不肯回家根過苦日子啦。旁人指我是盜婆，我沒的說啊，低著頭過自己的日子，但這兩個丫頭怎麼辦呢？她們不是夜叉、無鹽，長得都還像樣兒，我央人託過附近的媒婆，好歹找戶人家，把她們嫁出去，到如今，沒有一個媒婆肯上門的，我可是急瘋心、急炸肺啦。」

「這種事，急不得的，」丁紅鼻子招招手，要水包皮扶他坐起身來：「何況兩個姪女，年紀還小嘛，當然嘍，論婚，不必去巴那些高門大戶的人家，你心裏總該有個底，想選什麼樣兒的？」

「還談得上選字兒？」二綹頭的老婆仰起上身，不安的搓著手絹：「只要不是這一夥裏的就成，我不想讓閨女早早做寡婦，這全是我的實心話。」

「大哥，您聽聽，指著和尚罵禿驢，這像話嘛？」二綹頭急著說：「平素她就是這麼折騰我的，我簡直拿她沒門兒，她就是擀麵杖吹火，不通氣。」

「你這死鬼砍頭的，究竟是誰不通氣來著，你以為你那腦袋包了鐵片兒，砍不掉下來？閨女是我的，難道不是你的，你忍心大睜兩眼，把她們朝火坑裏推送，我瞎了眼嫁給你，忍氣呑聲過了半輩子，受夠了，除非你把我活活剁掉，休想讓我閨女嫁給做賊的。」二絡頭的老婆越說越激動，說到壓尾，兩眼紅紅濕濕的流下淚來了。

「弟妹，你歇歇氣，平靜點兒，有苦水，慢慢吐，」丁紅鼻子就有這麼鎭靜，彷彿天塌在他頭上，他也不會眨眼：「要說錯，二絡頭是錯在當初受我蠱惑，點頭答應跟我出來混，當時局勢亂啊，要不然，會有幾大千人拋家幹這個？嗨，貪圖一口飯，拎著腦袋幹，這種苦，官裏是不肯承認的，他們說：餓死事小，失節事大。那是因爲他們沒捱過餓，我他娘生平最忌恨那種掉文袋、空談道理的傢伙了。至於二絡頭說他不能回頭，那是實情。你沒想想，像咱們這種沒門檻兒的人家，一旦拎槍出道，闖出萬兒來，縣裏的富戶，誰不想切掉咱們的項上人頭，官裏抓、民團堵，逼得人非豁著幹不可，這些年來，咱們殺人結怨，攤開來已是好大一本賬了，說回頭？那是死路一條，那些喪家苦主出來，能把咱們一條條的切成人肉絲兒。總之，事情沒有你想的那麼簡單啦。」

「那，官裏前些年，不是說張告示招安的嗎？」二絡頭的老婆說。

「不錯，」丁紅鼻子說：「他們招安咱們手下的嘍囉，並不包括首惡，就算包括，我也信不過，因爲官裏把咱們釋放了，苦主們會要咱們的命，扔掉槍就是死，你懂罷？咱們這輩子是進了爛泥坑啦。」

「大伯，我相信您說的話，既然陷進來脫不了身，那就少作點孽，殺孽太重，會有活報應

的。」二絡頭的老婆聲音低下來，頭也低垂了：「咱們上代遭報應，應了天數，倒也沒話好說，我總禱告著，不要延到子孫頭上，這兩個丫頭，總是無辜的啊。」

「老天果然那麼公道就好了。」在一屋子靜默的時辰，水包皮說話了：「像我，爹媽是弄船的，遭上頂頭風，篷飄櫓折沒了頂，堂叔把我賣進娼家，公道又在哪兒呢？等老天日後睜開眼，只怕我已經梅毒滿身、大瘡灌頂啦！這世上，原就是人坑人，不是天坑人哪！」

二絡頭的老婆幽幽的白了她一眼，沒說什麼話。

「這樣罷，你先回住處，和老二團聚些時。」丁紅鼻子說：「好在寒冬風雪季，咱們沒拉動老槍幹買賣，多盤桓幾天無妨，一開春，家小留在這兒就礙手礙腳的不方便，至於姪女的事，我會放在心上，從長計較的。」

「我原就為央託丫頭的事來的。」那個說：「除掉這檔事，我已經沒旁的指望了。」

她總算抽抽噎噎的帶著兩個女兒，跟二絡頭跨出門去了，丁紅鼻子面對著鬼火似的煙燈，癡楞著，半晌沒吐出一個字，彷彿被定身法定住了一樣。水包皮坐在他腳頭，默默陪侍著，一時也不敢開口驚動他，年輕的槍手周隆，靜靜站了一會，躡著腳退到外間去了。

「他奶奶個孫的。」丁紅鼻子忽然大聲的說：「嫁那兩個丫頭，可真是個大難題呢。」

那天傍晚，天色起了變化，風勢勁猛奇寒，天頂的彤雲越積越厚，蘊著一股濃濃的雪意，丁紅鼻子所住的屋裏，儘管生著一盆熾熱的炭火，但離火盆略遠點兒，還是感覺到外間傳來的陰冷。

「小周啊，」他呼喚周隆說：「你招呼廚上，替我準備一個火鍋，弄幾碟熱菜，備點酒來，喝幾杯驅寒啦。」

「好，我這就吩咐他們準備。」

「奇怪，」周隆出來時，張逢時悄聲說：「大當家從來很少獨喝悶酒的，今兒他心裏犯嘀咕啦。」

「都是白天絡頭孀來這兒惹的。」二亂子說。

「可是，大當家的當時並沒怎麼地啊！」周隆說。

「你還不懂得他，」錢風說：「他當著人面，從來不顯露心裏的意思的，絡頭孀是他弟媳，加上兩個姪女在跟前，他有話也不便講的。白天，大當家的已經講了很多話了，這在平常是少見的。」

酒菜端進內室，丁紅鼻子披上厚重的二毛皮襖，由水包皮陪著喝起酒來，水包皮替他斟酒，一邊低哼著小曲兒，他喝了口酒，想起什麼來，隔房叫說：

「老錢、小周、逢時，你們進屋喝兩盅，熱乎熱乎身子罷。」

「大當家的，」錢風探頭稟說：「您消停自飲，咱們不敢打擾啦。」

「算了，」丁紅鼻子說：「你叫廚房多準備一份，你們四個在外間喝罷。」

「好，」錢風說：「今晚的天，實在冷得夠瞧的。」

「馬棚那邊，去瞧過沒有？」丁紅鼻子又說：「我的寶貝青鬃馬，甭凍壞了。」

「瞧過啦。」錢風說：「傍晚才加的草料，地面也鋪上一層乾草，棚門也門上了。」

「嗯，那就好。」丁紅鼻子便不再說什麼了。

這樣的夜晚，對四個護駕槍手來說是十分熟悉的，丁紅鼻子平時很少上床睡覺，總是躺在煙鋪上，煙燈晝夜點燃著，他是瞇一陣、醒一陣，累得水包皮蜷在他的腳邊，準備隨時侍候他。四個槍手睡在外間，他們平時睡得極晚，總要到三更時分，他們才留下一個輪更，其餘三個和衣入睡，睡時盒子槍插在腰上，手抓住槍把兒，如果遇上任何動靜，他們便可立時躍動身拔槍潑火。事實上，他們大可不必這樣緊張，因爲垛子窯的外面，設有三道雙人崗哨，外人根本無法潛行闖入的。

丁紅鼻子看樣子很溫吞，但對保護他自己，卻是極盡心機，雖沒明說，他手下人也都有數，他選出的這四個槍手，論身手、比槍法，全是超乎常人的，尤其是錢風和周隆，匣槍玩得極熟，指哪兒打哪兒，不差毫厘；一般人用槍，習慣雙手穩握槍柄，瞄準發彈，但物體快速移動時，使用這種瞄線射擊法，往往失去最好的射擊機會，人們把這種用槍的人，叫做玩死匣槍的。真正的活線手，根本不要用準星，他們講求眼到、手到、心到、意到，四者配合，甩手即發，每發必中，俗稱玩甩手盒子炮。有些人故意把槍管前端的準星磨掉，表示他們是老玩家，確具活線手的身分；所以在茶樓酒館裏，若是遇到某個人，所帶的匣槍沒有準星，他準是極爲扎手的人物。四個槍手，全都配的是沒有準星的三膛盒子，這是德造匣槍當中最靈活的一種，完全具有短槍的特性，最爲剽悍的玩家喜愛。至於二膛匣槍，槍身較重，發射時穩定性高，射程也較遠，頭膛匣槍，可以換上廿響的彈匣，有機紐控制，打單發或是打連發，也可鎖在木匣上，把木匣當成槍托，瞄準發射，這樣一來，便兼具步槍的功能，鄉下人把這種大號的匣槍稱爲快慢機。可是在玩家眼裏，只有三膛匣槍，才能顯出玩家的變化神奇，他們把自己的配槍看成他們自己的生命，已經達到人槍一體的境界了。

若說這四個槍手，大大提高了丁紅鼻子在各股土匪當中的威望，這是毫不誇張的，悍匪頭目蘇老虎、戴老哈他們，也玩了多年的匣槍，論起槍法的狠準精快來，和丁紅鼻子手下這四大槍手相比，仍然差上一大截兒，他們心裏儘管不太滿意丁紅鼻子，卻對四大槍手有所憚忌；丁紅鼻子也把這四個槍手看得極重，從不疾言厲色對待他們，他是經驗老到的匪酋，深知這四個人是他的心腹，也是他危急時的護命靈符，當然用懷柔的方法收買他們了。

外間的酒菜也端上來了，四個槍手各據一方喝起酒來，二亂子想要划拳以助酒興，錢風打了他的攔頭板。

「噯，二亂子，你要明白，大當家的在裏面喝酒想心事，咱們在外間七拳八馬的亂嚷嚷，像話嗎？這可不是過大年夜，容得你喧鬧。」

「那，咱們四個大眼瞪小眼，不是也喝起悶酒來了麼？」二亂子說：「喝酒不說話，三杯就能把我醉倒。」

「小聲聊聒，沒人禁得你啊。」錢風說。

「真彆扭透了，我跟你有什麼悄悄話好講的呢？」二亂子說。

「那你就閉上你的烏嘴，讓咱們也想想心事罷。」張逢時笑說：「你聽聽，外頭北風像棍打似的，你不想老家麼？……有很久沒回去了罷？」

他這一說，空氣便彷彿凍結起來，燈光下的四張臉，也罩上一層冰霜，錢風首先舉起杯來向那三個招呼一下，四個人便全仰著脖子乾了杯，誰也沒說什麼，但在感覺裏，各人都彷彿說盡了什麼。黑暗籠罩著屋外的曠野，風勢如濤，一陣緊似一陣發出狼號般的尖嘯，那極像橫在眼前的日子，展布成一片黑茫茫的生存的怒海，人都要投身進去，在波濤上掙扎，在烈風裏翻滾，想抓抓不住什麼，想撈撈不住什麼，一把匣槍、一手槍法，並不真能壯得了人的膽哪。

錢風鎖著眉，逕自乾了三杯，硬是有藉酒澆愁的味道，一向詼諧的張逢時，也不再亂開黃腔講笑話了，只有周隆，把玩著杯子，略略沾唇的淺酌著。

「你到底年輕啦，老弟。」錢風說：「看樣子，你無憂無慮，好活得很。」

「我沒什麼好憂慮的，」那個說：「我是個孤兒，原就到處打浪蕩，如今的日子，跟當初一樣，只是人多，熱鬧得多，你們幾位老哥又這麼關照我，我高興都還來不及呢。」

「呵呵，小崽子，算你嘴甜，」二亂子最愛聽旁人奉承的，立即舉杯說：「我敬你一盅！」

「我不會喝酒的，」周隆說：「陪你意思意思，你乾了罷。」

「慢點兒，」錢風突然想起什麼來：「咱們只是暖暖身子，可不能真的喝醉，四個護駕槍手都喝成醉貓子，東倒西歪的躺著，扔下大當家的不管，像話嗎？」

「咱們又不拚酒，怎會醉成那樣呢？」張逢時說：「再說，這種大風雪的夜晚，人不出門、鬼不出墳的，多喝幾杯，絕不妨事啊。」

「打拳有一套醉八仙，咱們藉著酒勁，何嘗不能創出一套醉八槍，左一槍，右一槍，搖一槍，晃一槍，歪歪倒倒放一槍……」二亂子又灌了一盅，口沫橫飛的耍起流口兒來，他這一耍寶，倒是把適才冷鬱的氣氛沖淡了許多。

錢風撩起簾子，朝裏間望望又縮回來說：

「大當家的酒興正濃，還在喝著，咱們捏著花生，消停的喝，趕明兒風雪停了，總得設法找點樂子，這一冬，窩在雲家渡這種鬼地方，夠悶的。」

「嫌悶氣，咱們四個正好一桌，打場麻將啊。」張逢時搓搓手說：「我早就手癢想贏錢啦。」

「嘿，屁股黏在板凳上，發痔瘡的玩意兒，我才懶得玩呢！」錢風說：「若說比槍法，那還差不多。」

「呵呵，比槍啦，我算一個。」二亂子腦袋伸得長長的：「你們打算怎麼比啊？」

沒人答理他，張逢時衝著錢風認真的點點頭，同時拍拍周隆的肩膀：「錢老大想考考咱們了，老弟，你怎麼說？」

周隆手捺著匣槍柄兒，沉沉鬱鬱的說：

「我對賭錢沒興頭，橫豎我的槍法也比不上你們。」

「咦，哪天你學會這一套來了？」張逢時說：「你上回在賭場露的那一手，比咱們都高幾個帽頭兒呢。」

「哪裏話，」周隆說：「那是走狗運，歪打正著，當不得您老哥誇獎啦。」

「你們幾個真要比槍啦，」在裏間喝酒的丁紅鼻子說：「那好啊，你們比槍，我把各股人頭聚攏，公開設獎，誰的槍法最高明，誰就得花紅。」

「大當家的，您說話算數，」錢風說：「敢問您一聲，您打算賞多少啊？」

「目前水櫃上的水子不多啦，」丁紅鼻子笑說：「頭一名賞大洋一千，二一名賞大洋五百。不算寒傖罷。」

「夠多了。」錢風說：「您難得這麼大方啊。」

「你這個雞蛋揉的。」丁紅鼻子用一種肉感的親暱罵說：「你真會攫著機會敲榨我啊！你要曉得，這回比槍，花紅獎賞未必就落在你的頭上呢。」

「您是想讓周隆壓倒我？」錢風說：「他業已當著我的面認輸啦。」

「嘿嘿嘿，」丁紅鼻子笑出聲來：「錢風，你要是不怕輸，就不必先提出周隆的名字來啦。除了花紅之外，我跟你再打個賭如何？大洋一千，我賭周隆啦。」

二天雪是停了，丁紅鼻子並沒忘記他的許諾，和他所下的巨額賭注，他著人交代二絡頭，把各股的嘍兵全聚集在垛子窯前的廣場上，以他手下的護駕四金剛爲班底，舉行匣槍射擊大賽，賽前，他歪戴著熊皮風帽，用濃濃的鼻音連諷帶罵的說了一段開場白，他說：

「我早先動火罵人，罵你們裏頭一大票飯桶、笨蛋，我罵什麼來著？嗯，罵你們雜毛狗操的，過後想想，實在太抬舉你們了，你們笨如牛、蠢如豬，何嘗見一點機靈的狗性來？真要像狗，兩條腿還痲溜快當些，能攆著兔子呢。你們拿槍像抓燒火棍，放槍閉著兩眼，不懂豎牌樓兒（**即步槍的標尺**），不懂瞄準吊線，有人在十步之內放了八槍，竟然打不死一條牛。噢，子彈是不花錢的嗎？一粒槍火半斤肉吶！由你們烏龜吃大麥，瞎糟蹋整糧食？」

開場白說了一半，他眼淚鼻涕的連打了幾個呵欠，趕緊向站在身邊的周隆招手，周隆會意的把燒好的乾煙泡兒捧過去，丁紅鼻子像撿羊屎蛋兒似的，捏著吞進去，精神便又抖擻起來了。

「今兒，我要我的護駕賽槍，就是要你們這些驢操的夯貨開開眼界，明白怎樣才叫玩槍！咱們這種沒本交易是好幹的嗎？要你們站班湊人頭的嗎？想當年，我跟張大爺混世，七枝槍橫行八縣啦，嗯，你們這些豬八戒……」

罵著罵著，煙泡兒黏住喉管了，錢風趕急又端上茶來，他連著抿了兩口，這才換過氣來，搖搖頭，朝椅子上一坐，揮揮手，表示不願再罵什麼了。

垛子窯廣場一角，有一株落光葉子的響鈴樹，足有十多丈高，枝枒縱橫，樹上落了上百隻飢餓的烏鴉，在旁若無人的追逐飛翻著，使枝柯上的積雪不斷的碎落下來，丁紅鼻子一抬頭，生出主意來了。

「你們四個一起拔槍，試射這些老鴰子如何？」他說：「每人瞄定一隻，把牠們射落下

來。」

「好是好，」錢風說：「只不知大當家的要死的，要活的？還是半死不活的？」

「這倒新鮮吶。」丁紅鼻子笑得很響：「你們四個，先自己選啊。」

「我要射那隻的白頸子。」二亂子說：「彈中咽喉，當然是死的。」

「我射另一隻的尾巴。」張逢時說：「把牠射落地，照樣能跳。」

「我射這邊一隻的右翅膀。」錢風說：「讓牠半死不活，暫時不能再飛。」

「你呢？小周。」丁紅鼻子轉向年輕的槍手說。

「不忍傷生啦。」周隆說：「我射下面那隻的爪尖罷，右邊的腳爪尖，中間那根就好了。」

周隆這一說，使站在丁紅鼻子身邊的股匪頭目都瞪大了眼；烏鴉距地面十多丈遠，腳底那麼細小，看都看不真切，這小子簡直荒唐，想把子彈當成銼刀，替烏鴉修指甲呀？

這當口，丁紅鼻子把帽子捏在手上，高高的舉起，喊叫說：「拔槍，放！」

四個槍手同時閃電拔槍，手腕一揚，同時潑出一響。實在說，玩匣槍的人，能夠打單發，就已經特具功夫了，因爲扳機略壓重一點兒，就是咯咯兩響。四個人同時發槍，四周的嘍囉們只聽到一響槍聲，受驚的鴉群惶噪著，旋風般的刷刷飛起，其中有三隻從樹梢跌落下來。

其中一隻變成禿尾巴，落在地面上不停的跳動著，眾人認出那是張逢時擊中的，那一槍的槍彈正好橫切過烏鴉的尾部，打落了牠的尾巴，使牠不能飛，只能跳。

第二隻落地後不停轉著圓圈，那顯然是錢風射中的，那隻烏鴉的右翅膀被擊穿，只能朝一邊打轉。

第三隻落地後就寂然不動了，那是二亂子打中的，因爲白頸項已經變成紅頸項，那粒槍子兒正貫穿烏鴉的咽喉。除去這三隻之外，再沒有第四隻了。

「小周，你這回牛皮算吹炸啦！」二絡頭幸災樂禍的說：「你射烏鴉的腳爪尖，結果卻成了空響了。」

「二當家的，你以爲會嗎？」年輕的槍手說：「我卻是和二亂子哥射的是同一隻，我說過，我是極不願傷生的，不信，您拎起那隻烏鴉看看，右邊腳爪中間，腳爪尖還在不在上面。」

二絡頭不信邪，趕急跑過去撿起那隻死烏鴉，仔細一瞅，大叫說：「了不得，牠的右腳中間的趾爪，果然被射斷了，周隆老弟的槍法，勝過古代的箭手養由基啊！」

「傳給大夥兒仔細瞧看。」丁紅鼻子說：「我這四個護駕的槍法，你們都是大睜肉眼瞧見的，有誰不服氣，自認比他們更高明，不妨舉手站出來，和他們鬥一鬥、比一比，要真是勝過他們，我賞大洋兩千啦。」

四周的嘍囉上千人，沒有誰敢舉起手來挑戰的，在他們眼裏，丁紅鼻子這個大當家的確實高人一等，單就這四個神槍手，其餘各股都不是價錢了。

「這四個都射得神準，」丁紅鼻子又說：「論起槍法的神奇來，首推年輕的周隆，他能揮槍擊掉烏鴉的右腳爪，應得一千大洋的賞金。其次是張逢時，他橫切烏鴉的尾羽，不傷到烏鴉的皮肉，槍法十分精準，應得大洋五百。第三是錢風，彈中烏鴉的右翅，讓這鳥蟲半死不活，我賞給他大洋三百。壓後是二亂子，射中烏鴉的咽喉，該得一百大洋的賞金吶。等歇下去，到水櫃上去領錢。」

「大當家的，慢點兒。」周隆突然發話說：「真論槍法，張逢時該得第一，他能橫切烏鴉的尾羽，不差毫厘，這真是太難了，腳爪雖小，總是硬玩意兒，比羽毛好打得多，這頭一名的賞金，我不敢冒功啦。」

「好！就依你。」丁紅鼻子開心的說：「像你這樣不爭功，在咱們各股頭裏，怕還是頭一回見到呢。」

他朝天仰起臉，在滴有烏鴉血滴的雪地上，發出很少有的、闊闊的笑聲……

第四章 風月

雪停後的雲家渡口，照樣是滿熱鬧的。各地的平民，明知丁紅鼻子攏聚一夥土匪窩聚在這兒，但土匪一樣要銷贓，一樣要吃喝買賣，花錢看熱鬧，因此，做吃食買賣的、收取贓物的、賣牲口、賣火藥的、說書賣唱的，照樣麇集到這裏來；土匪並不爲難他們，因爲敢跟股匪打交道的人，多半跟股匪裏面的嘍兵熟悉，總有些沾親帶故。

在渡口的茶棚子裏，瞎子老于正說著全本的濟公傳，把濟公和尙給說活了，他的閨女大妞兒，在一邊幫腔，一敲一答，配合得十分精采。年輕的槍手周隆，也抽出一些閒空兒，做了老于的聽眾。

「是老瞎子自己摸來的嗎？」他問愛聽書的二亂子說：「聽說書的人不少，但願意給錢的並不多呢。」

「于瞎子父女倆，在縣裏說書出了名，沒有旁人比得上的。」二亂子說：「你以爲他是自己摸得來的，那就錯了。他是二絡頭嬸兒花廿塊銀洋包底，把他們請得來的，她們母女全愛聽濟公傳呢。」

二絡頭孀帶著巧姐和素姐，坐在最前面的座頭上，喝著茶、嗑著噴香的葵瓜子兒，周隆和二亂子坐在較後的座頭上，周隆把帽簷扯得低低的，他不願意和二絡頭的兩個閨女打上任何交道。

但巧姐兒的眼尖，一眼就認出他是射落烏鴉腳爪的神槍手，兩眼瞇睎瞇睎地朝他瞟，彷彿把書裏面的濟公也扔到一邊去了。

「媽呀，他不就是大伯身邊的活線手嗎？」巧姐扯著二絡頭孀，指著要做母親的瞧看。

「濟公正捉拿採花淫賊華雲龍，你不靜下來聽書，總在胡亂打岔。」二絡頭孀兒說：「那個年輕的護駕槍手，油頭白臉的，當心他就是華雲龍那號人物。」

「不是。」年小的素姐低聲說：「我看他滿老實的，說話都會臉紅呢。」

「用不著你替你姐敲邊鼓。」二絡頭孀無動於衷的說：「凡在這夥裏頭的，都不用跟我提，沒有一個是正點的人物。一筆能寫出兩個賊字來嗎？——連你爹在內，都是害汗病殺千刀的貨色。」

周隆隱約聽得出她們在說什麼，卻裝著全沒聽見，一本正經的在聽著說書；于瞎子還是那副老模樣，身上那件打補靪的藍大布棉袍兒沾著洗不脫的油斑，他說濟公傳和當年說平倭傳的神情語態，都大不相同，他在說到華雲龍那夥賊人時，特別的誇張嘲弄，一口一個賊骨頭、賊胚子、賊短命、雜種毛賊、採花的淫賊，罵得不亦樂乎，每當于瞎子罵賊的時刻，二絡頭的老婆就點頭叫好，在一邊聽書的股匪嘍囉們，當然不敢說什麼了周隆記得上一回瞎子老于去老鄒莊說書，並沒攜帶他的閨女于鳳，聽說她說書的本領還在她爹之上，尤其擅說苦戲，說到歷史上煙煙雲雲的離合悲歡，她會用徐緩的悲情的音調，曲曲彈唱出來，不知賺了多少人的眼淚。

于鳳有一張瓜子龍長臉，雙眼股，挺俊的鼻梁，黑眼靈秀有神，處處顯出她入於江湖卻不同流俗的風儀，她在穩靜中隱含著一股俠氣，他立即就感覺出來了。

槍手二亂子雖在聽書，但他眼睛老是瞟著前座的巧姐，彷彿他一廂情願要當二把頭的女婿，巧姐沒說話，素姐卻低聲罵他是「賊骨頭」。

直到說書散了場，周隆踱出來，站到殘雪斑斑的河堆上，心裏還在納悶著，他想到自己潛離老鄒莊，並沒跟族祖鄒世清稟明，叔叔鄒棠一向也非常關心他，自己改名換姓混進匪窟來，他們想必都急壞了，這回于瞎子父女來到雲家渡口，是不是打探他的消息來的呢？

在這種緊要關口，人必須更加冷靜，最重要的是不能洩露自己真正的身分，也不能讓丁紅鼻子和那些匪目們動疑，否則性命就很難保得住了。他想到：于家父女久走江湖，即使認出他來，也不會出聲張揚的。

他正沉沉的想著時，背後有人低聲說：

「鄒小少爺，咱們總算把你給找著了。」

他回頭一看，來的正是于鳳，她穿上一領羊皮滾邊的銀色背心，手捏著汗帕，輕悄悄的踱到他身邊，黑眼裏帶著一絲笑意。

「我早料到了，是叔祖託你來的？」他說。

「不錯。」于鳳說：「還有塾師宋老爹、武師何兆魁大爺，他們全在念著你啦。」

「回去告訴他們，我在這兒很好。」鄒龍說：「我已改名周隆，周武鄭王的周，興隆的隆，等我辦完該辦的事，我會趕回去的。」

「鄒龍和周隆，念起來一樣，你真會改名字啊。」于鳳說：「前不久，有人看見你跟在丁紅鼻子身邊，回去稟告了，世清老爹才託我們踩過來，和你連絡的。」

「咱們早先沒見過啊。」

「我會問啊。」于鳳笑說：「昨兒你出場賽槍，我也在看熱鬧呢。」

「我在這兒的事，你得關照叔祖，無論如何不能聲張，萬一弄砸了，我是雙拳難敵四手啊。」

「你儘管放心，」于鳳說：「世清老爹也託我們帶話：身在虎穴，凡事要謹慎，不可大意行險。我走啦。」她說完話，就回身走到旁處去了。

鄒龍覺得叔祖的顧慮是多餘的，他窩在這兒，心思比頭髮還細，凡事都再三的揣忖著，不願輕率的行險。他不只要刺殺仇家丁紅鼻子，最好能把這些兇悍的匪目多幹掉幾個，免得日後再多費一層手腳。

真要輕率行險，他有太多機會可以動手，但他仍願耐心的等待著，看看丁紅鼻子怎樣利用夏歪和鬼子勾結，看看這一大批股匪日後的動向；這些時，他留心打聽一切有關他們的秘密，各股匪目的出生背景，日後可能窩藏的地方，中央的地方團隊一面要抗日，一面仍要加緊剿滅這些擾亂地方的毒蟲，他要做的事還多著呢。

目前，他和另外的三個護駕槍手，彼此相處得還算不錯，但那三個對丁紅鼻子，雖不能說是死心塌地，至少仍相當的忠誠，他想動手，得要分外當心，否則，活出去的機會不大，讓他爲幹掉幾個土匪就把命給賣掉，他算算賬，覺得太划不來了，他要留著這條命，像明代名將戚繼光那樣，再演一次平倭傳，那才轟轟烈烈的夠本啦。

越是接近歲尾，雲家渡附近來的人越多，其中大半是股匪的親眷，也是無法捱冬的饑民，他們跑來尋找子姪，希望能弄到一些餬口的糧食，偏偏股匪本身也困於風雪，半饑半飽的捱日子，這樣一來，大夥兒只有喝稀湯了。

丁紅鼻子頗爲惱火，把各股的頭目召來開罵說：

「瞧罷，禍全是你們先惹的，你們接了眷口來，怎能禁得住手底下的人？這好，咱們變成一大攤的蝗蟲，坐著啃食了，問題是咱們沒的啃啦。」

「我說老大，」丁二綹頭頗不快意的說：「如今光景不同，四鄉全都鬧著饑荒，連糧種都留不住了，他們若是有口飯吃，誰願迎風冒雪的一路冰凌踩到這兒來？來的既都是老親世誼、家人骨肉，你能下令把他們下鍋煮湯喝？」

「這些家人眷口，也不是咱們要他來的。」蘇老虎跟著說：「是他捱不過隆冬，自家找得來的，依您又該怎麼辦呢？」

「噢，你們倒把難題反掀到我的頭上來了？」丁紅鼻子說：「我是沒家眷的人，講重了，你們說我講風涼話。好，剛剛只當我沒講，你們的一屁股臭屎，自己去擦好啦！餓死了人，甭怪我這大當家的沒事先提醒你們，是不是呢？」

丁紅鼻子厲害就厲害在這種地方，明明他惱火透頂，吐話仍然軟塌塌的，絕不會把燙手山芋朝懷裏揣，遇上他這套軟功，二絡頭和蘇老虎全拿他沒有辦法了。

丁紅鼻子看他們面面相覷的樣子，接著又說：

「不是我老哥哥故意出難題，我不說，難處還是在的。上回借的五十擔糧轉眼又吃光了。鬼子困在縣城裏，一樣沒餘糧，夏歪那邊，恐怕也自顧不暇了，等到連稀湯也喝不到嘴的時刻，咱們又怎麼辦？主意總該由大夥來合計，不能全靠我呀?!」

「實在沒辦法，只能拉槍出去做幾票了。」戴老哈說：「儘管冒險，也顧不得那麼多啦。」

戴老哈的話，顯然像木杵撞門般的，把在座的各人都撞了一下，有的摸頭、有的捏鼻子，全若有其事的動起腦筋來了。早先他們拉出去做案，各股齊動，在丁紅鼻子統一號令之下，有著他們的規矩，像分配水子（**即錢財物品**）、管理肉票、死傷區處、勞役分擔等等，這些規矩是各股頭合計訂定的，只要按老規矩辦事，各股全沒有話說，這一回戴老哈提到冒險出巢的事，情形比較不一樣，大夥兒不得不認真酌量了。

「要是傾巢而出，這風險可就太大了。」二絡頭首先說：「咱們要灌哪幾座村寨，也得要先臥底，把虛實明暗全都盤弄清楚，然後才動得了手，睜著眼幹瞎子的事，千萬玩不得的。」

「過河先試水深淺，這是不消說得的。」丁紅鼻子說：「傳哨馬頭目來說話。」

哨馬頭目卞通，也是精明強悍的小匪目，他在各股匪目的面前，用桌上的茶杯擺出情勢圖來，稟告說：

「目前在本縣各地，十有八、九都在中央游擊隊手裏，老縣長戴聖公一把罩，汪老區也成了副指揮，他們在囤糧集火，打算在開春後，配合魯南、徐州中央大軍，在華東戰場和鬼子大幹。咱們如今在中央和鬼子兩大勢力之外，婊子養的私兒子，硬被擠到雲家渡這塊荒天僻野來，只要朝北一伸頭，就會碰在中央的火牆上……」

「朝北既不能伸頭，」苗小混子說：「那朝南呢？」

「朝南是鄰縣陸小濱的地盤，他手上也捏有三、五百條槍，大夥全在道兒上混的，越界做案，按慣例總得要跟陸當家的打聲招呼，這是大當家要決定的。」

「嗯，陸小濱是我叩過頭的把弟，話倒不難說。」丁紅鼻子說：「不過，越過雲家渡，鄰縣北角要比這兒更荒涼，都是些低矮的荒村茅鋪，每個村子找不到幾戶像樣的人家，他們自己少吃無穿的，還在等人賑濟，咱們去了，能刮出什麼油水呢？再說，那是陸小濱、陸根毛兒他們的老窩，那裏的莊戶，都是他們夥內的親眷，咱們做了案，豈不是挖了把兄弟的老根？這個，動不得呀。」

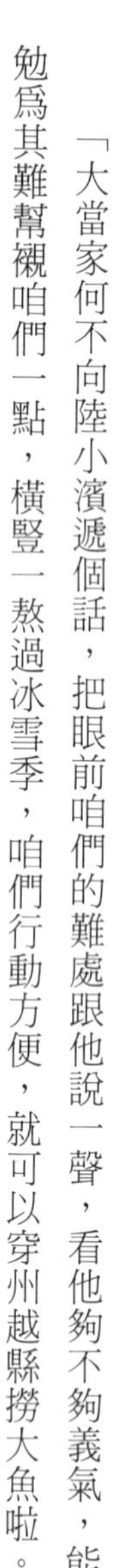

「大當家何不向陸小濱遞個話，把眼前咱們的難處跟他說一聲，看他夠不夠義氣，能否勉爲其難幫襯咱們一點，橫豎一熬過冰雪季，咱們行動方便，就可以穿州越縣撈大魚啦。」苗小混子轉動眼珠說。

丁紅鼻子悶聲幽吁著：

「嗨，說來丟人現眼啦，咱們大股，竟向小股告幫借貸，情勢逼人，不硬著頭皮撕這個臉，又怎辦呢？」

「就算陸小濱肯幫襯，我也不願吃那份窩囊糧。」戴老哈說：「各股的當家全在這兒，兄弟不妨把話撂在明處，打今兒起，我領著自己這股朝北闖，管他什麼戴聖公、汪二區，什麼火牆鐵網，我是硬豁啦。」

「兄弟，你夠硬棒的。」丁紅鼻子在平靜中還帶點兒讚美的意味：「人各有志，不可相強嘛，但我絕不傷感情，認定你是脫股散夥，你不妨朝北拉，先去試試，要是運氣不順，混垮了桿兒，照樣回來，萬一你混抖了，咱們混癟了，照樣掉頭跟著你幹，這不是皆大歡喜嗎？」

「混這個行當，還談得上什麼志氣。」戴老哈強忍著，但眼淚還是從鼻孔滴出來，落在他的鬍髭上，他說：「我只是帶著一夥跟我混飯吃的盲鳥，拚命去打食罷了。我他娘算是天下最沒志氣的，除了攏著百十桿槍亂飛亂撞，什麼也不是。」

他沒有和在座的任何人打招呼告別，插起他壓在桌角的匣槍，低著頭，轉身衝向屋外去了。他走後，屋子裏沉默無聲，更顯得陰冷沉黯，空氣也都僵凝住了。各股頭目轉望著丁紅鼻子，等著他開口。

「陸小濱那邊，我會派人去搭線，戴老哈那邊，也不必再勸阻他了，一切由他去。」丁紅鼻子聲音平靜，神色卻顯得疲乏和沮喪：「今兒沒事了，你們回去罷。」

遣開一屋子人，他歪上煙鋪，召錢風進屋，交代他騎馬越雲家渡，去找另一股土匪大頭目陸小濱，盼望對方能設法解困。

「把兄弟是一回事，現實又是另一回事，」他對錢風說：「我的意思，是讓你把咱們目前景況照實告訴他，不必提出希望的糧食數目，人人有本難念的經，我也不願強打鴨子上架，讓對方爲難。」

「大當家的心意，屬下理會得。」錢風說：「我自當把話給帶到，再把對方的情形，逐一帶回來稟告的。」

「對啦。」丁紅鼻子又說：「傳我的話，要水櫃上封兩百大洋，替戴老哈送去，算是我送他的一小筆盤川，總是兄弟一場嘛，這點兒意思，還是該盡的。」

錢風答應了出來，輕輕掩上裏間的門，護駕槍手們都聽得見，丁紅鼻子在吸煙之後，發出低低的抽噎，不知哪根筋被觸動了，使他在鴉片煙升起的雲霧中，獨自傷心飲泣；在煙榻邊伺候著他的水包皮，並沒開口勸慰他什麼，只替他輕輕的搥捏著。

「若說戴老哈是一隻盲鳥，那我說自己是什麼？」他問著水包皮說。

「你滿有氣度啊。」水包皮說。

「嘿嘿，你說得好，我……我只是隻狗熊罷了！」

隔房聽著他的笑聲，像簷凍鈴上滴下的水，帶著一股寒意。

錢風趕出門辦事去了，丁紅鼻子隔房交代周隆到馬棚去，牽出他心愛的名駒青鬃馬，到外面去放遛。

「小周，你把鞍鐙備上，」他說：「多騎牠一、兩個時辰，趁機會練練牠的筋骨、舒舒牠的血脈，回來再解鞍鐙，牽牠去滾沙。」

「回大當家的，我這就去了。」周隆說。

他騎馬趕到渡口，看到戴老哈的那股子人業已從住處拉出來，麇集到渡口附近的小街道上，有挑擔子的、有牽騾驢的，行李和瑣碎物件的溜搭褂的綑在牲口背上，混家子和部份家眷都裹在一起，除了多出百把條槍，遠看根本就是一群衣衫襤褸的饑民。

小街一端的悅來客棧，緊鄰著小茶館，正是說書的于瞎子寄宿的地方，他看見于瞎子的閨女于鳳正站在客棧門邊發呆，出神般的看著戴老哈那股人；他夾馬掃過去，到門邊的木樁前飛身下馬，把馬繫妥。

「唷，周小爺，」于鳳招呼他說：「怎麼一街都是人，要拉動嗎？」

「嗯。」鄒龍說：「只是戴老哈那一股，他們要到北邊去找糧食。」

于鳳會意的點點頭。

「一本濟公傳，你們還要說多久啊。」他說。

「快啦，」于鳳說：「總想在大年前，陪我爹回家窩去過年吶。」

「那好。」鄒龍挃近她，低聲說：「煩跟我叔祖遞話，我也會回去過年的。當心戴老哈這一股。我走啦。」

他說著，過去解開轠繩，跨上那匹青鬃，揚鞭策馬，向殘雪斑斑的野地飛馳而去。

這匹青鬃馬是丁紅鼻子在沛縣劫來的，他一向愛如至寶，曾經請相馬的專家端詳過，認爲牠是口馬當中最上乘的坐騎，牠奔馳起來快速平穩，又極通人性，知道認人，除了丁紅鼻子之外，牠和鄒龍極爲投緣，也只有鄒龍可騎乘牠。牠迎著烈烈的北風，朝西北奔馳，風揚起牠青灰色的長鬃，馬身和殘雪幾乎是同樣的顏色，牠四蹄撥起的碎雪四處飛散著，鄒龍在馬背上，也在烈烈的風中，一種徹骨的冰寒使他頭腦清醒，他明白，自己匿伏在匪窟這麼久，辦大事的日子就橫在眼前了。

戴老哈率領他的股眾拉向北邊去，據卞通哨馬回報，他們攻撲雲家渡北面十七里地的七聯莊，最先破了兩座莊子，卻被縣保安三大隊團團圍困住了。

「縣保安，原來不是只有一個大隊嗎？」丁紅鼻子聽到消息，十分詫異的說：「怎麼弄出保三大隊來了？」

「跟大當家的回話，」卞通說：「他們目下戶戶出丁、甲甲編隊，業已編成保安總隊，共轄五個大隊，全是足員足額，保安大隊之外，鄉莊自衛隊要更多上幾倍呢！戴頭領那點兒人槍，根本不在他們眼下呀。」

「老戴啊！」丁紅鼻子叫說：「你這回可真是飛蛾投了火，真要粉身碎骨啦，我眼看著你被圍，卻無法拉槍救你，老哥哥我，就只賸這點賭本，你懂嗎？」

「救是決計無法去救的。」卞通接著回話說：「縣保安三大隊，由老鄒莊的鄒棠帶領，他們有一挺馬克沁重機關炮、九挺捷克式輕機槍，火力比原先增大十倍以上，那真是一座火牆，誰碰著了，誰就灰飛煙滅，除掉鬼子，咱們就全數出巢，也未必占著便宜啊。」

「好啦，」丁紅鼻子頗不耐煩的用鼻音說：「你先退下罷。」

這當口，護駕槍手錢風打南邊回來，挑簾子入見，丁紅鼻子急切問他見著陸小濱沒有？情形到底如何？

錢風稟告說：「回稟大當家的，屬下在野河邊的三宮廟見著陸大爺了，他也正受鄰縣韓指揮官的圍剿，損失掉七、八十人，被繳掉五十多枝槍，但他要屬下帶話，細糧沒有，紅薯、黃豆、玉米，他還能湊合一百多擔，盡快送過來。」

「嗯，小濱這算十分夠意思的啦。」丁紅鼻子說：「人說：寧在餓中得一口，不在飽中得一斗。有了這些粗糧養命，我屬下各股，才能勉強捱過這一冬啊。」

「陸大爺他又讓我帶話，如今韓指揮圍逼他很緊。」錢風說：「他把垛子窯安在三宮廟，能維持多久他也沒有把握，萬一事急了，他也許要拉槍過來投靠您吶。」

「唉，真要那樣，咱們可真的變成難兄難弟了。」丁紅鼻子感慨萬端的說。「懊惱，可不是麼？煙燈綠螢螢的光彷佛就是地獄，人常陷在醒著的噩夢裏，早在鬼子沒打來之前，我丁紅鼻子這捻股的混家，可算最風光的時刻，那時各村各鎮異常富裕，隨便踹破一座大莊子，就足夠半年的吃喝花銷，地方上的那幾枝破銅爛鐵，根本擋不住自己的馬頭。這好，鬼子兵打過來，各鄉莊窮困較前日甚，但原先毫不起眼的地方，武力卻急速膨脹起來了，一個總隊等於一個保安旅，竟然出現在這等窮荒的縣分，誰能想到呢！自己若不能和各股頭目合計出一個妥切的辦法來，即使捱過這一冬，來年的情形，恐怕仍未必好轉呢。

「那老錢，」他清清喉嚨叫說：「你們四個都進屋來，幫我拿拿主意好麼？」

四個護駕槍手進到裏間，靜靜等著。

「剛剛卞通來稟事，他的話，你們想必全聽著了？」丁紅鼻子說。

「不錯，他說戴大爺被圍，咱們都聽著了。」錢風說：「就算他們組成保安大隊罷，一個單位能有這許多機關槍，這可是破天荒的事，我還是頭一回聽到。」

「卞通不會捕風捉影，胡嚼大頭蛆罷？」張逢時說：「這事，還得好好查證一下，否則，我也不會相信的。」

「你們不信，我很相信。」丁紅鼻子說：「中央大軍經過這裏，他們想必把一部份比較陳舊的老式槍械，撥給了戴聖公他們了，我相信，他們還留下幹部來，督導地方團隊的編訓，要不然，鄉下人是不會使用機關槍的。」

「大當家估量得沒錯。」二亂子說：「卞通絕不敢胡說亂報，他怎敢跟大當家的撒這種漫天大謊呢?老鄒莊本就很有財力，他們原已買了不少新槍，再加上中央給他們分撥了新的武器，戴老哈那一股，恐怕很難脫困了。」

「讓我為救戴老哈把老本全推上去，賭這一注，我是不幹的。」丁紅鼻子說：「目前最好的辦法，就是暗中差出槍手，找機會，用打黑槍的方式，先把幾個領頭的放倒，像戴聖公、汪二區、鄒世清、鄒棠……他們這票人，非盤倒不可。只看你們有沒有這個膽子了。」

「膽子並非沒有。」錢風說：「但則，咱們全出去之後，誰來替您保鏢護駕呢?」

「這不要緊，讓小周留在我身邊就夠了。」丁紅鼻子說：「這個白袍小將的槍法神奇，真勝過三國時的溫侯呂布呢。」

鄒龍乍聽這等形容，打心窩有些發緊，三國演義，他幼小時候就在書場聽過很多遍了，呂布侍候董卓，最後反要了董卓的命，如果另三個槍手懂得這段歷史故事，一定犯疑的，那自己對于鳳談的話，說是要辦完事趕回去過大年夜，豈非整個泡湯了嗎?

誰知他的擔心是多餘的，連丁紅鼻子在內，對三國演義也只是一知半解，其他那三個，更是粗魯不文，誰也不聽出話的背後所隱含的事。

「既然這樣。」錢風說：「我願冒險走一趟，刺殺戴聖公，先扳倒大的。」

「我去踩上汪二區，」張逢時說：「戴聖公一倒下頭，他準是繼任的人選。」

「我去幹掉鄒棠好了。」二亂子說：「他目前領的是第三大隊，靠咱們最近，拔掉他等於拔掉脊背上的芒刺，日後活動，會方便得多的。」

「很好，很好，」丁紅鼻子點著頭，不過，他又對二亂子說：「你的槍法雖算得好手，但你渾號二亂子，辦事粗心大意，常捅出漏子，我放心不下啊。」

「不要緊，」二亂子說：「我敢跟大當家的打包票，這回我絕不會出漏子。」

「那，你們就趕急準備動身。」丁紅鼻子說：「最好全都趕回來過大年夜，細節的事，你們自家商量著辦就好，這消息千萬不能走漏，否則，真就飛蛾撲火，有去無回啦。」

丁紅鼻子擔心消息走漏，教他擔心著了，鄒龍趁第二天清早遛馬的時刻，業巳把這消息飛傳給于鳳，于鳳再託人把消息轉給了戴聖公。三個護駕槍手離去之後，丁紅鼻子身邊只留下兩個人，裏間是妓女水包皮，外間是槍手周隆，鄒龍尋思過，自己必須提早動手，先放倒丁紅鼻子，但丁紅鼻子如果被刺身死，水包皮活著，便是唯一的目擊證人，如果殺她滅口，那太殘忍了，因爲她淪落風塵，根本沒有罪愆，如果事後帶她走，那是個極大的累贅，一定脫不出匪窩的，唯一的辦法，就是能說動她，讓她提前離開，但這樣做，實在太冒險了。

其實，在這段寒冷的日子裏，水包皮和他雖沒說過幾句話，他卻敢確定，水包皮對他印象極好，來往經過時，經常用水盈盈的眼瞟著他，眼波裏流露出許多無聲的言語，俗話說，眼神顯出人心，這是假不了的，他和她都在伺候著丁紅鼻子這個亂世魔君，平素即使有話也不方便說，一個護駕槍手和大當家的姘婦之間，應該是有自然界限的。

那個冷雨霏霏的早晨，陸小濱那邊車推驢馱的送糧過來了，丁紅鼻子不願讓各股匪目湧進垛子窯，他帶著周隆出去，在廣場上迎接送糧來的，吩咐糧食交由二絡頭去分配各股，由水櫃給付一筆賞錢給送糧的，忙乎了一個時辰，他十分的睏倦了，告訴水包皮，要廚上替他準備點熱湯，他先回房小睡一陣兒。

水包皮到廚上張羅熱湯，周隆從馬棚出來，在二進屋的迴廊間遇著了，水包皮低著頭，粉頸微紅的喚一聲：「小周爺。」就打算進屋去，周隆卻用手勢阻住了她。

「大當家剛睡著，你何必進屋吵他呢。」

「外頭也怪冷的。」她說：「你成天幫著照顧他的寶貝青鬃馬，風裏奔、雪裏踩的，不害冷麼？」

「那是你沒騎過馬，騎馬是最熱身的。」

她站立在廊柱旁邊，略側著臉，用帶些煙花哀怨味的黑眼斜睨著他，一絲隱隱的紅暈在她略顯蒼白的兩頰間流轉，她微點著頭，自家卻沒再講什麼，因爲他們平素沒有交談的習慣，彷彿三言兩語該講的話全都講完了，再下去，不知該講什麼才好。

鄒龍也覺出氣氛有點僵凝，但他比誰都更明白，這是異常難得的機會，他不能讓她妨礙自己要辦的事，又不願爲自身安全坑害了她，有一點機會，他都要緊緊把握住，希望能救出這個苦命的女子。他知道，丁紅鼻子在屋裏睡著了，外宅有兩組把風放哨的嘍囉。內宅除了廚上的，這兒再沒閒雜的人了，他能和她多談些話也好。

他抬頭望望飄灑牛毛細雨的灰空，感慨的說：

「越近年根，越多陰雨，日子很快，這不又快到年根歲底了麼。」

「就是啊，」她也感喟著：「在這兒過沒有一絲年味的年，好煩啦。瞧你一身雨屑兒，都淋濕了。」

「不要緊的。」鄒龍說：「淋濕身子不算事，心不被淋濕就好了。」他說著，朝她笑了笑。

「你的嘴，原來比你的槍法更靈巧。」她的語調略微活潑起來。

「說話最能破悶的。」他說：「那三個沒出去之前，咱們每夜全聊到雞叫呢。」

「你悶什麼？說說看。」她靠近他一些。

「想家。」他認真的說。

「既這樣，幹嘛出來拎槍玩命呢？」

「你不是也來了麼？」

「幹我這行，有錢是爹，有奶是娘，還能挑肥揀瘦選人頭？若真叫我選，你知我會選誰？猜啊。」

她的兩眼不是瞟，而是轉睛盯視著他，一種他從沒經歷過的火燄在她星濛的瞳子裏燃燒。他不自覺的朝後退了半步，舉起一隻手指靠近她想再說話的嘴唇。

「噓……」他低噓著說：「葫蘆就讓它是葫蘆好了，我不想把它剖成瓢呢。」

「嗯，說得也是。」她緩緩的說，同時也後退半步，她瞳仁裏的火燄逐漸黯下去，眼角湧出些潮濕，變成一絲無奈，又含著無言的哀楚。

「歲末啦，你不想家麼？」他說。

「哪來的家，父母在時，家在船上，如今父母不在，船也沒了，你以爲我會想念老鴇啊。」

「真抱歉，」他低下頭：「沒想到惹你傷心。」

「哪會呢？我的心早死了。」她說。

鄒龍覺得這樣的開始，是十分不錯的，水包皮雖身在娼門，過著逢人賣笑的日子，有著見人說人話、見鬼說鬼話的謀生習慣，但也不能怪她，他冷眼旁觀許多時辰，看出她稟性純良的一面來。面對著她，最使他困惑的是：他原不是抓住機會和她談情說愛來的，他剛剛和她講的話，只是正話的引子，至於他要說的，他真的不知怎麼說，根本無法說起。

「我的心沒死。」他想了一陣，接著她的話說：「你年歲不算大，往後日子還長，心死了，怎麼活？」

「你覺得我還有指望嗎？我兩眼漆黑的，什麼也望不著，我前面，沒什麼路了。」

「瞧你，說得多可憐，」他壓低聲音說：「我的心沒被雨淋濕，卻被你的話淋濕了，真的，呃，真想帶你去走一條新路呢。」

她顯然被他的話震驚了，兩眼睜得大大的望著他。

「你真有這個膽，我水裏火裏都跟你去。」

「我，我說的，不是私奔。」他仍然用極低的聲音解釋著：「我只是領你，吶，領你走一條新路。」

「有路總比沒路好啊。」她更認真起來：「小周，你可說話算數啊。」

「一定的。」鄒龍說：「你去廚上看看湯去，改天找機會，我再跟你說。」

分開後，鄒龍踱進屋，緩緩的繞室徘徊：任何道路，全都是人走出來的，可不是？像他和水包皮之間，從沒直接講過三句話的人，要想談通一宗和她生死攸關的大事，真是談何容易？在山窮水盡疑無路的時刻，憑著他的真心和急智，居然呈現出柳暗花明又一村的境界來，這可是事前從沒想到的。

事情有了極好的開頭，接下去，就該他苦心籌劃，仔細的安排了。這些時，他趁著每天遛馬，朝北跑了不少地方，雲家渡北有處地方叫二道泓子，泓邊離官道不遠有座瓦砌的土地廟，廟前有一棵大白果樹，老遠都見得著的，他想帶她離開匪窟，必得先讓她走到那個地方，在夜暗裏等候他，等他辦完事，飛馬過去，再帶她逕奔七聯莊，堂叔鄒棠在那邊，一進入他所轄的地界，他們就安全無虞了。

他知道水包皮不會騎馬，但在北方生活的婦女，卻都習慣騎驢的，畜棚裏養有四匹毛驢，事先經過錢風挑選，腳程都很健，他只要能找到機會，讓水包皮跨上驢背，趕到二道泓子的土地廟，最多一個時辰，等他辦完事，飛馬去接她，從土地廟到七聯莊，飛馬只要一袋煙的工夫罷了。但這個時機怎麼把握，他還得和她商量的。

臘月十二那天傍晚，二絡頭帶著哨馬頭目卞通過來，向丁紅鼻子稟事，說是戴老哈那股人，已經向保三大隊繳械投降了，鄒棠不但沒殺戴老哈，反把他那股人改編成一個增設中隊，要他去守北大河南岸去了。

「他奶奶的，他們這零敲我的麥芽糖，吃了也不嫌黏牙啊。」丁紅鼻子這回總算真的怨恨出聲了：「狗崽子的，你們福大命大，等著瞧罷。」

也無怪他會發狠，因為除了發狠，他根本不能也不敢做什麼，他把一切希望都寄在開春後，鬼子所舉行的大掃蕩上，他心裏在想：你們有機槍算啥，鬼子有飛機、鐵甲車和山炮，唏哩嘩啦的一陣猛轟猛炸，許多大軍全擋不住，何況你們這些地方游雜？你們一垮，就是老子飽掠的時刻了。

三個護駕槍手也都差出去了，他想過，在這種兵荒馬亂的時刻，到處都麇集著逃難的人，憑那三個的經驗，是很容易在中央游擊區混跡的，也許鬼子部隊開下鄉之前，他已經能憑自力把戴聖公以下的中央在當地的頭目放倒了，那時刻，誰還敢說我丁紅鼻子不夠混的呢！……打黑槍，要比全股拉動方便得多，是一宗本輕利重的買賣，退一步說，即使三個全失敗了，他們也未必都被對方抓住，犧牲一、兩個，賠本有限，何況最好的槍手周隆，還留在他身邊呢。

他和二絡頭、卞通三個在裏間講話，水包皮乘機退出來，輕捍了鄒龍一把。

「怎樣?你上回說的事。」她悄聲說。

「我會在適當機會告訴你。畜棚那匹灰疊叉的驢，你騎上牠朝北，過二道泓了，轉東，到大白果樹，土地廟等我，我會騎馬過去接你。都記住了。」他反捏她一下，那個點了頭。

臘月廿的夜晚，二絡頭孀帶著巧姐和素姐兩個閨女到垛子窯來見大伯，甭看這個不通文墨、平臉塌鼻的鄉下婦道，她可真比得上熱血的紅臉漢子，講起話來非常爽直，任何她看不慣的，她全直通通的摞明了講。

她進入垛子窯的內院時，護駕槍手周隆來迎接她。

「二孀您好，」鄒龍說：「大當家的聽說您來，很高興，正在裏間候著吶。」

「媽你不認得他，就是大伯身邊的神槍手周哥哥。」巧姐說。

「哼！」二絡頭孀冷著臉：「你倒會敘親，他是你哪門子哥哥呀，閨女家，要有樣份。」

她這一說，弄得巧姐不敢回嘴，不情不願的一擰腰，把嘴唇嘟著。鄒龍知道她不滿意匪窟裏的人，非但不覺得尷尬，反而打心眼裏生出敬佩來，甭看有些小門小戶的人家，有些人天生就是有教養，二絡頭孀就是個例子，她辨得是非、分得正邪，即使在丁紅鼻子面前，說什麼也都快刀斬麻，真太難得啦。

丁紅鼻子對這個弟媳婦，多少也存有些敬畏，在平常的夜晚，他的垛窯不是讓人隨便進入的，他最討厭婆婆媽媽的事，什麼夫妻、情愛、婚嫁，他耳朵一刮著就煩了，惟有對二絡

頭嬸，他是曲意包容，有時還有點兒低聲下氣的味道，這也許他心上有虧欠，合上俗語所說的：邪不勝正罷。

二絡頭嬸被央進裏間，屋裏掌亮了美孚油燈，滿明亮的，丁紅鼻子仍歪靠在煙榻上，擺著手，一疊聲的要她們就著火盆坐下。

「大伯，我這是帶著丫頭來這兒辭行的，明兒一早，我就打算套車回丁家灘了，恁情餓死在那塊荒地上，再也不願再煩擾您啦。」她開門見山的說。

「怎麼？又跟老二嘔上啦？」丁紅鼻子陪笑說：「老夫老妻了嘛，就算有些不如意也得帶諒些，再幾天就臨到送灶了，你既來了，怎能不在這兒過年呢？」他轉朝著身邊的水包皮說：「去，替她們準備熱茶。」

「哪裏，你說。」

「慢著，」二絡頭嬸用手勢阻止了她：「大伯，我有個不情之請。」

「我請這位姑娘，和外間的那位槍手，暫時退出去，我有些私心言語，想關起門跟您談談。」

「好，好，」丁紅鼻子揮揮手說：「那你就委屈點兒，跟小周去外頭轉轉去，不要走得太遠就得了。」

鄒龍和水包皮退到屋外的迴廊下面，鄒龍打量一下天色，那是陰天的月黑頭，無月無星，一片墨黑，他拉她遠走十多步地，悄聲說：

「畜棚裏，灰驢業已備妥了，路上應用的物件都裝在驢囊裏，你牽出牲口，我送你出邊門，沿坡下的小徑，轉撲官道，記住，二道泓子，大白果樹，小土地廟，千萬留在那兒等我，天亮前，我必到。」

他們走出門的同時，在燈底下，二絡頭孀說出她窩在心底許久的話來。

「大伯，我絕不是和二砍頭的嘔閒氣，我哪還有那個心腸，我人活著，心早就死了。如今是什麼年頭？東洋人跑來咱們國裏，耀武揚威，把中國人看成畜牲。咱們的人，照樣形形式式的自顧自，有人晦嘆認命了，伸著頸子捱刀也不敢吭一吭；有些富戶光想關起門抱住他們的錢財，沒想到沒了國，在鬼子刺刀尖下頭，哪還會讓你金玉滿堂？處心積慮的斂財，到頭來，正合上古諺：井欄打水繩繩短，竹籮打水一場空……我是個無知無識的婦道人，也能看清這點。想不到竟然有那許多人奴顏卑膝，有那許多人，專講私利自肥，像大伯您和二絡頭，拉槍聚眾窩在這兒，又算什麼呢？為名望？為前程？什麼都沒有，這些年來，只染得滿手血腥，您沒想到這一層嗎？」

「你以為我沒想過？」丁紅鼻子說：「我日日夜夜也都在想，咱們生在丁家灘，自小就受夠了富戶豪門的氣，你可記得史家堡嗎？和咱們相隔一條河。」

「當然記得。」二絡頭孀說。

「那年我爹死在外鄉，老娘病著，家裏缺衣少食，我替村裏擔水，憑力氣賺幾文，積聚起來替老娘抓藥；史家堡史堡主的閨女珍珠，清早經常來河邊騎馬。我沒跟她說過什麼話，丁家灘的老余嬸，卻把我家的不幸事講給她聽……」對著綠熒的煙燈，丁紅鼻子瞇睎著眼，費力的尋找遠去的記憶，他的聲音異常低沉：「能說是她好心惹的禍麼？那之後，她時常帶著米糧送給我；河不寬，沒船沒渡的，我得泅泳過河，把米糧頂在頭上，踩水回來。當時對珍珠，我只有感激，從沒存過歪心眼兒。那根本是不可能的事，她是史家堡豪富人家的女兒，我是貧無立錐的窮小子，是做賊的兒子，說什麼也不配。但感情是很奇妙的，珍珠她偏愛上了我，有人把這事告訴她爹，史大老頭派槍丁到丁家灘捉住我，關在他家的夾牆裏，火燒、棍打、灌煤油，各種私設的酷刑我都嘗過了，壓後招來一輛黃包車，要把我拖到亂葬崗去槍斃掉，黃包車經過河邊，我故意歪身翻車滾進河裏逃了命，這些事，二絡頭雖沒眼見，但他都清楚的！打那時起，我學會一個恨字，拉槍混世以來，我確實是個歹徒，二絡頭他也是我帶壞的，我前頭沒路走，正是你罵的那群沒心肝的，後來我大破史家堡，殺了他們男丁活口卅多，我想到的只是因果報應，我等著它，等了好久啦。」

「大伯，您說的這些，二絡頭也跟我略略提起過，」二絡頭嬸說：「過去的遭遇，只是你一個人的事，如今你捻起各股上千人，儘幹殺人放火的勾當，是不是史家堡之外，所有的富戶都該殺呢？……我打北地來，眼見各地為民的，都已拎起槍來打鬼子保家鄉了，你有現成的人槍，卻打算對付抗日的人，這公平嗎？」她的臉在燈光下顯得有些歪斜，彷彿掛不住太重的愁苦，她不是責怪，只是困惑的詢問。

「這世上的事，有幾樁是公平的呢？」丁紅鼻子苦笑著：「我和二絡頭就算遣散手下，跟你回丁家灘去，那些仇家苦主聞風而至，我們能活過三天就是好的了。若說有錯，錯在當初，殺孽實在太重，於今回不了頭啦。」

「橫豎我明早就走了，」二絡頭嬸說：「我也沒指望勸服你們兄弟倆洗手，你們的血手洗也洗不乾淨了，我如今只想把這兩丫頭嫁掉，我的死活就不在意中了！不是嗎？吞鹽滷、吃生鴉片、跳井懸樑、喝砒霜，隨便怎樣都解脫得了，我也不再責怨你們了。」

「弟妹，」丁紅鼻子低沉的說：「你說的話，都算得金玉良言，我已經多年沒聽到過了。難過的是，我半輩子浸在酸菜缸裏，業已泡成這個樣兒，若真有因果報應，我躺在這兒等著它來；立地成佛，我和二絡頭恐怕都辦不到啦。等歇我關照小周，要水櫃撥筆錢給你，算是我的一點心意，給兩個姪女辦嫁粧。」

「免了，大伯，」二絡頭嬸說：「我不願讓下一代沾一文不義的錢財，我嫁給二砍頭的，是你們丁家的人，死了，也是丁家的鬼，我上告丁家列祖列宗，發誓要打我起，替丁家另行豎個樣兒——不再沾一點賊氣。」

「好，你說得痛快淋漓，使我佩服，」丁紅鼻子灰黯的眼裏，閃出一絲光采來：「我這一房，算是絕了，男花女花沒留下一枝，閨女雖是人家人，總也出自丁家門，兩個姪女靠你調教，巴望日後能替丁家留點好的名聲。」他轉朝外間叫說：「小周，替我送客啊。」

門簾兒挑起，腰插著兩柄匣槍的周隆進屋來，哈著腰說：

「要走了麼？二嬸兒。」

「不必勞動，」二絡頭孀恢復她的冷峻：「我們自己會走的，丫頭，跟大伯說再見罷。」

「外頭太黑了，」年輕的槍手說：「我把燈籠替你點亮啦。」

送走了二絡頭孀母女，丁紅鼻子疲倦的挪挪身子，歪倒下來，順起煙槍去吸煙，用鼻音隔房間說：

「小周呀，水包皮她去哪兒了？要她回來替我燒煙泡兒。」

「也許到廚上，替您張羅吃的去了。」年輕的槍手又轉身進屋來說：「我先把小炭爐加炭，替您熬膏兒好了，您這陣子，癮頭真大啊。」

「嘿嘿，」丁紅鼻子自嘲的笑起來：「我這是多吸幾泡子煙，舒舒氣，適才你不在，你不知我有多癟！我那賢德的弟媳婦，一直在罵我，罵得我上不敢吭聲、下不敢打屁，不吸煙，真會脹死。」

「二老孀兒是個難得的婦道人。」年輕的槍手把裝著生煙土的瓦罐子放到小火爐上，用蒲扇搧了幾下，火苗便旺熾起來。

「錢風他們出去不少日子了，」丁紅鼻子噴著煙說：「怎麼像泥牛下大海，一點動靜也沒有呢？」

「恐怕很難得手，」年輕的槍手站起身來說：「有人把消息給抖露了。」

「不會罷？除了你我，旁人不曉得他們出去幹什麼，誰又有那麼大的膽子呢？」

「大當家的，你弄錯了。」年輕的槍手把手捺在槍柄上，不溫不火的說：「消息是我抖露的，我覺得，像戴縣長、汪副指揮、鄒大隊長，他們都不該死，至少是；不該死在你的黑槍口上，——那多窩囊！」

「你！你？你究竟是誰？」丁紅鼻子驚異的坐起身來，用煙槍指著對方。

「我是鄒龍，老鄒莊來的，並不是槍手周隆。」鄒龍穩穩的說：「我祖父、我爹，兩代人都死在你手上，我跟你當面講清楚，你說，這個仇該不該報?!」

「嗨。」丁紅鼻子忽然長長嘆了口氣：「真邪門兒，我剛剛說是躺著等報應，沒想報應轉眼就來了。我說孩子，你的仇該報！誰教我瞎了眼，把仇家引來當護駕呢？」

「你真夠爽的，我佩服。」年輕的槍手說：「你這總瓢把子，不是白掙得的。」

「奉承話，都甭說了。」丁紅鼻子說：「我實在納罕，你跟在我身邊這麼久，隨時都可以拔槍打我，爲什麼要拖到今天夜晚呢？」

「這很簡單，」鄒龍說：「我要找個四邊沒人的機會，面對面把話說清楚，打了黑槍就溜，讓你糊裏糊塗下地獄，我不願意。另外，我要你死，我卻不願陪葬，我這條命，還要拿去殺漢奸、拚鬼子呢。」

「有志氣！」丁紅鼻子豎起大拇指搖晃著：「我他娘賤骨頭，越來越喜歡你了，你把水包皮遣走啦？」

「是啊！你我的事，當她的面料理，那多傷感情。」

「不會嫌我人老嘴碎，耽誤你的時辰罷？」

「不會，」鄒龍說：「你先過足了癮也好，黃泉路上，是沒有膏子鋪的。」

「你很不簡單，滿會替人設想的，人要真有下一輩子，我該倒過來跟著你幹呢。」

「我可活不到那麼久。」鄒龍說：「你還沒投胎，我不定就趕過去了，咱們只是死法不同。」

「留我個全屍如何？」

「照辦。」鄒龍恭謹的說：「是人是鬼，多少都顧點顏面，您那匹青鬃馬，我借了。」

「我轉送。」丁紅鼻子說：「好在我也沒花本錢弄來的。」

「那就謝過了。還有別的交代麼？」

「請把我鞋子套上，我是不慣赤腳走路的。」

在一屋子靜寂中，爐火仍紅著，兩人說到後來，彼此輕聲慢語，彷彿不是尋仇報復，不是死在話別，而是兩情相洽、把酒言歡的味道。年輕的槍手拎起一只小枕頭，捺到丁紅鼻子的左胸心室處，拔槍對準丁紅鼻子的心臟，說一聲：

「您好走，丁大爺，恕我不送了！」

他捺下扳機，且聽轟的一聲，煙榻一震，對方身子朝上一挺，血便從他嘴角外溢，丁紅鼻子最後含糊吐出一個「爽」字，頭便歪向一邊去了。

由於枕頭的關係，加上槍子兒短距離入肉，那一槍悶悶的，並不很響，有點大年夜放花炮的味道。

鄒龍打掉對方之後，扯了一床薄棉被替他蓋上，捻暗煤油燈，輕掩上房門，穩穩的走出去，站在門外等著奔來的腳步。

「周小爺，哪兒響槍啊？」

「不要喳呼，大當家的剛睡，」他說：「你們不要亂跑，穩把住前面，聽到了嗎？」

「是！」外面的巡哨退出去了。

他這才到馬棚去，牽出他已經備妥的青鬃馬，出邊門，越小徑，在一片昏暗中，放韁奔出去了。

第五章 拂曉攻擊

爲了配合魯南蘇北地區的春季攻勢，華東戰場的日軍顯得異常忙碌，他們顧不得天候有多惡劣，增加部隊鞏固連雲港，這是他們在魯蘇交界處所占的重要港口，增援的部隊、武器裝備、後勤補給物品，全靠這個港口，它成爲占領臺兒莊、攻掠徐州的作戰跳板。他們在支那的農曆年前，就已經運送了一個師團、一個炮兵聯隊、大量的補給品，到達連雲港區，司令部給與這個師團的指令，並不是要他們集中兵力，攻掠支那軍據守的要地，而是要他們掃蕩預期目標的外圍，清除爾後作戰的後方障礙，因爲在這之前，日軍只占領蘇北地區部份縣城，駐守部隊的軍力十分薄弱，不足以掃蕩廣大的鄉野，讓支那這許多地方武力存在著，對他們是極爲不利的。

但這支擔任主要掃蕩任務的師團，一登岸就遇上大風大雪，根本無法出動，師團長只能派出一支先遣小隊，試圖和太田少佐的駐軍會合，深入了解情況。

小隊長直賀少尉接受過偵察巡邏的嚴格訓練，非常細心大膽，他從地圖察知，從連雲港到太田少佐駐紮的縣城，最多一百華里，走得再慢，兩天便可抵達，何況師團部加配給他馬匹和駄騾，增加了行動的快捷性呢。

但支那鄉區的道路狀況太差了，略微像樣的道路被支那毛猴子挖斷，變成一段段的死蛇，甭說機動車無法行動，就連馬匹也難以奔馳。

「八力！」他在滑跌一跤後，發狠罵說：「這哪裏是行軍，簡直比受障礙超越訓練還難嘛?!」

積雪的地面下，全是汙泥黑水，一滑一踏的，平地已經能滑倒健馬了，何況各地民眾挑挖的壕塹，有的有一丈五尺寬，一丈以上的深度，橫一條豎一條，彷彿是千百座迷宮，人滑下去，東南西北會弄轉了向，半天很難爬得上來。

他們晨間出發，走到傍晚，最多走了廿里路，有些路段不是用走的，而是用爬的，他們米黃色的軍裝，變成黑一塊白一塊，上面全是爛泥和碎雪，跌跤的人太多，有的朝前仆成狗吃屎，有的跌成手腳朝天的元寶翹，有的平仰下去成爲仰八叉，洋相出得不亦樂乎。

直賀小隊長伏身在壕壁積雪上，舉起望遠鏡朝四野瞭望過去，除了遠天的林齒，少數龜伏的村落和墳塚之外，他根本看不到任何活動的東西，整個大地都是荒冷死寂的，人數眾多的支那人都藏匿到哪裏去了呢？正因這種反常的荒冷，使他從心靈深處產生了駭懼，彷彿和他們作戰的，不全是貧困的支那人，而是這片靜默無垠的土地山川，即使把日本帝國全都變成硝石和鋼鐵，也鋪不滿這廣大的土地吶，日本會勝利？那才見鬼了呢。

因爲沒有人，他們當然也沒受到狙擊，天黑後，他們歇在一處沙塹下面，不敢燃火驅寒，恐怕火光引來敵人的夜襲。那一夜，寒冷使他們無法入睡，對他們而言，在感覺裏，整個支那本土都是冰寒的。

果真是這樣嗎？在距離他們只有七十里遠的鄒家老莊，還舉著火把，迎接他們失蹤已久的小族主鄒龍，以及和他同騎的水包皮。鄒龍為了不願大肆驚動各方，把他如何改名換姓進入匪窟，怎樣擊殺股匪巨酋丁紅鼻子這一段，全都隱藏起來，只說他在外闖蕩，如今要趕回來抓槍抗日了。

「這很好，你就跟著何兆魁師傅，做他的助手罷。」年老的叔祖鄒世清說。

何兆魁如今是戴總指揮警衛隊的隊長，鄒龍便做了他的隊副。

「你的消息傳回來正是時候，」何兆魁對他說：「錢風剛來，就被咱們逼住繳了械，目前正關在老鄒莊的土牢裏，張逢時也被識破，他見風轉舵的降順了。二亂子謀刺鄒棠沒成，拔腿跑啦。」

「我要去看看錢風，」鄒龍說：「他沉穩幹練，算得上是條漢子，只是跟錯了主兒，才變得沒了出路，這個疙瘩，我試著去解解看，也許很快就解得開的。」

「你真的把丁紅鼻子盤倒了嗎？」何兆魁說。

「兩代的仇，總是要報的，」鄒龍說：「但丁紅鼻子並沒有我小時候想的那麼壞，從某些方面看，他很孤單，也很可憐，臨下手的那一剎，我真的有些不忍……」

「事情業已過去了，」何兆魁說：「那總是他罪有應得，你用不著再朝回頭想，打起精神對付鬼子，才是最要緊的呢。」

「鬼子最近有動靜嗎？」

「他們有大批的隊伍乘海輪到了連雲，鬼子的工兵，也正四處拉伕，擴築連雲的機場。」何兆魁說：「天氣只能拖延他們西犯的時間，但陸上的鬼子兵，還是會提前行動的。」

「單只是鬼子並不可怕，」鄒龍說：「儘管他們帶有地形圖，但圖是死的，人是活的，他們仍然是睜眼瞎子。最怕是當地的漢奸帶領鬼子，替他們做眼線，地方上受災就重了。」鄒龍少年老成，穩穩的分析著。

「咱們縣裏的夏歪，就是那號危險人物。」何兆魁說：「得機會，就要把他給除掉。」

兩人正在隊部談事，外頭有人喊報告，說是從連雲拉出小隊鬼子兵，正企圖奔向縣城去，和太田的駐軍會合，第一大隊在監視著他們，業已向縣長兼總指揮報告了。話沒說完，又有人來報，說是總指揮請何隊長、鄒隊副過去開會，兩人趕到臨時指揮部去，看到一大隊的大隊長鄒世清、二大隊的大隊長謝克圖、五大隊的兼大隊長汪二爺、總指揮總的秘書宋老爹，業已聚齊了，大夥兒正在熱烈的商議著什麼。

「兆魁，你們來得正好，」總指揮說：「這一小隊鬼子已經過了宋家旗桿，接近張家磚井崖了，打！還是不打，咱們要好生合計合計。」

「我主張打。」謝大隊長很豪莽的說：「有人以爲在當地打了鬼子，會遭到他們濫施報復，這種說法，其實是似是而非的，咱們即使不打他，鬼子大部隊開來掃蕩，也不會對咱們仁

慈一點，尤其是這批探路的，最好不讓他們和太田的駐軍連絡上。」

「我也贊成打。」汪二爺說：「最好整批吃掉，掩埋他們的遺屍，等鬼子大部隊來時，再通知民眾逃難到別處去，空莊子讓他們焚燒好了。」

「好！」總指揮說：「打，大夥都決定打了，問題在於用什麼方法打？這支小隊有兩門擲彈筒、三挺輕機槍，加配一門小炮、多匹騾馬，火力是很強的。」

「兆魁，你是經過許多陣仗的，」汪二爺說：「像這樣的情形，你看該怎麼打？張家磚井崖那一帶的地形，你該是熟悉的。」

何兆魁用手指點著膝蓋，認真的想著。

「以咱們的火力械彈，實在不易和鬼子硬拚。」他說：「咱們不妨集中馬匹，遠遠的兜住鬼子兵打轉，白天並不去逼攻他們，鬼子的小隊長、軍曹都有望遠鏡，他們發現馬隊，自會停止下來，準備攻擊。咱們用這方法遲滯他們的行動，使他們被逼在不利的地方宿營，一等入夜，先以第一大隊在他們背後佯攻、吹角、吶喊，等他們一開槍還擊就退。第二大隊編成若干接敵小組，趁黑朝上摸，一組一組分批輪攻，投擲手榴彈立即退開，換一組由另一方向去攻，每一個更次都在騷擾他們，不讓他們闔眼，我相信，經過整夜的折騰，他們一定十分疲憊，亟欲突圍，咱們把機關槍預架在險要的所在，天亮後等著他們，他們一開始行動，就攔頭打。我和鄒龍帶著精選的一隊人，在他們混亂奔逃時，帶馬猛衝，敵人在驚慌混亂的時刻，他們的火力，是撤不開潑不出的。」

「嗯，這是絕妙的方法。」總指揮說。

「咱們必得求快，」何兆魁說：「用一整夜加一個上午，把他們全數解決掉，否則，連雲那邊的鬼子增援過來，咱們就抗不住了。」

「張家磚井崖這個地方，位置恰好在連雲和縣城中間，這種天氣，道路全冰封了，鬼子知道消息，趕來增援也是來不及的。」

「好，」總指揮說：「那就分頭回去準備罷。明天一早就開始行動。」

「戴大爺，」鄒龍這時開口說：「聽說錢風被關在這兒，屬下想見見他，不用多久的時間。」

「你說是股匪那邊的槍手？」總指揮說：「虧得你事先捎信來，咱們才把他抓住，我讓衛士帶你見他好了，那個傢伙倒是爽快人，可惜走錯了路，你要能勸得動他，我倒敢用他的。」

在自家宅院裏，鄒龍當然熟悉，錢風監禁在前進屋的左廂，雙手仍是被麻繩紮著，有兩個槍兵看管著，鄒龍進屋時，錢風嚇了一跳說：

「怎麼，你也被他們抓來了？」

「老大，你弄岔了。」鄒龍說：「我原本就是老鄒莊的人，我叫鄒龍，周隆是我另編的名字。」

「你？你是潛進去臥底的？」錢風說。

「甭把話說得這麼難聽，」鄒龍說：「丁紅鼻子殺了我祖父和父親，做子孫的不要報仇

嗎？何況他殺的人太多，不光是鄒老莊一族，他勾結漢奸夏歪，一心想整游擊隊的冤枉，單憑這個，他就夠捱槍的了。」

「你殺了他？」錢風怔怔的說。

「不錯，」鄒龍說：「錢大哥，我沒有什麼好瞞你的，丁紅鼻子是個老江湖，很懂得收買人、籠絡人，但他畢竟不是正經主兒，你不覺得這是他罪有應得麼？」

錢風不言語，幽幽嘆了一口氣。

「聽說張逢時業已降順了，我還沒見到他。」鄒龍說：「我剛一回來接事，就遇上鬼子兵的小隊過境，咱們正準備對鬼子開火，但我還是抽空趕過來看望你，我願力保你留在這兒，幹些舒心暢意的事，你願意麼？」

「你這猴崽子，」錢風罵說：「如今我才明白，是你通了消息，把我囚禁起來的。如今你又落得做人情，力保我出去。你耍的是什麼戲法?!」

「這不是戲法，大哥，」鄒龍說：「我不願在你們面前，解決我和丁紅鼻子之間的恩怨，才出主意遣你們出來；我更不願意你們真把總指揮他們放倒，所以只有用這個法子，大夥兒才都不會受到傷害，我又錯在哪兒？」

「照這麼說，你倒是用心良苦嘍？」錢風說：「他們把我這樣反綑著，連吃飯都用餵的，這難道也是你出的主意？」

「罪過，罪過，」鄒龍說：「我來替大哥鬆綁，你要是跑了，槍斃我都沒的說。」

他果直立即把錢風的綁給鬆開了。

「你說你要帶人去打鬼子？」錢風搓揉著手腕說。

「是啊！」

「那麼，請把我的匣槍還我，衛鋒陷陣，我算上一個。」錢風說：「將功贖罪，顏面上也好看些兒。」

對鬼子直賀小隊的攻擊行動，二天大早就展開了。當第一大隊在背後吶喊佯攻時，鬼子立即還擊，他們火力的猛烈是異常驚人的，那門小炮轟出幾十發炮彈，使宋家旗桿斗的外圍村落，燒起一片大火，佯攻的隊伍也蒙受了輕度的傷亡，但當第二大隊分成若干小組，在夜晚作分批突擊時，鬼子才感到事態嚴重了，因爲他們被釘死在張家磚井崖這個小小的荒村裏面，根本無法動彈。

直賀和他的軍曹仔細計算過，他們用騾馬馱載的彈藥有限，絕不能在援軍未到之前把子彈耗光，否則只有死路一條；因此，他嚴令部下，在支那游擊隊沒到五十米之內，絕對不准開槍，這樣一來，他們吃虧就更大了。

游擊隊的手榴彈非常缺乏，大多是土造黃木柄的玩意兒，平常能拿它當成小錘使，敲敲釘釘不會炸，到火線上面，拉火扔出去，炸當然是會炸的，至於炸成什麼樣兒，那得碰運氣了，碰上運氣好，能炸成四五片，殺傷力略微大一點兒；運氣不好，一炸兩瓣兒，藥力有限，鐵殼打在人屁股上，一樣能燒出紫色的流漿泡來。

對付火力旺盛的鬼子，當然不能使用這種玩意，因此，謝克圖盡力集中白木柄的廠製手榴彈，這種手榴彈體積很小，投擲輕便，但爆炸威力頗大，另外還使用部份四塊瓦型的手榴彈，它雖也是土造，但製造得比較精巧，鐵質部份，壓出方格型的凹痕，取其易於炸裂成碎片，雖然火藥威力不及廠製品，仍具相當的殺傷力。他以五人爲一組，一共編成四十個攻擊小組，每人攜有單刀一柄、手榴彈六顆，組長加攜匣槍，組員使用步槍。他更召集四個吹角手，在不同的方向，響角爲號，指導攻擊組的進擊。

被困在張家磚井崖的直賀小隊，剛剛登陸連雲港，踏上支那土地不久，這一回，算是經歷了最漫長最恐怖的一夜；張家磚井崖一共有七戶人家，其中以張桂庭家的老宅爲主，是四合院、磚包角的瓦房，其餘六家是佃戶，都是低矮的茅屋，形成兩排，蓋在地主瓦房的背後。張桂庭早在七年前就過世，本身沒有子嗣，家業落在過繼的堂侄手裏，堂侄在縣城做小買賣，並沒遷來，瓦房便空著沒人居住，由一個老佃戶照管著；直賀小隊朝這邊奔來時，其餘的佃戶也捲了細軟，牽了牲口逃難，鬼子兵進村時，仔細搜尋，竟然連多餘的糧食也沒找到。

「這些支那人壞透了。」生落腮鬍子的岩本軍曹說：「一點食物都不留給我們。」

「我們攜帶的乾糧，還夠維持兩天。」直賀小隊長計算著：「如果被困在這裏，問題就大了。」

「支那人會來進攻嗎？」岩本說。

「進攻倒不怕，」直賀說：「就怕他們圍著不攻。這兒地勢平坦，我們突圍出去，撞在對方預先布妥的火網上，那會很慘的。」

「如果他們打夜襲，情形一樣很糟，」另一個軍曹小山說：「黑夜裏，看不見敵人，難免浪費彈藥，我們的彈藥問題，要比食物更嚴重呢。」

天落黑之後，果如小山軍曹所料的，支那民軍開始他們奇特的進攻；在人還沒有撲上來之前，黑夜裏先響起綿長恐怖的角聲，四支角在不同的方向輪流吹響，雖然同是低沉的嗚嘟，仔細分辨，卻各有不同，東方的一支是螺角，聲音宏敞帶脆；西方的一支是黃牛角，聲音莽直；北方一支是彎度頗大的水牛角，聲音詭異陰森；南方的一支聲音較爲亢烈，那不是角，而是沒底的油瓶。

這群日軍，在黑暗的荒村裏蹲伏著，他們來不及挖壕、築工事，只能利用原有的牆角，搗破小窗代替射孔，更把機關槍架在瓦房的屋脊上，小炮架在院子裏，在行軍途中突然被圍，心理上的壓力很大，包括對支那土地的陌生感，對支那民軍的不理解，都使他們恐懼不安；這怪異的角聲，彷彿是從地心湧盪出來的，是鬼靈的吶喊、死亡的呼叫，使他們在手套裏已凍得麻木的手，下意識的把槍抓得更緊。

直賀小隊長習慣去捏他掛在胸前的望遠鏡，摸了多次才意識到這是沒有用的，寒冬的夜晚，外面潑墨似的黑暗，他根本什麼也望不見。但他的感覺仍在浮游著，白天他曾舉起望遠鏡朝四野瞭望過，大地是荒冷死寂的，他沒有見過任何活動的物體；怎麼到了黑夜，它竟然活過

來了，繞耳盤旋的角聲，使他用感覺看到在黑地裏蠕動的人影，正朝他們逼過來，逼過來，要把他們全都撕裂。

繼著角聲之後，四面都騰起喊殺聲，有一股山搖地動的氣勢，但對方光喊不攻，使日軍在直賀的嚴令下，不敢輕易的開槍。有幾個被徵集入伍的新兵，已經嚇得手摸著千人針袋和護身符，用戰慄的聲音禱告著了。

初更時分，一個攻擊小組從黑暗中接敵，把手榴彈拉火擲進日軍防守的院子裏來，其中有一顆滾到直賀的身邊，直賀抓住它回扔出去，剛一飛過圍牆，就在半空裏爆炸了；緊接著，院子裏乒乓的起了五六次爆炸，小炮的炮手被炸到牆邊去，屍體撕成了好幾塊，霎時間，呻吟的、呼叫的聲音此起彼落，好像死傷了不少的人。

日軍終於開槍還擊了，機槍分別的打掃射，步槍和投彈筒也跟著發射了，無論如何，這仍是一種浪費子彈的盲射，因爲根本看不到人影。岩本軍曹怨怪這些支那房舍窗子太小、窗口太高，造成許多近距離的死角，圍牆更提供對方最好的掩蔽，假如有時間構工修改，支那民軍便很難越過層層火網，摸到切近處投擲手榴彈了。但這樣的怨怪於事無補，游擊隊一直監控著他們的行動，有計劃的對他們發動攻撲，怎會讓他們有時間構工？

日軍開火只是像刺蝟豎毛，用來恫嚇對方，當他們槍聲甫歇時，角聲又四面繞響，綑住了他們的精神；不一會兒，另一組又像鬼魅般的摸上來，像扔地瓜似的，朝圍牆裏面投擲手榴彈，這次扔進五顆，有兩顆沒炸，其餘三顆落偏了，接近後面的馬棚，炸倒了兩匹馱馬。日軍唯一有效反擊的法子，就是也扔手榴彈，整個下半夜，隔著圍牆，爆炸此起彼落，變成一場手榴彈投擲戰，但這樣一來，被圍困在裏圈的鬼子兵仍吃大虧，他們麇聚在幾棟房屋裏，無法疏散掩蔽，手榴彈在近距離爆炸的震力，使他們屏息龜伏著，幾至無法抬頭，等對方第三波摸來投彈時，他們唯一的一門小炮已經被炸毀，無法放射了。

「八力！八力！」直賀咬牙咒罵著。

看來唯一脫困的方法，只有熬到天亮，利用熾盛的火力，設法硬衝出去了。冬季是夜長晝短的季節，臨到天快放亮的時辰，直賀爬行檢視他的小隊；死傷已有十多個，使小隊的戰力失去三分之一以上，如果天亮突圍，死屍是無法攜帶了，輕重傷患，也勢必扔棄，爲了不能讓對方擄得活口，他下令不能隨隊行動的傷患，一律以自裁以報天皇。

外面的天色，已緩緩的放亮了。他舉起望遠鏡，透過窗洞朝四野瞭望過去，四野是荒寂平靜的，見不著一個人影，這使得昨夜的激戰，彷彿變成一場噩夢，吹角殺喊的支那民軍，就在天亮前的一霎間消失了，在這片野地上，並沒有留下激戰後的痕跡。

岩本軍曹已把傷患處理完畢，屍體堆積在馬棚裏，直賀下令牽出馬匹，舉火焚燒馬棚，將所有賸餘人員分編成兩組，朝東北連雲港方向突圍。

拉出張家磚井崖，馬棚正在起火燃燒著，鬼子的機關槍手，是把機槍斜掛在肩膀上，當成衝鋒槍使用的，他們蹲著身子，一個個像夏日麥田裏的黃悶鳥般的溜動，馱馬和乘馬夾在兩組當中行動，這樣如臨大敵的朝北走了不到半里地，民軍的機關槍就迎面掃射過來了。這是三挺

情況良好的加拿大機槍，發射的聲音清脆威壯，日軍一聽槍響，便全部臥倒，不能再朝前行動了。

他們遇襲的地方，是一塊凹地，沒有任何地形地物足資掩蔽，日軍的還擊根本看不見目標，只顯示出他們無奈的掙扎而已。對方的機關槍輪流打掃射，彈著點很低，打得泥漿殘雪在眼前飛濺。直賀明白，在曠野作戰，最怕遇上不利的地形，被對方槍火釘死，那就難逃全軍覆沒的運數啦。

他緊急下令，用交叉掩護朝後撤退，希望再撤回張家磚井崖，只有那邊還能作一番頑抗；但當他們在機關槍槍火追逐下朝後奔跑時，張家磚井崖已被民軍先占領了。兩挺捷克式機槍也張了嘴，打死了他們的三匹乘馬、一匹馱馬，無可選擇之餘，日軍的隊形完全散亂了，轉朝東南方向狂奔起來。

這時刻，遠處的螺角狂鳴，野林裏突出一標馬隊來，他們並不急衝，遠遠的和日軍作同方向的平行奔跑，一面零星的放槍，那情形，彷彿在兜圍一小群牛羊。當日軍跑得心慌腿軟之際，一堵廢壕裏翻出百十個手掄拖紅穗大砍刀的民軍，齊聲吶喊，奔湧而來，日軍懾於對方的聲勢，轉頭再回奔西北，突擊的民軍業已追逐上來，揮刀砍殺落後掉單的鬼子兵；民軍的馬隊飄然接近，迅如閃電的砍倒鬼子的機槍手，其餘的鬼子在分散中，分別被民軍團團圍住，變成十多個小圈圈，展開最後的肉搏拚鬥。

小隊長直賀與軍曹小山被圍在一個小圈圈當中，他們拔出佩刀和來者砍殺，直賀很想拔出他佩在腰際的南八式手槍，但他根本沒有機會，纏住他的對手，正是鄒龍和他帶領的親兵；小山軍曹遇上了錢風，第三個照面就被錢風砍斷右腿活捉了，直賀又掙扎了一陣，背部被砍了一刀，大睜著眼，被三把刀架在脖子上，結束了這場戰鬥。

天邊沒到傍午，總指揮乘馬巡視戰場，日軍小隊全數覆沒，直賀、小山，另一個兵士被生擒，其餘的都已戰死，所有的武器裝備都落在民軍的手裏。民軍在這一夜加上半天的攻擊中，也死了三個、負傷六個，有了出奇的戰果。

「這一火打完了，」總指揮戴聖公說：「目下要做的，是趕快掩埋鬼子屍體，整頓張家磚井崖，不要留下任何可疑的跡象，一切都好像根本沒打過火一樣。」

「這兩個鬼子頭目怎麼辦呢？」鄒龍說。

「帶回指揮部，另作區處罷。」總指揮說：「總而言之，是不能留下活口的。」

當天夜晚，總指揮在老鄒莊擺了簡單的慶功宴，宴會上吃的是鬼子的死馬，直賀和小山拒絕進食，嘰哩咕嚕的亂罵，但沒有一個人聽懂鬼話，麥場一角，已經架妥兩堆乾柴，就要把他們扔上去活活燒死了。

鄒龍很悲憐這兩個鬼子的命運，找人端來一罈小葉子酒，用強灌的方法，把他們灌醉，因此，直到把他們送上柴堆，舉火之前，那兩個醉鳥還在放聲的唱著：西羅嘰哩阿客哥呢。饒是如此，他們並沒變成浴火的鳳凰，卻變成熊熊烈火中的烤鳥，火後都已全身炭黑，連面目都難以分辨啦。

在中央游擊隊初次圍殲鬼子小隊的同時，雲家渡口的股匪巢穴裏，由丁二絡頭領頭，正舉行丁紅鼻子的葬禮；那兒的氣氛，是相當低沉的，一向精明老練的大當家，竟被人劈胸一槍打死在大煙鋪上，三個槍手放出去沒回頭，最後一個護駕的槍手，又和丁紅鼻子的愛馬一道兒失蹤了，連妓女水包皮也不見了。丁二絡頭估量，年輕的槍手周隆涉嫌最大，他一定是趁著其他三個不在，來一個窩裏反，趁丁紅鼻子不備，拔槍把他做掉，騎了馬，帶著水包皮潛逃掉了。

「這個周隆，究竟是怎樣的出身來歷，只怕連老大也沒弄清楚，就迷裏馬糊的捱了槍啦，」他對各股的匪目說：「咱們非得把他查出來，好替大當家的報仇。」

「我敢說，那白臉後生，一定先把水包皮那騷貨勾搭上了，與她合謀，把大當家的做掉的。」蘇老虎說：「也許他們的姦情，被大當家的當場撞破，才臨時起意，下的毒手。」

「我覺得不會。」苗小混子說：「水包皮原就是千人搗、萬人壓的貨色，那小子未必有心在她身上，你這個猜測不準確。」

「依你說又是怎麼地？」

「很簡單，」苗小混子說：「他是釘樁臥底，蓄意尋仇來的，爲怕水包皮留下道出他的秘密，事後把她帶走了。咱們若能查到水包皮的下落，不難找出周隆來。」

「這可以托夏歪去查，」丁二絡頭說：「水包皮落籍在城裏娼戶中，她只要一回去，立刻就找得到她。」

「也沒那麼容易。」苗小混子說：「那小子既能帶她走，必定有地方安排她，不會放她回縣城娼戶裏去的，托夏歪去查，恐怕也是白查。」

「嗯，」丁二絡頭沉思著：「你們說，這小子會不會是戴聖公差遣來的？這些年來，也只有他們和咱們是對頭，不久前，他們收降戴老哈，分了咱們的勢，如今又把大當家的撂倒，存心逼咱們散夥，這口氣，嚥不下啊！」

「要教我攫著姓周的，他就有十層皮，我也要一層一層的扒光他，他奶奶箇人熊的。」蘇老虎說話時，有一種兔死狐悲的憤慨。

姓周的和水包皮究竟在哪兒，目前誰也不知道，而丁紅鼻子總是裝棺入殯，淒淒慘慘埋進黃土去了，各股人聚會整天，推舉了丁二絡頭幹了總瓢把子，這當口，丁紅鼻子的護駕槍手之一——二亂子奔回來了。

當他看見大當家的業已裝棺，他嚇呆了。

「咱們全上了小周的大當啦，」他叫說：「讓咱們出去打黑槍，這主意分明是他出的，慫恿大當家的遣開咱們，好讓他有機會下手，而我剛到三大隊的地盤上，立即就被人踩上了，這不是小周搗的鬼，還會有誰？算我比較機伶，腳底抹油，及時開溜了，我想，錢老大和張逢時他們兩個，恐怕是出了事啦。」

「不錯，」丁二絡頭說：「照你這麼一說，我心裏更有了底啦！小周和戴聖公他們，定歸是一夥兒的，咱們可以另著人過去打探，不久就會弄明白啦。」

丁二絡頭把蘇老虎升爲二駕，收容胡二亂子當他的護駕槍手，有心要在開春後對中央的老縣長大施報復。

在股匪群中，丁二絡頭的性格和他族兄丁紅鼻子完全不同，他是一意賣狠、豁命前衝的角色，一做了大當家，他就過南大河，去三宮廟那一帶去拜訪陸小濱，同時遊說小股散匪重新捻集他的股頭，陸小濱率先入夥，緊跟著來的有女匪目莫大妮子，海匪蔡老晃，流匪張七張八兄弟、羅駝子、朱大耳朵，一共有七、八股，槍枝人頭有近千之數，重新捻股後，丁二絡頭手握的人槍實力較從前暴增了一倍，但他用嘲笑的口吻對蘇老虎說：

「咱們這叫做胖不是胖，是他娘的虛腫！」

其實也並非嘲笑，多少有些因由，新投來的各股，除了陸小濱和蔡老晃是老匪目，確實有些實力，其餘各股，人不像人，槍不像槍，根本就是當地無賴和遊手好閒的饑民，一心想捻股張勢，方便掠奪，丁二絡頭收攬他們，當然另有用心，人頭多了，才好和中央的游擊隊對耗，用不著一上來就推出自己的心腹老本。

這時候，二絡頭差出去的哨馬帶來消息，說是中央游擊隊曾在不久前和鬼子接火，一日夜之間，就把從連雲過來的鬼子一個小隊吞掉了。

「在什麼地方接的火？」二絡頭說。

「張家磚井崖附近。」

「他們居然能吞掉鬼子，」蘇老虎說：「足見他們的火力，跟當初大不相同啦。」

「哼哼，這樣才有得瞧呢！」二絡頭笑出聲來：「他們吞掉小的，才會引出大的，我敢打賭，一開春，鬼子大部隊必會開出來掃蕩，戴聖公那批人就慘了！……他們是在替咱們造機會啊！」

這個年節，丁二絡頭的身心都沉浸在快意報復的幻想裏，他希望撥出如意算盤，先讓鬼子把戴聖公手下的保安大隊砸爛，然後他再率股出擊，加上一刀。

他宰殺牲口，在雲家渡宴新舊各股，大夥吃得酒醉飯飽，唯一讓他不快意的，是有人跑來稟報他，說是有幾雙紅了眼的野狗，刨開丁紅鼻子的新墳，把棺材板都咬壞了，準備拖出他的屍首大啃。

「嗨，我那老哥也真可憐，」他說：「生前不明不白捱黑槍死了，入葬後又犯了天狗星，怕連骸骨全保不住了，這……不是大大的麻煩麼？」

「去幾個人，把那些野狗全給我砸死！」他憤憤的說：「連幾條野狗都對付不了，我這大當家的還能幹嗎？呸，真她娘的霉氣。」

第六章　日軍精銳

日軍終於在蘇北地區發動了春季掃蕩，攻勢的矛頭，是號稱精銳的春野聯隊，加配了炮兵和工兵，上級給他們的指令是越過北六塘河，在南岸作西向迴旋，配合當地駐軍向西掃蕩，切斷徐州對南方的交通線；南木聯隊作爲掃蕩部隊的右翼，沿著隴海鐵路西進，遠遠監控徐州支那軍外圍防線；崛田聯隊作爲掃蕩左翼，沿海岸線朝南掃蕩，然後以大迴旋西進，與兩淮駐屯軍會合，繼續掃蕩至洪澤湖東岸……日軍司令部縝密研判過，在這一帶地區，已經沒有支那軍正規部隊駐紮，以日軍一個旅團的力量，作扇形展開，應該很順利的完成掃蕩任務，徹底摧毀支那軍零星的地方武力。

開春後，天氣是明顯的轉暖了，但道路狀況仍然不良，除去泥濘濕滑之外，更被鄉野民眾挖斷，有時逼得軍用卡車必須越野繞道，隨時靠工兵的支援；春野聯隊就是在這樣情況下出發，去執行任務的；聯隊長春野，對支那地方軍的抗日作爲異常惱怒，因爲直賀小隊正是這個聯隊派遣出去的，結果竟落得片甲不歸，春野認爲新登陸支那的皇軍，頭一次出師就慘敗在支那毛猴子手裏，實在是奇恥大辱，這筆債，非盡快討回來不可，因此，出發的頭一天，他便下令炮兵肆意的轟擊遠處的村莊，使那些村落燒起濃煙瀰漫的大火，渡河之前，已有十七處村莊被毀，他的部隊行動時，根本沒遇到抵抗。

「我要支那人用一百條人命，來抵皇軍的一條命！」春野說：「一路掃蕩過去，只要見到支那成年的男人，一律當成毛猴子處決掉，不必向我報告了。」

但臨到掃蕩的第三天傍晚，一支支那的地方軍從側面掩上來，向他們聯隊右翼開火，春野聯隊的炮兵，立即開炮轟擊對方可能結集地區，槍聲不久便沉寂了，入夜後，日軍在龍苴、韓山集一帶宿營，支那地方軍分三路進撲，徹夜作騷擾性的攻擊，由於夜暗的掩蔽，山軍無法施行逆襲，只能判斷敵人所在的方位，開炮鎮壓，一夜之間，炮轟七百發以上，究竟具有多少殺敵效果，沒人知道，春野聯隊長氣得虛火上升，竟鬧起牙痛來了。

春野聯隊的兵源，是來自日本北海道地區，兵士的知識程度低，服從性很強，由於他們多半是漁農樵牧出身，對寒冷地帶和崎嶇地形作戰，比較習慣且具有極大的韌性，在多次實兵演習中，成績優異，聯隊長春野，被譽爲果敢沉著的猛將；但這一回，在支那廣闊的平野上作戰，他所面對的敵人，並不是支那的正規軍，所打的仗，不是攻堅，不是對壘，操典上那套制式的作戰方法根本用不上。他想到軍方把支那游擊隊稱爲毛猴子，是相當有道理的；這些人行蹤飄忽，亦兵亦民，他來找你，十拿九穩，你去找他，便蹤跡全無，雙方開戰幾個時辰了，自己還沒看見過敵人，無怪牙床都痛腫了，一時沒有醫藥，便用一粒戰功丸塞在疼痛的地方，說起話來都嗚嗚啦啦，像被人割掉半截舌頭一樣。

支那地方軍這種騷擾性的間歇攻擊，是最討厭的一種攻擊方式，你如果不加理會，他們真的會蹈隙而進，大投手榴彈，你如果槍炮齊鳴，等於朝廣闊的野地潑硝火、澆硫磺，全是賠本生意。日軍所攜帶的輜重有限，掃蕩途中，無法按時補給，一開始就被逼使用大量彈藥，實在是最愚笨的方法，正因他太明白這一點，所以當炮兵開炮向黑暗的四野轟擊時，每一炮都彷彿打在他腫痛的牙床上，臨到後半夜，他的臉都變了形，嘴巴歪到一邊去了。

「巴格野鹿，這些沒膽的老鼠！」他惱火的托住下巴大罵著：「敢現出身來，硬擋本聯隊的前進嗎？」

他認定支那地方軍不敢硬攖日軍的刃鋒，只能趁黑夜偷襲，或使用蚊蠅戰法，叮吮了就走，但到第二天，出乎他意料的事發生了。支那地方軍竟在六塘河北岸，布置了超過十華里縱深的陣地，硬擋住欲朝西侵的春野聯隊，他們連夜加挑成千百道深長的橫壕，抵死拒守著，把春野聯隊派去擔任斥候的騎兵小隊硬擋了回來。

春野搖電話回連雲，請求增加裝甲部隊支援，以便正面突破這縱深陣地，但隨軍臨時放設的電話線早被對方剪斷，根本無法對後方連絡，面對目前的形勢，他唯一能使用的方法，只有使用炮擊，然後揮軍硬闖，絕沒有退後和迴避的道理，真要那樣，豈不是笑掉支那人的大牙，哪裏還稱得上掃蕩呢？

真實說來，春野倒希望支那地方軍出現，而且愈多愈好，他們送上門來，給與他一舉破敵的機會，免得他要大費周章，翻開地皮去尋找這些難以看見的敵人。

上午九點左右，日軍測定目標，開始猛烈的炮擊，而且不斷把彈著點向後延伸，春野計算著，到正午之前，炮擊停止，立刻進攻，他命令所部的騎兵橫剪支那地方軍陣地的左翼，另一個大隊集中火力堵住右翼，他本身率領主力突破正面，在適當時機，三股會合，包圍殲滅陣中的殘敵。

炮轟時，春野站立在龍苴的一處高阜上，舉起望遠鏡觀察著，硝煙和沙霧捲在一起朝上騰揚，不旋踵間，便升到高空去，和雲塊合在一起了，這種猛烈的炮擊，正是在日本本土演習場中常見的景況，準確的命中率使春野非常滿意，感覺上，牙痛也減輕了許多，有一股快意的報復感在心底朝上蔓延，像飲了霧之鶴般的陶陶然。

……你們這些劫殺皇軍先遣小隊的毛猴子，這一回陷進火網，支那的觀音如來也救不了你們啦！嘗嘗大日本帝國皇軍聯隊長春野大佐爲你們造成的硫磺火湖罷，這比你們閻羅王管轄的地獄更可怕呢。哈哈，哎喲！春野剛那麼張嘴大笑，立刻被牙痛征服了，哎喲一聲，急忙用手掌捧住他的下巴。

炮擊依計劃綿續著，但由於炮火的口徑和射程，對於這片縱深陣地的最後部份無能爲力，春野不願再行等待，便在午前一刻，下令分路進攻，在他計算中，已逾千發的炮彈，至少可消滅支那地方軍一半以上的有生力量，但等他攻下最前面的陣地時，立刻發現他上了大當了。

密如蛛網的戰壕和掩體都是真的，也被炮彈翻掘得非常凌亂，但陣地是空的，多處插有旗幟和麥草紮成的人形物體，卻沒有一個活人。春野曾讀過翻譯的支那古典作品三國演義，仍記

得孔明借箭的故事，萬萬沒有料到，竟在自己身上演出新的翻版。

「巴格野鹿，真笨吶！」這回他罵起自己來了。

當晚，左右翼和主力會師在這片陣地中間，開了作戰檢討會，春野嚴責擔任前哨的斥候隊對敵情研判錯誤，浪費了聯隊的精神體力，也平白損耗了聯隊大量的彈藥，斥候隊長立即答辯，說是他的部隊在接敵時，確實遭到對方多挺機槍的射擊，用擔架運回七個傷兵，隊中的軍曹長川也力證說：

「根據目擊，這陣地在清晨確有部隊，而且還有馬隊在他們右翼活動。」

那明明是說：在日軍開始炮擊前那一霎，支那地方軍全數迅速撤出去了，日軍的炮擊持續數小時，只是在拿炮彈替支那人耕田，天底下有這種氣人的事，無怪比較肥胖的春野不但牙疼，而且牙根發癢了。

「本聯隊一定要追擊他們！把那些毛猴子，全部撲滅！撲滅！」他不斷用手掌撲打著他的大腿，好像他要撲滅的，是他自己的呢質軍褲。

「耀西，耀西！」下級的軍官一本正經的應諾著，並且向春野立正敬禮，表示對他們聯隊長忠誠勇敢的決心和氣魄致敬。

在灌、沭地區，指揮各部民軍抵抗日軍掃蕩的，正是地區總指揮兼縣長戴聖公，他匯集情報，深度掌握了來犯敵軍兵力、部隊番號和他們的背景，經過徹夜的聚會研討，覺得不能在一開始就正面硬擋，用血肉去拚炮彈，徒然增加傷亡，這是極爲不智的。地區民軍的任務，應該是儘量遲滯日軍的行動，使民眾有時間逃避燒殺的兇鋒；其次是運用多方面的欺敵行動，消耗日軍的彈藥和給養，使他們提早離開鄉野地區，減少他們荼毒的機會；第三是引誘敵軍分兵，選擇適當時機獵殺他們的小股，或是埋伏要地，以機遇戰法消滅敵人，打了就跑；第四是活用諜報，事先偵知敵軍補給隊行經路線，以突擊方式，奪取他們的械彈糧秣，逼使敵軍龜縮入城。

龍苴這一場故布疑陣的戰鬥，在欺敵方面，可以說是完全成功，同時，第一、二兩大隊使用盤旋纏繞的戰法，使敵人在追擊中，放棄了原先選定的渡河點，使新安和老鄒莊這些要點，都避開了敵軍的侵襲，把春野聯隊的兵力牽引到西邊去了。

想完全阻止春野聯隊和太田少佐的駐軍會合，事實上是不可能的，保安團隊的力量只能釘住鬼子的尾巴，死命的狠咬幾口，使他們蒙受最大的損失而已。在這方面，廣大民眾也有相同的想法，鬼子兵經過時，各莊各鎮人群逃避一空，當鬼子兵經過之後不久，民眾立刻鳴鑼集眾，各家各戶的丁壯人等，人人拿起可以當成武器的東西尋找落單掉隊，或是迷途失散的鬼子兵，把他們捉住之後，再行火燒或是活埋。

有些地區，原就有小刀會、大刀會等禦匪的組織，他們便拿來對付鬼子，在沭河與北六塘之間，一處野林密布的地區，小刀會集眾了八百張刀，拂曉時分，咬住了春野聯隊的右翼，他們利用晨間的霧氣做掩護，匿伏在密林和凹道中，等待鬼子兵經過，於近距離躍起搏殺。

戴總指揮聽到這個消息，趕急派人去勸說，希望刀會的會主打消這個念頭，因爲他們除了每人一張單刀之外，再沒有別的武器，面對火力強大的日軍，等於白白送死，但來了人來晚了一步，等他趕到時，那八百張刀，業已在林野中捲進鬼子兵行進序列，瘋狂的搏戰起來了。

搏戰開始時，日軍確實受到意外的震驚，也張惶失措，被砍得人仰馬翻；因爲這些刀會的會眾，剛吞飲過硃砂符水，他們把上衣卸下一半，一律裸露出右半邊的胸脯，使用纏紅布飄帶的單刀，奔跳著，吶喊著，瘋狂的揮刀朝日軍砍殺，他們在敵陣中鳴鑼吹角，和日軍絞纏在一起，彷彿是一團團的蟻群，相互咬鬥，景況之慘烈，使久經訓練的鬼子兵也裂膽飛魂。

在晨霧包裹之中，吶喊聲、霍霍的單刀掄劈聲、慘呼嚎叫、金屬的格擊、槍彈的發射聲、馬匹的驚嘶聲捲成一片，日軍的劈刺術和刀會的揮砍術形成捨死忘生的大對決，但日軍步槍的近距離發射，仍是刀會會眾難以抵擋的，半個時辰之後，刀會的傷亡人數激增，逐漸處於劣勢了。

晨霧初散後，春野聯隊其他各部聞警而至，把刀會數百殘眾圍逼到一處窪野上，用機槍掃射，結果是積屍狼藉，沒有一個生還的。

「這些支那毛猴子，厲害多多的哇。」春野說：「他們竟全不怕死的。」

「報告聯隊長，他們不是支那地方軍，全是當地的老百姓，嗯，耕田種地的農夫！是的，他們是農夫，參加刀會的。」

「可惡的支那豬玀，」春野說：「把他們屍體壘起來，澆上了油，點火焚燒掉，清查本聯隊的損失！」

這次意外的捲襲，帶給春野聯隊的損失很大，右翼大隊被砍死了一個小隊長、六個軍曹、四十七個兵士，被砍成重傷無法行動的官兵卅一員，僅受輕傷的一十五員，春野相信，即使和支那正規軍對火，他的部下也不可能在短短一個時辰死傷這樣多。因爲這些支那刀會的會眾，原就存心以死相拚，敢於伏身死地、近身奮搏，使日軍身心受到極度震撼，火力無法即時發揮，所以才使春野聯隊蒙受慘重的損失，儘管刀會被日軍全數殲滅了，聯隊長春野，仍沒能從懊惱和驚怔中恢復過來。

爲了加緊報復，日軍沿北六塘北岸向西，一路火焚大小村落，也坑殺了不少沒來得逃難的老弱婦孺，前鋒抵達官田一線時，終於和駐屯軍太田少佐的部隊取得了聯繫，被接進縣城整頓喘息去了。

從表面上看，日軍春野聯隊是完成第一階段的掃蕩任務，摧毀沿途大半村落，全殲支那刀會八百人，擊斃支那頑民近千人；實際上，春野大佐心裏有數，他率領聯隊穿州越縣，掃蕩一週，並沒擒獲支那地方軍，也沒有擊斃他們幾個，倒是自己的聯隊損失了近百人，全是被支那百姓砍死的，說起來太沒面子啦。

在縣城裏，太田少佐特別設宴款待這位上官，僞縣長夏歪更是曲意奉承，春野的牙痛使他無法享受酒和菜肴，他只記罣著如何清剿支那的地方軍。

「你應該知道，這個地區的毛猴子的，」春野對夏歪說：「他們是，大大的有壞啦！」

「是，報告大佐，他們是大大有壞的。」夏歪戰戰兢兢的說：「他們的總指揮，姓戴的，

副總指揮，姓汪的，大大的有壞，專找皇軍的麻煩，他們成立那個保安總隊的，下面的五個大隊的，機槍手榴彈，大大的。」

「他們盤據在什麼地方?你講。」春野大佐指著張掛的地圖。

「就是這一帶，新安鎮朝東，老鄒莊、三岔口、龔莊……一直到東河岸啦。」夏歪胡亂的指點著，魏翻譯替他翻成日文。

「我要報告上級，對這個地區發動一次全面的清剿。」春野大佐說：「我要把這些大大壞的毛猴子，完全的清除掉，一個也不留下。」

「本部願意全力的配合，」太田少佐說：「上一回，他們打突擊，差點把我的命斷送掉呢。」

春野大佐依據軍事地圖，不斷的研究著，他估計作爲左翼的崛田聯隊，應該清掃了東海岸地區，在漣水縣南端向西迂迴了，如果日軍朝東一路兜壓，支那地方軍只有一路退向不毛的海岸，天氣晴朗的話，還可以請求飛機支援，殲滅他們應該不是問題。

他計畫以春野聯隊的全部作爲掃蕩主力，配合太田少佐的兩個中隊、僞縣保安一個大隊，一起出發，只留下駐屯軍一個中隊留守縣城，按這樣的計畫，掃蕩的兵力要大過對方一倍以上，火力更強過十倍，何況訓練和素質，華軍地方部隊和日軍根本無法相比呢。

但他忽略了一點，那就是夏歪僞軍中，潛伏有中央的人，早把這消息飛快傳告給戴總指揮了。

「咱們有時間把部隊轉移到北邊去，」戴聖公召集幹部聚議說：「但東海岸被日軍焚掠得很慘，上萬的難民湧到老鄒莊附近來，咱們是遇上危急，不管老百姓只顧自己逃命的人嗎？既然不是，這個仗仍然要打的，咱們要商議的，也只是怎麼打的問題。」

「鬼子的火力比咱們強得多，」謝克圖大隊長說：「像刀會那種盲目亂打，是不足取法的，咱們要保護地方百姓，又要對抗鬼子兵的大部隊，這個仗打起來就累壞人了！」

「我認爲應該做口袋，一路敗退，把日軍引到老鄒莊來。」警衛隊長何兆魁說：「咱們始終站在外圍，部隊移動方便，鬼子兵絕占不到便宜。」

「鬼子要是真的把老鄒莊燒了，咱們還是要打好這一仗的，」鄒世清說：「不論死傷有多慘重，咱們都得認，既然扛上槍，就要替老百姓做一把護傘，讓他們盡快逃到別處去。」

趁著鬼子大部隊還沒開下鄉，這塊被預定爲他們掃蕩地區的百姓，便在戴總指揮的勸導下，分批向南或向西北方的空隙處逃避，妓女水包皮原被鄒龍安排在老鄒莊昝口群裏，逃向西北的，但她突然跑去見鄒龍，說她決意不走了。

「你一個年輕的婦道，留在這裏擋不得用，反而是部隊的一個累贅，這兒很危險，你該知道的。」

「我逃出去不危險麼？」水包皮淒淒的笑了笑：「丁紅鼻子死了，你以爲二絡頭會放過我？我和你一道兒出來，不是同謀也是同謀，我是寧願死在這裏，也不願落在那幫土匪手裏的。」

鄒龍點點頭，沉思起來。

「我留在這邊，也不是沒有用處的，」水包皮說：「至少，洗衣燒飯、爲人裏傷照應，我還做得來呀。」

「這回鬼子開下來，是存心要把游擊隊連根刨掉的，」鄒龍說：「他們會燒殺成什麼樣，誰也料不定，你又何苦呢。」

水包皮幽幽的嘆了一口氣說：

「鄒少爺，像我這種人，是早就習慣認命的了，能陪著你們打鬼子，死也沒有好埋怨的。」

事實上，自願留下的不只是水包皮，略微年輕力壯點的男女，有上千人寧願和游擊隊在一起，在爾後作戰時，擔任運輸、行炊、照顧傷患等類的工作；其餘的人，多趁著夜暗，捲帶細軟和食物，牽了牛羊牲畜，分別的逃難去了。

在這山雨欲來的氣氛裏，游擊區也產生了某些意外的混亂情形，那就是日軍左翼的崛田聯隊在作沿海掃蕩時，把成千上萬難民逼進了戴總指揮所轄的內陸區域，這等於剛把本地民眾遣散，又換成了外地難民，他們不是不肯走，而是所攜的糧食吃盡，無法再走了。

更出乎意外的，是水包皮在新湧來的難民群中，發現了二絡頭嬸帶著她的兩個女兒——巧姐和素姐，也跑到這兒來了，她趕急跑來，把這事告訴鄒龍，問他要不要見她們母女。

「二絡頭嬸是不折不扣的好人。」鄒龍說：「我想我該去見她，把事情攤開，和她講清楚，丁紅鼻子是我殺的，人說：明人不做暗事。我該有這個擔當。」

「你怕二絡頭找不到你？」水包皮說：「她再是好人又怎樣？她和二絡頭總是夫妻呀！」

「不會的，」鄒龍說：「我相信她是明白事理的人，識得大體；再說，二絡頭那幫子亡命徒，始終是咱們緝捕的對象，他不找我，早晚我仍會找上他的，我並不在乎這個。」

二絡頭孀和大群難民，住在老鄒莊外的野林邊臨時搭成的蘆蓆棚裏，由第一大隊長派人照料著，也亟力勸導他們往別處疏散，因爲游擊隊本身也缺糧，無法負荷這許多難民的口糧，但又不能眼睜睜的看他們餓死在野地上，只有配搭若干粗糧發給他們餬口，像麥糠、麩粉、黑豆餅、薯乾、薯葉……這些平時充作豬飼料的物品，是鄉野地上人們熬荒時經常食用的，難民們曉得當地缺糧，他們便四處剝樹皮、掘草根、挑挖野菜，和粗糧搭配食用；鄒龍和小包皮兩人去看二絡頭孀，她們母女都正在野地上挑菜呢。

「丁二娘，沒想到會在這兒遇上妳，」水包皮說：「你還認得我們罷？」

二絡頭孀抬起頭，拂開飄舞的亂髮，用呆滯的眼神看著對方，但蹲在一旁的巧姐年輕眼銳，一眼就認了出來，扯著她媽的袖子說：

「娘，他是大伯身邊的護駕槍手，她是伺候大伯的那位姑娘吶。」

「哦，你們是逃出匪窟的了。」二絡頭孀說。

「可以這麼說，」鄒龍說：「我原是老鄒莊的人，我的祖父、父親、全死在丁紅鼻子的手上，我是爲了報仇，才潛進去的。丁紅鼻子怕已入葬啦。」

「嗨，各有各的命數。」二絡頭孀臉孔是平靜的，彷彿早就料到丁紅鼻子會有這麼一天，她沒有驚怔，沒有悲傷，默默接受了這個事實：「但你得當心，二絡頭他們仍會找你算帳的。」

「不要緊，」鄒龍說：「丁家灘那一帶情形怎樣？」

「靠海邊的大小莊子，全被鬼子舉火燒了，隔河史家堡被燒得最慘，也殺了幾十口人，不過，鬼子兵朝南去了，我們這就打算轉回家根去啦。」

「對，二娘。」水包皮說：「要走還得趁早走，再晚恐怕就來不及了。」她打開手挽的細柳籃子，裏頭盛有粗饅頭和一疊烙餅，遞到二絡頭孀的手裏：「這是鄒少爺要我帶給你們的，一路上可以搪饑。」

「這……這怎麼能受你們的。」二絡頭孀感動得心慌起來。

「誰都會遇上難處的，」鄒龍說：「你一定要收下，吃飽了，才有力氣趕路回家。」

也許真的有命數，注定二絡頭孀永遠回不得丁家灘了，就在當天，鬼子大部隊業已分三路出動，炮轟新安鎮和老鄒莊各地了；這次日軍利用晴朗的天色，快速出兵，對游擊區採鉗形攻勢，連雲地區的日本飛機也連番出動，對兩條大河之間的目標，進行掃射和轟炸，一部份逃難離開的民眾，被日機逼了回來，白天根本無法行動。二絡頭孀帶著兩個女兒，剛逃離老鄒莊七里遠，就在河岸邊被日機釘上，她被機槍掃中大腿，等到夜晚抬她回老鄒莊時，已經沒救了。同時，老鄒莊在燒著大火，部隊都已撤了出來，裏外忙碌無比，巧姐和素姐好不容易找著了水包皮，但她們卻找不到鄒龍了。

日軍和游擊隊開火接仗了，在昏暗的夜色中，遠遠近近都是槍炮聲、馬嘶聲、人的吶喊聲、號角聲，哪裏是火線呢？彷彿四面八方都是火線。

在春後的日子裏，四野的禾苗初茁，野地上較少掩蔽，游擊隊的行動全靠四通八達的交通壕，這些深入地下的壕塹，蛛網般的開展著，有的是活壕，有的是死壕，只有游擊隊裏的人才能分辨，鬼子就是撲進來，也弄不清楚的。

鬼子由偽軍嚮導，進撲這塊方圓數十里的地區時，游擊隊的五個大隊和一個指揮部的直屬中隊，確實都在包圍圈的裏面，他們和鬼子分別接火之後，便利用這種交通壕，作急速的橫向迴旋，趁著夜暗，轉到日軍的背後去；所以，當天夜晚，通夜槍炮聲不絕，日軍分三面包圍老鄒莊，節節進逼，實際上，留在日軍包圍網中只有一個大隊，那就是由鄒棠率領的第三大隊，其餘的都已趁虛蹈隙，轉到外線去，對日軍形成反包圍。

就戰術的運用而言，游擊隊指揮官表現得非常卓越，但日軍火力的優勢仍然存在著，留在敵陣當中的第三大隊，處境十分艱苦，他們以土木構成的掩體，被日軍炮火轟得殘破不堪，人員的死傷也很嚴重，但鄒棠督率殘部，仍抵死守禦著。天色放亮後，轉至外線的四個大隊奮勇反撲，軍機槍的掃射，逼到近距離之內，再行投擲手榴彈殺敵。

這真是一場道地的野戰，雙方能利用的掩體，也都是縱橫的交通壕，由於沒有明顯的特定目標，日軍的炮火威力，便相對減少了許多，臨到正午時分，雙方已經在多條壕塹中展開肉

搏，殺喊聲都已變成嘶啞不堪了。

何兆魁、鄒龍、錢風帶領的直屬中隊，也投入了戰場，他們目標集中在破壞日方的炮陣地上，僅僅一個時辰，他們已經摧毀了日軍重型迫炮四門、野炮一門，何兆魁腦部中彈陣亡，錢風左臂掛彩，仍然吊起胳膊鏖戰下去。日軍方面，太田少佐負傷，負傷的部位正在舊創的傷疤上，這使他不得不上擔架，護送到卡車上去了；春野聯隊大致上還能據守住臨時的陣地，並行猛烈還擊，太田的駐屯軍陣形浮動，被游擊隊第一、四大隊衝裂，分別苦戰中，傷亡人數也不斷的增加，而僞縣長夏歪的大隊，遇上這等的戰陣，個個變成驚竄的兔子，提著槍拔腿開溜，晌午一過，大隊變成了小隊，僞軍溜出去被俘獲的也有一百多個。雙方在混亂中拉鋸，一時很難判斷出誰輸誰贏。

游擊隊反撲時的勇猛剽悍，給與春野隊隊長極大的震撼，他從沒想到過，支那地方的民軍具有這樣的戰力，竟敢在白天硬撼具有旺盛火力的日軍。

戰鬥持續到傍晚，游擊隊第三大隊和友軍會合突圍，鳴角撤退了。日軍開始整頓態勢，鞏固陣地，嚴防著對方捲土重來的夜襲，但整夜沒有動靜，到第三天清早，日軍的瞭望哨、斥候隊都沒有再發現敵蹤，這才判斷出他們真的脫離戰場，撤到遠處去了。春野大佐巡視激戰後的戰場，看到許多條塹壕裏，日軍和民軍的屍體相枕狼藉，壕壁上滿濺腦漿、鮮血、碎肉和殘肢，有一個穿草鞋的支那民兵，用單刀砍進一個日軍的肩胛，而日軍的槍刺戳進那支那民軍的肚腹，他們的屍體都仍保持當時的直立姿態，生死如一的僵持者。

當然，這次戰役，游擊隊傷亡人數眾多，幾乎是日軍的三倍以上，但春野的士氣已被擊垮了，聯隊長春野神情充滿沮喪，他原以為掃蕩支那地方軍，會像逐獵一般的摧枯拉朽，對方根本毫無反抗餘地的，誰知刀會在前，民軍在後，都顯出他們頑抗的力量，使春野聯隊大受創傷；尤其是老鄒莊戰役，他們遂行了反掃蕩，幾乎把春野聯隊擊潰，這真是春野聯隊的恥辱，但支那地方軍早已遠颺，找也找不到了，既找不到活的，只好把怨氣發洩在支那地方軍遺屍的身上，他一怒之下，下令戮屍，把那些屍體裸列在曠野上，不予埋葬。

做完這事之後，他糾集當地駐屯軍和偽軍，狼狽的遁回縣城，重新整頓去了。

對民軍而言，這一火付出的代價，要比日軍估計的更為慘重，五個大隊縮編為兩個大隊，由鄒棠和謝克圖分領，直屬中隊保持原建制，由鄒龍升任隊長，錢風擔任副隊，他們擄獲部份日軍的械彈勉可使用，但七九步槍子彈業已打光，手榴彈連一箱也不賸了。

「沒有彈藥補充，槍枝變成燒火棍了，」戴總指揮說：「這正是部隊最虛弱、最危險的時候，如何補充彈藥，是十萬火急的事啊！」

「這情形，還不能透露出去，」汪二爺說：「等鬼子撤走，咱們回到老鄒莊，再慢慢計較，如今，我最擔心的是二綹頭那股土匪會來趁虛侵襲，咱們難免會吃大虧，搞不好，會栽在股匪手上呢。」

「我想，不至於有那麼嚴重，」鄒龍說：「股匪只是人頭多，他們一樣缺少槍枝槍火，二綹頭很精明不錯的，但嘍囉們腦瓜裏多少也有幾條紋路，要他們拚命又沒什麼賺頭，他們會願

打這個仗嗎？」

「我們提防那些土匪，總是沒錯的。」戴總指揮說：「你不是說，他們缺糧的情況嚴重嗎？開春後，他們會像餓久了的餓狼饑獸，開柵就朝外闖的。」

「不要緊，」鄒龍想起什麼來，向總指揮報告說：「丁紅鼻子死了，他本身那股人被併到二絡頭手下，他們未必心服，中央要真能招安他們，給他們自新的機會，這邊有現成的連絡人手，像錢風、張逢時都是他們的老人，用得上的。」

「嗯，」總指揮點頭說：「一等到咱們把傷亡的事務料理掉，立刻就合計這事。」

談到處理傷亡，大夥的臉色都陰黯下來，四野的壕塹裏，日僞軍的屍體都被撤退的日軍疊上卡車運走了，遺留下來的全是當地的軍民，他們的屍體，被日軍拖積起來，用刺刀濫戳洩忿，每具屍體都面目全非、肚破腸流，屍臭揚溢，在數里外全聞嗅得到，當時沒有這許多棺木，連捲屍的蘆蓆都編不出來，只能趕夜挖個大坑，把他們一起埋葬了。

葬屍的那夜，土墳前燃燒著大堆的紙箔，陰陰的紅火閃跳著，不時照亮生者的眼眉；年輕的鄒龍腰插駁殼槍，胸前掛著四顆手榴彈，默立在總指揮的後面，環著那座千人塚，是全部的武裝弟兄，他們也都握拳默立，向死者致哀和致敬。這原不是部隊，他們都是家根左近的人，有產有業，各人經紀他們自己的生理，土匪來時，他們才參與鄉隊保家保產，等到鬼子兵打來，中央大軍撤離了，他們才穿上軍裝成爲地方的部隊。爲了保護和疏散民眾，他們不得不以弱敵強，用粗陋的裝備搏殺精良的日軍，這如今，他們都流盡了碧血，葬入地層了，春天的蔥龍將掩蓋他們的骸骨，而悲慘的記憶，將永留在生者的心裏。

除去幾位燒化紙箔的婦女，其餘的人都默立著，沒有眼淚，也沒有啜泣，因爲抗日的戰爭，還只在全面開始的階段，還有無數苦難的明天，等著人用火、用血、用生命去穿過它，流淚和悲泣毫無用處的。

千人塚是上千活著的人剷土堆成的，鄒龍在剷土時想到他的隊長、也是他武術教習何兆魁，正是和他拚攻日軍炮位時飲彈陣亡的，在游擊隊全軍當中，他是最知兵善戰的男猛人物，第一場硬戰就損失了他，太可惜了！

「何叔，您安歇罷，您留下的擔子，我會盡力挑起來的……」他默然的喃喃著。

老鄒莊戰後，春野聯隊並沒有再次進行掃蕩，他們在縣城只停留三天，便向西開拔了，留下太田的一個大隊，勢單力薄，更無法拋棄縣城，深入曠野的蠻荒，進行什麼樣的掃蕩了，鬼子據城、游擊隊據鄉的態勢就此形成，依照雙方的實力，這種態勢，是很難在短期內有所改變的。

盤據在雲家渡的股匪，推出新的首領二絡頭，他原打算在日軍和民軍戰後，立刻傾巢出動去撿便宜的，但戴總指揮這一火打得太出色，幾乎把春野聯隊打垮，這使二絡頭生了戒心，不敢造次了。

「咱們的人槍實力，能比得上春野聯隊嗎？」二絡頭對各股的頭目說：「春野聯隊掃蕩老

鄒莊，弄得灰頭土臉，咱們若是不自量力，一上去準給砸爛掉。」

「可是，咱們的糧食，業已耗盡了。」蘇老虎說：「窩在這兒捱餓，也不是勢頭。」

「幹零票、劫奪小村鎮，也不無小補。」莫大妮子說：「哪兒鬆，咱們朝哪兒去，跟戴聖公去拚死拚活，划不來呀。」

「要是丁二爺能擠掉夏歪，把咱們都弄進縣城去，那是再好不過了。」張七說：「跟著鬼子混，至少不會挨餓，我原就是沒出息的人，抱的也是沒出息的想頭，能混飽肚子，比什麼都好。」

「嗯，」二絡頭說：「你們說的都有點兒道理，爲了打食塡穰子，早晚總要拉動的，至於擠掉夏歪，那倒不必，鬼子只有給番號，咱們還得要夏歪幫襯呢，如今之計，只有照莫大妹子所說的，幹零票了。」

俗話說：窮凶極惡，是一點也沒錯的，這幫土匪四散開去，有的分小股打家劫舍，有的幹小手，偷牽人家的牛羊牲畜，有的打人黑棍，有的當起攔路虎，有的混到偏荒集鎮上去訛吃詐騙，有的抬財神、綁肉票，開價勒贖，還有的穿起僞軍軍裝，自印假番號，在各鄉莊徵田糧、收稅賦，或是在緊要的路段上設卡抽釐。一時間，弄得廣大鄉野地上人心惶惶，人們提到丁二絡頭、就像怕鬼似的，都管他叫「人殃」。

告狀的狀紙，在兼縣長戴聖公的桌面疊好高，也有人不辭趕長路，扶老攜幼跑來哭訴的，因爲土匪太狠毒了，他們幾乎是無物不搶，像人鑲在嘴裏的金牙、銀牙，手腕上戴的銀鐲、玉鐲，女人的髮釵或是略微值價的食物，人們身上穿著的衣服，任何粗細糧食，各類家禽家畜，銅鐵製成的家庭用品，粗布或土製棉紗，只要被他們碰上，一定搜刮無遺。

在西大窪子的荒林邊，連著三起殺人越貨的命案，一共劫去騾馬五匹、洋紗六十綑、糧食五擔，被坑害的行商男女七口，有的已經挖掘出來了。

在雲家渡東面，一個鑲銀牙的中年女人半路遇著土匪，土匪不耐煩一顆一顆撬出包在牙上的銀子，就用匣槍的槍柄打落她滿嘴的牙齒，不但如此，連她身上穿的襖褲也被剝光了。在大河南的油坊西，一個戴鐲子的老婦被土匪砍掉手臂，把玉鐲取走，但凡穿著沒有補釘新衣的人，只要碰上土匪，一定被剝得精光，有個姑娘就是被剝光羞憤難當，跳河死掉的。

兼縣長戴聖公看了這許多狀子，顯得十分激動不安，背著手，不斷的繞室徘徊著，直屬中隊的隊長鄒龍侍立在一邊，也不敢開口詢問。

「君子固窮，小人窮斯濫矣！」戴聖公在喃喃著：「這些下三濫的貨，狗屎不如！要不徹底收拾他們，四鄉的老百姓，連一絲活路也沒啦。」

鄒龍明白總指揮是為匪勢猖獗煩惱著，說來也難怪，游擊隊好不容易積蓄起一點抗日本錢，經老鄒莊一場鏖戰，損失了大半，如今又要用剩下的力量去對付殘民以逞的土匪，這真是頭焦額爛的事兒。

這當口，副總指揮汪二爺來了，聖公說：

「汪佑老，你來得正好，四鄉土匪鬧成這個樣，倒是怎麼個收拾法兒？」

「你該先問問鄒龍啊，」汪二爺說：「他混在那幫人裏頭，經過不少日子，股匪內部情形，誰也沒有他清楚。鄒龍，你的看法如何，早該跟聖公提啊。」

「總指揮沒問，我也不敢亂說。」鄒龍恭謹的覆話說：「總指揮剛剛說的沒錯，這股土匪，非徹底收拾不可，我始終覺得，收拾他們，愈早愈好，等他們勢力坐大了，再想收拾，就更加困難了。」

「這是一定的，」總指揮說：「像他們這樣四出擾民害民，我桌上的狀紙疊好高，我們若擱置不辦，那還算得中央的地方政府麼？問題是，咱們手上握著的人槍有限，匪勢又很猖盛，怎樣辦才能立竿見影，收到實效？」

「開出大隊去清剿，恐怕不是辦法，」汪二爺想想說：「股匪穿州越縣，原沒有地界之分的，你東面打他，他朝西竄，南面打他，他朝北竄，若真要清剿他們，非先連絡五、六個鄰接的縣份，大夥兒一道聯手會剿才行。」

「講到聯手會剿，我也一再想過了，」總指揮說：「這在道理上是說得通的，但實際上沒那麼容易。怎麼說呢？咱們於今都處在淪陷區了，鬼子壓在上頭，黑天沒日的，每個縣城都有鬼子駐軍，眾多鄉鎮又教僞軍占了，各縣的中央游擊勢力強弱不等，有的處境艱困，自身難保，而各縣的土匪，還有影子似的土共，都聲氣相通，互相勾結，想要斬草除根，恐怕是無能爲力啊！」

「屬下認爲：最好講究實際，專對二絡頭這股土匪下手，比較容易辦得到。」鄒龍說：

「錢風和張逢時兩個，都曾是丁紅鼻子手下的老人，和那邊的關係很深，我可以說服他們，用招安方法要那些匪眾棄暗投明，這樣一來，至少可以分散二絡頭的力量，等到匪勢削弱了，再轉玩硬的，把犯案的匪首繩之以法。」

「不錯，這是很爽快的主意，」總指揮說：「事情就交給你辦罷。最好是軟的硬的一起來，早點給民眾一個交代。」

「是，」鄒龍說：「屬下立即去辦的。」

「對啦，」總指揮想起什麼來：「有人說，你收容了從丁家灘逃難過來的二絡頭的妻女，她們能有作用麼？」

鄒龍搖搖頭，很沉重的說：

「二絡頭嬸是最明白是非的女人，可惜她已經在老鄒莊那一戰中，被流彈打死了，她的兩個閨女，巧姐和素姐，都還和水包皮姑娘住在一道，她們是影響不到二絡頭的。」

從總指揮那裏退出來，鄒龍立刻找到錢風，再著人去請張逢時，當天夜晚，三個聚在土屋的小油盞下，認真的研究著這件事。

「我知道，早年幹土字號的，多半是窮得沒飯吃了，或是當地蹲不住了，才拉槍入夥的，這裏頭，真有許多血淚酸辛。」鄒龍說：「像兩位老哥，都是有血性、夠義氣的漢子，如今大敵當前，陷區百姓大多餓飯了，二絡頭仍閉著兩眼，攏住這許多人槍，幹盡傷天害理的勾當，怎麼說也說不過去的，總指揮交代我辦這案子，不得不借重兩位，來一起合計。」

「實在說：那種沒天沒日的日子，我是過怕了。」錢風說：「如今留在股裏的，我想，多數人跟我有同樣的想法，只要給他們機會，他們都會洗手不幹的。」

「我不想勉強他們轉投游擊隊，」鄒龍說：「他們要能回鄉爲民，安分過日子，也是好事啊。」

「據我所知，這是很難的，」張逢時說：「如果在承平世道，人人得活，誰患了失心瘋，跑去幹土匪來?在丁紅鼻子手下的人，多半是走投無路才入夥的，他們要是脫股回鄉，股匪定會報復他們，中央能護得住，保證他們安全麼？」

「最好是請總指揮出布告，招安他們，」錢風說：「我和逢時再找人帶信，勸說他們，至於那些老匪目，或是殺人越貨的，查清楚踩實在了，捉拏他們到案正法，我想，你當初能一個人一枝槍扳倒丁紅鼻子，如今對付那些匪目也不難辦得到的，不是嗎？」

「如今情形不一樣了。」鄒龍說：「當時沒人認得我，現在二絡頭拚命的找我，要替丁紅鼻子報仇，我能做到哪一步，根本不敢講，我只能盡力去做罷了。」

清剿股匪的行動，很快就展開了；大字的招安告示，由馬隊張貼到各荒野偏僻的地方去，表示股匪只要攜械來歸，或是徒手投誠，一律不咎既往，能擒獲犯案劣嫌歸案的，另有花紅獎賞，這些告示，有些是深夜張貼的，一直貼到雲家渡的匪巢附近，大樹幹上、村舍間、廟廊上，凡是醒目之處，幾乎都貼遍了。

丁二絡頭十分惱火，吩咐各股頭目連撕帶揭，盡快把它們弄掉，其實，他不弄掉還好，因為股匪嘍囉個個都是大字不識的睜眼瞎子，根本看不懂布告上說些什麼，他這一弄，更引起嘍囉們的好奇，其中有極少數粗識文字的略知大意，便用耳語傳開了。

二絡頭看出光景不妙，立即召聚各股到雲家大屋的麥場上，聽他講話。

「你們這些夯貨，」他劈頭就罵將起來：「戴聖公貼告示，會有什麼好事，他的五個大隊硬拿雞蛋碰石頭，那麼輕輕一碰，好！三個大隊全挺屍曬鳥啦，他一時補不了兵，掐安你們當砲灰來啦，你們還以為是肥差美缺？」

他站在高高的台階上，搖頭晃腦的罵得過癮，嘍囉們一個個手抱著膝蓋、懷裏抱著槍枝，沒精打采的坐在沙地上，彷彿是在聽，至於聽沒聽得進去，那就很難說了。

「不要拿脫股的錢風和張逢時當樣子！」二絡頭喘口氣，又大聲噪叫起來：「那兩個出賣大夥的軟骨蟲，不久我就要找他們算帳的。不信你們等著瞧，那兩個傢伙，準會替戴聖公當縴頭，暗地裏活動過來拉兵。哼！犯到我的手裏，我要活活扒掉他們的皮！」

「當家的說的全是實在話，」新二駕蘇老虎說：「他們不但要拉你們去當兵，還會差人過來辦案，把犯案的抓去砍頭！這辰光，咱們要不齊心合力把各股頭擰緊，真的會被他們拆散了板，往後根本沒的混啦。」

儘管二絡頭和蘇老虎公開警告他們的屬下，但偷偷開溜的人數，卻一天比一天多，可見那些當嘍囉的也並非粗人笨腦袋，壓根兒不會想事情的。

有一個投奔中央游擊隊的嘍囉就直截了當的這麼說：

「旁的都甭談了，這打走鬼子才是最要緊的，天翻地覆的年頭，咱們還窩在黑角裏打家劫舍、搶奪自己人，那還算得是帶鳥的漢子嗎？」

「爽快透了，兄弟。」汪二爺豎起大拇指搖晃說：「就憑這幾句話，你就有資格換根槍扛啦！——保國衛民的槍，若不是條漢子，還真扛不起呢！」

第七章 勾心鬥角

由於股匪四出幹零票惹起民眾的怨懟，戴總指揮立即採取行動，把新編的第二大隊南移，硬壓到雲家渡口的北面，緊緊扼住股匪出掠的路線，甚至把他們和縣城僞軍的連絡路線也硬行切斷，戴聖公在面對鬼子沉重壓力的局面下，毅然分出一半兵力來對付二絡頭，足見他決心要在短期內挖掉這塊爛瘡。

謝克圖的這個大隊，等於扼住了二絡頭的頸子，二絡頭十分惱火，唆使屯紮在北面的朱大耳朵那一股，先行開火，向游擊隊作挑逗性的攻擊，看看對方的反應。

朱大耳朵手底下有七、八十條爛槍，也從沒遇過硬扎的對手，可以說是不知天高地厚，經二絡頭拿話一激，就拉槍北犯，和第二大隊的第四中隊接火了。四中隊的隊長張猛，長得粗大個子，一臉落腮鬍子，看上去比傳說裏的張飛還要威猛，事實上，張猛在謝克圖手下幹鄉隊長多年，對打土匪頗有經驗，像朱大耳朵這種稀鬆的貨色，他可見得多了。

朱大耳朵帶著手下，大模大樣的進逼七聯莊，對方先是零星的開槍，略作抵抗就朝後撤，土匪認定游擊隊膽怯，搖晃著膀子朝上逼，一直逼到頭座莊子的莊口，跳著嚷罵。奇怪的是，對方像是死了一樣，既不還嘴、也不還槍，朱大耳朵得意極了，乾脆一屁股坐在沙堆上，用盡粗鄙的言語，狠狠的嘲罵對方是沒膽老鼠，這算什麼游擊隊？簡直是他娘的縮頭烏龜，怨不得遇上鬼子兵，只是一接火，五個大隊就垮掉三個。朱大耳朵曉得這些游擊隊的出身背景，當初他們還不都是各莊寨的耕種戶，縮著腦袋過他們的小日月，三棍都砸不出一個響屁來，哪能比得上混世闖道的精明強悍？正因爲早先軟的吃得多了，朱大耳朵就沒把游擊隊放在眼裏，要不是副手勸阻他，他還想糾槍踹圩子，繳對方幾桿槍呢。

等他們罵過了癮，天色已到黃昏了，朱大耳朵望望沉寂的四野，心裏毛毛的，有些犯嘀咕起來，不對勁，可不是，俗話說泥人還帶三分土性呢，對方怎會任由他辱罵，一直不吭聲呢？這其中莫非有詐?!

「咱們往回走罷，」他盼顧左右說：「光棍打九九，不打加一，今天挫辱他們，已經夠了！」

經他這一說，嘍囉們也嗅出周圍的氣氛有些怪異啦，朱大耳朵帶著他們轉身朝回走，剛走下土丘，對方的機關槍就咯咯的張了嘴，朱大耳朵一聽，不得了，這還不是普通的輕機關槍，這可是最要人命的水冷式重機關槍呀！他渾身發軟，抱住腦袋趴在淺淺的草溝裏，重機關槍一陣掃射後，他四周都興起了呻吟和哀叫，糟糕，他的血本可賠上啦。

朱大耳朵這夥人，數起人頭來，足有上百，但對方機關槍一響，個個都五體投地，連頭也不敢抬，他們處身在一處高坡下的窪地上，被對方的槍火鎖死了，動一動就會產生極大的傷亡，在這種危急的情況下，股匪們嚇得心膽俱裂，哪還敢還上一槍，幸好對方的機關槍沒再持續掃射下去，一條宏亮的嗓子朝他們吼叫說：

「扔開槍，雙手抱頭走出來，保你們不死！一意頑抗的，自找死路！」

結果是不難想像的，一個個扔槍抱頭走出去了，朱大耳朵儘管不情不願，但也無可奈何，不過他還算勇敢，比嘍囉們扔槍晚一點。雙方一接火，張猛就解決了朱大耳朵這股土匪，把朱大耳朵囚在木籠裏，裝上牛車，送到總指揮部去接受審訊去了。

二絡頭得到朱大耳朵被俘的消息，趕急把陸小濱那股人拉到北面，恐怕游擊隊會趁勢撲過來，踹破他的垛窯，一面又差人潛赴縣城和夏歪連絡，希望夏歪能挑動鬼子，對游擊隊發動另一次掃蕩，以減輕他所受的壓力。

縣城的鬼子也許因為兵力不足，遲遲不見動靜，但從北方南下的日軍重兵卻已直撲魯南，準備猛攻魯南重鎮臺兒莊，一支旋迴東向的中央部隊在海州地區和日軍接火，戴總指揮為了配合政府軍作戰，把兩個大隊全部集中，這一來，二絡頭匪股的壓力，便立即減輕了。

人說：道高一尺，魔高一丈。二絡頭這個魔頭，在做事的氣魄上，遠較死去的「紅鼻子積極，他趁著眼前的亂局，拚命收容饑民，吸收槍枝槍火，並且從雲家渡起，朝東朝南發展，新的股頭不斷增加，所占的地盤也日益擴大，在聲勢上，更勝過當年的盜魁張志高。

透過夏歪這條暗線，二絡頭的匪股，和太田少佐的駐屯軍之間，似乎有了相當的默契，鬼子睜一眼閉一眼，聽任土匪發展，土匪也經常出入縣城，公開銷售贓物、購買械彈，若干匪目在縣城裏狂嫖濫賭，儼然是一方豪富，在淪陷地區，有太多事情都是如此顛倒的。

臺兒莊外圍的戰役，打得非常激烈，戴總指導親率兩大隊地方軍，配合中央部隊作戰，損失慘重，戰役過後檢點人槍，連編成一個大隊都不足數了；他退回老鄒莊，對著暗夜的燈火，十分感慨於道消魔長，因爲這一戰之後，他手邊人槍已十分單薄，幾乎無力抑制股匪的氣燄了。

「縣裏的人，和我雖不全是沾親帶故，但總是同吃一條河的水長大的，」總指揮鬱鬱的說：「於今不管在城在鄉，他們都處在鬼子和土匪蹂踐之下，同樣過著不是人的日子，當初我一手布建的五個大隊，接連兩場惡火，子弟都橫屍沙場，損折殆盡了，鬼子暫時窩在城裏，一時還威脅不到四鄉，但土匪匿在鄉下，肆行騷擾，老民睡覺都不能安枕，我一想到這裏，就心急如焚，究竟該怎麼辦呢？大夥兒得拿拿主意啊。」

「既是決意抗日，人槍損失是早就料得到的，」汪二爺說：「咱們處境的困難，我相信只是難在一時，鄉裏會有更多的人自會到這裏找槍扛，問題是咱們必須挺得住，這股氣鬆懈不得。」

「再怎麼說，土匪絕不能縱容，」宋老爹說：「若是任他們橫行下去，搶得人人沒飯吃，更多人都會動搶了！」

「報告總指揮，」年輕的鄒龍說：「關於清剿那些土匪，我和錢副隊長一再商量，覺得全面清剿不容易，但單憑招撫也不是法子；俗話說擒賊擒王，打蛇打頭。假如咱們先打聽到那些頭目的行蹤，潛行捕拏他們到案，他們的手下，便容易安撫收拾了。」

「嗯，」戴聖公一面點頭，一面目注著這個年輕漢子，若在平常，他還算是初初成年，正是好閒玩樂的年歲，但如今生當亂世，家仇國仇硬把他磨練出來了，他沉穩幹練，豪爽中不失儒雅，日後定當是獨當一面的幹才：「你所說的，確實是最明快的方法，不過，不論是潛進鬼窩或是匪穴，都得冒極大的危險，尤其是你！你曾經潛入丁紅鼻子的垛窯把他撂倒，二絡頭恨你入骨，如果再次潛入，後果會怎樣，你得事先考量。」

「我業已考量再三了。」鄒龍說：「依照朱大耳朵的口供，那些匪目經常會去縣城，除了去找夏歪，收買械彈、銷售贓物之外，他們不外是在茶樓、酒館、娼寮、賭場盤桓，暗中釘住他們，找適當的機會捉拏他們歸案，並不是大的問題。」

「你對縣城的情形，並不很熟悉啊。」鄒棠說。

「您忘記了？我在那邊待過一段日子。」鄒龍說：「當然，有人比我更熟悉的，那就是水包皮。我已經和她商量過，由她陪我一道兒進城……」

「這不妥當。」謝克圖說：「水包皮是你從丁紅鼻子身邊帶出來的，她又是縣城裏的紅妓女，認識她的人一定很多，你這樣做，豈不是加倍冒險?!」

「不錯，」鄒龍說：「我正要用水包皮做餌，希望能抓住二絡頭，爲了清除這幫土匪，她願意冒這個險，我有十足的把握，讓二絡頭不敢動她一根汗毛。」

「怎樣的把握呢？」謝克圖說。

鄒龍信心十足的微笑起來：

「諸位該都沒忘記，二絡頭的兩個閨女，巧姐和素姐，都還留在老鄒莊罷？他肯爲動一個妓女，讓他閨女有危險？何況我殺了丁紅鼻子，和水姑娘毫無關係呢。」

事情就這麼決定了，在臺兒莊戰後，日軍板垣、磯谷兩個精銳師團已被圍殲殆盡，日軍的增援部隊又已分別從北路和東路向徐州附近集中，縣城變成日軍朝西進軍的臨時休息站，沿途的居民東躲西逃，四鄉混亂不堪。

榴火初紅的時刻，水包皮卻突然在縣城裏出現了，她並沒回到原先的妓館去，但花出大把銀洋租下西後街的喬家大宅，重新粉刷布置，自張艷幟，掛起麗香園的招牌來，同時，她也改換了藝名，叫做曹麗娘。

在淪陷的縣城裏，什麼樣的怪事都會出現，水包皮的改名張幟，人們也都見怪不怪了。這個紅妓兼老鴇的曹麗娘，一開始就亮出她不同凡響的場面，她買下包黃銅帶風燈的人力車，招搖過市去拜訪她的老相好夏歪，說明了丁紅鼻子被殺那夜，她是驚懼過度逃出來的。在戰亂裏奔逃，正巧遇上二絡頭嬸帶著兩個閨女，她們也在逃難，後來，鬼子兵遇上游擊隊展開混戰，二絡頭嬸被流彈擊中，傷重死在荒河邊，她替死者草草營葬，並把巧姐素姐安頓妥當，這才想到回縣城來。

夏歪可不是二絡頭，對丁紅鼻子這本帳毫無興趣，他甚至希望股匪潰散掉，分別投奔他，由他收編，擴充他僞保安團的實力，到目前爲止，他手底下的人槍太單薄了，常被太田少佐斥責，假如再不及時擴充，他這個縣長兼團長的職位，很可能保不住了。話又說回來，股匪不潰散，自己可拉攏他們作為墊背的，利用他們和中央傾軋，減除縣城的緊張情勢，至於股匪頭目是丁紅鼻子或是丁二絡頭，那都沒有什麼兩樣了。

「憑你這等資質，該靠更大的碼頭，」夏歪對她說：「縣城是汪淺水，只能養得小魚小蝦，不嫌委屈了你嗎？」

「算啦，縣長，」水包皮靠過去，輕輕擰了他一下說：「有你這等人物在這兒，我能巴得上，算是福氣呀，甭忘記，我可是舊情難忘，前來投靠你的呢。」

「呵呵，瞧你這張嘴皮兒，」夏歪樂得見牙不見眼，身子歪歪的：「真讓我迷上你啦。我問你，你水包皮叫得好好兒的，怎麼把花名也改了呢？」

「不，曹麗娘是我的本名啦，我一天天的老了，如今執壺當了鴇母，哪還能用那種名字，都快雞皮鶴髮啦，還叫水包皮，豈不讓人笑掉牙去，你摸，它還像水嗎？」

「唔，何止是水？」夏歪摸著她的手臂：「嘖嘖，簡直像油、像乳嘛。」

她嚶嚀一聲，就把身子靠向他，她這個靠山總算是靠定了。

麗香園的艷幟一張，果然氣勢不凡，曹麗娘把她當年的手帕交小揚州挖角過來做她的助手，另外花錢去淮揚地區，召來許多新鮮的貨色，像小雲呑、小叫春、一口酥、活馬三，都是一等一的嬌蟲嗲貨，人見人迷的床上要角，帳裏的妖魔。開張那天，她大擺酒筵，彷彿是城裏的盛典，把日本太田少佐都請到了，縣裏的魅魑魍魎當然跟著大拍馬屁，爭著送賀匾、送禮

金，熱鬧非凡。

由於城裏讀書人大半逃離了，匾額和條幅上的字跡寫得鴉飛鵲跳，文詞也滑稽唐突，商會李會長送的匾，上面竟然寫的是「救世活人」四個大字，良民娛樂所的程所長比較切題，寫的是「春雲暮雨」。那夜眾賓鬧酒鬧得頗兇，太田少佐趁著酒興，來一個帳中試馬，出來後兩腿發軟，他的隨從把他扶上馬背，他竟然摔下來，把軍帽跌掉不說，額角還腫起個大疙瘩。

曹麗娘原就是水包皮，是胡二亂子首先發現的，當時他正跟羅駝子在縣城裏辦事，羅駝子喜歡吃花酒，選了麗香園，胡二亂子一見老闆娘就認出來了。

「嗳，羅當家的，這女的正是大當家要找的人，」他悄悄的說：「老當家死時，她原跟在身邊的，能把她捉回去一審問，老當家的死因就明白了。」

「不能動啊。」羅駝子說：「她要是沒人撐腰，敢大明大白的在縣城露面，擺出這麼大的排場嗎?聽說夏歪縣長也是她老相好，太田少佐都來捧她的場呢。」

「管他那麼多!」胡二亂子說：「黑夜裏動手綁走她，誰知是誰幹的?!」

「怨不得旁人都叫你二亂子，」羅駝子說：「這可不是你我能當家做主的事情，咱們只能捎信回去，稟明大當家的，讓他自行區處，你懂嗎？」

槍手胡二亂子認真想想，羅駝子說得沒錯，水包皮明知大當家的在追索她，她竟敢大模大樣出現在縣城裏，一副有恃無恐的樣子，想必有她的仗恃，不要說夏歪自己得罪不起，那個太田少佐，越發不能招惹……這樣旋著杯子一轉念，也只有縮頭喝酒的份兒了。

羅駝子叫了兩個陪酒的姑娘，一個叫小紅，一個叫雙喜，在麗香園子裏都算是墊底的貨色，但他和二亂子已經心滿意足了，兩個傢伙正在偎紅倚翠的浪飲著，做鴇母的卻輕盈淺笑著，認準二亂子走過來了。

「唷，我道是誰呢？原來是丁大當家的護駕胡二爺呀，你該沒忘記我水包皮罷？咱們曾在垛子窯侍候過丁大當家，同住一個屋頂的，不是嗎？」水包皮把話說得輕鬆又大方，二亂子可就又窘又亂起來了。

「是水姑娘呀，大當家死後，丁二爺正到處找你呢。」他說。

「找我？」水包皮仍然笑著：「他以爲我是刺殺大當家的兇手？當時我嚇都嚇暈啦。」

「準是小周幹的。」二亂子說：「他最初出餿主意，把錢風、張逢時和我全都支開，他好方便下手。」

「你倒是滿會猜的，」水包皮拉張椅子坐下來說：「難得在這兒遇上胡二爺，這桌酒，我請了，再添副杯筷來，我陪二位飲兩盅，這位是？」

「啊，是羅當家的，新入股，你沒會過。」

「來，先敬羅大爺，羅當家的。」水包皮舉起酒盞說：「我這裏先乾爲敬啦。」

「是小周幹的，沒錯罷？」胡二亂子仍釘著這條線追問下去：「當時你應該在場的。」

「沒錯啊，我不是說過，你滿會猜的嗎？」水包皮穩穩的說：「丁大當家和小周攤牌理論時，我確實在場，但到後來，大當家的向小周請求，說他們之間的恩怨和我無關，求小周把我放走的。」

「當時，大當家的和小周理論些什麼呢？」羅駝子說：「你不妨說給咱們聽聽啊。」

「你們那位大當家的，曾殺害過小周祖上兩代，他爹和他老爺爺，全死在丁紅鼻子手裏，」水包皮說：「小周當時就和丁紅鼻子說這個，說他是爲討公道而來的，他們的話，我沒聽完，我想，這已經夠了。」

「大當家殺害過姓周的？」胡二亂子旋動酒盅，費神思索起來：「這不會罷？我跟著大當家的不少時日，可記不得他和姓周的結下血仇啊！」

「你們新大當家的恐怕早已知道真相啦。」水包皮說：「二絡頭是個精明的角色，姓周的是誰，還用你們伸著頭打聽嗎？」

「他究竟是誰，你該清楚罷？」羅駝子說。

「我看，還是讓他自己來說罷。」水包皮一擊掌，簾子一動，外面走進一個人來，那人長得細高條兒，白淨斯文，臉上微微帶著笑意，身上穿著寶藍緞質的夾袍子，頭上戴著黑呢帽，走路帶著些飄搖。

「胡二哥，咱們好久沒見啦，你還好罷？」

「是你？小周。」胡二亂子不由驚叫起來，下意識的伸手在腰眼摸槍，這才想起出來時根本沒帶槍。羅駝子也想摸槍，但妓女小紅還坐在他膝蓋上，就算他能及時推開那個雌兒，卻也摸不出槍來——因為他也沒帶槍。

「我姓鄒，叫鄒龍，」那人正對面坐了下來：「我是老鄒莊的人，我祖父和父親，都死在丁紅鼻子的手上，胡二哥，你總該記起來了罷？」

「這我就清楚了。」胡二亂子說。

「股匪橫暴，蹂躪鄉里，」鄒龍說：「各鄉莊的良民，死在他們手上的不下千人，我擺平丁紅鼻子，順乎天理，於公於私都說得過去，也沒什麼好瞞人的，二絡頭他要找我報復，儘管放馬過來，人說：冤有頭，債有主。我一個人獨領著，這和水姑娘毫無相干啦！」

「對。」胡二亂子說：「和她毫無相干。」

「那就好。」鄒龍抓過酒壺來，替自己斟上。

「錢老大和張逢時都跟你在一道嗎？」胡二亂子說。

「不錯，」鄒龍說：「他們也來啦。」他朝外一擊掌，錢風和張逢時同時挑簾子進來了。

「胡老二，你倒挺愜意啊，」錢風豪笑著：「真沒想到，會在這兒遇上你呀。這不是羅當家的麼，咱們幾年前在茅家鋪會過，還記得罷？」

「記得記得，」羅駝子說：「你這活線手，在道上可是大大有名啦。」

羅駝子是老混家，打鄒龍出現時起，他已經明白今晚是被對方窩住了，說是耍硬的，門兒全沒有，耍軟的，能不能過得了這一關，命運也全操在對方手上，只怪自己太大意，怎會沒想到水包皮真正的靠山卻是中央的游擊隊，她分明是和鄒龍串在一道兒的，如今弄明白業已太晚啦。

「來罷。」胡二亂子盡力掩飾內心的驚恐，裝出若無其事的樣子：「咱們四個，今晚總算聚齊啦，借水姑娘的酒，咱們多乾幾盅罷。」

「我看不必了。」鄒龍說：「你們有夏歪呵護，進出縣城像走大路，咱們來一趟，卻要把腦袋拎在手上，像走一趟鬼門關，咱們先談談公事罷。」

「嗳，老弟兄，在麗香園談公事，多殺風景。」胡二亂子說。

「等你們一腳跨出門，殺風景的，就該輪到咱們啦。」張逢時說：「誰敢保險你們不向鬼子打報告？咱們如今立場不同，可不能怨咱們信不過人啦。」

「車在外面。」鄒龍說：「兄弟是奉戴總指揮的差遣，拏你們歸案的，若要論交情，等明天出了城再講。」

「是啊，」錢風說：「鄒隊長保證絕不會虧待你們，正像總指揮早些時沒虧待我和逢時一樣。」

「怎樣？羅當家的。」胡二亂子苦著臉說。

「沒的說。」羅駝子倒也夠爽：「咱們認栽。」

「明早為方便出城，不得不委屈兩位。」鄒龍說：「我是有言在先，到時候，得請兩位多包涵。」

羅駝子和胡二亂子兩個，當時還不能十分理會，由於縣城缺糧草，由夏歪派出偽軍，到縣城附近鄉鎮徵取，各鄉用牛車押運糧草進城，每輛車都領有通行號牌，憑這號牌，可以通過城門的崗哨，鄒龍安排兩輛這樣的牛車，趁夜把羅駝子和胡二亂子，緊綑在牛車肚子底下，用棉花塞住他們的嘴巴，把他們運送出城的。

離開縣城五、六里，鄒龍才下令割斷綑綁他們的繩索，取出他們塞口的棉花，讓他們坐到車上去，每個人背後都有步槍抵住他們。

「噯，小祖宗，你這樣可折騰死人啦！」胡二亂子不停的喘著大氣說：「當初咱們四個，都替丁紅鼻子幹過護駕槍手的，如今，你們扛槍抗日，都他娘光彩爲官了，總不能讓我被綁回去槍斃罷？」

「少神經，」錢風說：「誰要槍斃你來著？咱們只是奉差遣押你們到案，雲家渡那一帶，有不少鄉民苦主到縣政府報案，你們若沒殺人縱火，就沒什麼好擔心的啦，總指揮不會冤你們的。」

「這就好。」胡二亂子抹抹胸口：「各股幹零票，和我無關。」

羅駝子黃著臉不作聲，自從被捕後，他就緊閉著嘴，不再多說什麼了。車子到了夏家茶棚子，大夥歇下來打尖，羅駝子舉眼朝四周溜溜，臉色就更蒼白了，因爲除了押解他們的鄒龍、錢風和張逢時之外，游擊隊已經添了接應的人手，有七匹馬，有持步槍的小隊，看光景，他和胡二亂子已經完全陷入對方的掌握，想逃跑，根本毫無希望了。

「咱們雖是初會，」在茶棚喝茶時，羅駝子對鄒龍說：「但我不得不承認，你真是一等一

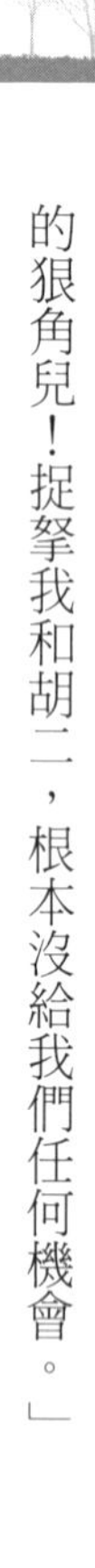

的狠角兒！捉拏我和胡二，根本沒給我們任何機會。」

「羅當家的，事實並不是這樣。」鄒龍平靜的說：「咱們在縣城險地，任幹什麼都不能粗心大意，萬一弄脫了鉤兒，大夥的命就沒了，換任何人辦案都會精打細算的，你說是不是？」

「出了城論交情，就是這等論法的？」胡二亂子嚷嚷起來：「用槍口對著人脊梁，你不覺得怪怪的，害得我連茶都嚥不下呢。」

「兄弟們，把槍收起。」鄒龍說：「跑了人犯，由我承擔。」他轉對羅駝子和胡二亂子說：「我的弟兄肩上有擔子，務請兩位帶諒點兒。」

「客套話甭說了，你沒替咱們上綁，業已夠感謝的啦。」羅駝子說：「你們畢竟是官府，咱們是土字號兒，官裏對待咱們有這個樣，儘夠了。」

「我年輕識淺，不敢跟兩位談道理，」鄒龍說：「逢著這等亂世，正邪只在一念之間；像錢兄張兄，不正是放下屠刀，立地成佛的好樣兒嗎？等到了指揮部，兩位還可見到朱大耳朵……他罪不至死，總指揮也並沒處決他。」鄒龍說話時，抬眼望著那兩人，眼光清澈透明，充滿了感情：「兄弟另外有事，不能陪兩位去指揮部了，只盼兩位多保重……」

當胡二亂子和羅駝子被押回老鄒莊的同時，縣城裏，夏歪正爲胡、羅兩人的失蹤煩惱著。匪首蔡老晃坐在夏公館的花廳裏，逼著夏歪設法找人，話頭兒不軟不硬，弄得夏歪十分狼狽。

「我說，縣長大人，這兒可不是雞毛野店，咱們都是在您的翅膀拐兒下頭活動的，如今竟然把人給弄丟了，兩個漢子可不是兩根繡花針，怎會到處全找不到呢？」

「縣城地方大，他們要是窩在哪兒嫖賭，真是不容易找的。」夏歪說：「我已經下令給警所的余所長，到處在找人啦。」

「鬼子兵不會抓走他們？」

「不會。」夏歪說：「我剛跟魏翻譯連絡過，縣城的憲兵小隊，並沒有這兩個人。」

「我懷疑他們被中央弄的去了。」蔡老晃說：「他們沒帶槍，很容易被人窩倒的。」

「你說中央？戴聖公他們?!」夏歪一臉驚慌的神色，彷彿被攫走的是他自己。

「不是他們，還會有誰？」蔡老晃說：「當年跟著丁紅鼻子的四大槍手，原已投過去三個，如今連胡二亂子算上，全都離了股，我回去跟大當家的怎麼交代法？」

「暫時也不必張揚。」夏歪說：「還是找人要緊。人到底是怎麼丟的？得先弄清楚他們兩個昨夜的行蹤，總能找出一些蛛絲馬跡來罷。」

「昨夜他們沒帶隨護的人手，」蔡老晃說：「羅當家的隨護說他臨走時，只說要去吃花酒，想必是去了妓館，至於去了哪一家，他並沒講。」

「假如是這樣，那就簡單了。」夏歪吐口氣說：「縣城裏頭，能吃花酒的妓館並不多，我搖電話，要余所長再查，不難查出眉目來的。」

電話還沒搖通，渾號余小貓子的警察所長就趕來了，他向夏歪報告，說是羅、胡兩人昨晚的行蹤已經查明，他們是在麗香園子吃的晚飯，由小紅和雙喜作伴，曹麗娘曾對他詳細說明，他們兩個是灌多了酒，彼此扶搭著肩膀，歪聲哼著小曲兒走出門的，至於出門後又去了哪裏，她就不知道了。

「依屬下看，改名曹麗娘的水包皮，極可能有問題，」余小貓子說：「她當時不過是縣城的一個紅娼，跟丁紅鼻子一段日子，丁紅鼻子就被刺殺了，時隔不算久，她重回縣城來，大張旗鼓，擺出這麼大的排場，背後若是沒人撐腰，她的錢從哪兒來?!」

「話也不能這麼說，我看她沒有這個膽子。」夏歪說：「你的意思是說：一個妓女也會冒這種險啊?水包皮不是那種材料。」

「您的意思是不必再追問她了?」

「我看不必了。」夏歪壓低聲音說：「你查這案子，不過是意思帳，給二絡頭一個面子，如今曹麗娘正在臺盤上，她是咱們揑著討好太田少佐的一顆棋子，爲了二絡頭，折了咱們的老本，划得來嗎?」

「還是夏公您高明，屬下理會得了。」余小貓子瞥了坐在另一邊的蔡老晃一眼，也悄悄的答說：「屬下會在外頭查它一陣，好歹交差的。」

其實，根本用不著余小貓子裝模作樣，三天之後，游擊隊的油印傳單就已經散發出來，縣城和雲家渡都可以見得到，傳單上寫出槍手胡二亂子和匪目羅駝子的談話，他們一致痛悔當初淪爲盜寇，決心棄暗投明，爲抗日盡力；同時，戴總指揮發布任命，任羅駝子擔任第一大隊第三中隊的隊副，胡二亂子被任爲直屬中隊二分隊的分隊長，他們都公開號召股匪嘍囉，立時痛下決心，投奔中央的地方政府，以贖前愆。

靠了這紙傳單，余小貓子理直氣壯的交了差，他並且對蔡老晃說：

「蔡頭兒，這哪是什麼失蹤，根本是有心投奔中央，到戴聖公那邊當差去了，你不妨轉告大當家的，假如你們的頭目穩不住，經常發生這種事，太田一惱火，往後縣城裏面，你們就沒的混啦。」

出了這種事，蔡老晃在城裏弄得灰頭土臉，二絡頭在他的垛子窯裏也氣得幾乎發瘋，是胡二亂子勾引羅駝子？還是羅駝子先有意，拉扯上胡二亂子？在戴聖公損兵折將的當口，跑去替他們撐牆角，真使得他想不通。

胡二亂子只是個光桿槍手，手底下再沒餘眾，問題比較簡單，但羅駝子是大股的頭目，手底下有將近兩百人槍，他本身脫股投奔中央，他手底下的部眾一定不穩，自己非得急速拿定主意，設法解決他們不可，要不然，一塊肉打裏頭先爛，那就沒法收拾啦！

羅駝子那股人，原屯紮在雲家渡東面的長堆上，由羅駝子的堂姪羅小刀子代領著，他們是東海岸的積盜，多年來，扯北撩南，活躍在四、五個縣份，如今剛剛投入二絡頭的大股裏來，彼此都還不夠熟悉，根本談不上推心置腹，二絡頭擔心是沒有錯的，因爲羅駝子一投向戴聖公，他必會把他手底下人帶過去，如何對付這股人，他可就煞費周章了。

「依我看，最好是攏聚各股，把他們圍起來硬吃。」作爲二駕的蘇老虎，力主玩硬的：

「咱們的人槍，多過他們十倍，羅小刀子決計抗不住的。」

「硬吃窩裏雞，可不是辦法。」二絡頭慢吞吞的說：「你吃了這一股，下回誰敢再領著人槍來入股呢?!」

「那該怎辦?」蘇老虎困惑的眨著眼：「難道就任憑羅小刀子把他們的嘍囉拉走?」

「當然也不容他那麼幹。」二絡頭說：「為了讓羅小刀子對我放心，我想，我得單獨到長堆上去，和他碰個面，彼此把話說清楚。」

「你不覺得這樣太危險嗎?」蘇老虎說。

「正如你所說，咱們人槍多過他十倍，我來軟的，我不相信他敢先來硬的。」二絡頭說。比起丁紅鼻子來，二絡頭這個總瓢把子，是要莽悍得多，他一個人一匹馬，連護駕槍手全沒帶，就直撲長堆頭，去會見羅小刀子了。

羅小刀子年紀很輕，算是晚輩，對二絡頭之來，執禮甚恭，二絡頭在垛窯坐定，開門見山的把話抖開說：

「老姪台，你叔叔羅駝子投奔戴聖公，那邊發的傳單，你們想必都看過了?」

「回大當家的話，都看過了。」羅小刀子說。

「你對羅當家的投奔戴聖公，有什麼看法?」

「屬下覺得事情有些離奇，根本不可信，」羅小刀子說：「家叔蹚渾水蹚了半輩子，經過不少的大風大浪，官裏剿辦過，也招撫過，家叔都熬過來了，他跟戴聖公毫無關係，怎會無緣無故的投奔他呢?唯一的可能，就是他在縣城裏受了對方的挾持，對方故意撒傳單來破壞咱們。」

「嗯，你這一說，倒是提醒了我，」二絡頭想了一陣說：「我想，那個槍手小周，應該是個關鍵；他能扳倒老當家的，跟咱們結下生死樑子；又能把錢風、張逢時拉過去，可見他是蓄意衝著咱們來的，胡二是個粗人，羅當家的疏於防備，極可能在縣城裏著了他們的道兒了。」

「您說的小周，究竟是什麼樣的人？他有三頭六臂嗎?!」羅小刀子帶點激動的說：「要是有機會，我一定要會會他，跟他見個高下。」

「恐怕不是時辰啦！」二絡頭說：「你堂叔如今窩在他們的手上，硬對硬的拚鬥不是辦法，看光景，我得親自到縣城去一趟，摸清對方的根底，才好決定往後肆應的方法啦。」

「大當家的，您儘管放心。」羅小刀子大拍胸脯說：「我敢擔保，咱們這股人，絕不會叛離你，去另端旁人的飯碗的，即使家叔遇上不幸，我還要混下去的。」

二絡頭單人匹馬上長堆，總算有了相當的收穫，他的下一步棋，就是進縣城去找夏歪了。

夏歪在西花廳接見他，天氣業已逐漸轉暖，早開榴花已在枝頭喧鬧了。

「咱們是骨頭連著筋的關係了，二老爺。」夏歪對二絡頭說：「你的事就是我的事，我能不盡力嗎？爲胡、羅二位失蹤的事，我罵乾了嘴，警所的余所長跑斷了腿，結果那兩個可是投過去了，我趕緊宴請魏翻譯，請他嘴放緊一點，不要讓太田耳風刮著了，免得對你不利呀。」

「我說，夏老哥。」二絡頭說：「咱哥兒們一向處得很好，我那股人，對戴聖公他們有很大的抑制作用，你如今有日本人替你撐著腰桿，游擊隊一時拿你們沒辦法，但我卻成了你們墊

背的了，我的人在城裏，總得靠你全力關照呀。」

「這我還有不明白的嗎？」夏歪說：「紅鼻子老大沒死前，我就勸過他，早些打定主意，向鬼子領番號，有了番號，就有固定的地盤，催糧徵稅、設卡抽釐，愛怎麼地就怎麼地，這不比躲在暗處幹零票好得多嗎？你們有了番號，在鬼子那兒，也不用肩膀替你們扛著了。」

「這事我還得考量考量，也不是我一個人能做得了主的。」二絡頭說：「眼前我急著要辦的，仍是胡、羅兩人失蹤的事，依我的看法，他們是被對方挾持出城的，他們不會主動投奔戴聖公；你想想，羅駝子要的是他那股人槍，他若真要投奔中央，怎會把人槍留在長堆？據蔡老晃說，他們是在麗香園子吃花酒之後失蹤的，這麗香園子主持的人，就是我族兄死後，和槍手小周一道兒失蹤的水包皮，她分明是有極大嫌疑。」

二絡頭是個精明難纏的人物，直截了當的把話挑明，箭頭直指到水包皮的頭上，夏歪便不好一味袒護她了。

「嗨，二老爺，你是在抬舉她了，一個婊子出身的人，能有那種神通？好在她跑不掉，你若願意去問她的話，我關照余所長，傳她過來就好了。」

「用不著那樣，」二絡頭說：「我倒想讓蔡老晃陪我，也去麗香園子吃一場花酒，我和她是熟識的，看她拿什麼話對我說？」

「這樣也好。」夏歪說：「那就讓我做個小東道罷，在這兒，我總還是個地主，盡一份地主之誼也是應該的啊。」

爲了防範離奇失蹤事件的重演，夏歪在通知麗香園子準備酒席的同時，特別關照警所的佘所長，多派黑狗隊在麗香園子四周布妥崗哨，又調遣了一個分隊的僞軍，準備在必要時接應；其實，如此慎重其事，全都是做給二絡頭看的，表示他對二絡頭這幫人的重視，即使在平素談話裏，他也不隱諱這些。

「我他媽這個什麼雞毛子縣長，根本就是野猴戴大帽，替鬼子裝點門面的。」夏歪帶著些自嘲說：「我是混家出身，兩手空空，既沒人又沒槍，只是個空殼子，全靠諸位爺們哄抬，我保安隊的人槍，還不是向紅鼻子老大商借的嗎？」

「小事一樁，您又何必掛在嘴上呢。」二絡頭說。

「我這是心存感激啦，」夏歪苦笑著：「這年頭，有人槍實力攢在手上才是真的，像我這樣，只有縣長名銜的空心大佬倌，哪天惹惱了鬼子，來個一腳踢，我就什麼都不是啦！你二老爺不捧場，我拿什麼混呀？」

二絡頭明白夏歪講的都是實在話，鬼子駐屯軍利用夏歪，就是想拿支那漢奸當成墊背的，叫他出面維持秩序，通風報信捉拿毛猴子，保護皇軍安全；叫他組成僞軍，對抗中央的地方部隊，替皇軍下鄉去，編保甲、徵工伕、催辦糧草和一切瑣碎事務，幹這種奴才事兒，手底下沒有大群的魚鱉蝦蟹，那是兜不轉的，少數漢奸只要一出城，準被四鄉百姓亂棍打死，拖進亂坑餵狗，開春後，聽說夏歪已經損失十多個人了。

鬼子用夏歪，就是要他發展人槍，和戴聖公他們周旋，但夏歪買空賣空兜不轉，是個扶不

起的阿斗，眼看頭上那頂斜斜的縣太爺的烏紗帽，就要被摘掉了，他不急著拉攏人才怪了呢?!二絡頭明白，夏歪光在口頭上討好賣乖，私底下卻拚命斂聚紅黑財物、囤積米糧，捨不得攤開來分潤自己這大股的嘍眾，白替他幹事，可沒這等的便宜。

到麗香園子吃花酒這天夜晚，兩人在表面上親熱得摟頭抱腰的，如兄如弟，但心裏卻各有各的算盤，因爲是夏縣長做東請客，改名曹麗娘的水包皮親自到席上來執壺，紅牌的小揚州、小雲吞、一口酥、活馬三都到了。

二絡頭見到曹麗娘，開門見山的說：

「水包皮姑娘，該還認得我罷？」

「丁二爺，」水包皮說：「我怎敢忘記您吶？」

「老大死後，我就在找你，你可知道？」二絡頭臉上帶著陰冷的笑意，語調卻有些冰冷。

「我想得到的，二爺，我們不是又碰面了嗎？」水包皮的語調輕盈帶俏：「但願我不會掃了您的酒興，您有什麼話，酒後儘管問我，我是跑不掉的呀。」

「來罷來罷，咱們放輕鬆點兒，先喝上幾盅，」夏歪打著哈哈，改變了氣氛：「醇酒美人，最是破鬱解悶的，二老爺，我先敬你啦。」

二絡頭倒也十分靈變，開心的笑著乾了杯，和夏歪、余小貓子、蔡老晃風花雪月的扯開了，加上在座的小揚州、小雲吞她們撒嬌發嗲，一口酥唱曲兒，屋裏烘托得十分的熱鬧。

酒到三分，二絡頭攬住水包皮柔細的腰肢，低聲說：

「水姑娘，不，曹老闆，方便借個地方，咱們單獨談談嗎？」

「全憑您的吩咐啊。」水包皮笑說。

「諸位，你們樂乎著，」二絡頭說：「我想請曹老闆帶我歇會兒，去去就來。」

他搭著水包皮的肩膀，轉到一間陳設雅致的靜室裏來，兩人方一落坐，二絡頭就說了：

「我曉得，老大慘死那夜，你在他身邊，實情是怎麼回事，你得給我一個交代。」

「其實，這話我早就該跟二爺您說了，」水包皮坦然的說：「任誰都知道，我是個賣的，拉開兩腿賺錢，對誰都一樣，丁大爺他花錢包我，他就是我的主子。那夜，我陪大爺在屋裏，正替他搥腿，槍手小周進屋來，三言兩語的，小周發了毛，和大當家的頂撞上了，大當家的對小周說：『這是咱們兩人的事，和她無關讓她走罷。』小周說：『行，根本和她扯不上，她可以走。』我白著臉站立在一邊發楞，大當家的還拉我一把，從枕頭底下，塞給我一疊洋錢，叮囑我去槽頭牽驢，回縣城來。我走後，發生什麼樣的事，全不知道了。過後很久，才聽東鄉人傳說：總瓢把子被人打死了。」

「嗯，」二絡頭默默的聽著，忽然抬頭問說：「你剛說，小周進屋，和老大講過三言兩語，是哪三言兩語，你總是親耳聽到的，也總該記得罷？」

「當然記得，小周手按在槍把上進屋，說他有兩代血仇，說他是討公道來的，錢風他們三個，是他故意獻計支開的，大當家的嘆口氣說：『我早該知道，真是報應到了麼？』……後來兩人就僵住了，直到我走……」

「離開後，你又去了哪兒？」

「當時是月黑頭，我去備驢出後門，暈頭轉向的任牲口朝黑裏走，天亮後才知到了七聯莊東邊，路上有不少人逃難，在西的朝東跑，在東的朝西躲，都說鬼子兵要下來掃蕩了，我當時在想，鬼子一定由西邊縣城出來的，我該朝東去，避著他們才對，我朝東北海州方向去，又走了一天，這才弄清楚，鬼子大部隊正由那個方向開來的，他們分兩支，一支撲奔縣城，東海岸的難民也滾成堆，朝西跑過來了，誰知西邊也槍炮連天開了火，把我們陷在裏頭啦。」

「單只是逃難？沒遇上什麼別的？」二絡頭說。

「說來可巧著哩，我遇著丁二嬸帶著巧姐和素姐，也捲在難民堆裏，她們和我在大當家垛子窯見過面的，我們四個就合在一夥了啦。」

水包皮一提到二絡頭的妻女，二絡頭的神情就變得焦急不安了，急忙問說：

「快講啊，她們怎樣了？」

「我不敢瞞著您，」水包皮憂戚的低下頭，眼淚滴落下來：「丁二嬸實在是個好人，她不該那樣死的，她……她是被鬼子兵流彈打死的，我把她葬在大河一處沙堆上，那地方，我相信我還能找得到的。」

二絡頭這個亂世的梟雄，經水包皮這麼一說，竟然像木頭一般的呆在椅子上，兩手握著拳，雙眉緊鎖著，逐漸的，他兩眼紅濕，有了閃動的淚光，但他強忍著，不使眼淚流出來，過半晌，他才接著問：

「那巧姐和素姐呢？」

「在老鄒莊。」水包皮直截了當的說。

「在老鄒莊？那不是戴聖公的總指揮部麼？」

「是啊，」水包皮提醒他說：「那也是唯一肯收容難民的地方，你總不希望你的兩個閨女，都死在野地上罷？若是被鬼子擄去，只怕比死更慘呢。」

「當時你也在老鄒莊麼？」二絡頭說。

「不錯。」水包皮說：「我們都在總指揮部幫忙。」

「有見到錢風？」

「不只是錢風、張逢時，還有小周，都見到了。」

「小周果然是戴聖公的手下！」

「本來就是。」水包皮冷靜的說：「其實他姓鄒，是老鄒莊鄒大老爹的孫子，如今跟著戴總指揮，做直屬中隊的隊長，他找丁大爺報兩代的血仇，並沒找錯人——你們確實兩次踹撲老鄒莊，害死他的父親和祖父，你說不是嗎？」

「嗯，我總算明白了。」二絡頭臉上掛著淒笑。

「我進城的時刻，鄒龍交代我：假如有機會碰見二爺，不妨把話挑明，他是人一個、命一條，如今都用來打鬼子了，你二爺要是不肯放過他，他隨時候教。」

「這小子真是個雄子！」二絡頭說：「如今倒不是我能否放過他，卻是他能否放過我的問題了……我闖道這許多年，像他這樣有膽識的年輕漢子，真還沒見到過，他是夠種的人物。」

「人說：冤有頭，債有主。他和二爺之間，應該沒什麼帳好算的，」水包皮說：「往後如何，單看二爺你這一邊啦。」

「今晚的話，說到這裏爲止。」二絡頭說：「有許多事，我們改日再談，先回席上去罷。」

二絡頭畢竟是個老混家，能夠強忍住喪妻失女的痛苦，回到席上時，仍然談笑風生，沒露出點痕跡來，但其他的幾個，包括僞縣長夏歪在內，早都被小雲呑她們獻媚功、猛勸酒，弄得東倒西歪，舌頭縮短半截，連說話也咬字不清啦。

「明晚上，我會單獨再來。」二絡頭悄悄對水包皮說：「有些事，我得和你說清楚。」

「二爺隨時賞光。」水包皮說：「我等著聽候你的吩咐就是了。」

第八章 暗潮

被日軍掃蕩過的東海岸地區，情勢的變化異常急速，大批穿著灰色軍裝的隊仙從長江北岸湧過來，他們自稱是新四軍，是人民抗日的隊伍，在鄉野間立足，但他們排拒原經中央任命的地方首長，縣長以下全都另行任命，另成一個系統，他們把東南各縣的中央勢力，朝西北擠逼，鄰縣的韓司令、楚總指揮、陳團長、安縣長，在幾個月之內，陸續帶著少數人槍，來到了老鄒莊。

戴總指揮推韓司令爲首，召開了一次聯席會議，韓司令說：

「全省原有八個保安旅，其中戰鬥力最強的三個旅，保三旅、保五旅、保七旅都還留在蘇北地區，配合中央大軍作戰，要不是全力抗日，以我們的地方實力，清掃這些作亂的妖孽，還是行有餘力的，問題是在我們無暇兼顧的時刻，這些傢伙槍口對內，專拖我們的後腿，我們吃了悶虧還不好說得，事兒就麻煩了。」

「他們遠比僞軍難對付。」安縣長說：「僞軍諢號二黃，民間都知他們是漢奸狗腿子，咱們打它，是天經地義的事，如今講的是國共合作，一致抗日，中國人不打中國人，他們暗要陰險可以，我們反擊就會貽人口實了。」

「在他們控制的地區，他們徵糧收稅，慫恿百姓不再給咱們糧草，硬逼得咱們無法立足，諸位不也是被逼跑出來的嗎？」楚總指揮說：「沒糧沒草，我只能忍痛遣散我的部隊，總不能讓他們去搶劫呀。」

「聽說新四軍和山東開過來的八路軍合了股，老八團和老十團就是打山東開過來的，那是老共的正規部隊，」陳團長說：「他們對發展自己的實力，頗有一套，要比咱們會講會說得多呢。」

「如今之計，只好委屈點兒了。」戴總指揮還是書生性子，慢條斯理的說：「他們只要能抗日，咱們也沒有太多好爭的，到這種危難的辰光了，我不信他們一點不講良心。」

「我說戴老，事情絕不像您想的那樣簡單。」韓司令苦笑說：「他們耍出的手法之多，詳細說起來，三天三夜都說不完的，不是深受其害的人，恐怕很難感受得到。他們跟早年在這兒活動的少數土共，又大不相同啦。」

「真是多事之秋！」文弱的安縣長大嘆說：「鬼子、二黃、土匪，業已夠瞧的了，再加上新四軍和八路這麼一攪和，咱們在當地更難站得住腳啦！」

在座的雖都是各縣的地方首長，但他們對共產黨所知極為有限，只感覺他們是從遙遠黑洞裏湧出來的一群妖魔，因為他們陰冷詭異，連說起話來，都跟旁人不對路，韓司令罵他們是一群惡叫花子，因為他們講共產，說是：你的都是我的，我的還是我的。他們眼裏，只恨別人有錢，不管這些錢是怎樣滴血滴汗，辛苦積賺來的，有錢的都該死，窮人要翻身，不給翻就殺、就鬥、就搶，天底下竟有這種道理？要是那些人祖上原本有錢，是他們懶窮了的呢？不願從頭苦掙，卻要成群結黨硬搶奪旁人的，這不是惡叫花子是什麼？

安縣長多讀過幾年書，總認為半部論語足以治天下，為什麼要去認個洋祖宗捧著回來，拿那個洋框框硬套在中國人的頭上，那許多違反自然、太相信人是萬能的做法，太強梁霸道，日後的問題一定有幾大籮筐的。

「講點兒實際的好了。」楚總指揮說：「如果我們是貪財怕死的，也可以自行捲帶細軟，逃到後方去啊！所以不走，就是心裏有責任，肩膀上有擔子！司令也好，縣長也好，總指揮也好，名目而已，咱們為它而死，不是責任難道還有旁的?!這樣豁命抗日，還受對方排擠，那夥人是什麼用心，就不難想像了。」

聯席會議討論的結果，是盡量和省府取得連絡，集中各地的人槍實力，擴大游擊地區，尋覓去向不明的專員，重建統一的指揮系統，一面和鬼子駐屯軍對抗，一面繼續清剿土匪，一面和共黨盡力周旋。

「要是能跟保安旅的張旅長、王旅長他們連絡上，我們的隊伍大可合編進去，那樣，力量就大得多了！」

「沒會見諸位之前，我原以為我們這個地區，是情勢最險惡、最複雜的，經諸位這麼一說，我倒覺得我們這兒算是受害較輕的了。」戴總指揮說：「剛剛會議的決議，我戴某決計遵行，我相信，共黨的勢力很快就會擴展過來，在這之前，我非把當地土匪的問題解決掉不可。」

「聖公所說的土匪，也就是丁二絡頭那一大股。」韓司令說：「他手下的一個分股陸小濱，原在我轄區活動的，我們如今雖說處境狼狽，人槍也都殘破，但聖公清剿這幫土匪時，我仍願協力，留下我最得力的一個中隊來，由你指揮剿辦。」

這次會議之後，各縣的首長都是：將軍不下馬，各自奔前程去了，戴指揮官召集了汪二爺、宋老爹、鄒棠、謝克圖、張猛和韓司令留下那個中隊的隊長田斌，一道兒研究剿辦土匪的戰法，以及因應新形勢的準備。

「依目前咱們的人槍實力，加上一個外援的中隊，和二絡頭那股土匪相比，要相差四、五倍，何況鬼子不斷增兵，想拿下徐州，我們還得聽命配合中央大軍的行動，如何抽出這個空檔解決這大股土匪，實在太緊要了。」總指揮說：「諸位有話，不妨攤開來講，大夥好合計。」

「照羅駝子和胡二亂子的說法，二絡頭雖是能幹，但他手底下的股頭眾多，是十足的烏合之眾，」汪二爺說：「咱們一個，足可打他們十個，絕沒問題的。」

「嗨，爲這撥土匪，咱們算是傷透了腦筋，」總指揮說：「三番五次的張告示，剿也剿過，撫也撫過，每回都雷大雨小，沒竟全功。」

「總指揮也不必自責，」宋老爹說：「外間情勢變化莫測，咱們初成立保安隊時，實力超過一個團，兩場硬火熬下來，本錢幾乎耗盡了，這可是當時沒料到的；打剿辦土匪起始，咱們也收降了戴老哈、生擒了朱大耳朵，又誘捕了羅駝子和胡二亂子，並非沒有成效啊！」

「鄒龍隊長該記剿辦土匪的首功，」謝克圖說：「如今他還帶著錢風、張逢時他們在城裏活動，也許不久便會有新的發展，咱們既然把剿辦土匪的擔子加到他肩上，最好是等著他的消息，再決定怎樣行動了。」

「我贊成克圖兄的意見。」鄒棠說：「事權統一，鄒龍辦事才夠方便，必要時，咱們老一輩人聽他的也未嘗不可。」

「好，」總指揮說：「把剿辦土匪的擔子加給鄒隊長，咱們也好集中精神，研究怎樣和共黨周旋啊，你們都知道，韓司令、楚總指揮他們都被共黨害慘啦，在座的田隊長，就是最好的證人。」

「嗯，他們不是早先搞什麼貧農團、工人會的那些雜碎嗎？」宋老爹想起什麼來：「他們搞的那套在道理上站不住，他們也許能成一時之勢，但永遠也不會成功，我是老朽了，也許見不著了，但我的話會留著，至死也不會改變的。」

「老爹，您是達儒，」總指揮說：「你說共黨在道理上站不住，您可沒把您的道理說出來啊！您這麼說，咱們都聽不懂呢。」

「呵呵，這很簡單啦，」宋老爹露出七歪八拐的老門牙來：「就拿『無產階級』這四個字來說罷，它只是一時的現象，並不是永久的根本啦。中國經過長久的戰亂，大多數人都貧困不堪，家無恆產，他們都算是『無產階級』嘍，共黨要打天下，自然要找人數多的利用，用『無產』去強分『有產』的『產』；經他們這麼一分會怎樣呢？豈不是人人都變成『有產』了？咱們中國的社會，原是上下相通、自然升沉的社會，俗話說：十年河東轉河西，莫笑窮人穿破衣。沒有共產黨，窮人若努力上進、勤勞刻苦，一樣因勤致富；我們再看，古人所說的：『寒門多將相，茅屋出公卿』，主宰中國的、歷史上的樞紐人物，大多出自寒門就是例證。中國傳統文化，總是勉人勤勞，責人懶散，很多家庭都訓勉子孫說：家有錢財萬貫，不如一技在身；又警示說：『財主無三代，清官不到頭』，這已經說明了世事多變，虛心誠懇是上達之門，傲驕衰狂乃必衰之道，中共握權力的人物，多半出自豪門，他們爲何替大多數人說話？說穿了，只是『利用』二字，他們的人民革命，說粗俗點兒，就是惡人找善人鬥、窮人和富人爭，說得更露骨一點，就是懶人鬥勤勞刻苦人。中國社會，的確有過『封建』的制度，但經明末流寇那麼燒殺焚掠，早就弄垮桿兒了。咱們和歐陸不同，他們分什麼公侯伯子男，咱們民間誰封過爵位來著？清朝搞過封號，卻都是有名無實，並沒有封地采邑，從曾國藩到閻錫山，他們並沒主過封邑，他們說的『有產階級』根本含糊不清，一個有產的富戶，說不定三代之前的祖父是乞丐，一個『無產階級』，說不定三代之前的祖父是豪霸一方的富翁，他們只以眼前的貧富來分階級，又夠公平嗎？嗨，他們是在吃漿糊，一窩子認洋人當祖宗的大白癡！」

「老爹，你從來沒說過這許多，」戴總指揮說：「咱們總算上了一課啦。」

「我說的白癡，專指鄉角裏的那些跟屁蟲啊！」宋老爹說：「他們算不清這本帳，貪小錢、爭小利，才會掉進共黨佈的陷阱；那些共黨頭子，可是機伶得緊哪。」

「他們早晚會擴張過來的，」戴總指揮說：「到時候，怎樣區處才算妥當呢？」

「千萬不要相信他們，他們張掛一道彩虹在斷橋那一邊，誰想走過去，誰就粉身碎骨，他們要的邪門玩意，我是至死都不會相信的。」

「咱們的處境真夠艱難啦！」謝克圖說：「敵、僞、匪、共，四方面夾攻，想立穩腳步，真的要靠老天幫忙了，我相信老天總是睜著眼的。」

在黑裏的老天總是睜著眼的，曹麗娘也是這麼想。

二天晚上，土匪總瓢把子二絡頭，居然單獨來到麗香園子，曹麗娘在靜室裏爲他擺酒，除貼身女侍外，並沒旁人，二絡頭對他妻子的死感到極度悲傷，對留在老鄒莊的兩個閨女，也十分懸念，一面飲酒，一面喃喃的說些對妻子抱歉的話。

「我是個常遭白眼的窮漢，老大遭史家堡欺壓的時候，我氣得眼珠都要迸出來！我二絡頭命硬……」他舉著杯，對著樑頂呆望著，彷彿二絡頭孀就站立在那裏。

「船到江心馬到崖，你說教我怎辦，你說，我都聽你的……」他的眼淚滴在酒盞裏。

曹麗娘靜靜的坐在他身邊，沒有開口說什麼安慰的話，只在二絡頭乾杯後，替他把酒給斟上。過了好一陣子，二絡頭才彷彿清醒過來，把眼光轉到曹麗娘的臉上。

「那戴聖公，知道巧姐和素姐是我的閨女？」

「當然知道。您忘了鄒龍、錢風、張逢時都認識她們的嗎？」

「他們會把巧姐和素姐當人質？」

「不會。」曹麗娘說：「戴總指揮是個仁厚的人，跟你們垛窯贖了又擄、擄了又贖不一樣，我來時，她們都活得很好。」

「你能幫忙讓我見到她們嗎？」二絡頭顯得有些低聲下氣，這是他從沒有過的。

「照理並不算難，」曹麗娘說：「她們既然不是人質，爲什麼不能來看望你這做爹的呢？只是，城裏是鬼子的地方，那些鬼子兵見到年輕女人，就像饞貓見了魚似的，恐怕連你也很難保險她們安全。假如你想見面，我想安排一下，在城外選個適當的地方，您若不放心，您可以帶護駕的槍手過去。我保證戴總指揮不會爲難您。」

「好。」二絡頭說：「我等著你的消息好了。」

「我沒想到，您竟會相信我這樣的女人。」曹麗娘舉起杯來說：「爲這個，我也要敬您啦。」

二絡頭乾了杯，接著談起鄒龍來，他對鄒龍放倒丁紅鼻子的事始終耿耿於懷，他說：

「這究竟是誰的錯呢？史家堡不逼迫我那老大，他不會出頭混世蹚渾水，一旦闖開了，他手底下有一大票混家，總是要吃喝花銷，撲打老鄒莊，雙方接火，死傷難免，鄒龍把這本帳全記在我老大一個人的頭上，這又公平嗎？……在他來說，替上一代報仇沒錯啊！對我來說，替我老哥報仇也沒錯，真要這樣拉鋸，這本帳到哪一代才能算得清吶？」二絡頭仰脖子又乾了一盅。

「您的意思是？」曹麗娘立即把酒斟上。

「我還得好生想一想。」二絡頭說：「我恨那些堅持土匪就該砍頭的說法：在我看，我那老大並不算世上罪大惡極的人，他那麼死法，多少有些冤的慌。」

「您不是說過嗎？世上又有哪樣事，是真正公平的呢？」曹麗娘說：「您和鄒龍的恩怨，你們自己去化解，局外人是插不上手的，我答應您的事，我會盡快辦妥的。」

那天夜晚，二絡頭喝了不少的酒，但他一直很清醒，曹麗娘也沒想到，像二絡頭這種精強剽悍的總瓢把子，涉及他本身家庭兒女親情的當口，他竟表露出一向很難顯出的人性來，而且在對鄒龍的仇恨方面也寬和了許多，二絡頭的這種轉變，是她根本沒意料到的，也許是二絡頭嬸死在鬼子槍口上，使他漸感消沉罷？她想。

她答允二絡頭會見巧姐和素姐的事，是她親自去辦的，地點選在縣城東北七里遠的汪家老塋，那兒有一片濃密的黑松林子，林子裏有一座看管墳塋的木屋，看墳的老頭姓印，她把巧姐和素姐送到那兒之後，回到縣城通知了二絡頭。

「這汪家老塋，是副總指揮汪二爺遠祖的塋地。」曹麗娘對二絡頭說：「游擊隊也經常在那邊活動，但我跟戴總指揮稟明了，您要去看望兩個女兒，他保證不會在那邊動您一根汗毛，您要不放心，儘可帶護駕槍手，我陪您過去，我這全是敞著坎兒說的。」

「我不在乎。」二絡頭說：「他們要真的動我，多帶槍手也沒用，我空著手去，就算相信你一回好了。」

兩人騎牲口去汪家老塋，果真在木屋裏見到了巧姐和素姐，父女相抱哭了一場，印老頭還準備了茶飯，他們一口沒吃，二絡頭顯得很爲難的說：

「你們老娘就這麼走了，你們不在我身邊，我實在放不下心，若說帶你們去雲家渡罷，又違了你們老娘的心意，——她是死也不讓閨女留在土匪窩的。」

「娘臨終確也這麼交代的。」巧姐說：「我跟妹妹在老鄒莊活得很好，沒人把我們當成土匪頭兒的女兒看，娘更要我們勸爹該歇手了。」

「爹，您就聽娘的話歇手罷！」素姐跪下來，聲淚俱下的說：「這是什麼年頭，強取豪奪的事您忍心再幹下去嗎？」

「你起來。」二絡頭說：「這可不是嘴上說說就能決定的，你們要曉得，我手底下的那票人，原是各股頭臨時撺合起來的，各有各的打算，這種事，我總得要好生琢磨琢磨才成啊。」

「您能這麼想，儘夠了。」曹麗娘在一邊說：「天下任何事，都有峰迴路轉的時刻，不是嗎？」

「也許是有。」二絡頭說：「但我可不相信我會有那麼好的運道，我這些年，孽也做得太多了。」

在汪家老塋留了將近兩個時辰，印證了曹麗娘的話，中央游擊隊真的沒有出現過，日頭大甩西，二絡頭才和兩個女兒道別，和曹麗娘騎牲口回縣城去，在路上，二絡頭一再跟曹麗娘說：

「我的事，甭跟夏歪他們提，日後我何去何從，連我自己也還不知道，等我回到雲家渡的垛子窯再說，我想，凡事都是有因有果的。」

二絡頭帶著蔡老晃回雲家渡，召聚各股頭議事，他首先說：

「承大夥抬愛，舉我接替紅鼻子老大，做總瓢把子，這次進城，我盤弄清楚，我老婆被鬼子殺了，兩個閨女也落在戴聖公手上了。我那老婆臨死丟話，叫我歇手，不要再幹強取豪奪、打家劫舍的勾當了，乍聽之下，很不是味道，過後認真想想，確有道理，如今淪陷區裏，不論貧的、富的，在鬼子槍口下頭，誰過的是人過的日子？咱們爲一口飯食，還要去明火執杖的劫奪他們，說來毫無道理。我說這話，不是勒逼大家散夥，而是表明我個人不願再幹了，容我帶著自己這股人單獨走路，諸位，你們怎麼捏合，一概聽由你們。」

聽二絡頭這麼一說，大夥全呆了，蘇老虎怔怔的望著他，半晌沒說出話來。

「我說大當家的，您究竟是怎麼了？」莫大妮子說：「您可比紅鼻子更精明強悍，沒想到您會在這種辰光，幹這種半端的事，教咱們怎麼辦呢？」

「這也沒什麼，人各有志，不可相強嘛！」實力最強的陸小濱說：「我領的這股人，原被老韓逼得站不住了，我仍能回到老地盤去再混，碰碰運氣。」

「您要真的不幹，我兄弟只好投老共，」張七說：「咱們兄弟領的，原就是他們所謂的無產階級，如假包換的嘛。」

「我是不會投靠戴聖公的，」蔡老晃說：「但也不願靠老共，做他們的跟屁蟲，那可沒意思。」

「大夥兒先甭慌躁，」蘇老虎說：「容我勸大當家的幾句話：咱們捻股合眾，闖出橫州越縣的局面，說來真不容易，也是半輩子血汗掙的；當土匪、幹強盜，滿手沾血，四鄉百姓，誰不是咱們的仇家？咱們能混下去，全靠大夥兒窩攏了，有份實力在，一旦散夥，就成了一窩沒頭蒼蠅，一人一口唾沫能淹死你，大當家的，您是精明人，這點您應該想過。」

二絡頭坐在雲家瓦房的大廳正中，面前長案上點著蠟燭，燭火的光暈，跳躍在他陰鬱的眼眉上，在大夥兒紛紛議論時，他一手托著腮，全神貫注的傾聽著，並沒插口說一個字，等到蘇老虎問及他了，他才緩緩的說：「兄弟，你是二駕，我走後，你怎麼捏合這些人頭，總還有商議的餘地，我這生最大的敗筆就是一意孤行，從沒聽過老婆的話，如今她死在鬼子槍口下面，最後的遺言，我說什麼也得聽她一回。」

二絡頭孀是個正直剛強的好婦人，凡跟二絡頭共事的都很清楚，對她也敬畏三分，二絡頭平常絕少聽得進旁人所講的話，這一回算是唯一的例外，大夥兒雖都有些惶亂，一時也都鬱著，不便再多說些什麼。

「這年頭，家家有本難念的經，」二絡頭接著說：「我也不願勉強大夥兒幹什麼，我目前只想把我這股人拉離雲家渡，日後究竟走哪條路，還不敢講。至少我是不會投靠鬼子八路的，那不是正經路子。」

「丁大當家的，」陸小濱首先站起來，拱拱手說：「我當初拉槍過來捻股，是衝著紅鼻子老當家的來的，他死後，咱們一致推舉你，原打算闖出個局面的，如今再怎麼說，你總是半途抽腿了，我也不願多說什麼，明兒一早，我帶我的人槍走路，我走了。」他一招手，便帶著他的護駕槍手離開了垛窯。

「二爺，沒想到您變得那麼快，」蘇老虎對二絡頭說：「去一趟縣城，您整個人都變了，咱們許多股人原都依靠您的，您這麼一抽腿，咱們究竟該怎麼辦哪？」

「老蘇，千萬甭把難題再套到我頭上了。」二絡頭垂頭喪氣的說：「當年我有血氣、沒心肝，才會走上這條路，也才害得我那女人跟我受半輩子的苦，我自己誤了半生，哪還能再拖著你們走死路？要是我說：土匪也要抗日，你願意跟我去赴死嗎？」

「您是說：您打算投奔戴聖公嘍？」

「屁的戴聖公！」二絡頭說：「我會希罕他那一官半職嗎？我是個粗人，鼠目寸光看不遠，也說不出什麼道理，這世界從四面八方逼我，天下這麼大，竟沒有我容身的地方。我坐在雲家渡的垛窯裏，這算是地方嗎？嘿嘿，我連兩個親生的閨女都無法收容，——我能說這兒不是土匪窩嗎？臨到這種地步，我這總瓢把子哪還能再幹下去！」他在頹喪之餘，吩咐手下擺酒，要跟大夥兒一醉。

酒菜上來，席上仍籠罩著一片陰鬱慘愁的氣氛，二絡頭兩眼紅濕，舉起盞來說：

「我跟諸位雖都是在道上闖混的，相處多年，也都情逾手足，眼見要和諸位分手了，我心裏實在也難過的慌，讓我先乾這一盅，表示我心裏的歉意；我走後，二駕還在，諸位總還有商量。」

二絡頭的這番舉措，在雲家渡算得上是一宗大事，第二天早上，陸小濱那股人先渡河拉回南邊去，二絡頭帶著他自己的一股朝西拉，蘇老虎約略計算過，數股當中去掉那兩大股，人槍實力便減去一半以上，何況囤在高堆頭的羅駝子那一股情況極爲不穩，就算目前勉強能捻得住，也是聲勢大衰了。

不過，從整個魯蘇皖地區來看，這小股股匪的分合，實在是微不足道的小事，臺兒莊戰後，日軍在山東、皖北、豫東各地區不斷的推進，和國軍發生激戰，但軍事重鎮徐州仍在國軍掌握之中，日軍不斷的增兵，陸續攻陷徐州外圍各縣，但國軍捨死反撲，形成拉鋸，海、灌、沭各縣，日軍兵馬沓雜，中央游擊隊、共黨和股匪各方面的活動都暫時陷於停頓，只有個別的地下活動還在進行著。

雲家渡那邊，蔡老晃投靠了夏歪，當上了僞軍大隊長，蘇老虎和莫大妮子合股，他們想合併羅小刀子所領的人槍，羅小刀子帶人在黑夜裏殺出來，奔向七聯莊，被游擊隊長張猛繳了械。張七張八帶著他們的嘍囉，去東海岸投奔共黨，不久之後，他們人槍都被吃掉，張七逃走不成，被挖坑活埋掉了，張八活得久些，最後仍被押到河滂，用刺刀捅了八刀，把屍首扔進河裏，任它漂流去了。

離開雲家渡西奔沭陽的二絡頭，開始伏擊小股鬼子和僞軍，他們沒有任何番號，也不沾中央的邊，二絡頭說他幹的仍是老本行，只是不再打家劫舍，專幹鬼子二黃。

「誰說土匪不能抗日來著，咱們也抗個樣兒給大夥瞧瞧！咱們能活一天算一天，幹掉他們一個少一個！」他說：「橫豎這種年頭，怎麼活都不舒坦。」

跟隨他的嘍囉，明知二絡頭老婆慘死，使他深受刺激，變成鬱勃的狂人，但打鬼子、殺僞軍，幾回得手之後，都覺得緊張刺激，十分過癮，也就心安理得的跟著玩下去了。有時候，二絡頭在路上挑大坑，陷住日軍的卡車，射殺押車鬼子兵，奪取糧食補給後，舉火燒車，有時伏擊下鄉催糧的僞軍，釋放因欠糧被拘的農戶，四鄉百姓對他都很有好感。

「老鄉，你們是什麼部隊啊？」有人試著問說。

「嘿嘿嘿……」二絡頭笑得像雞下蛋似的：「你看咱們也像部隊嗎？咱們是紅眉毛、綠眼睛的土匪呀！」

「甭開心逗趣啦，」對方說：「土匪會不擾百姓，豁死命的打鬼子嗎？」

「也作興有的。」二絡頭：「你是否聽人家說過，大股匪張志高之後，有海州的丁家兄弟？」

「那是有名的土匪頭子啊！」對方說。

「我就是丁二絡頭。」二絡頭直截了當的說：「我老婆死在鬼子的槍口上，我是發瘋

了，變了心腸了，專打鬼子二黃報復，發誓不再擾民了。」

「丁二絡頭是最兇橫的土匪，怎會變成這樣呢？」對方詫異的說：「你再怎麼說，咱們也是信不過的。」

「騙你就是閨女養的。」丁二絡頭說：「人是怪東西，有時候連自己也弄不懂自己。」

事實總歸是事實，丁二絡頭的名氣很響，不由人們不信了。這股人有兩百多，他們在鄉野地上飄行無定，有時在偏僻的荒村歇腳，有時在破廟棲止，風聲緊的時候，他們就分散成很多小股，再用他們自己的方法聚合起來；保安旅派來一個官員，費盡心思和二絡頭見一面，想勸說他加入建制，二絡頭一口就回絕了。

「我沒有那個命，」他說：「真要幹的話，也不會捨近求遠跑到這兒來了。你不必拿那套道理來套我，我是野馬不上轡繩，粗人一個，誰要罵我匹夫我也不在乎，我手下這點人槍拚光了、打完了就算，不用你們費心了。」

對方得不著要領，回去報告，旅長又請陳團長來了一次，陳團長穿的是便服，他按道上的禮數，投拜帖，和二絡頭會面，稱兄道弟話家常，絕口不談公事，他在仲家小酒坊擺酒，專誠宴請二絡頭，三杯下肚，二絡頭終於講出幾句真心話來！

「當初我出頭混世，是年輕氣盛又不懂事，當然也是被人逼的，人一幹了土匪，什麼台盤格局全一道扔了，戴聖公懸賞要我的腦袋，四鄉八鎮，到處都把我當成仇人，是啊，我是踹過他們的莊子、抬過財神、擄過肉票，這是賴不掉的，雙方開火接仗，各有死傷，也是平常的事，像老鄒莊的鄒龍，硬把一本帳算到我那老大的頭上，我看也不盡公平。若依我早年的性子，這筆債我非討回來不可的。如今那小子豁命打鬼子，變成抗日英雄了，我坐在雲家渡垛窯裏，再怎麼自覺神氣，也只算一隻狗熊，我又憑哪一點去找他算帳呢？實在說：我是沒路走了！豬八戒照鏡子，裏外不是人。我打鬼子贖罪總可以罷！路死路葬，溝死溝埋，把這條命玩掉拉倒。不過，我活一天，休叫我捱著鄒龍那小子，我一冒火，還會拔槍幹掉他的。」

「老哥，聽你的言語，你算是明理的人。」陳團長說：「我會通知戴總指揮，讓鄒龍不沾你的邊，在這種辰光，為私人恩怨去拚死活，大大的犯不著。我說這話，毫無偏袒姓鄒的意思，大夥兒的性命都該留著打鬼子，槍口朝裏轉，蝕的是國家的老本啊。」

「這倒是聰明的做法。」二絡頭苦笑說：「一方面讓那小子活長一點，一方面讓我修個正果——就算死了，人也會說：那傢伙原是幹土匪的，後來竟抗日打鬼子，他算死得正經，不是嗎？」

「當然是啊，」陳團長說：「凡是為抗日死的，都是咱們國家的烈士，誰管你早年幹啥。」

「嗯，有您這句話，我總算得著點安慰了。」

「我不勉強你歸入建制，」陳團長說：「我回去自會向旅長報告，關於械彈，我們會盡力支援你。我們既然都在打鬼子，相互支援總是好事罷。」

「這倒是實在話，」二絡頭說：「我若真遇上難處，自會找您就是了。」

原先的難題，經過這場酒，全都迎刃而解了；二絡頭這股人，就在鄉野間活躍著，他對地方的鄉村長關係平淡，多少帶點冷漠，他說：

「咱們朝鬼子二黃玩命，吃的、喝的，咱們自己找，但則，我的弟兄要是打死了，棺材錢得由你們地方上想法子湊出來，生不擾你們，臨死擾你們一回，這總不能算過分罷？」

「二老爺，您這麼，就是太客氣、太見外了，」一個鄉長說：「您領人打鬼子二黃，原本是保衛地方，您有需要得著的，儘管吩咐，咱們會盡心去備辦的。」

「我這人，不喜歡說重複的話，我只要棺材費。」二絡頭有些不耐說：「棺木也只要薄皮白木的，取價便宜，咱們睡進去也心安理得，這就好像窮人住不慣大房子一樣，你若叫我睡進福壽大棺，我做鬼都會嘔得慌，——根本不稱頭嘛。」

經他這麼一窘，旁人也就不敢再客氣了。

駐屯在沭陽的鬼子部隊，也是一個大隊，大隊長春日武夫少佐把二絡頭這股人恨得牙癢，他估定二絡頭躲匿的荒村，用小炮和擲彈筒圍轟過，轟完了衝進去，裏面根本是空的，他又差出一個中隊掃蕩縣城北的村莊，擄了許多農戶拷問，槍斃了好幾個，也逼不出二絡頭藏匿的確實地點，日軍惱火萬分，便舉火焚燒莊子，這一下，把二絡頭逼火了，也差人到縣城去縱火，把僞軍大隊部也燒得面目全非，最後，日軍用三部卡車暗藏部隊，裝成運補車的樣子，引誘對方出來劫車，在官田鎮東北，二絡頭的一股人果然用伏擊法劫車，日軍的伏兵立即下車疏散，架起輕重機槍開火掃射，這一回，二絡頭的手下吃了虧，但吃虧有限，因為他們只出動十七、八個人，死傷了十一個，同樣的，鬼子兵也死傷了七個。

「仔細算來，還是咱們便宜，咱們地大人多，比鬼子多過許多倍，十一比七，咱們還有賺頭呢。」二絡頭說：「只是鬼子死後，用火燒屍，捏幾點骨灰放進小罐子就了事，咱們死去的弟兄不興那種葬法，累地方破費了棺木錢，心裏老大的不過意是真的。」

一個著名的土匪瓢把子，怎麼會脫股拉離他的垛窯，跑到鄰縣來瘋狂抗日的？當地的民眾最初都覺得很突兀，後來才曉得他老婆死在日軍手裏，他可能受了很大刺激，但看他的樣子，卻是冷靜、清醒，並不像一個瘋子，他打鬼子的方法之多、拚勁之大，比有番號的地方部隊更為猛銳，可見前一種說法並不可信，若說他天生就有一種瘋狂的、豁命的性格，那倒是真的。

二絡頭對這些好奇的探究，並不介意，他說：

「我不喜歡，也不會講道理，就這麼玩上了，你們愛怎麼想都行，我玩的可都是貨真價實的哦！」

正因他玩得太貨真價實了，春日武夫發誓不放過他，在暑熱的天氣，他自率兩中隊日軍、一大隊偽軍，全面兜捕二絡頭，一路追逼到接近河岔口的青伊鎮附近，總算把他圍到一座廢窯裏，雙方開火打了一整夜，據被日軍抓伕的民眾回來形容，那座土窯全被炮火轟平了，二絡頭的手下一個也沒活出來，事後掘土拖屍，一具具都是焦黑的，根本認不出誰是誰

來，連他們騎乘的五、六匹馬，也都教炮火轟死了，不用煮都能撕著吃，可見炮火有多猛。

但也有人在廢窯裏發現另有地道，估量二絡頭和他的親隨，在他手下的掩護中走脫了，不能斷定他死在現場。因為鬼子在轟平的那座廢窯的第二天，還開進青伊鎮逐戶嚴搜，足見二絡頭並沒有死。不過，回到縣城的日軍四處張貼告示，都說二絡頭和破壞份子全被皇軍敉平了，警告四鄉良民，不可跟他們學樣。總之，二絡頭的生死，暫時成為難解的謎，留在四鄉人們的心裏，更有人深夜偷偷的焚化紙箔，對他和他手下那些人祭拜。

第九章 柔情

在另一座縣城的後街，小巷連鎖著小巷的一棟舊屋裏，穿著白小褂黑長褲的鄒龍，正和錢風、張逢時兩個捏著花生喝酒，一面談著雲家渡和二絡頭的事。

「我沒想到，事情會起這樣大的變化。」錢風說：「二絡頭的脾性，比他老哥更怪，竟然拉槍脫股，轉到西邊打起鬼子來了，我完全弄不懂他。」

「二絡頭很豪氣莽撞，」張逢時說：「偏偏對二絡嬸敬畏三分，她死在鬼子亂槍下，會把他激醒的；雲家渡那些股頭散了板也好，省得戴總指揮費手腳。」

「鬼子在青伊圍轟二絡頭，到目前爲止，還不知他的死活，」錢風說：「就算他死了，也夠光采，算得上是條漢子。」

「不論他死活，我都得感激他。」鄒龍說：「他沒被鬼子圍轟前，託陳團長帶口信給總指揮，要他叮囑我不要接近他，他是有意把我殺丁紅鼻子那筆帳壓著不算的，這個人識大體、有氣度，不能不令人佩服，他留我這條命，我總得要捐出去，不能虧欠他的。」

「說得好！」錢風說：「我和逢時兩個，雖不欠誰的，兩條命也願陪你捐啦！」

「張七張八兩個，真是冤種糊塗蟲，怎會想到拉槍去投共的？」張逢時說：「那些傢伙對付混世走道的老油子們，一向是趕盡殺絕，專門吃槍的。」

「那兩個雜碎，不提也罷了。」錢風說。

「你提到那些邪皮貨，聽說最近氣燄高漲，」鄒龍說：「咱們對付鬼子已經夠艱難啦，真是前門有虎、後門有狼，日後有得周旋呢。」

「日後的話，日後再講。」錢風說：「如今野鬼經常過境，他們想圍逼徐州，情勢已經很明顯了，目前咱們究竟能做些什麼？先得仔細商量。」

三個人正在說著話，直屬中隊的傳令兵小徐進屋來，悄聲報告說：

「又有大批野鬼開進縣城來了，東關外放列了十幾門大炮，還有好幾百匹馬的馬隊，街廊兩邊，全是架槍休息的鬼子兵。」

「野鬼來得正好。」鄒龍說：「每遇上縣城有鬼子過境，要糧要草的，城門檢查就鬆得多，我想，最好趁這辰光，咱們出城到汪家老塋去，和留在那邊的分隊會合，老留在城裏也不是辦法。」

「對，」錢風說：「最近蔡老晃業已率著手下進城，接任僞軍大隊長，他左右有好些人認得咱們，經常留在城裏，確有不妥。」

「咱們在黃昏時分批出城，」鄒龍說：「酌留一、兩個弟兄在麗春園水姑娘那邊，方便聯絡。」

這批過境的野鬼，是一個旅團加一個炮兵聯隊，他們看樣子並非臨時過境，而是奉命推進到指定集結地區，作好圍攻徐州的準備；當地駐屯軍太田少佐，指令夏歪配合新開到的皇軍，攤派民伕，供應糧草、馬料和一應所需物品，這一下，可把夏歪給累歪啦，這可是個荒落貧困的縣分，經過多番戰亂，家家戶戶無餘糧可資搜刮，單是攤派伕役這一項，在短短限期內，他就籌辦不及，日軍差了留八字鬍的軍曹來監督，他把偽縣長看成他的部下，用皮帶猛力抽打，打腫了夏歪的左邊臉頰，又攔腰踹了夏歪幾腳，使夏歪鼻子嘴巴都歪向另一邊，腰桿也扭歪，從上到下怪怪的歪扭著，還得打躬作揖陪著笑臉。

通過鬼子帶的翻譯，他懇求說：

「皇軍大人，太軍老爺，小的我不是在盡力辦事了嗎？再多給我一點時間，我一定把民伕湊齊送過來。若是差人，我自己也捲起袖子去頂工，這總可以了罷。」

「耀西，耀西。」那軍曹點頭說。

夏歪找到蔡老晃，也召來警所的余小貓子，著令他們不分日夜的四處催伕，他說：

「哪個保甲湊不足人頭數，把保甲長也算上，實在不夠數，調警力，派槍兵，替我到處去抓伕，不管男女老幼，能打得過馬虎眼就成啦。」

蔡老晃和余小貓子都沒膽子下鄉，只好在城裏城外勒逼各保甲長湊人頭數，湊不足就抓人。結果裏小腳的老太婆、耳聾齒落的老頭、看來還能做活的婦道、學童般的小孩，也湊了一大堆在裏頭，他們要替鬼子挑壕溝、築炮陣地、餵馬、抬軍需物品，在把工伕點交給鬼子時，

夏歪還特意關照說：

「把那像樣兒的人頭排在前面，老弱疾障的排在後面，免得那個鬼鬍子又來修理我，我這縣長，業已被他修理成鬼孫子啦。」

在一片抓伕聲中，鄒龍、錢風、張逢時他們，居然經過後街，混出了城門；鄒龍對付在城門口值崗的衛兵，自有他的法寶，那就是捏在掌心的現大洋，只要捏上一、兩塊，悄悄朝僞軍手上一塞，附耳對他們說聲：「自家哥兒們，這點意思，買酒吃。」雙方擠擠眼，保準過關。

當夜趕到汪家老塋，鄒龍把留在那邊的分隊，交給錢風統率，他騎了匹快馬，夤夜趕回老鄒莊，求見總指揮，將在城裏的聽聞向他報告。

「你這趟進城，幹了不少事。」總指揮嘉許說：「尤其是水包皮姑娘這張牌，真是打對了；我始終認爲：抗日，是全中國人的事，管他是強盜、流氓、娼妓，只要他們還有點良心，愛他們自己的國，在咱們委員長的號召之下，不論生死，去做同一樣的事——打鬼子、救國家，他們都算得上是歷史人物，不一定要留名萬世，像二絡頭那種草莽人物，原來就是死刑犯，他變得這麼快，我事先也沒料到……這全是你的功勞啊。」

「屬下絕不敢居功，」鄒龍說：「咱們葬了二絡頭嬸，又收容了二絡頭的女兒，照一般說法，應該是積了點陰德，天佑地護的，才會讓事情辦得那麼順當。」

「天佑地護是另一回事。」總指揮說：「你總是坦坦然的盡了人事。」

作爲游擊基地的老鄒莊，在短短的日子裏，武裝力量又經過一番調整，原先由鄒棠出任的第一大隊不動，又整編了第二大隊，由謝克圖擔任大隊長，他率領的，有戴老哈、朱大耳朵的殘眾，羅駝子的舊部，加上望風而來的陷區丁壯。對這個，總指揮有他的看法：

「我曾逐一召見過他們，絕大多數都是為饑寒所逼才鋌而走險的，這些人只要洗心革面，願意為抗日犧牲，並非不可用，如果咱們不收容編訓，留為國用，他們勢必仍幹老行當，繼續危害民眾，那也不是辦法。」

「總指揮說得是。」鄒龍說：「咱們幾次和鬼子硬拚，部隊快耗光了，要不適時補充，日後真會被四面八方來的壓力擠垮，您行得端、坐得正，不怕沒人追隨您吶。」

「你一路勞累，先去歇著罷，」總指揮說：「晚上我和汪副總，要召集一個會，順便準備點水酒，算為你洗塵，這也是大家的意思。」

「這可不敢當，我又是屬下，又是晚輩，跑腿辦事，辛苦勞累，可都是應該的啊。」

「我說順便，其實也是大夥兒餐敘罷了。」

鄒龍辭出來，在老宅子裏獨自徘徊一陣子，這是他童年生活嬉遊之地，他從沒想過，往後的日子會起這樣巨大的變化，目前它雖是游擊基地，日後又會變得怎樣，誰也不敢料定，這座宅子又能保全多久呢？時間正是炎夏，園角的老柳張垂著一片綠蔭，在晚風中搖曳著，這年頭，做人的擔子太重，哪能比得老樹那麼閒適啊。

他原想到後院去看望丁家的巧姐和素姐，但他不能拿定主意，是否要把二絡頭失蹤的消息，立即告訴她們，也許二絡頭真的沒有死，何必在這時刻讓她們擔心掛慮呢？想到這兒，他

就跨過角門，回到隊部去了。

當天晚上，總指揮在前廳設了酒菜，汪二爺、宋老爹、鄒棠、謝克圖、張猛、戴老哈、羅駝子叔侄、胡二亂子他們也都到齊了，總指揮最先提到的是目前的大局，他分析說：

「目前鬼子業已把戰線推向內陸，豫皖兩省都有劇烈的戰事，徐州的撤守，將是早晚的事，咱們能做的，是盡量擾亂鬼子的集結，遲滯他們的攻擊行動，破壞敵後道路，增加他們運補的困難，在鬼子分兵駐屯的縣城製造混亂，尤其對為虎作倀的漢奸要嚴加打擊，使鬼子失去耳線和眼線，大夥兒對這些有什麼看法，盡量提出來好商量。」

「報告總指揮，」鄒棠說：「目前雲家渡那邊，在二絡頭脫股拉走後，陸小濱也去了漣水，張七張八投共，人槍被吞光，又賠了性命，羅兄那股人，在蘇老虎和莫大妮子夾攻下突圍，業已投到咱們這邊，蘇、莫兩股，人槍實力有限，我看，第一大隊可以全部撤回，請求另派任務，七聯莊那邊，最多留一個中隊駐守就夠啦。」

「我贊成鄒兄的意見。」二大隊的大隊長謝克圖說：「二大隊願意派一個中隊接防。」

「讓我去對付蘇老虎好了。」戴老哈說：「那傢伙有幾斤幾兩，我摸得最清楚，我綽綽乎對付得了他。」

「蘇、莫兩股並不足畏，」謝克圖說：「問題是在雲家渡極可能成為一個缺口，也就是本縣關不緊的後門，共軍會打那兒插進腳來；我打算把大隊部設在姚家官莊，就近支援你。」

「關緊後門，確實很要緊，」宋老爹說：「這樣，咱們才能專心一意的對付鬼子。」

總指揮靜靜的聽著，臉色顯得頗爲凝重，過了一陣，他才開口說：

「咱們誰都是一腔熱血，豁命幹的，我說過，不管混世走道，早先是幹什麼的，只要拎槍抗日，所有舊帳一筆勾消。如今，咱們就只是這點賭本，全攤在這兒啦！要是想保存實力，一點一滴慢慢賭，早晚一樣會玩光，我的意思是加猛火、下猛藥，在死裏求生，非要用非常的手段不可。」

「總指揮的意思，大家都忖度得到的。」身爲副總指揮的汪二爺說：「如今民間槍械已經非常難求，一粒七九槍火，要賣到半斤豬肉的價錢，廣造手榴彈，根本沒貨，黃木柄的土造手榴彈（俗稱四塊瓦），也都缺貨。咱們手上大多是雜牌槍、大小金鉤、湖北條子、漢陽造、老套筒、紅銅鋼、馬拐子、鴨子嘴、彎拐球、大牌樓，還有更老的九子毛瑟，有些槍已經買不到新槍火，打掉一顆少一顆，總指揮說不能耗，可是千真萬確的，耗到有槍無火的時辰，還打什麼仗?!」

其實，汪二爺就是不說，大夥兒也紙糊的燈籠——心裏明，這種情形，早在兩次和日軍激戰之後就已發生，不過，一天比一天更加嚴重就是了。早先民間的槍枝，多從有洋輪的大商埠轉運到內陸來的，沿海各省分多靠上海、青島、塘沽、連雲這些港埠，如今，這些港埠都已陷落，槍枝的來源雖沒完全斷絕的程度，但來貨過關不易，少數能運至內陸的，也非常搶手，不容易買得到，鄒龍使用的三膛匣槍僅餘卅六粒槍火，他就十分珍惜，不到絕對必要，他絕不願多浪費一粒火。

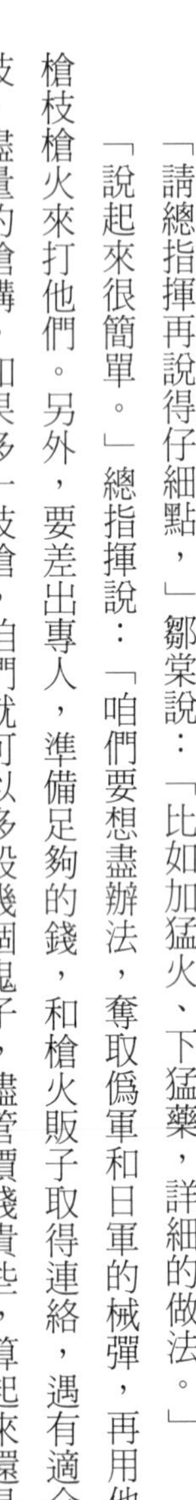

「請總指揮再說得仔細點，」鄒棠說：「比如加猛火、下猛藥，詳細的做法。」

「說起來很簡單。」總指揮說：「咱們要想盡辦法，奪取僞軍和日軍的械彈，再用他們的槍枝槍火來打他們。另外，要差出專人，準備足夠的錢，和槍火販子取得連絡，遇有適合的槍枝，盡量的搶購，如果多一枝槍，咱們就可以多殺幾個鬼子，儘管價錢貴些，算起來還是有賺頭的，不是嗎？」

在簡單的酒席上，大家仍熱烈的討論著，總指揮決定調整兵力部署，第二大隊暫移東南邊的姚家官莊，著戴老哈進駐七聯莊，監視雲家渡殘留的股匪，必要時，相機規劃進剿，其餘各中隊整頓裝備，藉機完成戰備訓練，由謝大隊長妥爲計畫，並親予督訓。戰力較爲精實的第一大隊，移駐灌沭公路線兩側地區，展開抗日游擊行動；直屬中隊，除酌留一個班警衛總指揮部外，其餘由鄒隊長帶領，推進到汪家老塋那一線，相繼進出縣城，或是由僞軍駐紮的城鎮，進行城市游擊；調副隊長錢風，兼辦械彈採購事務，所需款項，可逕由總指揮部撥領。

等到公事都談完了，鄒龍趁著向總指揮敬酒的時刻，才悄聲問說：

「有關二絡頭失蹤的事，您覺得要不要告訴巧姐和素姐呢？」

「這種事，消息會傳得很快，想瞞也瞞不過的。」總指揮說：「還是告訴她們比較妥當，順便也要安慰她們，失蹤和死亡差別很大，也許他還活在世上。」

「要是他真的還活著，我會找到他的。」鄒龍說：「我和他之間的私人恩怨，也需得當面了結。話又說回來，面對著鬼子，誰也不敢保險自己能活多久，未來的日子，變化太大啦。」

開完會之後，鄒龍回到隊部，發現巧姐和素姐兩個正坐在隊部等著他，巧姐手裏還拎著個藍花布的小包袱，見到他進屋，就都站了起來。

「鄒隊長，你總算回來了。」巧姐說：「在這兒，你是我們最熟悉的人，我們成天都在念著你呢。」

「我回來原想去看你們的，但事忙沒得空，」鄒龍說：「請坐下說話。」

「水姐姐在城裏還好罷？」素姐坐下來說。

「目前還好，」鄒龍說：「但我和她也不常碰面，各幹各的。」

「聽說我爹拉槍到西邊去了，可有他的消息麼？」巧姐說。

「你爹實在是條漢子，他能放著總瓢把子不幹，拉槍脫股，轉到西邊去打鬼子，真是太難得了。」鄒龍說：「最近我聽到很多有關他的傳說，說他打鬼子二黃打得十分出色，惹火了鄰縣鬼子駐軍頭兒春日少佐，親自帶隊，四處搜捕他，最後把他和他的手下逼到青伊鎮附近的廢窯裏，開炮猛轟，……你爹據說是暫時失蹤了，鬼子不肯放過他，仍在各處找他呢。」

「這是想得到的。」巧姐很鎮靜的說：「他的脾性十分倔強，想幹什麼就拚命幹，他當年拉槍走道，走上邪路，我娘說得唇焦舌爛，他也沒聽進去，我娘若是不死，他恐怕還想不到改邪歸正呢，爲打鬼子，莫說失蹤，就是死，也夠冠冕的。」

「隊長要再進城，不妨拜託多打聽打聽，」素姐說：「有個確實消息，我們也好放心。」

「這當然，」鄒龍說：「就算你們不拜託，我也會盡力去辦的。」

「假如總指揮不介意的話，」巧姐說：「能否麻煩隊長便中跟他提一聲，我們姐妹很想去縣城，到水姐姐那邊去。」

「你們去她那兒，恐怕……不太方便罷？」鄒龍說：「她在城裏開設麗香園子，幹的還是她那老行當，她是爲工作求掩護，而你們？」

「我們想過了，」素姐說：「我們並不要進入麗香園子，只想找處地方棲下身來，替人家縫縫綴綴、補補連連，找到機會，我們也能殺鬼子啊！」

「算你們有志氣，」鄒龍說：「但得等我有機會進城時，和水姑娘商議，先得安排妥當了，向總指揮報告，你們才能過去，要不然，風險就太大了。」

「你很快就會進城嗎？」巧姐抬眼望著他。

「我想很快罷，」鄒龍說：「直屬中隊業已奉命移防到汪家老塋附近去，我明晚就帶隊出發了。」

「喏，這是我們姐妹送你的。」巧姐把藍布小包袱放在方桌上，打開結子，裏面是兩套新縫的夏季小褂褲、兩雙千層底的黑布鞋、好幾雙托了繡花布底的黑洋襪子，刺繡得十分精巧。

鄒龍原本是十分灑脫的人，但究竟年輕，尤其是牽扯到男女間的感情，他就顯得有些慌亂拘泥，臉上雖掛著笑，連連說著感謝的話，但一張白臉，逐漸的羞紅起來。

經驗原就是這樣；早年在老鄒莊，惟有新娶了媳婦的年輕男子，才會有精緻的繡花襪底好穿，替男人繡襪底，多半是小媳婦，或是熱戀的情人；有些娶了親的男人聚在一道時，常會脫了鞋，舉起腳來比繡花的襪底，看誰家新娘子心最靈、手最巧，誰家的花樣兒最好，配色最鮮豔，手工最精巧？鄒龍雖生長在較為富裕的家庭裏，但他至今仍沒穿過一雙托有繡花襪底的襪子，這是頭一回，當巧姐把襪子捧給他時，他有些手足無措起來。

「這……這不太好罷，穿這種花底的襪子，連弟兄們都會笑我的呢。」他說。

「怕笑，你就不脫鞋子伸腳給人看就是了。」巧姐很大方的甩甩長辮子說：「我跟妹妹，夜晚閒著沒事，拿它練練刺繡，也沒旁的意思，你就留著穿罷。」

「嗯，你們繡得那麼好，我哪捨得穿？」鄒龍說：「只能放在箱子裏，當個紀念罷。」

「你儘管穿，我們會再替你繡的。」素姐說：「幾雙洋襪子，怎好當寶藏著。」

「天不早了，」巧姐扯扯妹妹說：「咱們該告辭啦，也好讓鄒隊長早些歇著了。」

兩姐妹辭出後，鄒龍仍楞在方桌前面，面露苦笑的對著燭火，他自覺生命像一蓬野火，在荒天下一經點燃，便不可自制的狂燒起來，潛進匪窟，找丁紅鼻子報仇，加入游擊隊，拚命的打鬼子，出生入死的捕拏股匪，沒有哪宗事不是涉險的，除了曾對水包皮有過一份悲憐之外，在感情生活上，他從沒認真考慮過什麼，這年頭，面對著鬼子，誰也不敢保險能看見明天升起的太陽，多一分感情，反而多一分牽掛，對丁家姐妹，也只能笑著臉擺脫了。

他是在二天夜晚，帶領直屬中隊部份弟兄離開老鄒莊的，他們一共有六十多個人，大部份都是長短槍雙跨，按照游擊隊的裝備，算是一等一的；全隊有十多匹馬和四、五匹馱載的騾子，他們藉著星光月色，一路踩荒直奔汪家老塋，鄒龍明白，今後他率領的這一隊人，將要展開一場長時期的獨立作戰了。

疾奔一夜，天色微亮，便趕到汪家老塋和錢風會合，鄒龍沒補覺，立時召聚各分隊長在松林裏開會。

「咱們如今是在鬼子眼皮底下，憑咱們百兒八十個人頭，若說要硬的，會像二絡頭那股人一樣，很快就會被鬼子硬吞掉。」鄒龍說：「咱們得用忽分忽聚、忽東忽西的方法，甚至混跡到城裏，寄生在各種行業裏，總而言之，是要打鬼子、打二黃，懲惡鋤奸。俗話說：戲法人人會變，各有巧妙不同。諸位就各盡巧妙好了。」

「實在說，和鬼子硬拚，咱們的顧慮太多，」副隊長錢風說：「因為某個地區，一有游擊行動，鬼子找不到游擊隊，就拿當地民眾出氣，放火燒莊子、濫捕無辜、肆行殺戮，假如咱們分開來，用個別行動整鬼子的冤枉，他就沒什麼辦法了。」

「對啦，總指揮業已責成錢兄進城，擔任械彈採購的事，要用錢，由總指揮部逕撥，你可以先挑些精明幹練的人手潛進城去，分別的設法站住腳跟，整鬼子得要慢慢的來，毛躁不得的。」

「我跟逢時是老搭檔了。」錢風說：「一焦一孟，配合著好辦事，何況咱們業已有個租車行在那兒，很容易站住腳，其餘的弟兄得要分開來，慢慢再滲進去，日後仍讓傳令小徐擔任連絡。」

「說實話，錢老大如今真的是改邪歸正了。」張逢時感慨的說：「我打鬼子，純為替自己的過去贖罪，像我這種缺德帶冒煙的，總指揮沒槍斃我，算是祖上的造化，我把這條命再還回去，能落個不欠就好啦。」

鄒龍閉上眼，把上身靠在椅背上，他不得不佩服戴總指揮的胸襟和氣度，真能讓張逢時這種頑石點頭，心悅誠服的切斷過去，以必死的心志從事抗戰事業。他還記得，當年的張逢時曾是個色鬼，幹土匪時，輪暴過良家少女，那是極嚴重的、有違天和的罪行。換是自己，也會下令槍決這個罪犯。這年頭，槍決一個人很容易，扣扣扳機，費上一粒子彈就成了；但能讓他多殺幾個鬼子再死，這就太不容易，總指揮的聖賢書不但讀得多，更是讀得透，才會感召這種頑石，讓他點頭。

「那好，」他說：「既然這樣，逢時你就配合錢兄，進城去行事好了。二分隊的嚴道生兄、三分隊的章富兄，你們跟我暫時留下，日後行動，再作計較。」

算時間，鄒龍所領的這個直屬中隊，成立並不算久，但在他悉心調教下，上百個弟兄都有著捨得拚命的一股旺氣，他們之間，原本就各行各業皆有，讓他們換上便衣去打游擊，人人都有得其所哉的感覺。

錢風和張逢時一共只帶走了七個弟兄，餘下的仍然重編爲兩個分隊，加一個突擊班，鄒龍所選的第一個目標，是夏歪的親信馬弁鄭麻子所率領的催捐隊，這個催捐隊一共有十匹馬、廿多枝長槍，他們從縣城南下，仗著鬼子的勢，進駐南新安鎮，今天鎖這個，明天綑那個，一味的蠻逼錢糧，弄得民怨沸騰。

「這個小人得志的傢伙。」鄒龍說：「如今他成了夏歪的翅膀拐兒，非把他剪掉不可。」

由於鬼子部隊調動頻繁，公路沿線的居民躲反避難，使若干集鎮十室九空，家家關門閉戶形同鬼市，鄭痳子帶著一夥人下來，居民見著他，都像老鼠見著貓，遠遠的就縮頭開溜，只有少數當地的青皮流氓把他呵奉著，有人叫他鄭隊長，有人叫他鄭大爺，還有些不解事的孩子，看他滿臉痳皮，管他叫痳子老爺的，鄭痳子不以爲忤，反而以爲他走了痳運，日後不定能做朱洪武呢。

鄭痳子住在北街梢一片青煙般的瓦房裏，前後門都列了崗哨，他的耳目還算靈通，幫他查探過，在附近並沒有中央大股游擊隊的行蹤，在這兒，他們安全沒有什麼問題。儘管如此，鄭痳子還是深具戒心，關照手下，夜晚值崗時要加倍小心，千萬不能大意，因爲他下來催捐逼稅，老百姓啣恨入骨，一定無時無刻不在想報復他，他用俗話說：不怕一萬，只怕萬一。有了萬一，咱們就都砸了蛋啦。

鄒龍所以拿鄭痳子催捐隊當成目標，正利用一個「遠」字，他率隊駐屯的地方，距鄭痳子一百多華里，姓鄭的絕不會想到，有人會在夜間用突襲的方法來襲擊他。他計畫用兩個夜晚，分段接敵，並且事先布妥暗樁，把鄭痳子所駐紮的地方、平時作息動態，全部調查得一清二楚，因此，他有十足的信心，會把這次突擊打得漂亮，一舉把鄭痳子所部殲滅掉。

盛暑天的夜晚，欠稅被拘人的家屬送了酒肉來打點，鄭痳子樂得揩油，和屬下一道兒吃喝，弄得大夥都有幾分酒意，俗話說：十個痳皮九個騷。鄭痳子更是個騷狂貨色，有酒意在肚裏推波助瀾，益發耐不住，透過當地的地痞，找到個土娼，年紀快上四十了，一身肥鬆軟活的黃油，好在鄭麻子醉意深沉、兩眼惺忪，哪還管得什麼環肥燕瘦，入睡前，他還關照手下注意值崗，然後他……很快就上了虎邱山，大聲的扯起鼾來啦。

那夜正值月之下旬，月走下弦，二更後方見殘月，前門值崗的被人從腦後砸暈，那是一只沒拉火的手榴彈，正好拿來當鐵錘使，鄒龍親自率人從前面直入，首先撲奔槍架，把所有槍枝打成綑抬了出去，然後他拔出一根槍條，到寢室去捱著抽打熟睡的僞軍屁股，大聲喊說：

「喂，喂，鄭隊長命令你們起來，緊急集合啦！」

那些僞軍不知就裏，一個個摸黑穿衣，跑到院子裏，排起隊來等候隊長，這才發現情況不對，因爲站在他們前面的根本不是鄭麻子，而是一個全然陌生的年輕漢子，手裏拎著一枝快慢機，在院子四角都站有穿皂衣的崗哨，手裏端著上了刺刀的大槍（**即步槍，俗稱大槍**）。

「這……這究竟是怎麼回事啊？」有人仗膽問說。

「等你們隊長來了，不就全明白了嗎？」對方笑著答說。

果然，鄭麻子被兩個帶匣槍的皂衣漢子挾持出來了，僞軍這才發現，鄭麻子上身套著汗衫，下半身卻赤裸裸的見出真章，大夥兒想笑卻又笑不出來，因爲都意識到，今夜這個筋斗可栽大了。

「噯噯，這是搞什麼鬼？」鄭麻子約莫還沒醒透，直著嗓子嚷嚷：「出老子洋相也不是這等出法兒的！這成什麼體統？」

「你把眼睛睜開，看看還認得我不？」手持快慢機的年輕漢子喀的一聲拉起機頭，用槍口點在鄭麻子的額頭上說：「咱們可沒那種閒情逸興和你開玩笑。」

黑洞洞的槍口這麼一點，可把鄭麻子給點醒了，他盯著對方一瞧，哦了一聲說：

「你不是跟丁大當家做護駕的小周兄嗎，窩裏雞好兄弟，你幹嘛要我在手下面前這麼丟人現眼呀？」

「丟給他一條褲子。」鄒龍下令說：「解決掉後門的崗哨，把他綑到馬背上去，咱們離開。」

「這些人怎麼辦呢？」

「我是中央的鄒隊長。」鄒龍對那些僞軍說：「我不打算殺你們，咱們撤走後，你們去留自便，我勸你們最好脫掉軍衣回家，下回再犯到我手裏，恐怕不再有這麼便宜啦。」

後門的兩個崗哨算是流年不利，因爲他們挺著刺刀反抗，被游擊隊員用刺刀解決了，他們牽出馬匹和騾馬，把鄭麻子所部的槍枝和子彈綑妥，分裝在騾背上，把擄獲的馬匹作爲騎乘之用，半夜之間，奔行了一百多里地，二天一早，就已趕回汪家老塋啦。

鄭麻子假夏歪的邪勢，作惡作得多了，當他被捕後，有許多民眾向總指揮部投狀申告，總指揮下令，要鄒龍將該犯嚴加審訊，如果犯行屬實，著即就地正法，這一來，鄭麻子的路就走到了盡頭，他被槍決後，又割下腦袋，懸掛在縣城南門外叉路口的大榆樹上，很多過路的人都能從那一臉麻皮認出他來。

「那不是漢奸鄭痲子嗎？」有人指著說：「剛混抖起來，就玩掉了吃飯的傢伙，老天爺還是有眼吶！」

「十有八九是中央鋤隊長幹的，」另一個說：「那個年輕人真是條漢子，敢在虎嘴裏拔牙，甭說夏歪乾瞪眼，太田少佐恐怕一樣拿他沒辦法。」

鄭痲子的催捐隊被繳械，可把當縣長的夏歪整慘了，鬼子所要的錢糧他無法如期解繳，而且太田少佐也聽到些消息，大罵他是他沒用的東西，太田傳喚他到大隊部去，摑了他的耳光，還賞他一頓皮鞭，命令他趕急備辦所需的錢糧，否則立即辦人。

夏歪被修理之後，渾身貼了十多塊膏藥，形勢逼得他不得不找蔡老晃，要他設法盡力催糧，同時他找到佘小貓子，要他帶領黑狗隊出城，凡是欠糧欠稅的，都抓進城來，好作勒贖之用。

「幫幫忙啊，好哥兒們，你們不大力幫襯，眼看我這個縣長就要下台鞠躬了。」夏歪竟然作揖打躬的反求起他的屬下來：「到如今我才明白，我這個縣長，還不如鬼子飼養的一條狼狗呢，鬼子從來捨不得鞭打他們養的狼狗呀。」

蔡老晃和佘小貓子當著夏歪的面，都一口承應盡全力辦理，事實上，心裏都有不同的打算。蔡老晃一直認爲夏歪能當鬼子的縣長，全靠運氣；他並沒有人槍實力，他原設的保安隊，根本是向丁紅鼻子借的，一個沒人沒槍的空心大老倌，縣長哪能做得長？如果能讓他吃足鬼子的排頭，他下台自是早晚的事，那時刻，自己好歹也幹上一任，他娘的，土匪也當得上父母官，這才算是黑有黑「道」呀！余小貓子可沒有這個野心，他帶領被人稱爲黑狗的僞警，自己也有抬不起頭來的感覺，他只想盡快的撈上幾文，到上海什麼租界去，過幾年舒服日子，要他去替狗都不理的夏歪賣命，四兩棉花——免談（彈）啦。

夏歪這個僞縣長，就是這麼垮掉的；七月底，鬼子的憲兵把他抓了去，指稱他故意違抗皇軍的命令，僞縣長換來一個曾經留日的學生，姓田，叫田伯滿，四鄉都稱他的諢號——塡不滿。

就派頭而言，田伯滿要比夏歪神氣百倍，因爲他通曉日文，可以不用翻譯，直接和鬼子打交道，他理洋頭、穿西裝，外出時總搖著一根白藤的衛生棍，帶一股洋紳士的味道。這個田伯滿是外縣人，但他對本縣的情形非常熟悉，一上任，就擺酒宴客，專請蔡老晃和余小貓子，酒過三巡，他直截了當的說：

「在淪陷區，換縣長是平常事，我原是留日學醫的，鬼子指名要我出面維持地方，我全家老少七口人，都握在他們手裏，不幹也得幹，我天生不是當烈士的材料，但我絕不想學夏歪，先背上漢奸的罪名，最後仍栽在鬼子的手裏。我要兩位亟力幫襯，助人也助己，我要是過不了關，兩位怕也脫不了身，兩位明白嗎？」

田伯滿說話，語調很輕鬆，但蔡老晃和余小貓子都覺出對方精敏，是夏歪無法相比的。鬼子占領每個縣城，通常都會找出漢奸來維持地方，他們首先要找的，就是曾經留學日本、精通日語的人，其次在地方上兜得轉、有實力的人：像夏歪只是臭桃子、爛李子，是鬼子一時找不著適合的人，胡亂一把抓，才拉他來濫竽充數的人，在鬼子眼裏，田伯滿的分量自然較夏歪重得多，面對這種人，不能不小心翼翼的呵捧著玩兒。

「縣長說得極是，」蔡老晃恭敬的說：「屬下是爛泥洞裏的泥鰍，瞎鑽瞎碰的弄了這麼個職位，跟鬼子直接就不上話，全靠縣長您多抬舉，我替您賣命出力就是了。」

「我是跑腿當差打雜活的，」余小貓子說：「我手底下摶弄了卅幾個人頭，幾枝破銅爛鐵的槍械，也都是各自窮湊合弄得來的，連一身黑狗皮，還是商會認捐的，說實在，只能在城裏頭喳呼喳呼，一出城可就不靈光啦，縣長要是存心提攜，我是會小心侍候著您的。」

「難處人人都有，總得自己生辦法。」田伯滿微攏著眉頭說：「我剛到差，就這呀那的去求鬼子，也不像話，鬼子忙著打徐州，哪有精神來照顧這些雜事？……蔡大隊長帶隊出城去催錢糧，你責成手下，在城裏催繳，先把鬼子要辦的事辦好再講。」

蔡老晃逼於形勢，只好硬起頭皮帶隊出城，靠縣城較近的散莊子，聽說偽軍下來逼糧，早就牽驢擔擔子，把糧食細軟帶著跑走了，留下空莊子，連門戶都不用鎖，蔡老晃再走遠一些，遇到有圩有堡的大村子，逼近了喊話，要莊裏湊錢糧。這些大莊子戶數多，莊莊都有自衛槍枝，他們在樹梢或屋頂上設有瞭望哨，見到大隊鬼子下鄉，立刻吹牛角，要大夥兒及時逃避，如果見到偽軍，那就關起柵門，拎槍登上圩垛拒守，他們認爲偽軍實力有限，人人都是投靠鬼子混口飯吃的傢伙，既沒種，又沒出息，只要莊裏有槍有戒備，他們就不敢上，蔡老晃頭一回逼糧，就上這種敢於反抗的莊子。

「當家的，這跟咱們早些時灌莊捲劫差不多啊。」

「你娘的雜碎，不會叫大隊長啊。」蔡老晃最惱火屬下不把他當成官兒，老是擺不脫做賊的根性：「這跟早先差池得遠啦，早先搶來自家分的，如今是替鬼子搶的。」

「管他那多，咱們先揣足了再解繳，」幹隊長的說：「人不自私，天誅地滅。」

「咱們想拿，還得先問對方肯不肯呢。」蔡老晃說：「先朝天撂他三槍，逼逼看，告訴他們，半個時辰不見錢糧，咱們就攻莊子。」

槍也響過，話也傳過了，對方撂話回來說：

「管你是哪門路的，有種就放馬上來，好歹咱們全領著啦，恐嚇的廢話少講，老子們不吃這一杯！」隨著話音兒，圩垛間發出一陣如雷的吶喊。

有過多次洗村灌寨經驗的蔡老晃，非常熟悉這種吶喊，那意思是很明顯，就是不計一切和你拚了！每遇到這種莊子，結果都很扎手，那時由丁紅鼻子捻股，槍枝人頭要多過如今十倍，一樣打得稀哩嘩啦，沒占著什麼便宜，如今自己所帶的人槍，號稱是一個大隊，其實，人頭不超過兩百，槍枝只有一百多枝，勉強算是一個中隊的實力而已，想攻占這個有數百戶人家的莊子，真是談何容易？但自己總算鬼子新任命的大隊長，初次逼稅催捐，就遇上這種頑硬的對手，要不立立威，焉能再混下去？

「這些不要命的忘八羔子，」他罵說：「響號進攻，打進去再講。」

蔡老晃隊伍裏，有一挺老舊的加拿大輕機關槍，他一向把它當成寶貝，因爲鄉下老土，最怕連響的玩意兒，只要機關槍一張嘴，他們的三魂七魄就會被嚇走一半，這回攻撲抗繳錢糧的大莊子，他首先就把這挺機槍派上用場；誰知這個寶貝太不爭氣，剛打半梭火就吸殼了（故障，俗稱吸殼。）蔡老晃要手下放排槍朝上壓，但對方很沉得住氣，根本不開槍還擊，這個莊子土圩外面挑有三道深壕，壕的外緣斜插鹿角，壕心插有削尖的木樁，看上去頗有刀山劍林的味道，蔡老晃的手下，並沒有準備攻堅的用具，像巨木、門板、雲梯、繩索、鐵斧……之類的玩意，一概付諸闕如，當他們逼至頭道深壕外面，也就沒法子再朝前進了。

「報報……告，大隊長，如今該怎麼辦啦？」那個當中隊長的曹小禿子苦著臉：「沒有斧頭鋸子，甭說過壕溝了，連這些鹿角也弄不開呀。」

蔡老晃沒來得及答話，天塌地陷般的巨響就把他震得滾倒在地上，對方的紅衣子母炮轟了出來，頭道深壕正在它的射程之內；一霎時，喊爹叫媽的，哀聲慘呼的，不絕於耳，這一炮，至少轟死了僞軍七、八個人。

「退！大夥兒快退。」蔡老晃臥地叫喊著。

對方連著轟出三炮，蔡老晃的隊伍裏，又多了好幾個冤魂；蔡老晃沒曾想到，平素把它稱爲只配轟打傻鳥的土玩意兒，在貼近的距離，竟會有這樣大的威力，把活活的人炸向天空，落下時變成一堆碎肉；自已若再一意孤行的硬攻，三番攻撲之後，自己這個大隊長，豈不是要變成分隊長了！

頭一座莊子只是一個例證，證明僞軍想催糧，等於做連番的噩夢，幾乎所有有武裝的村莊，都是用同一方法來對付的；蔡老晃一頭撞在火牆上，被三炮轟得人仰馬翻，狼狽的退出半里地，喘息了一陣，才發狠說：

「老子嚥不下這口氣，太窩囊人啦。消息傳講出去，四鄉的人全會笑掉大牙，這三炮的仇不報，我他娘寧可死在這兒。」

「您甭光火，大隊長，辦法總是人想的。」曹小禿子說：「嗯，有啦，這不就有了嘛。」

曹小禿子想到鹿砦都是樹幹連枝埋插的，木頭最怕火燒，只要帶上引火的物件，差出三兩個人在黑夜裏爬過去，揀著上風頭縱火，估量不消幾個時辰，就會把整個鹿砦燒光，至於越過壕溝，曹小禿子認爲並不算難事，先到附近散莊子去，搜尋木柱紮成長梯，既能供越壕，豎立起來又可攀圩。

「最要緊的是要把那挺機槍給修好。」他說：「沒有機槍的火力，咱們想硬攻，還不知得多少條人命呢。」

曹小禿子的第一個主意果然奏效了，黑夜裏，他們縱火燃燒鹿砦，黑煙夾著紅火，映亮了半邊天，在鄉野地方，黑夜裏燒火的聲勢遠超過響槍，十里之內，都能看得見天角的紅光，各村莊在亂世裏學到鳴鑼傳警的方法，一站一站向遠處傳告：

「僞軍火燒老魏莊莊外的鹿砦，要攻打莊子了！」

四鄉的人恨僞軍更勝過恨鬼子，道理很明顯：鬼子總是外人，仗著強權欺負咱們，原本就是彼此爲敵，但僞軍是自己人，賣祖求榮認賊作父，豈不比敵人更可恨？一聽僞軍要攻老魏莊，其餘各莊的人槍都出動去救援了，他們在一夜之間，拉出好幾十股人，莊子大的，有六、七十桿槍，莊子小的，三五桿槍不等，也沒誰統一指揮和號令，這些救援的人槍，就好像拉出來獵兔子一樣，快接近老魏莊時，響角的響角，開銃的開銃，一面吶喊助威，一面朝前奔跑。

蔡老晃部隊破壞了老魏莊的鹿砦，剛打算越壕搶攻，一聽四周匝地的吶喊、潑天的號角和槍銃交雜的聲音，從黑地裏直逼而來，直接意識到事情不妙了。

「各莊的援兵趕的來啦，」蔡老晃說：「趕緊撤退，用修好的機槍殿後，打掃射阻擋他們追趕。」

偽軍不待命令，已經撤退朝縣城的方向跑了，他們把步槍倒扛在肩上，有的橫揹在背上，毫無戀戰的味道，但對方的槍彈不斷飛過來，誰捱著算誰倒楣。如果說鄉民是一群沒經訓練的烏合之眾，至少他們還熱血沸騰，人人具有鬥志。反過來看，蔡老晃這群烏合，師出無名，人人都成了驚弓之鳥，一路亂飛亂撞，當然只有挨打的份兒啦。不過，曾經當過股匪的傢伙，大都腿快，一陣回奔五、六里地，歇下來數點人頭，一百多人還賸下六十三，其餘的是落隊奔散了，還是受傷被俘了，或是中彈死掉了，根本弄不清楚。

「全他娘是你那餿主意害的！」蔡老晃責罵曹小禿子說：「你不想出放火燒鹿砦的點子，四鄉救援的人怎麼會這麼快趕過來。」

「大隊長，是你決意要打老魏莊的，」曹小禿子說：「臨到這辰光，罵我怨我有什麼用啊，如今最要緊的，是朝哪邊跑？主意全由您拿，即使您遇上再大的麻煩，也怪不到我頭上啦。」

「還能朝哪兒跑呢，只有回縣城了。」蔡老晃說。

在回縣城的路上，一切都很平靜，天色逐漸放亮，蔡老晃再次整理散落的隊伍，發現精壯些的人都還在，槍彈損失也並非挺嚴重，有這點賭本，想翻身並不難，只是催逼錢糧的擔子實在太重，不是他能單獨挑得起的。

四鄉百姓是這個樣子，見了鬼子就躲，見了偽軍就打，這是最讓蔡老晃頭痛的事，他想到還留在雲家渡的蘇老虎和苗大妮子，他們那股人寧願幹強盜也不幹偽軍，好歹也有些道理，漢奸這玩意兒，幹起來真是苦不堪言呢。

這批偽軍走到離縣城不及五里的地方，一處地勢較低窪的路段上，突然間，槍聲密密的響了起來，蔡老晃很機警的覺出他們又遭到突擊了，立即跳進草溝，沿著溝底奔跑，其餘的也都像驚了窩的野兔，四散奔逃，但對方並非開槍盲射，而是瞄準了打的，頭一陣槍就撂倒了七、八個，緊接著，又開了第二陣槍，人跑得再快也快不過槍子兒，二陣槍又撂倒了好幾個，虧得城裏的鬼子及時發炮支援，才使得蔡老晃偽軍的殘部沒有全軍覆沒，蔡老晃不會想到，突擊他們的，正是由鄒龍率領的游擊隊，他們只有一個班的兵力。

蔡老晃總算活著遁進縣城了，自早至暮，他失散的殘部，又陸續回來五十多人，大半是負傷的，他們把槍枝也丟失了，有的你攙我扶，有的幾乎滿身是血，一路爬著進來的，他們歇在城北處糧食行的走廊下面，呻吟著、咒罵著，有一個傢伙在奔跑時被子彈打穿腳底板，他一直尖聲喊痛，那聲音像挨刀的豬隻一樣。

而蔡老晃，卻被日本憲兵隊押去問話去了。

「七月是二黃的黑月，」有人說：「他們犯了煞星，才會這麼狼狽。」

第十章 山雨欲來

鬼子對待蔡老晃還算客氣，當天他就被釋放出來，也並沒降他的級，大概太田少佐十分明白，四鄉的支那百姓，沒有那麼好對付的，否則，日軍的大兵過境，也不會屢屢遭受損失了。在支那各地，甘心投靠日軍的，畢竟是極少數，這些人平時若不是地方上的混混，多半是江湖上的亡命，除了投靠日軍苟延殘喘，他們也是沒有地方可以容身的，像蔡老晃、夏歪都是活生生的例子，留著他們總還有些用處，不過，夏歪弄錢弄得太兇，酒色財氣樣樣都來，一個僞縣長，生活享受使太田少佐都看著眼紅，而對日軍的命令和若干要求，他都一味敷衍應付，像這種人，多少要給他一點教訓，多囚禁他一段日子，爾後再看情形起用他，至少絕不讓他再幹縣長啦。

夏歪做夢也不會想到，把他拖下台的，並非出於太田主動，而是麗香園子的老闆娘曹麗娘，夏歪的諸般劣跡，都是她向鬼子逐條舉發的；拖垮夏歪原是戴總指揮的決定，因爲夏歪旁的不行，但他手下耳目十分靈通，算是一條狠毒的地頭蛇，凡事經他向鬼子報告，對中央在縣城裏的活動自是非常不利，若把他扳倒，他手下那群猢猻沒了依靠，發生的作用就有限了。果然，夏歪之後換了個外縣來的田伯滿；姓田的雖然是留學過日本，很受日軍信任，但他和地方上十分生疏，就算他滿肚子東洋墨水，在縣長任內，也派不上什麼用場。

站在抗日的第一線上，鄒龍當然明白箇中的原委，他要在僞軍成勢前，盡量加以重擊，造成鬼子只能困守縣城的孤單處境；他遊走在縣城附近各個村莊之間，和許多鄉親結識，大家也都逐漸知道年輕的鄒隊長，樂意協助他，有些富戶還把窖藏的槍枝起出來，親自送給他，鄒龍的武裝實力，得到四鄉的協力和投效，迅速的加強了。

他的隊部選在秦家新圩，這裏有許多小河汊，叢生著荊棘之類的灌木，不但掩敝良好，而且河汊構成了一種迷陣，不熟悉道路的人，會被迷陷在裏面。鄒龍借用了幾條薄皮小划子，供他的隊伍迅即轉移之用，秦家新圩的後面，村落眾多，又很分散，構成極佳的外圍掩蔽，使外來的敵人很難摸出虛實。總之，這裏是一處很理想的敵前游擊基地之一。

秦家新圩的小圩主秦世修，也曾跟宋老爹念過塾，和鄒龍同出一個師門，他的身材修長瘦弱，是個典型的白面書生，儘管外間早已鬧得天翻地覆，他照樣在他的書齋裏埋頭看他的書，一副氣定神閒的樣子，鄒龍進駐到這裏之後，對這位同門的學長相當尊敬，秦世修對他這位同門學弟，也非常的欽服，這兩人相遇，彼此都有相見恨晚的感覺。

白天，鄒龍異常的忙碌，他把精神都放在訓練上，他的訓練方法，多半是從死去的何兆魁那兒學來的，他把它推陳出新，用來訓練自己的部屬，對於攻和守、值崗和放哨、瞄準和射擊，他都要求屬下反覆的演練著，他要手下的人，都能像貓一樣的靈敏，狼一樣的飄忽，獅一般的剛猛，牛一般的頑強。到了夜晚，他查哨之餘，也常到秦世修的書齋去，以茶當酒，和他談詩論文。

「我得肺病，拖了兩、三年了。」秦世修說：「如今咯血又咯得厲害，幾乎成了廢人，不能像你一樣執干戈以衛社稷了，想來慨嘆良多啊。」

「世修兄該到大城的醫院去住院的，」鄒龍說：「聽說西洋有了新藥，治癒肺病並不挺困難，留住身體，日後一定能爲國家效勞，如今鄉野地上，很難找到飽讀詩書的人，你能做的事太多了。」

「太晚啦，我自己明白病已到了末期，對治好它，不抱希望了。」秦世修很平靜的說：「不過，人活一天，總得要做些有用的事，尤其是對抗日有幫助的事，我能做得動的，一定盡力去做，坐等著進棺材，那多難過。」

「世修兄說得好，」鄒龍說：「在這種時刻，一個人身體如何並不頂要緊，再好的身體，碰上子彈，照樣立即報銷，重要的是咱們的精神，拿我來說，是隨時準備死的，活一天就幹一天，咱們死了，還有人接著幹，也沒什麼大不了！日後要託你幫忙的地方，還多著呢。」

鄒龍這支游擊武力，在離縣城不遠的地方活躍，又伏擊了僞軍蔡老晃所部，太田少佐恨之入骨，他召來僞縣長田伯滿，詢問他關於進剿的方法，田伯滿對他報告說：

「聽說這支游擊隊，只是這地區指揮部的一小部份武裝，人槍實力非常有限，皇軍即使開出去，也不容易找到他們，只能朝他們可能藏匿的村莊開炮，暫時把他們嚇走，再由蔡老晃帶人配合，扣押各村的村主或族長，逼他們繳納錢糧，否則絕不放人，這樣也許會有用。」

「嗯，應該再嚴厲一點，」太田認真的說：「凡是反抗皇軍的，按地區論罪，轟毀他們的莊子。」

其實，太田何嘗不明白，即使轟毀千百座莊子，也轟不斷支那人的反抗，就算他把縣城的附近村莊轟平，也未必能抓住一個游擊隊員，但當著仍是支那僞縣長的面，他不能不高舉大日本帝國的尊嚴——一種近乎無奈的尊嚴，他畢竟是日軍的少佐啊。

日軍展開掃蕩之前，消息早就由錢風傳遞過來，太田的按地區論罪的做法，確實奏效，逼使鄒龍不得不全面撤退，免得使附近各村莊遭殃。

「把自衛槍枝全都窖起來，」他關照秦世修說：「爲大夥兒的生計，咱們不能在這個地區打鬼子了，讓更多無辜的百姓受牽連，咱們幹不得。」

「不！」秦世修說：「人有兩條腿，千里萬里都能走得，我願拿秦家新圩做賭注，押上一寶，咱們就在這兒和鬼子拚他一場，咱們是寧死也不受他的脅迫啊！」

「你真的慫恿我打這一仗麼？」

「當然是真的。」秦世修說：「中國人多過日本人十多倍，沒道理讓日本鬼子覺得咱們怕死啊。」

「好！」鄒龍的豪情被對方激發起來了：「咱們就打好這一仗，給鬼子瞧瞧，咱們中國人

並不是好欺負的！咱們分頭準備好了。」

秦世修要準備的比較簡單，他關照所有的村人，趕緊撤離，只留下秦家新圩守圩的精壯，一共有十幾條槍，要他們聽鄒隊長的命令行事，和鬼子拚殺到底，他說：

「秦家新圩的一磚一瓦，都是我祖上營建的，損毀祖業，全是我秦世修個人的事，打鬼子卻是大家的事，我雖一身是病，也願和大家一起留下。」

「小圩主，你還是走罷，」槍隊的趙領隊說：「你身子這樣單薄，又經常咯血，留在這兒不頂用的。」

「這很難說，」秦世修說：「稻草人一樣嚇住鳥雀，何況我有一口氣在，你們儘管放心，我不會變成大夥兒累贅的。」

他堅持著不肯離開，用黑腰帶撩起他的淡青長袍，腰裏插著一柄小蛤蟆手槍，他細瘦的身材經腰帶一繫，更顯得骨嶙嶙的，但他蒼白的臉是那麼冷漠平靜，全無懼怯之意。

鬼子的掃蕩部隊果然開拔下來了，鄒龍下令撤離新圩，只留下四個人在圩內拒守，其餘的都上了小舢舨，沿著小河汊疏散到野地上去，他要用捉迷藏的方式，在這塊複雜的地形中，和鬼子展開一場游鬥。

「世修兄，你實在用不著留下來的，」在船上，鄒龍對秦世修說：「跟鬼子打火，和伏在圩崗上打土匪完全不一樣，要奔、要跑、要爬，光是行動，你就動不得了，還是聽我的勸，如今離開還來得及。」

「那你為什麼不分派我守圩子呢？」秦世修說。

「那些守圩子的，是我精選的人，」鄒龍說：「我要他們故布疑陣，把鬼子的兵力吸住，臨到鬼子進攻的最後一刻，溜上舢舨撤退的；要你守圩子，不是讓你白白的捱鬼子炮轟嗎？」

「總有些事我能做的罷。」秦世修喘著喘著，又咯出一口血來，鄒龍瞧著，心裏老大的不忍，便說：「這樣罷，我要小徐陪你，駕舢舨到鄰近莊子去，你招呼他們集齊槍枝，隨時準備接應我們。」

鬼子的隊伍來得很快，天剛過午，他們就在秦家新圩正前方的林野間出現了，他們一共出動了一個中隊，配有三門小口徑的野炮，偽軍蔡老晃的隊伍走在他們的側面，看情形，這回掃蕩，是專門對付鄒龍來的。

太田少佐騎著棗紅白蹄的東洋馬，在騎黑馬的岡本大尉伴隨下，舉起望遠鏡，眺看槍樓高聳的秦家新圩，圩垛上靜悄悄的，不見半個人影。

「這是一座很堅固的圩子。」他說：「但它抵抗不了皇軍的炮轟，先開炮把槍樓轟倒再說。」

日軍的炮手聽命開炮了，他們轟擊得很準，第三炮就轟中了槍樓，炸得滿天土石紛飛，其餘的各炮，也擊中了圩裏的民房，騰起了一片黑煙和紅火，巨大的炮聲搖撼著四野，太田少佐勒住稍顯不安的馬匹，仍然舉著望遠鏡，目注著在炮轟過程中的一切效果和反應。

炮轟在繼續著，日軍有意要以這樣的轟擊，把秦家新圩完全毀滅掉，以阻嚇容留抗日游擊

隊的其他村莊。

太田少佐的初步估計沒有錯，秦家新圩確實抗不住這樣猛烈的炮火，日軍猛轟了七十多發炮彈，新圩的房舍就全陷在紅毒毒的大火之中，相隔很遠，都能聽到樑斷壁塌的巨響，以及嗶剝的瓦炸聲，這個頗具規模的村莊，算是被毀滅了；但太田的第二步預估顯然有了問題，他原以爲村莊被毀，村裏的人們一定會倉皇奔出，不斷發出驚呼號叫，形成一種哀慘的景象；他調整了望遠鏡，看了又看，在紅火背景中陷落下去的村舍中，並沒有任何人影奔出，也就是說：這只是個空空的村莊。

「巴格野鹿，狡猾的支那人！」他罵說：「竟然都跑掉了！」

「無論如何，我們都該進村去搜索一下。」岡本大尉說：「我不信他們連一個人都沒留下呢。」

「停止炮擊，進村搜索！」太田少佐發令說。

太田、岡本在十多匹馬隊簇擁下，向已被毀滅的秦家新圩逼過去，眼看已到柵門前面，垛口的槍聲響了，頭一槍，子彈掠過太田的耳際，第二槍，不偏不倚的正打中岡本身邊侍衛的胸窩，那侍衛哎呀一聲，翻身落馬，從此就和他的日本帝國永遠的告別了。有過被伏擊經驗的太田，立即滾鞍下馬，緊伏在地上，用支那的土地保護他自己的生命。其餘的日軍，有蹲有跑，用三八式步槍展開了還擊。由於雙方距離已經非常接近，位置在後方的日軍炮兵，無法再用炮火支援，日軍只能用輕火器猛射，作爲衝鋒前的準備射擊，等他們衝上圩堡，這才發現，圩上根本沒有人。

日軍小心翼翼、步步爲營的完成全村搜索，總共耗費了將近兩個時辰，判斷出他們全是從水路退走的。

太田研究過，這些小河汊最適合舢舨型的小舟，日軍的快船和炮艇，根本沒有活動的餘地，河汊分成許多條，好像浮在手背上的筋脈，哪條是通往哪裏，根本弄不清，討厭的灌木，莽莽叢叢的綿延著，間夾著蒼鬱的林子，幾乎完全遮斷了人的視線，想在這個複雜地形中捕捉支那游擊隊，真是太不容易了。

日頭甩西之後，一寸寸的朝下墜，太田警覺到時間對日軍極爲不利，他必須在倉茫的暮色尙未掩來前，把部隊撤出這個地方，尋覓一處開闊地的村落宿營，這樣才能防止游擊隊的突襲。

日軍炮轟任務完成，即行開始撤退，傍晚時分，他們渡過橫溪，突然遭到四挺機槍的多面掃射，那地方的地勢平坦，日軍猝然遇襲，毫無掩蔽，只有就地臥倒，並且倉促還擊；對方的四挺機槍像瘋了一樣，呼呼啦啦的潑火，打得日軍簡直抬不起頭來；對方的機槍，有一挺是專門對付日軍炮兵的，在沒有遮蔽的曠野上，日軍的炮兵情況很慘，第一梭火，就打倒了三個炮手和彈藥手，使三門野炮有兩門一時無法操作；日軍的十多匹馬，也有半數掙脫了韁繩，朝外飛奔而去了。等到日軍鎭定下來，逐漸加強抗擊的火力，對方的機槍突然沉寂，一切都好像沒有發生過一樣。

「差出搜索組！」太田高聲喊道：「搜捕那些可惡的毛猴子！」

無怪太田惱火，他伏身的窪塘積有髒水，一身簇新的黃呢軍服，全教泥汙染成斑斕的褐黑色；他的軍帽落在汙泥中，拾起來再戴，已經不像軍帽，活像在腦殼上頂著一隻烏龜；他的指揮刀柄上掛著一綹長長的蘚苔，他最心愛的那匹棗紅白蹄的東洋馬，還是受過嚴格訓練的呢，居然在槍戰中脫韁跑掉了，不搜索行嗎？

身爲隊長的岡本大尉也夠狼狽的，一粒流彈擦過他的肩膀，傷並不重，但血卻流了不少，幾乎把半身的軍服都染紅了，遠遠看去，有殘櫻飄落的味道；這次突襲，使他全隊死傷了十多個人，包括兩個幹練的軍曹，他真恨不得立刻抓住支那的機槍手，把他們撕成碎片。

他差出三個搜索小組，其中一組在天黑前牽回兩匹奔散的馬來，並非太田少佐的坐騎，另一組探索遠處的樹林，回來報告說發現散兵坑和機槍巢，但都是空的，可見突擊皇軍的支那人已經跑掉了。岡本等著最後一組，等到天黑不見人影。他不得已，又差出一個搜索班，沿著河汊尋找，找是找到了，但都被人割斷了頸子，斜躺在河岸邊，他們攜帶的武器也失蹤了。

當夜他們退至一個叫韓莊的空莊子宿營，岡本重新整頓他的部隊，並且架起柴火，把陣亡者的屍身焚化掉，在每具焦黑的屍體上捏下一撮骨灰，裝進每人自帶的小鐵盒裏，每具小鐵盒上都烙有他們本身的兵籍號碼，這些小鐵盒，規定要備文解繳上級，由侵華的日軍總部交海軍船隻運回扶桑三島，交給征人的家屬。

坐在焚燒屍體的烈火邊，太田喝著盛在水壺裏的酒，他的神情是極爲凝重的，一半是憤怒，一半是傷感，他一向認爲自己所帶的日軍部隊，訓練極爲嚴格，裝備也很精良，能打攻堅的硬仗，但在這廣大的鄉野上，對付這些像田鼠般的游擊隊，實在非常麻煩，除了以炮火轟毀他們可能藏身的村落之外，幾乎找不出有效的方法一舉撲滅他們。目前兵源的補充很困難，缺員報上去，聽候撥補還不知要經過多少時間，自己親自帶隊出城，遭受一個伏擊就死傷這許多人，難免要受到上級嚴斥，這真是很不光采的事。可憐這些殘落了的櫻花般的帝國忠魂啊，我要活捉住那些可惡的支那人來祭奠你們。

他輕輕的哼著一支葬歌，發硬的太陽穴告訴他自己，已經有些醉了。

比較起來，岡本大尉要冷靜得多，他把蔡老晃召來，在點著洋蠟的桌面上研究地圖，決定下一步要轟擊公然抗繳錢糧的老魏莊。二天上午，日軍就抵達老魏莊外圍，開炮轟擊了兩個時辰，把老魏莊全部轟毀了，但那座莊子和秦家新圩一樣，人們也早已逃空，日軍除了毀莊洩憤之外，實際上並沒得到任何好處。太田明知如此，他仍然下令連續轟毀老魏莊之外的九座村莊，更慫恿蔡老晃在曠野上搜捕了逃難的鄉民七十多人，把他們帶回縣城去，拷打勒索，要他們通知家人補繳錢糧，否則，長期拘禁勞役。

當地駐屯的日軍，這還第一次單獨主動出擊，他們回城時帶著成串綑綁著的俘虜，沿途吹奏敲打著鼓號，誇稱他們擊毀了支那十多座反抗的村寨，擊斃了支那反抗軍多人，使游擊隊倉皇逃離，因此安定了縣城周近地方。事實究竟如何，只有太田和岡本心裏有數。

日軍的掃蕩，給與鄒龍磨練的機會，他和嚴道生、章富這些幹部們，對每宗小事都一再的

研討，小心翼翼的行動，這一次對敵，他們該說是戰果豐碩，一共擊斃了鬼子兩個軍曹，兩名炮手，六、七個鬼子兵，岡本大尉以下，一共有將近十人負傷，而他的手下，安然無損。

有病在身的秦世修，遊走在各散莊之間，大聲疾呼的要鄉民們支持鄒龍的抗日行動。

「就算沒有鄒隊長在，鬼子催逼錢糧，照樣會下鄉掃蕩，他們燒莊子殺人，早就弄慣了。」秦世修說：「像我的秦家新圩，首先被鬼子轟毀，痛惜嗎？當然痛惜，但莊子毀掉，日後可以重新建造，不能因爲顧全莊子，就受鬼子的要脅，咱們各莊的槍枝人頭，都要合力拉攏了，夥著鄒隊長幹，鬼子是打死一個少一個，補充不易的，咱們和他對耗，看是誰吃虧?!」

上八莊、下八莊，河沿各數莊，受了秦世修的鼓舞，都改變了聚槍自保本村的觀念，認爲村莊可以被毀，鬼子非打不可，他們鳴鑼響角，一共拉出七百多枝長短槍枝，實力足可編成兩個大隊，他們湧到鄒龍新的駐屯地——唐灣，要求參加游擊隊，逼鄒龍非答應不可。

「諸位來得這麼熱切，我實在感動，」鄒龍說：「但我只是總指揮屬下的一個隊長，不能自行擴大編制，我勸諸位仍按聯莊會組合的方法，選出會總來，平時多加操練，遇有情況，和我們配合，已經很好了。」

鄒龍何嘗不明白，多一個人舉槍抗日，就增添一份力量，但他看到這七百多人裏，有不少行動遲緩的老人，還有不及槍高的孩子，多數農民很呆笨，放槍都不懂瞄準吊線；如果在平時，聚合他們打土匪，應該管用，因爲只要響槍壯勢就成了，如果用他們和日軍對壘，那是白白的送命，他願意轉報戴總指揮，經過精細挑選，選取自願參加游擊隊的精壯，納入編制，其餘的，在非必要時，仍然做他的老百姓，免得牽累更多人作無謂的犧牲。因爲他始終認爲，打游擊不在於人多，而在於戰術運用的敏活，行動的隱密快速，一有了老弱的拖累，戰力反而會銳減，假如被敵人釘住，也許一場火就耗完了。精選人員，保持機動，處處制敵機先，保持主動，是他的信條，也因此，他不得不婉拒對方的要求。

「鄒隊長，你不能拒絕咱們，」一個老人聲淚俱下的說：「鬼子轟平咱們的莊子，咱們連個棲身的屋頂也沒了，忍辱偷生，有什麼意思？咱們要找著他拚！」

「你要不肯收容，咱們逕行去找戴總指揮去，」一個漢子粗聲叫喊說：「人是一個，命是一條，咱們抗日是抗定啦。」

「人是一口氣，佛是一爐香。」秦世修說：「連我這生病快死的人，都願意豁著幹了，鄒兄，你還有什麼好顧慮的呢？」

大夥兒一道起鬨，逼得鄒隊長也沒辦法了，只好權代總指揮，容納他們，改編成暫編第三大隊，任命秦世修爲暫代大隊長，要他盡量剔除老弱，只留下一半人槍，同時任命嚴道生就任大隊副，專責訓練事宜，一方面擬妥公文，著傳令小徐快馬馳向總指揮部，把經過情形，向總指揮提出詳細的書面報告。

這支新成立的鄉野游擊隊，百姓們都稱它秦大隊，由一個生病垂死的文弱書生暫代大隊長，這是從沒有過的，有些人擔心秦世修根本不懂用兵，但大多數人都很尊敬他，認爲他讀書多、學問大，腦瓜裏的紋路也會比別人多上幾條，他會帶領大家想盡方法對付鬼子的。

「世修兄，你不是要我給你點事做嗎？」鄒龍私下對秦世修說：「你活一天，就出全力帶領這個大隊罷。前朝的曾國藩、左宗棠也都是書生，他們能做的，我相信你也能做，不是嗎？」

「我並不謙辭這個暫代的職位，」秦世修說：「我深信你會派出得力幹部，全力支援我，我能死在任上，也算對國家盡了職了。」

總指揮部爲這事開過會，戴總指揮認爲，鄒龍雖然在重要幹部當中，年事最輕，資歷也淺，他以一個中隊長的身分，能策動民眾，替游擊武力增加一個大隊，這是値得慶賀的事，他力荐的暫代大隊長的人選，應該照案通過。

謝克圖熟知秦家新圩的小圩主秦世修，是個有胸襟有抱負的讀書人，在鄉野上的人緣極佳，新的大隊由他率領，是極佳的人選。汪二爺同意謝克圖的看法，宋老爹也很贊同，這案子便算通過了。

汪二爺認爲鄒龍是個幹才，希望能找機會升他的級，讓他擔負更大的責任，但鄒棠認爲鄒龍年紀還輕，讓他在原先職位上多加磨練並無不妥，不必急著升他的級，戴總指揮認爲鄒棠說的話也很有道理，就把鄒龍升級的事暫時擱置在一邊，單批准了秦大隊的成立，賦給它的正式番號是XX挺進縱隊第三大隊。實際上，秦世修和鄒龍的隊部全移設唐灣，兩人成天都在一起；替秦大隊擔任訓練工作的幹部，也全是鄒龍所屬的隊員，這兩支地方武力在運用上幾乎是一體的。

鬼子並沒有對徐州施行硬攻，他們不斷集中兵力，採取絞鍊式的外圍壓迫，但在日軍占據的各縣城，游擊隊對駐屯的鬼子，也採取同樣的方法，他們掘地壕、做坑道，把原先築槍樓修圩崗的觀念改變，爲了適應野戰，所有的工事都盡量降低高度，像村落的子母堡、角堡，順著地形地物所構的伏地堡和機槍巢，在自然的蔭蔽中，幾乎難以覺察，在土阜、溝頭、橋樑和道路兩側，到處都是這類的工事，鬼子即使辨認出來，也分不清裏面有沒有人槍據守，游擊隊員像地鼠般的機靈，一天要換好多個地方，愈是接近縣城的地方，他們分得愈散，多半是一個班或一個伍爲單位，拎起槍就是兵，扔開槍就是民，鬼子可以辨認出正規部隊的成員，但他們根本分不清游擊隊和農民有何不同，事實上，他們原就是莊稼漢。

太田使用軟硬不同方法，希望能打破這種被困的局面，但他仍然得不到當地的錢糧，那些被捕的逃難人，經過反覆拷問，太田對其餘溫順些的，都下令釋放了，只槍決了破口大罵日本的四個，繼續拘禁了兩個曾任地方保長的，要田伯滿勸誘他們答應歸降。田伯滿勸太田使用懷柔的方法，在城裏召開日中親善大會，提出攜手創造大東亞共榮圈的主張，同時策劃各中小學復課，布告各村莊各安生業，只要列造良民冊呈報，由僞縣府派員核實的，都可發給良民證，持證入城交易，保證通行無阻。

太田全按照田伯滿的意思，授權給他的縣政府去做了，在城裏，確實造成一番粉飾太平的熱鬧，但一到城外，根本不靈光，因爲余小貓子縮著腦袋不敢出城，蔡老晃自從在老魏莊被突襲之後，也成了驚弓之鳥，即使帶隊出城，也都在三五里之內打轉，絕不敢走遠，一個布衣草

鞋的秦大隊，就這樣的撐起縣北的一角荒天。

在這樣的情形下，日軍開釋了囚禁已久的夏歪，重新起用他做軍民合作站站長，並且准許他招募人槍，直接擁有收捐隊的武力，專管全縣錢糧徵集的事務。太田重新起用夏歪，有他不得已的苦衷，因爲夏歪混世起家，和許多黑線都拉扯得上，他的耳目也極爲靈通，可以探聽到許多日軍需要的秘密，這全是田伯滿辦不到的，站在徹底打擊支那游擊隊的立場，起用夏歪，對日軍具有很大的利益。

太田在他的大隊部召見夏歪，兩人舉行一次只有翻譯在座的密談，太田希望夏歪盡量吸收人槍，擴展僞軍的數目，至於番號和編制全不是問題，因爲目前留駐縣城的僞軍太單薄了，最多只能協助城防，根本沒有力量下鄉執行任務，夏歪雖然點了頭，但也提出了問題：

「報告少佐，我不敢推辭您交辦的事，但我們有句老話說：名不正，言不順。懇求閣下多少也替我想想，我夏歪在日本人眼裏，算得什麼？一個軍曹都可以用皮帶抽我、槍托搗我，早先我還是個縣長呢，如今給我一個軍民合作站站長，更沒分量啦，我不是不肯辦，是辦不了哇。」

「嗯，這倒是事實。」太田考慮說：「要是我再加給你一個招兵處主任的名義呢？」

「少佐要是容我說實話的話，還是不甚妥當。」夏歪擺出一副苦笑的模樣說：「我並不是妒嫉田伯滿，我招募來的兵，交給他帶領，他是帶不住的，當縣長，我承認我不如他，若說帶這些三教九流的兵，我可要比他強八個帽頭兒。」

「這樣罷，」太田說：「你先招兵，單獨成立催捐大隊，以後你招的兵多了，我會給你一個總隊長的名義，和田縣長平行，縣城以外各鄉鎮由你駐紮，縣長管政令，你管執行，這總可以了罷？」

「蒙少佐您這樣推重，我再說不行那太過分了。」夏歪透著得意說：「我這個站長兼招兵處主任，立刻就可以走馬上任啦。」

「別忘記多蒐集毛猴子的情報，」太田交代說：「我要知道城外他們活動的情形。」

「我需要一筆錢，」夏歪說：「皇軍把我關了這麼久，兩手空空的，我拿什麼開張辦事？擺個地攤子，也得要點兒本錢啊。」

「要錢很容易，我照撥就是了。」太田說。

夏歪的復出，在縣城可是宗大事，他拿了太田大筆的錢，買禮帽和司迪克手杖，做了府綢的新大褂兒，買進一輛包黃銅的黃包車，在麗香園子附近占用一整棟民房，掛起軍民合作站和縣招兵處的招牌，調用他的馬弁小田，率領一個排來替他上崗，算是他的衛士排，他大發帖子在麗香園子設宴，借用商會的名義，說是各界聯合慶賀夏前縣長復出，擔任要職，在各界發起人當中，包括了田伯滿、余小貓子、程所長、李會長、蔡大隊長，和麗香園子的主人曹麗娘，他把皮肉行的也列爲一界，讓小雲呑、小叫天她們也跟著出了份子，使縣城居民背地裏笑掉大牙。

設宴請客那晚上，夏歪多喝了幾盅，提到戴總指揮和鄒棠，提到新近活躍的秦大隊，他就

氣沖牛斗。

「揀我走霉運的時刻，他們鏟掉了我的心腹鄭厤子，用心太狠毒，讓我簡直不能再混了，誰知塘灰也能再發熱，我他娘又出來了，這回我發誓要報復，非找到那姓戴的傢伙，連本帶利和他算帳不可！」

「找姓戴的算帳，我頭一個贊成。」蔡老晃說：「上回我逼至老魏莊，吃他很大的虧，我這一輩子也忘不了！」

「夏前縣長歪哥的復出，真是大好的消息。」田伯滿公開舉酒致賀說：「兄弟深知歪哥神通廣大，兄弟辦不到的，他全能辦得到，日後推行縣政，依靠他的地方正多著吶，我代表縣府，敬他滿盅。」

「我曹麗娘也敬你，夏大爺。」曹麗娘不甘人後的率先站起來敬酒說：「祝你一帆風順，曹麗娘先乾了。」

她一仰脖子，果然十分爽氣的乾了一盅。

「曹麗娘？……操你娘，」田伯滿獨自喃喃著，彷彿品味什麼似的：「這名字怎會那麼巧？明明是在罵人嘛？」但滿桌的喝釆和喧嘩聲蓋過了田伯滿的喃喃，夏歪笑吟吟的也乾了杯。

「我被鬼子弄的去修理，心想：這回砸蛋了！再也不能出來看花花世界了，」夏歪感慨的說：「沒料到還能進到麗香園子來，和你見面乾杯，我樂乎透啦。」接著，他又舉起杯來說：

「感謝諸位抬舉，我借諸位的酒，敬諸位一大盅。」

這批今朝有酒今朝醉的傢伙，得機會吃上花酒，七嘴八舌的鬨鬧不休，酒過三巡，夏歪呵欠連天，一望而知他的煙癮又發作了。曹麗娘叫人端過一只小木匣，親自送到夏歪手裏說：

「夏大爺，這是十封雲土，我原就買下來準備送您的，誰知鬼子把您弄進去，害您熬癮，我如今還是把它送給您，有了它，我敢保您辦起事兒來，一定精神百倍啦！雲土如今缺貨缺得緊呢。」

「啊喲喲，曹老闆，你對夏大爺真算有心啦，」商會的李會長說：「俗話說：寶劍贈與俠士，紅粉贈與佳人，你這份禮可算送對啦，你這是：上好的雲土，送給一級老煙槍呀。」

「那邊的煙燈全點上啦，」曹麗娘說：「夏大爺，我扶您過去，先吸上兩個泡子，再回席上來，才打得起精神說話呀。」

「老晃，席上幫我招呼著，」夏歪對眾作揖說：「兄弟先得罪一會兒。」一壁說著，手搭著曹麗娘的肩膀，就到裏間躺煙鋪去了。

夏歪安排這場宴會的用意很明顯，他是有意在田伯滿面前擺譜，告訴姓田的，強龍不壓地頭蛇，甭看鬼子信任你，你畢竟是個外路人，沒幫沒襯，獨角戲是唱不成的，我夏歪沒去過東洋，不通日語，但上上下下有的混，你瞧，這席面上的三教九流，誰不把我歪哥當老大？到底是誰神氣，你瞄瞄看，嘿，小雞吃米，你就該肚裏有數（膆）啦。

以田伯滿腦瓜的紋路，當然明白，但他肚裏早就另有打算，他並不想長期留任，在這個荒僻貧困的縣裏當這種縣長，他是想和日軍更高層的搭上關係，揣一筆錢，日後到天津那些大港埠去，開設一些東洋的機械工廠什麼的，實在不成，開家醫院也可以，在這兒和中央游擊隊開火玩命，只對土流氓夏歪這類人的胃口，水裏來火裏去的，他可不幹。

吃完酒，田伯滿就由余小貓子陪著先離開了，過足了煙癮的夏歪，和蔡老晃他們換桌飲茶，摟著園子裏的雌兒們侃論天下，——夏歪心目中的天下只是百里方圓，其餘的地方就算天外頭啦。

「我要和蘇老虎、苗大妮子搭上線，」他說：「那兩股人窩在雲家渡那種鬼地方，能幹什麼？中央和八路兩邊擠著他們，沒路走啊，來我這兒領個番號，至少目前比較穩當。」

「土字號兒的，如今實在沒混頭啦，」娛樂所的程所長說：「太平年間，各村莊的肉頭財主，都是縮頭怕事的病貓，聚它三五條槍，放聲那麼一吆喝，要錢有錢，要糧有糧，他們抱定風吹鴨蛋殼，財去人安樂的心理，寧可花錢消災，也不和亡命之徒結樑子。如今日子不好過，人人都不怕死了，你能要我的錢，我也能要你的命，當初的病貓全變成老虎啦，蘇老虎的名頭再也嚇不著誰啦。」

「老虎不靈，我這老晃也夠慘的。」蔡老晃吁了口鬱氣說：「我兩邊晃來晃去，人槍越晃越少，要是田伯滿再催逼我帶隊多出幾趟城，準會把我這點老本晃光，變成一條光桿。夏大爺，我沒你呼得風喚得雨的能耐呀。」

「老實說，我夏歪也未必有你所想的那麼靈。」夏歪想想說：「但咱們目前情況如此，不得不吊著鬼子混，爲了自保，也得使出吃奶的力氣，盡量的拉槍張勢，如今，徐州還在中央手裏，天像欲黑沒黑，很多混的人還在猶疑觀望，等徐州中央大軍一撤，我招兵募勇，還是有人來的。」

「要想混出來，人槍實力太關緊要了。」蔡老晃說：「像中央老戴那夥人，也拚命在吸收人槍，咱們股頭裏，有一半的實力，如今全落到他手裏去了，像戴老哈、朱大耳朵、羅駝子叔侄，像錢風、張逢時、胡二亂子，全都投降啦，咱們要不及時擴充，早晚會被他們吃光。」

「對方有個厲害角色！」李會長說：「那就是老戴手下的急先鋒鄒龍，說來夏大爺是見過他的，據說就是原先跟丁紅鼻子背匣槍的槍手周隆，丁紅鼻子就是死在他手上的啊。」

「啊，你說是那個白臉小後生？」夏歪愣了一愣說：「他還年輕，看上去嫩得很嘛。」

「常山的趙子龍也不老啊。」李會長說：「鄒龍的名號，如今響徹半邊天，您的心腹鄭麻子，是他帶人幹掉的。據說在老魏莊伏擊蔡老哥的也是他。錢風和張逢時，如今都跟著他幹。」

「李兄，這消息你從哪兒得來的呢？」夏歪的臉色很陰暗。

「米糧商那邊聽來的，」李會長說：「如今城裏城外，提到鄒龍的大名，誰不知道呀？」

「李會長說得沒錯啦，夏大爺。」曹麗娘走過來添茶說：「說起槍手小周，我跟他處過一段日子，那是在雲家渡他還跟著丁大爺的時刻，他的槍法、膽識，可都是一等的，如今他龍歸大海，算是有得混了。」

「哼，我不信我這老的，混不過那個後生！」夏歪說。

「當然嘍，你夏大爺是見多識廣的人物，單論吃飯，也比他多吃好些年啊。」曹麗娘笑說：「但論身手，論膽氣，小鄒還是個厲害角色，你也不能不承認啦。」

「嗯，」夏歪皺起眉頭，悶想了一陣說：「花大錢，買槍手，把他及早給幹掉，才是一勞永逸之計，老晃，這事你得多費神。錢歸我來籌就是了。」

由歪哥領頭，大夥正興致勃勃的商量著如何剷除鄒龍的事，忽然外頭起了一陣鍠鍠的鑼響，有人啞聲叫喚著：「不好啦，失火啦！趕緊出來救火啊！」

叫喚聲還在持續著，夏歪的一個馬弁跌撞進來，行了一個歪禮，報告說：

「報告……站長，工作站失火，燒得很猛，看光景，房子是保不住了。」

「這他媽的，定歸是有人故意縱火。」夏歪站起身來說：「召集衛士排，替我抓可疑的人，我倒要看看是誰搗的鬼。」他敞著襟、趿著鞋，匆匆的跑出去，弄得一夥人不得不丟下杯筷，一路跟了出去。

火勢燒得正旺，老遠就聽得見瓦炸的聲音，縣城裏原設有消防局，局裏有四具抽壓式的老舊水龍，但都還沒有趕到火場來；火場附近的民家，紛紛用木桶和臉盆潑火，企圖阻止火勢蔓延，但對火勢中心的軍民合作站，卻沒有出來挺身施救，一來是瓦片炸得像飛蝗般的容易傷人，二來對這個僞機構厭惡，有存心讓它燒光的意味。夏歪空是著急叫嚷，但救火水龍不到，他也毫無辦法。

等到那幢房子業已燒得差不多了，警所的余小貓子才帶著十多個黑狗趕到，夏歪一把拉住他說：「水龍怎麼還沒到？」

「我已經通知，他們正聚合人頭，想必一會兒就推過來啦。」兩台老水龍，終於一路搖著鈴鐺推了過來，有人提水倒進水箱裏，有人拚命的抽壓，水柱才噴出來把延向周邊的火勢壓住，但夏歪占用的那幢房子，連樑柱全燒塌了，他的衛士排四處搜巡，抓住一個可疑的縱火嫌犯，揪過來一看，原來是後街的一個瘋子，樂得手舞足蹈，大嚷著：燒得好！燒得痛快。

這把火真把夏歪給氣歪了，沒辦法，只有拐回麗香園子，懇求曹麗娘暫時借地方讓他睡覺。

「噯呀，夏大爺，你一個人來這兒歇，倒是方便啦，」曹麗娘說：「但你衛士排這許多人，我這兒怎能容得下，我這兒是麗香園子，可不是軍民合作站啦！……你在這兒辦公，街坊恥笑不說，讓太田少佐知道，對你恐怕很不方便罷？」

「夏大爺，我看您暫且住商會罷，」商會的李會長說：「房舍燒了，沒傷著人，算是好的，改天再找適當的房子，你權且委屈幾天罷。」

夏歪住到商會，越想越氣，認定是有人暗中縱火，但他找不到縱火的人，也找不出明顯的證據，這個悶虧是吃定了，因爲鬼子給他那筆開辦費，也孝敬火神老爺啦。

夏歪這個軍民合作站兼招兵處，前後搬了三次家，每次都被火德星君照顧，最後一次，有

人放冷槍擊中了他的腰眼，被抬進醫院去了。太田少佐聽到這事，認定支那毛猴子混進了縣城，非徹底清除不可，於是下令封鎖四面城門，出動鬼子兵全面搜查，凡遇可疑的，立即逮捕。這麼一來，便引起一場激烈無比的巷戰。

最先發現可疑人物的，是僞軍蔡老晃手下，他們有六、七個人一組，在搜查後街時，發現一個穿白小褂戴斗篷的人，腰裏好像有傢伙，帶頭的一聲斷喝：

「站住，不准動。」

那人非但不站住，反而拔腿飛奔起來。僞軍一面開槍，一面追了上去，那人跑得極快，拔出匣槍來，順著身後的腳步聲，潑出一梭甩頭火，乒乒五四的撂倒了三個僞軍，趁其餘的蹲身避彈之際，他飛身越過一堵牆，跳進一個大宅院裏去了。

一處響了槍，多處跟著響了槍，日軍一個大鬍子軍曹在近距離內，被人從窗孔開槍打中額頭，打得腦漿迸裂，橫躺在街心，日軍包圍那宅子，一陣盲射後，衝進去搜捕，才發現那是一座空屋，打冷槍的早已跑了。

岡本大尉在後街小橋頭截住一個，用亂槍射殺了。蔡老晃在大街中段，被人開槍打掉帽子，他率人衝進那家茶食店，一把抱住一個可疑的，問店主他是不是店裏的學徒，店主白著臉不敢回話，蔡老晃的手下上來，朝那人襠下一抄，抄出一把三膛匣槍，那人用飛腿揣中衛士的面門，掙脫了蔡老晃，想去搶奪匣槍，另兩個衛士趕上來，兩柄刺刀戳在那人脊背上，蔡老晃再當胸補了他一手槍，才算把那人撂倒。

秋晴的上午，煙槍在晴空迸散著，槍戰仍在持續進行，據太田的估計，敵人不會超過廿人，他們居然敢混進城裏，和日軍一個大隊打起巷戰來，他們的膽子也實在太大了。這一戰足足打了三個時辰，日軍和僞軍合計擊斃對方四人，但日軍死傷七個，僞軍死了九個，其餘的全不見了。

黃昏時，日軍拘捕了可疑分子約五十人，讓蔡老晃辨認，蔡老晃認出其中一個是張逢時，他向太田報告說：

「這個大大的毛猴子，早先是股匪裏的槍手，後來歸順中央的。」

太田爲了逼供，對張逢時用盡各種酷刑，以日本憲兵輪流使用柔道的大摔割，把張逢時摔得遍體鱗傷，又唆使東洋狼狗去噬咬，張逢時只供出：我是中央的人，其餘的一概不知。

他是被太田槍斃後，再割下腦袋，高懸示衆的，臨死前，他哈哈大笑，認爲他功過相抵，足夠歸天了。

「我不懂得，一個支那猴子，怎麼會這樣？」太田很苦惱的說：「他們是受了誰的指使，連命都不要了的。」

「報告少佐，是鄒龍，他是支那最可怕的一個人物，」蔡老晃說：「不把他除掉，本縣是不會安定的。」

第十一章 突圍

縣城這一戰，打得鬼子和僞軍人仰馬翻，太田下令繼續封鎖城門，按原編保甲反覆清查，不准有一個毛猴子漏網，他哪會知道，潛進城裏的錢風，已經由水門領著其餘的弟兄遁出來了。

以五個人的犧牲，使夏歪暫時成爲廢子，也使太田心驚膽裂；從那時起，縣城的城門就沒完全開放過；即使開放的城門，也增放拒馬，列了三道雙崗，每個行人出入，都要經過仔細盤詰和檢查。日軍這樣的一龜縮，鄒龍就把他的隊部移出唐灣，遷至更逼近縣城的地方，他列布的瞭望哨兵，舉起從日軍那兒擄得的望遠鏡，能清楚的看見城頭的動靜，包括鬼子換崗。

槍手張逢時被殺，使他和錢風難過了好一陣子。

「逢時很能拚，」錢風紅著眼圈回憶說：「在空屋裏伸槍幹掉那個大鬍子軍曹的，就是他，我們在後街會合，又分開突擊，直到彼此都把子彈打完，我們把匣槍扔進大塘，不巧的是他被鬼子抓去，又被蔡老晃指認出來，才把命丟了。」

「我知道，他跟鬼子拚命，是要洗刷他過去的罪孽，」鄒龍說：「如今他求仁得仁，該可瞑目了。」

「城裏的線索仍然沒斷，」錢風說：「不過目前風聲緊，不容易活動，但我還是會留意著鬼子的動靜，也釘住夏歪，看他在做些什麼。」

「目前，設法阻止僞軍擴展，是很緊要的。」鄒龍說：「鬼子留駐的兵力不足，不願分散，日後全靠僞軍到各鄉鎮駐紮，夏歪要是聚不攏足夠的人槍，他只能像小雞一樣，躲在鬼子翅膀拐下面混日子，一旦他們有了勢力，分駐各鄉鎮，咱們的活動就困難了。」

縣城巷戰後不久，戴總指揮在汪二爺陪同下，到鄒龍的防區來巡視，也到火後的秦家新圩看望臥病的代大隊長秦世修，秦世修瘦成一把骨頭，但還撐著坐起身來，向總指揮道謝說：

「蒙戴老伯抬愛，讓世修暫時帶領這個新編的大隊，世修弱不知兵，一切訓練，多靠鄒隊長的協助，鄒隊長的氣魄、膽識，都是少見的，這個大隊，最好是交在他手上，世修就放心了。」

「世修你好生養病，」總指揮說：「你病成這樣，我還把這麼重的擔子加在你身上，實在也不忍心，你的話我記得，日後我會好好考慮的。」

當天深夜，戴總指揮召集鄒龍、錢風、嚴道生、章富等幹部開會，說明新四軍的勢力正朝西擴張，謝克圖大隊的防區，已經發現許多紙質粗劣的油印傳單，傳單的內容極盡挑撥之能事，總指揮要隨從人員把傳單取出來，大夥兒在燈下傳閱，上面有：

「打倒戴聖公，百姓才輕鬆，抗日何處去，只有投八路。」

「抗捐、抗稅、拉槍自衛，不替中央當墊背。」

「你把中央當塊寶，中央拿你當棵草。」

鄒龍看了一半，就丟開那些傳單，嘆說：

「這算是什麼呢？中央講國共合作，一致抗日，他們卻挑撥分化，專扯中央的後腿。咱們又不能拿它和敵人一樣的對待，天下沒有比這種事更窩囊的了。」

「我也許還不懂得他們究竟在想些什麼，」戴總指揮慨嘆的說：「我為抗日，可以說毀家紓難，沒沾百姓一文，他們惡意誣蔑我，所為何來呢？」

「這很簡單，」錢風說：「拿掉你這總指揮，讓他們派人幹，這完全是不擇手段的爭權啊。」

「他們要真是抗日，我這總指揮幹不幹都不介意，」戴總指揮說：「怕的是他們心術不正，別有所圖，那咱們就不能不認真防範了。」

新四軍之來，遠比一般想像的更為快速，秦世修的一個同塾的同學叫鄭京衡的，在戴總指揮走後不久，就來到秦家新圩的秦大隊來拜訪。鄭京衡先是開門見山，說明他是「那邊」的幹部，現在鹽阜支隊工作，國共目前已一致抗日，共赴國難，彼此全不分家，雙方既是老同窗的關係，他不能不過來拜訪。

「聽說世修兄生病，我更該來了。」他說。

「京衡兄，」秦世修說：「如果單論老同學的關係，我非常感激你來看我，我盡地主之誼也是應該的。但如今我帶的是中央的游擊大隊，咱們立場總是不盡相同的，同學以外的言語，我勸你少講。」

鄭京衡留著短短的分頭，面目黧黑，笑出一口白牙，看上去滿英挺的。

「用不著像防賊似的防著我，」他說：「我來這邊，動機很單純，只是探望你的病，和你聯床話舊，什麼民運啦、策反啦，並不是我的職分，你不願意談這個，我也絕不談這個，這總成了罷？」

「這樣就好。」秦世修說：「我不願爲政治立場的不同，壞了我們之間的交情，明天我請客，爲你引見中央的鄒龍隊長，——你來這兒，他應該知道。」

「你是說老鄒莊的小莊主，」鄭京衡說：「我正想要見見他，看他究竟是什麼樣的三頭六臂的人物，你們縣裏，都把他看成英雄豪傑呢。」

在炮火轟毀後新搭建的草頂房舍裏，秦世修設了席，把鄒龍、錢風、嚴道生、章富他們都請到了，秦世修在介紹鄭京衡時，說明他們同塾讀書，也指明鄭是共軍裏的幹部，他說：「感謝鄭兄來探望我的病，我也已跟鄭兄言明，我們不談公事，免得壞了彼此的交情。」

「我也有同感。」鄒龍說：「不過，依目前情勢看，沒有比抗日更重要的事了。鄭兄要是談抗日，咱們就都站在一條陣線上，沒什麼好顧忌的了。」

「鄒隊長說得是，抗日是最要緊的。」鄭京衡順著話音兒，端起酒盅來，挨次的敬酒說：「在抗日戰場上，國共本來就該聯合，中國人不打中國人嘛。來來，我向諸位敬酒，希望咱們一團和氣。」

「你們搞共產黨的，每個人一向都很會講話。」鄒龍笑著說：「有這套功夫，也真不簡單啊。……咱們防區出現的那些油印傳單，上面寫的，可沒有你說的這樣一團和氣。」

「很對不住，」鄭京衡笑得很僵：「這是少數政治幹部水平差，搞出來的花樣，等兄弟回去，一定要向上級反應，開會檢討的。抱歉，說著不談公事，又沾著邊了。」

夜風吹盪起來，使屋裏微感秋的涼意了，席面上也覺得僵涼無趣，做主人的秦世修間歇的咳著，沒再說什麼話，鄒龍一向不多講話，面對陌生的鄭京衡，當然不想多講什麼，倒是錢風年紀大些，有過較深的江湖閱歷，看出席面上的氣氛不對，就搜盡枯腸，找出些不輕不重、不疼不癢的話來，勉強維持著場面。

第二天，鄭京衡告辭離去，鄒龍特別撥出四匹馬，護送他安全出防區；爲這事，秦世修趕來道歉，他說：

「姓鄭的當年和我同塾沒錯，我們這些年從沒走動過，有一段時間，聽人傳說他幹了八路，沒想到竟是真的，他也有這個膽子，開門見山跑來看我，替你添麻煩，我心下很不安啦。」

「世修兄，您這麼說就見外了，這談不上是什麼麻煩。」鄒龍說：「儘管他們是說小話、幹鬼事弄慣了的，咱們可是正正經經對待他，算我小心火燭，我不願見到他在我們防區裏出事，到時候，對方一帖爛膏藥會貼上來，不是咱們幹的也是咱們幹的，那就窩囊透啦。」

「我不信他是專為探我的病來的。」秦世修說：「我這病釘在身上，並不是一天了，我明知他是為秦大隊來的，才先拿話封住他的口，讓他沒法子嚕嗦。」

「你做得很好，」鄒龍說：「這樣，彼此沒撕破臉，但讓他心裏有數，咱們不是他輕易能夠說動的。」

「嗨，這算是開了頭了。」秦世修嘆息說：「他們只要一找上門來，日後的麻煩怕還多著呢。」

「麻煩也許是有的，」鄒龍說：「但依目前的形勢，麻煩還不會太大，因為他們的實力有限，至於日後的發展，那就很難預測了。」

鄒龍不便當著秦世修的面，表露出他的心煩；當他以有限的人力，和鬼子拚命周旋的時刻，竟會有這麼一股透著自私的勢力，在邊遠地方滲透過來，專挖中央的牆角，嘴頭上盡說些人模人樣的話，暗地裏卻滿懷一肚子鬼胎，像戴總指揮那種樸實憨厚的君子人，是很難對付得了這些人的，吃虧是早晚的事罷了。他原想對鄭京衡提出若干責問，話到嘴邊，想想仍然噤住了，鄭這個人，充其量僅是一個低層的地方幹部，他又能懂得多少呢？目前之計，他只能連繫民眾，厚積實力以應付未來的變局，究竟變化到什麼程度，他實在難以預知。

總指揮派人送了密令來，說是徐州國軍早已突圍，經碭山南下，新四軍和土八路合股，不斷擾竄縣境東南，著令第三大隊秦世修率部南調，接第二大隊的防，第二大隊謝克圖部東移，阻止共軍越界。

「鄉角落的消息真欠靈通，」鄒龍對秦世修說：「徐州棄守這麼久，總指揮這才知道。徐州棄守之後，北邊十多縣情勢更會孤單混亂，只能各自爲政啦。」

「不論情勢怎樣惡劣，人總要求活的。」秦世修說：「爲要活得像個人樣，非要和鬼子抗爭到底不可。我這個病歪歪的身體，能活多久也不知道，但我活一天，就得把該做的做好；總指揮調我去七聯莊接防，一定有他的用意，我會盡力去幹的。」

秦大隊拉走後，錢風才得到從縣城裏傳來的消息，說是夏歪著人和雲家渡的股匪勾結，蘇老虎業已接受日軍的番號，成爲僞軍的大隊長，莫大妮子不願參與，拉出她的人槍，到鄰縣投奔陸小濱去了。

「就算蘇老虎幹了僞軍，也是換湯不換藥，改不了他股匪的本性。」鄒龍得報後判斷說：「他那個大隊的實力，比蔡老晃大隊強不到哪兒去，秦大隊雖是新編的隊伍，實力上足夠對付他。總指揮用謝大隊防堵共軍入界，該是最妥切的，克圖叔的經驗豐富，能掌握進退，他的大隊，實力也最強。」

「秦大隊調走，縣城附近只有我們少數人槍了，」錢風說：「我們是否可以考慮後撤一段路，不要和鬼子靠得太緊？」

「不。」鄒龍說：「拉游擊，人槍愈少愈靈便，咱們仍得緊貼著縣城，加緊破壞它的交通線，讓鬼子無力支援新編的僞軍蘇老虎部，最好能讓秦大隊攻占雲家渡，把蘇老虎部逐次解決掉。不讓鬼子假手夏歪擴大僞軍的實力，這是很要緊的。」

事實上，總指揮部也有相同的看法：僞軍是鬼子翅膀上的羽毛，剪除那些羽毛，鬼子就只能跳不能飛啦，鬼子的兵力有限，一時無法分防各鄉鎮，他們要利用僞軍分別駐紮縣屬各鎮，加緊對百姓的控制，這一點，是總指揮部最不願見到的；以少數精銳緊纏住縣城的鬼子，以多數兵力打擊新成立的僞軍，是正確的戰術指導。

以雲家渡一帶爲老巢的蘇老虎，一向很信賴夏歪，夏歪復出，派人和他連絡，許給他若干好處，蘇老虎就接下了番號，他穿上草綠色的僞軍軍裝，佩上紅底金線的兩線兩星階級，心裏透著得意，因爲同是大隊長，先領番號的蔡老晃只有兩線一星，高於蔡老晃一級，是他對夏歪力爭的條件之一，再怎麼說，他總做過丁二絡頭的二駕，原就比蔡老晃高一個帽頭兒嘛。

這夥股匪換裝之後，到處拉民伕，拆除四處的瓦房，集中大量的磚瓦木料，在雲家渡修築炮樓，蘇老虎找風水先生察看過，以羅駝子原駐紮的河堆頭風水最好，他便決定把主堡修建在那裏。這座主堡一共分爲六層，地下一層，地上五層，直徑五丈，堡身有五尺厚，足可抗得住一般槍彈的射擊，堡口裝上五寸厚的包鐵柵門，主堡的四面，築有兩層高的角堡，掃清槍眼外的射界，角堡與角堡間，圍以一丈二尺高的圩牆，圩垛間也設有守備；圩牆外挑有三道深壕，壕的外側拉有鐵絲網和鹿砦，他預計要築成這座堡壘，至少得花上九個月的時間。

在這座主堡修築期間，他的大隊部仍設在周家瓦房，利用原屋，加壘沙包，刨地設壕，多開槍孔，防備中央的游擊部隊向他進襲。

「謝克圖也是個肯玩命的傢伙。」他對手下說：「他把戴老哈中隊派駐七聯莊，一心想把

咱們扼死在這兒，戴老哈有勇無謀，我倒不在乎他的。」

「單怕他們在咱們築堡的時刻來侵襲，」跟隨蘇老虎的新任中隊長屠別兒說：「要是開頭就吃敗仗，在鬼子面前，咱們豈不減了斤兩？」

蘇老虎開工築堡的時刻，得到報告，說是謝克圖大隊已經全部東移，七聯莊一線，由北邊調來的秦世修大隊接防，秦大隊是個新編的單位，原由北邊各村鎮鄉丁民團混編而成，槍枝雜、槍火缺、自動武器極少，代理大隊長秦世修是個書呆子，又是癆病鬼，調防時無法騎馬，是用擔架一路抬過來的。

「哈哈，戴聖公老傢伙，原來是吃軟怕硬的，」蘇老虎大笑說：「原先欺負我這土字號的沒靠山，就用他最精強的大隊來對付我，想把我的人槍吃光，如今我幫上了鬼子，他吞不下了，就換了個病貓來，老虎遇上病貓，究竟該誰怕誰呀?!」

「大隊長您說得沒錯，秦世修剛到，這兒的地形不熟，就算他想怎麼樣，以他那點實力，想扳咱們，根本是——月黑頭溺溺——連鳥影兒都沒有。」屠別兒說。

誰知在秦大隊抵達新防區的第三天夜晚，就對蘇老虎部發動了一次猛烈的攻擊，他們除了響角、放排槍之外，更編組若干小隊，攜帶單刀，匣槍、手榴彈，和雲梯、軟索之類的爬牆用具，利用夜暗的掩護，逼近周家瓦房，不斷朝長牆裏扔手榴彈，炸得蘇部人仰馬翻，一夜之間，進行了三次攻撲，最後把長牆也炸出一個缺口，幾幾乎就衝了進去，蘇老虎好不容易熬到天亮，對方才撤退下去，拋開他本部的損失不說，新開築的炮樓工地，被秦大隊的扒光，木料也被火燒成黑炭，蘇老虎派在工地的一個班，整整齊齊的躺在野地上，每個人都少了腦袋，被看管的民伕，全被秦大隊給放走了。

「真他娘的顛倒啊，弄隻病貓吃老虎。」屠別兒埋怨說：「咱們算倒了血楣啦。」

「守莊子，最怕是手榴彈朝裏亂扔。」另一個中隊長王小毛苦著臉：「我的中隊，斷了氣的有廿多個呢。」

「憑他秦世修，是不會這麼幹的。」蘇老虎說：「他這大隊裏頭，一定有懂得戰陣的人。」

「對啦，我忘記提醒您。」屠別兒想起什麼來：「秦世修的幫手，聽說叫嚴道生，是從鄒龍那個中隊調過來的，跟隨鄒龍的，怕都是幹家。」

「嗯，沒聽說過，」蘇老虎困惑起來：「如今年頭真的是變了，不知從哪兒冒出個毛頭小子，也讓咱們混了多年的人吃癟，這些年，咱們非但白混，還他娘越混越回去了呢。」

原被蘇老虎看輕的秦大隊，一調防過來，立即就顯了他們的顏色，這群由鄉巴佬組成的隊伍，開火打仗，有極強的黏性，一個月之內，向蘇部攻撲了四次，打得蘇部只有招架之功，毫無還手之力，蘇老虎派人去縣城求援，派去的人，在縣城外面被鄒龍所部截獲了，根本沒能和太田連絡得上。

「這他娘硬叫病貓黏上了，該怎麼辦啦？」蘇老虎窩在周家瓦房古老的屋子裏，愁眉不展的對手下幾個頭目說：「炮樓沒蓋成，他們不斷來攻撲，咱們的人，業已損耗了兩、三成，槍

火不足啦。和太田連絡不上，咱們是被乾晾在這兒，一旦槍火打光，只有被俘啦。」

「撤退進城，保全實力，也是條路啊。」王小毛說。

「你說得倒輕鬆，」蘇老虎嘆氣說：「鬼子可不是咱們親娘老子，太田要是以擅離防地的罪名辦我，頭一個丟腦袋的，不是你們底下的人，卻是我這個大隊長呢。」

「從南邊撤回北邊，就算鬼子點頭，這一路也太冒險了。」屠別兒說：「游擊隊鄒棠的大隊在大河口，單是他那一關就難闖得過，何況縣城附近，還有鄒龍的中隊在卡著，就算咱們能活著進城，也有皮沒毛啦。」

「著人到南邊去，找莫頭兒如何？」第三隊的隊長時五說：「莫頭兒跟大隊長您是有交情的，她即使不及時拉槍過來應援，至少在槍火方面，也會略作通融啊。」

「唉，我那莫大妹子，她也許比我看得遠罷，她說，她寧可幹土匪，死也不當漢奸。」蘇老虎說：「她爹當年是被一個土豪逼死的，那年年成荒欠，她爹欠了土豪的錢，土豪看中了她，要她爹簽約出賣她當姨太太，她爹抵死不答應，她在她爹投河之後，離家出來混世的。」

「那她夠資格幹共產黨啊。」王小毛說。

蘇老虎搖搖頭說：「她認為那純是她個人的遭遇，並不是所有的地主都像那個土豪，共產黨那一套，她並不信服，他們只是利用怨懣的窮人，替他們賣命打天下而已。她這輩子，自己的恩怨自己了，倒挺江湖的。」

「您和莫頭兒，畢竟還算處得來，」時五說：「您有急難，她總不會袖手旁觀罷。」

「我有什麼臉去求她呢？」蘇老虎的臉色更陰鬱了：「論混世走道，我比紅鼻子老當家的差池很多，論俠義肝膽，我比二絡頭大當家的輸上一大截兒。我白混半輩子，最後倒依靠了夏歪，他娘的，我是什麼？中校大隊長？呸！我他媽蘇老虎，到臨末了只是一個雜碎！我他媽的新官上任，還在做鬼子卵翼下的土皇帝的夢哩。」

「船到江心馬到崖，情勢如此，也由不得您吶。」屠別兒說：「死馬權當活馬醫，爲了咱們，您還是出面求求莫當家的罷。」

蘇老虎情急之餘，又派人過南大河，去找莫大妮子，莫大妮子和陸小濱合股後，也受到當地中央保安部隊的壓力，在廣曠荒涼的地方東飄西蕩，來人提出蘇老虎部情勢危急，請求她伸手援助的事，莫大妮子苦笑說：

「你回去跟蘇大隊長回話，不是我不念早先道上的情分，如今我也已是泥菩薩過河，自身難保了。他既然委身投靠鬼子，就該去找他的靠山，我和小濱，如今都是沒本錢的赤腳大仙啊。」

來人又提到槍火接濟的事，莫大妮子說：

「接濟是談不上，他如果肯出價，我在這邊幫他找找路子，七九的再製火（**用空彈殼重新裝藥，換裝槍炮的土火**），並不難弄得到的。」

再製火的品質低劣，索價又高，蘇老虎爲了保全自己，不得不把壓箱底的錢全取出來，買進八千發，另外買了十四箱黃木柄的手榴彈，後來打聽出，這些槍火全是鹽阜地區土共製造

的，賣給股匪和偽軍對中央纏鬥。

「他娘的，他們的小腦筋真靈，專幹些盡賺不賠的，」蘇老虎說：「比咱們沒本生意還好做呢。」

槍火剛運到，秦大隊又壓上來了，這回是在大白天，他們以兩個中隊在正面拉開，一直壓到雲家渡的村口，零零星星的放槍挑逗，另一個中隊押了很多牛車，直逼築炮樓的工地，打算運走蘇老虎囤積的磚塊。

如果秦大隊不來這一招，蘇老虎很可能不加理會，但築炮樓的工料，是他費盡心血從四處囊刮來的，算是他鞏固雲家渡老巢的唯一賭本，要是眼睜睜的聽任游擊隊運走，那自己的夢想豈不是全部泡湯了？仗著新得到軍火不少，說什麼也得摞明了幹上一場。

「那屠別兒，你領人出動，搶占工地。」他說。

屠別兒領著他的中隊出動，搶出圩崗撲向堆頂，但秦大隊僅有的兩挺機槍，一左一右的交叉掃射，打得地面上沙煙飛揚，連領頭的屠別兒也縮著腦殼趴在窪處，不敢再朝上衝，對方卻早已占了堆頂，在搶運工料上車了。

「咱們平常專搶別人錢財的，如今顛倒過來，任人搶上門來啦。」王小毛紅著眼說：「姓秦的這是擺明了欺負咱們！……大隊長，你這隻老虎什麼時刻發威呀？」

蘇老虎吃他一激，眼全氣紅了，他傳令讓他的衛士班跟隨著他，衝出圩崗去，支援被對方槍火制住的屠別兒中隊，雙方鏖戰了一個多時辰，蘇老虎本身也掛了彩，好不容易才把築炮樓的工地奪回來，但對方顯然已達到運走工料的目的，有計畫的主動撤退了。

八千發的子彈剛剛到手，就打掉一千七百多發，死傷了十多個人，又賠上了一大堆工料，這全是賠了夫人又折兵的打法。

擔任瞭望的僞軍，事後向蘇老虎報告，說是雙方開戰的時刻，他看到對方衛士抬著擔架，有人坐在擔架床上指揮，那該是對方生病的大隊長秦世修，這場爭奪工料的戰鬥，是他抱病臨陣，親自指揮的。

「唉，病貓硬要鬥老虎，看他是不想活了。」蘇老虎說：「單靠那兩挺輕機槍，就想擺平我，還差得遠呢。」

有些事是蘇老虎難以料定的，白天剛撤退下去的秦大隊，黃昏時又重新掩上來了，這一回，他們完全是破釜沉舟的方法，朝周家瓦房硬撲，好像非要衝破這據點不可。蘇部僞軍的心情，是緊張又恐懼的，因爲除雲家渡之外，其餘的地方都算中央的地盤，這一火如果打垮，蘇大隊就完了，沒有人能插翅飛過百里的地面，跑到縣城去投靠鬼子，十有八九會在突圍途中被解決掉。進攻的秦大隊並沒得到戴總指揮的授意，但秦世修認爲，雲家渡既在他的防區，他就有權把這支新編的僞軍給完全消滅掉。

蘇老虎所部原有三百多人，兩百多條槍，經秦大隊幾番攻撲，賸下兩百多人，兩百條槍左右，他們防守著寬長約半里的一座大莊子，雙方打到半夜，北面的時五部隊首先被衝破。秦大隊的突擊組從這個缺口衝了進來，直逼周家瓦房的後屋，四更天，王小毛的中隊也已崩潰，紛

紛逃進瓦房裏躲避，只有守在南面的屠別兒中隊，還在苦苦撐持著。

「我說弟兄們，衝呀，殺呀，抓住漢奸蘇老虎活剝皮呀。」秦世修坐在擔架上大喊著。

蘇老虎困在瓦房裏，周圍浪湧的殺喊聲淒厲綿長，口口聲聲要活剝他的皮；這種天和地應的聲音，把他嚇得心膽俱裂，他意識到，今夜是很難逃得過了。

「咱們得聚攏人槍，準備突圍呀。」他惶亂的說。

「報告大隊長，」王小毛說：「咱們究竟是朝北突圍，還是朝南突圍哩？」

「我看還是朝南罷，」蘇老虎說：「一過南大河，就是鄰縣地界了，咱們去投奔陸小濱和莫大妮子，總比陷進他們掌握的地區要好啊。」

「即使朝南突圍，也得撐到天亮才能行動。」屠別兒說：「南大河上沒有準備好的渡船，半夜突圍，擠到河邊，不正好爲對方作靶子?大隊長要朝南，也得先派人到渡口，掌握住渡船，再派一隊殿後，對過渡的人槍加以掩護，要不然，他們半途攔擊，咱們就更慘吶。」

蘇老虎帶人苦撐到天色微亮，周家大瓦房已經被對方攻占了將近一半，五道院子有兩道被秦大隊占據，開始了逐屋戰鬥，對方把一挺輕機槍架在後進屋的大門口，正對前屋開火，雙方的手榴彈像織布般的交互穿梭，把屋外炸成一片硫磺火湖，蘇老虎爲了搶奪那挺機槍，前後被打死了八、九個人，槍雖沒有搶到手，但機槍手也被炸傷，對方把那挺槍撤回去了。

趁著這個空檔，蘇老虎差出屠別兒的一個分隊，衝出前門，到渡口去找渡船，要時五帶人殿後，掩護他們渡河；奇怪的是，當他率人撤至渡口時，對方並沒有猛烈追擊，四面的槍聲反而沉寂下來了。

「這是怎麼回事呢？」撤至渡口的蘇老虎驚魂未定，狐疑的說。

時五的人從高處跑下來報告說：「秦大隊的大隊長秦世修親自督戰，死在擔架上了。對方的隊伍全停止了攻撲，我們在高堆上看得見呢。」

「快趁這機會搶渡罷。」蘇老虎說：「這是咱們脫出戰場的好機會，再晚，他們又纏上來了。」

也算蘇老虎走運，在最危急的當口，秦世修倒了下去，使他能帶領殘部渡過南大河，過河後，他先把渡船炸沉，奔出三里地，然後才集合隊伍，查點損失。這一戰，使他失去了雲家渡的老巢，丟了廿多匹馬，過河的人，只有原先的半數，有些嘍囉，把槍全給丟失了。最使蘇老虎難堪的是：他原以爲秦大隊不是什麼玩意，根本不堪一擊的，誰知轉眼之間，自己就栽在對方手裏，這口氣，實在很難吞嚥下去。

秋天是晴雨不定的季節，他們撤過南大河就遇上一陣大雷雨，他們在曠野上無處躲避，每個人都被淋成落湯雞，經過徹夜的劇戰，他們通宵沒闔眼也沒進飲食，個個又累又餓，又睏又濕，因爲搶著突圍，他們無法攜帶糧食，到了河南的荒野上，沒村沒店的，縱有通天的本事，一時也張羅不到吃的，蘇老虎和幾個當隊長的還在強忍著，底下的嘍囉可就怨聲載道了。

「這算是什麼嘛？過河卒也得要吃飽啊！咱們當年混世，也是爲塡飽肚皮呀！」有人說：「餓著肚皮還要賣命，不如散夥。」

「對，大家散夥，幹嘛拿命去抗中央?!」

王小毛聽說最先鼓譟著要散夥的，是他屬下的人，氣沖沖的拎著匣槍跑過去鎮壓，大罵誰領頭誰就該死，若是在平常，王小毛的氣燄高，也許真的就鎮壓下去了，這回鬥得兵敗，大夥在怨忿頭上，一聽王小毛不通人情的吼叫，氣朝上衝，有個傢伙說：

「你他娘才真該死呢！」說著就開槍把王小毛撂倒啦！眾人見闖了大禍，像驚鳥般的一哄而散，王小毛這個中隊，轉眼之間就散了板了。

蘇老虎一看事態嚴重，不得不強打精神，出面安慰其餘的人，對他們說：

「要說挨餓，我姓蘇的也跟大夥一道兒挨餓，咱們既是土匪，又是二鬼子，一散夥，每個人都成了過街老鼠，你們打算投靠誰去？……咱們朝前摸，先找些吃的，等到和莫頭兒會合之後，再行合計，大夥務必忍著點兒。」

他們沿著斜向東南的小叉河，朝前摸了三、四里，才找到一座草廟，廟裏有兩個和尚，一個是年老眼瞎的師父，一個是只有十二、三歲的小沙彌，蘇老虎領著的殘部還有一百多人，大夥硬擠塞在這小小的草廟裏，向老和尚討吃的，瞎老和尚說：

「施主，你找錯地方啦，這間廟，是個最窮最苦的廟，原有七畝另三分廟田，靠著小河崖上，這兩年鬧水澇，顆粒無收，佃戶欠租搬走了，我和小徒弟兩個，吃了今天沒有明天，外間灶房裏，還有一籃乾芋葉、兩把山芋乾，你們熬鍋熱湯驅驅寒罷。」

瞎老和尚沒打誑語，嘍囉們到處搜尋，也只有那些，用來煮了一大鍋熱湯，每人舀了半碗，喝了驅寒；有了一間避雨的屋頂，他們擰乾了身上的濕衣，擦拭了槍枝，擠在一堆發愁，領頭的蘇老虎更是鬱悶萬分。想當年大夥抬著丁紅鼻子混，人槍逾千，橫行各地，轉眼就像浪花水沫似的過去了，如今單落自己這一股，雖領了鬼子的番號，卻並沒得到鬼子任何的幫助，離開雲家渡，跑到外縣來，少不得要投靠陸小濱和莫大妮子，雖說過去在一起混過，人總是很現實的，日後怎樣混下去，恐怕要煞費周章啦！

在蘇老虎鬱悶難解的時刻，嚴道生指揮秦大隊的各個中隊，確實占領了雲家渡以及附近地區，由於大隊長病死陣前，嘔血成斗，他下令部屬停止追擊，為秦大隊長舉喪，一面著人向戴總指揮報捷，因為占領雲家渡、挖掉股匪的老根，是總指揮多年來的宿願，秦世修奮不顧身替他達成了，即使蘇老虎再想回來，怕沒有那麼容易啦。

戴總指揮接報後，帶領總指揮部的高級人員，親自趕來雲家渡，主持秦世修的葬禮，同時令調鄒龍接掌秦大隊，由錢風升任直屬中隊長。

鄒龍是在四天後趕到雲家渡的，他向戴總指揮建議，秦大隊可由錢風接掌，他仍願帶領直屬中隊，和城裏的鬼子偽軍周旋。

「這樣不是太委屈你了嗎？」總指揮說。

「絕不是職務高低的問題。」鄒龍據實報告說：「錢風早年在股匪群裏，人頭熟悉，很孚人望，有他來領秦大隊，陸小濱、莫大妮子，甚至蘇老虎的屬下，對他都沒有特別的排拒感，而我，是手刃仇家丁紅鼻子的人，他們有許多人恨我，此時此地，由我來接掌這個大隊，並不

適宜。」

「你完全信得過錢風？」

「當然完全信得過。」鄒龍說：「要不然，我就不會當著總指揮的面，亟力保荐他了。」

這正是鄒龍不同於常人的地方，寧願讓他的屬下分任正副大隊長，他仍然領著他的直屬中隊，並且把較強的槍械，轉送給錢風，鼓勵他擴充秦大隊的實力。

「日後四鄉的亂局，不在於鬼子掃蕩，那只是一時的。」他對錢風說：「世修生前跟我談過，土共的發展，最令人擔憂，目前謝大隊在東邊，你得做他的後援，不能讓那股勢力侵進來，把咱們這點抗日的老本給蝕掉。」

「我明白，」錢風說：「但這事幹起來難處多多，他們口口聲聲國共合作，一致抗日，沒錯啊，他們說：中國人不打中國人，也沒錯啊，在他們力量沒強過咱們之前，他們全是打躬作揖帶笑臉的，他們要是沒有明顯把柄，咱們既不能打又不能壓。」

「那得忍著點兒，」鄒龍說：「他們多行不義，早晚會留下把柄來的，和這類人打交道，吃虧是免不了的，只要不睜著眼上大當，已經夠啦。」

鄒龍估量得沒錯，當年冬天，混土共的人業已陸續出現在東南各鄉鎮了，他們有的帶槍，有的空著手，全都是平民裝束，謝克圖傳他們去問話，他們照去，要他們在當地覓保，他們也找到土紳作保，有的還自願投效謝大隊，請大隊長不要分彼此，要相信他們，人說：光棍不打笑臉人。謝克圖拿他們沒有什麼辦法。

原先到秦家新圩拜訪過秦世修的共幹鄭京衡，又以同鄉晚輩的身分，拜訪了戴總指揮和汪二爺，滿口客氣話，表示自己只是回家鄉看看，絕不做中央不願見的事。

「我既不搞兵運，又不搞民運，」他說：「我上次回來，業已跟鄒隊長當面說過了，諸位長輩該信得過我；再說，我手無寸鐵一個人，哪敢在長輩們的地盤上耍花樣？你們會斃掉我的。」

「也沒那麼嚴重，」戴總指揮說：「不過，你該明白，四鄉的人對你們的看法，你們單行獨溜，若有什麼危險，我可擔待不下；甭等到那時刻，又把黑帽子罩在我的頭上，說我戴某人坑害你們了。」

「總指揮，您放心，晚輩實在膽小怕事，就住在老鄒莊，您的眼皮底下好了。」鄭京衡說：「要是還出事，您想脫干係，也脫不了啦。」

鄭京衡果真搬來老鄒莊，住在總指揮部附近了，正如他所說的，他平時足不出戶，埋頭看書，黃昏時，偶爾出來蹓躂蹓躂，也都在總指揮部的警戒範圍之內，從不到遠處去，看來非常老實，戴總指揮聽到關於他的報告，心裏仍然不樂意，又著人把他請了來，告訴他說：

「京衡，我看你還是早點離開這兒罷，別人會以為我把你留在這兒，另有打算呢，四鄉的父老，對你們實在不敢恭維，我也不能因為包庇你，惹起眾怒呀。」

「總指揮，您既這麼吩咐，我只有照辦啦。」鄭京衡說：「我可不願意讓您為難，不過，看這種情形，國共合作也只是嘴上說說，中央在這兒的一個總指揮部，竟容不下我這樣一個手

無寸鐵的人，往後拿什麼合作呢？」

「不是我容不下你，」戴總指揮爲難的說：「我們能否合作，得要看雙方的誠意，你們在鹽阜地區的許多作爲，老百姓都看得很清楚，要不然，四鄉的父老也不會這樣恨你們了。」

「你就是走，我們還得派人送你出防區呢。」汪二爺說：「要是你一個走，半路上會有人用亂棍打死你，可見民衆恨你們的程度有多深，不信？你日後自會明白的。」

好不容易送走了一個鄭京衡，但仍有兩個回來的土共被民衆打死了，戴總指揮著人替他們買薄棺收葬，但對方的油印傳單上，卻直指戴聖公就是主使人。

「眞夠煩啦，」戴總指揮很憤慨的說：「我眞要辦他們，可以大明大白的幹，怎會唆使民衆，暗中對他們下手呢？人是在我的防區被人放倒的，他們栽誣我是主使，我就是跳進黃河也洗刷不清啦。」

在這個陰寒的冬季，戴總指揮陷進很深的愁煩裏，他和汪二爺、宋老爹幾個，常在深夜圍爐，談到外間的時局；他表示鬼子雖已把戰火推向內陸，但他們是明顯的敵人，並不十分可怕，但土共這種煽風點火的作爲，實在太可怕了。

「我這一生，最忌小人，」他說：「我在家鄉活過了大半輩子，平素爲人，鄉鄰都看得很清楚的，毀家紓難有了這點兒根基，對方卻跑來挖牆洞，四處造謠，這些人只懂得爭權奪利，他們會存心抗日嗎？」

「我看，得要在咱們防區訂下規約來，公告出去，」汪二爺想了許久才說：「責成各大隊約束鄉民，不准私下報復屠殺，同時也警告對方，不得穿越防區做非法活動，至於他們亂散傳單，攻訐栽誣，那只有由他去啦。」

「道理上雖是如此，但還是一味挨打啊。」宋老爹的鬍梢氣得抖動著：「總指揮處處相忍爲國，但對方可不是這樣想，他們會認爲你軟弱，你退一寸，他進一尺，長久這麼玩下去，鐵鑄的長牆，也有被推倒的時刻啊！」

「這我不是不明白，但如今情勢太複雜、太混亂了，」戴總指揮說：「按理講，我是這個地區的總指揮，指揮權貴在統一，在大敵當前的時刻，凡有不聽命的都可視爲叛逆，按戰時律例嚴辦。但土共另有系統，上頭只說是合作抗日，並沒授權我指揮他們，我是抱定決定吃小虧，寧可他不仁，不可我不義，他們若真的先用槍口對準咱們，到那時再講……除此之外，還有什麼辦法呢？」

「嗨，只怕到那時，他們羽翼已成，再說什麼都太晚啦。」宋老爹嘆說：「他們都像是魔星，正人君子遇上他們，虧是吃不完的。」

「聖老，我看還是召集各大隊長，和鄒龍隊長，一起來開會商議罷。」汪二爺說：「這總是關乎咱們生死存亡的一宗大事啊。」

油盞黯黯的跳動著，四野狼嚎般的風聲裏，夾雜著犬的驚吠，未來的日子橫在黑夜的那一邊，神秘、恐怖，彷彿充滿了殺機，究竟會有什麼樣的變化和發展，是誰也料不定的。

第十二章 困惑

時間，也正像曠野捲絞著的風濤，在昏沉的黑暗裏狂號著，人們穿經它，艱難的朝前攀進，感覺裏，天是越來越黑了；日軍重兵向內陸攻略，已占領許多重要的城鎮，真是千里烽煙，連綿不息，而城鎮的淪陷，並非是鄉野的淪陷，各地的游擊武力仍然在活躍著。艱難是不可避免的，像槍枝槍火的奇缺、糧食的奇缺，都帶給抗日人士極大的困擾，一粒槍火最高能賣到半斤豬肉的價錢，緊口槍幾乎是買不到的，一些俗稱淌子兒的老槍，槍口的螺旋形膛線全都磨損殆盡了，子彈出膛橫著走的玩意兒，仍然有人搶購，因為它總是槍枝，靠近了總能打得死人的。

廿八年的春天，日軍攻陷了蘇北的重鎮淮陰，省府的辦事處和各鄉野地區的連絡益形困難，很多支游擊隊伍都在孤絕的情況中獨立作戰，這時刻，在中央游擊區背後，共軍的勢力卻更形快速的發展起來，那年的冬天，他們從山東南下了兩個編制足額的團，民間稱他們叫老八團和老十團，他們竄伏到廣大的東海岸地區，和由南朝北發展的新四軍零星勢力結合，不斷的侵蝕著中央的地方部隊的人槍，不久，土共的灌口大隊、南六塘大隊、淮河大隊，都紛紛成立起來了，無論是槍枝人頭，和中央的游擊隊相比，都要超過許多。

「這算是什麼抗日呢？」戴總指揮憂悶的說：「專門躲在鄉角裏吃人吃槍，幫著鬼子吃中央，簡直邪門歪道到極點啦。」

「嘿，在這兒，他們只還是小吃呢。」總指揮部裏，從山東過來的一位客人說：「在河北，他們猛打張蔭梧，在山東魯村，他們把省府都給掀掉了，等鬼子一來，他們立刻退走，槍械糧食都已經落到手啦。」

「他們會有那麼大的邪勢麼？」宋老爹眼瞪瞪的說。

「嗯，」那位客人說：「早年他們在南方各省區，天翻地覆地鬧過一陣子，因爲隔得太遠，這兒的人全弄不清，他們如今的正式部隊，拿來對付四鄉小股游擊隊，當然綽綽有餘啦！日後他們氣燄更高的時刻，連中央的大部隊他們也敢照啃的。」

「看光景，他們不久就會挖根刨底動咱們的防區了，」汪二爺說：「若是存心找碴兒，不管怎樣退讓，摩擦還是免不了的。」

汪二爺原估計著，對方會先壓迫布置在東面的謝克圖大隊，但事實上，最先產生糾葛的卻是鄒龍那個中隊的防區，有兩個自稱是新四軍特遣人員的傢伙，騎騾子帶槍在各村活動，暗中另行委派保甲長，接受他們委派的，有的是目不識丁的莊稼漢，有的是地方的土混混，鄒龍接到密報之後，認爲在接敵地區布置雙重保甲，根本是破壞行政、擾亂地方，立即著人把那兩個抓到隊部來進行審問，他們自稱一個姓于，一個姓葛，全是呂司令的手下，布置保甲，方便連絡民眾，並非什麼大不了的事，何況大家立場相同，都站在抗日統一戰線上的。

「少跟我振振有詞說這些，」鄒龍說：「要不是上面要我亟力隱忍，我會立即把你們斃掉！抗日只是像你們這樣，光用嘴巴說的嗎？……你們交出布崑的名單，我沒收你們的槍枝，餵飽你們，請你們走路，這可是最客氣的了。但我得把難聽的話說在前頭，只此一次，下不爲例，你們若再教我抓著，絕沒有這麼便宜啦。」

那兩個當時挺乖順，交出布置名單，吃罷飯，騎牲口上路了，但走後不到兩天，從東北角竄來一撥子人槍，在鄒龍背後的村莊拉開陣勢，叫喊著要討回被沒收的兩枝短槍，這撥子人裏，約有一個排是穿褐黃軍裝的老八路，其餘有少數灰軍裝的，帶著便服民兵。這種劍拔弩張的情勢，鄒龍還是初次遇到過，心裏又氣憤又懊惱，對方先侵入自己的防區違法行事，自己只沒收他們的槍械，很客氣放人，沒想到對方竟然糾眾過來討槍，這絕不單是兩枝短槍的問題，而是自己領的這個中隊，能否繼續在這一帶立足的問題，要是把已沒收的槍械再還回去，那就等於承認對方可以在這兒另立保甲，推行政令，這可是他無權答應的。

「他奶奶的，硬逼上來了。」章富對他說：「隊長，我看，咱們開火算了！」

「不。」鄒龍認真的說：「爲兩枝短槍，雙方在鬼子眼皮底下開火廝殺，是我實在不願意見到的，但我絕不能在他們武裝要脅下還槍，我要親自對他們說個明白。」

「怎麼說明白呢？」章富說：「拿人頂他們槍口？」

鄒龍笑笑說：「正如你所說的，我過去跟他們答話。」

他真的騎著那匹由太田少佐那兒得來的棗紅白蹄東洋馬，單獨一個人離開陣地，馳到對方的陣前，舉起雙手喊話說：

「我是中央游擊部隊的鄒龍隊長，我要和你們的負責人講話。」

對面的圩堡上，原先被捕的那個姓于的出現了，他穿著灰色短襖，戴著翻毛的獵帽，鬍子多天沒刮，腮邊全是青扎扎的鬍碴子。

「鄒隊長，咱們很快又會面啦。」他說：「我于舉就是負責人，這回過來，專程向你問候，順便是來討槍的，你沒道理沒收我和葛同志的槍械罷？大夥都在抗日戰線上，先引起糾紛可是不太好啊。」

「槍既然沒收了，我會備文，連同槍械一起呈繳給總指揮部的。」鄒龍說：「你們要討槍，可以到總指揮部去辦交洽，是不是發還，由戴總指揮決定，我這個小小的隊長，是無權當家做主的。」

「隊長你真會說話啊。」于舉說：「有權沒收，無權發還，這根本是一種遁詞，我們認爲，這兒既是中國人的地方，抗日武裝就可以活動，你就是有意見，大家也好擺明了談，你完全用以上壓下的態度對待我們，拘人繳械，這是很不公平的。」

「防區如果重疊，誰號令誰呢？」鄒龍說：「這裏原是戴總指揮受命統轄的地區，非經他的允准，是不能任意侵入的。」

「有話好講，總能講得通啊，」那個于舉說：「我們的上級，也正要去拜訪戴總指揮，商談防區重新劃定的事呢，咱們既有了隊伍，總得要占塊地盤，你總不能硬趕咱們投河下海

啊。」

「我們願意交涉，一天不發還槍枝，我們就等一天，」姓葛的也出面幫腔說：「我們是很有耐力的。」

「我也會把情形稟告總指揮的。」鄒龍旋馬退回去，雙方總算沒有當場開槍。

自從秦大隊調防雲家渡之後，縣城東北地區，就只有鄒龍所率領的這個直屬中隊，實際上他只有兩個排，全部不足八十人槍，其中還有十來個弟兄不斷進出縣城，若用武力阻拒共軍的進入，根本是辦不到的事，弄得不好，對方很可能先動手硬吃，傳聞裏，在河北山東，這類事發生過太多次了。

爲了防範對方翻臉突擊，他把隊伍全都集中到秦家新圩，這裏有新的防禦工事，深壕高壘，四周有複雜的地形，可以扼要設防。此外，他已經詳細備文，把這番和共軍產生摩擦的經過寫得一清二楚，著得力的人手，飛馬傳報戴總指揮，儘管情勢極爲緊張危險，他也不能率部暫行撤退，向共軍示弱，這等於自行放棄接敵的地區，自求苟全，這就算砍掉他的腦袋，他也不能這麼幹的。

天到三月了，寒意仍然沒退，而且陰晴不定，他在秦家新圩不分日夜的戒備著，他和章富計算過，他直屬中隊裏最得力的幹部，錢風和嚴道接掌秦大隊去了，機警過人的張逢時被鬼子殺了，較新的槍械，又轉移給秦大隊十多支，就實力而言，至少減弱了一半，但這些弟兄，都經過自己特別挑選，也都和鬼子打過硬仗，可說人人有膽、能拚能熬，兩個新任的分隊長曾士雄和趙保仁也都非常幹練，使他放心不少，他估計只要小心防範，不被共軍偷襲，憑老共那種雜牌，想來硬吃也是占不著便宜的。

「隊長分析得不錯，他們目前還不至於硬打，」章富說：「那樣會給總指揮一個藉口，可以明白的阻拒他們在當地活動，過早撕破臉，對他們未必有利。」

「咱們穩著陣勢，等著瞧好了。」鄒龍說：「他們即使不來硬攻，但其他的花樣還是會要出來的。」

這話說了還不到兩天，秦世修昔年那個同塾的共幹鄭京衡，又冒雨到圩裏來訪鄒龍來了。

「你怎麼又來了呢？京衡兄，」鄒龍皺起眉頭說：「三番五次的，你不嫌煩我還嫌煩呢，每回保護你進出，累不累人啦？」

「不是的，我是聽說您這邊和老八團的幹部有點小摩擦，我是出頭拉彎兒，想做魯仲連的，嗨，這年頭，想做好中間人也真難啦。」鄭京衡很熱切的說：「我是極不願雙方爲一點小事撕破臉的，朝後的日子還長著，大夥總還要見面的，不是嗎？」

「真要拉彎兒，你該去找戴總指揮。」鄒龍說。

「不，我寧願先找你，」鄭京衡說：「人說：解鈴還需繫鈴人。事兒由這邊起的，我把你們雙方撮合在一道，彼此把話給談開了，總指揮那邊，話就比較好講啦。」

早就聽人說過，絕不能跟老共談判，越談吃虧越大，但在某種特殊的情況下，鄒龍也另有一番打算；他想過，自己如果一口回絕鄭京衡，對方必然會展開圍襲，自己這幾十人槍犧牲事小，東北角地區也跟著落進共軍手裏了，他寧可個人去冒大險，在會談桌上看他們的動靜，再決定靈活肆應的方法，如果對方先對自己不利，憑自己的槍法和身手，也可全力和他們一搏，要是把對方領頭的給放倒，其餘的人就無足畏了。

「嗯，」他故作沉吟說：「其實也沒有什麼好談的，我沒收的那兩枝短槍，業已解繳到總指揮部去了，我堅持對方成立的保甲要全部撤銷，對方的人槍要退出唐灣、秦家新圩、汪家松林這一帶地區，他們肯照辦嗎？」

「老實說，這太苛刻了！」鄭京衡說：「換是任何旁的人，他們絕不會答應，這等於完全向你們投降嘛，但對鄒龍來說，他們也可能讓步，四鄉沸沸揚揚的傳說，都把你看成膽大心細的抗日英雄，他們是不願輕易開罪你的，占點便宜卻失去民心，他們不幹啊。」

「你能把我的話傳到就行了。」鄒龍說。

「話呢，我當然是照傳，但我本人卻沒有那麼重的分量。」鄭京衡說：「咱們不妨約妥時間、地點，由我作陪，彼此見面談談，人說：見面三分情。只要見面就好談了。」

嘿，花樣來了，鄒龍心裏想，但表面上仍不動聲色，帶著若無其事的味道說：

「你的意思是咱們要碰面？」

「是啊，總得碰碰面，彎兒才扯得直嘛。」

「是要他們過來呢，還是要我過去呢？」鄒龍說：「彼此有了芥蒂在先，雙方誰也未必信得過誰，不是嗎？」

「這倒是真的。」鄭京衡摸打著腦殼：「這樣罷，新圩東邊，桑樹林子旁邊，有棟空著的村舍，正位在雙方的中界點上，明兒晚上，咱們就在那兒見面，除我這中間人之外，雙方只准一個人代表進屋，各方所帶的衛士，都限一個班，他們各自停留在半里外事先劃妥的界線上，不得任意越線，免得靠近了又起衝突，你覺得如何？」

「好罷，」鄒龍說：「就照你說的辦，明晚上，天黑之後，我準到。」

「那我就先告辭，過去打點去了。」鄭京衡說：「我得準備燈火，弄些酒菜，人說：酒越喝越厚。三杯下肚，交情就厚得多啦。」

鄭京衡走後，章富過來擔心的說：「隊長，老共的話，你當真信得過？我看這其中必定有詐，至少他們業已是二對一，姓鄭的原跟他們是一夥兒的呀。」

「我知道。」鄒龍說：「我已經打定主意，龍潭虎穴，我也要闖它一闖，他們要出任何花樣，咱們都領著，這樣，總指揮那邊的壓力就減輕了。」

那天的天氣很好，傍晚時刻，大群的烏鴉落在圩垛上嘈叫不歇，章富也許是過度緊張，竟覺得烏鴉嘈叫不吉利，著人揮動長竿驅打。

「不必怨怪那些鳥蟲啦。」鄒龍說。

他顯得十分鎮定，仔細檢查他那柄隨身的三膛匣槍，把它擦拭一番，再壓上一匣槍火，另外，他選了一枝較新的四壁捷克式步槍，笑著說：

「我得多帶一根大槍，也許會用得著它。」

「隊長，我率領一個班，到附近去接應你，萬一有什麼變動，就近支援得上。」

「多謝你，章富。」鄒龍說：「對方花樣多，咱們小心點總是沒錯的，但咱們抱定對方不先犯我，我絕不先去犯人，咱們個人雖微不足道，外面講起來，總是中央的人，咱們不能替中央丟人啊。」

桑林邊的那座廢宅子，主人姓羊，由於只有那麼一戶人家，外間都管它叫羊家孤莊，抗戰烽火一起，羊家逃避到外地去，兩進院的宅子就空廢著了，鄭京衡說得沒錯，這羊家孤莊距離共軍盤據的鄰莊三里多地，距離秦家新圩也是差不多的里程。

天黑之後，鄒龍帶領章富和一個班的人，到達桑林背後的指定地點，他招呼章富率人在原地等待，他要一個人單獨去赴會。

三月上旬，該是上弦月升起的時刻，但天呈異象，起了濃濃的晚霧，連鄒龍也覺得這片晚霧的光景確很怪異，和尋常大不相同；這場霧，泛出一種淒慘的紅色，鄉野人們把它稱做血霧，它是主兵凶的兆示，章富看著這種光景，不禁拉住鄒龍說：

「隊長，瞧這場紅毒的血霧，透著不祥，你這一去，可要分外當心呵。」

「放心罷，」鄒龍說：「像你我這等人，還不夠資格上應大象呢，當然，我仍會當心的。」說著，他就大踏步的走進霧裏去了。

他走到那棟宅院前面，大聲叫喚著鄭京衡的名字，手拎油紙燈籠過來替他開門的，正是鄭京衡，他打著哈哈說：

「看來鄒隊長真是名不虛傳，真有膽識，果真一個人先到了，來來，請後屋裏坐罷，酒菜，我都先替你們準備妥當了。」

兩人走進後屋，明間裏點著兩座油盞，方桌上果真擺上了酒菜，都還是熱騰騰的。

「這都是鄭兄自己張羅的嗎？」鄒龍坐下來，把步槍順到一邊肩膀上，舉目四顧著。

「哪裏，」鄭京衡笑說：「我帶了兩個傳令員，老徐和老張，全是他們準備的。」

「對方由誰代表？」鄒龍說：「是那個于舉嗎？」

「不錯，正是他。」鄭京衡說：「他是老八團的營指戰員，兼任這一區的行政工作，算是咱們資深的幹部同志，也只有你，捉他的人，沒收他的槍。」

「嗨，看來我的漏子鬧大了，」鄒龍說：「在這種偏荒的小地方，一個營級幹部，是當地的首腦人物呀。」

「在這兒，你可也是中央的首腦人物呀，」鄭京衡打著哈哈說：「你們平起平坐，談起話來，分量相等，這才有意思，要不然，我幹嘛兩頭奔跑，來做這個魯仲連呢？……這是吃力不討好的差事呀。」

兩人正說著，外頭有人大聲叫喚，鄭京衡說：

「對不住，可能是于舉同志來了，我得拎燈籠接他進屋來，咱們三朝對面，不妨長話短說，先把彎子扯直，然後喝酒談心，國共既講合作，咱們就不能讓它流於空話；鄒兄，請多包涵啦。」

鄭京衡拎著燈籠出去，把于舉接進了屋，于舉穿了一身灰布的襖褲，但空著兩手，根本沒有帶槍，他進屋之後，笑著和鄒龍打了招呼說：

「鄒隊長，這可不是鴻門會，你帶著步槍，不嫌重嗎？我平常赴會，也總帶短槍的，但我那枝短槍，偏又教你給沒收去了，日後我抗日，得要先練空手奪白刃啦。」

「這個年頭，小心一點總沒錯的，」鄒龍也笑笑說：「貴軍早年吃械彈、併游雜的紀錄太多了，我不能不有點戒心。」

「兩位對面坐，我打橫。」鄭京衡說：「咱們吃著，一面慢慢的談，天底下，沒有什麼樣的彎兒拉不直的，何況僅是一點小小的誤會，大不了是一、兩枝短槍的事，犯不著撕破臉皮的。」

「不會啦，」于舉說：「鄒隊長很爽氣，又極明白事理，要不然，我也不敢到這兒來了。」

「統一戰線既是上面的政策，我們理當奉行。」鄒龍說：「不過，中國只有一個最高的政府，地方政令貴在統一，如果疊床架屋，各行其是，一旦產生摩擦，豈不是抵銷了抗戰的力量？」

「不錯，按理是這樣，」于舉說：「咱們也都是魯南、蘇北的人，在地方上也求生根和發展，若照鄒隊長的說法，在這兒，咱們除了聽命於你們的總指揮，就連站腳的餘地全沒有了，是國吃共，不能算合作呀。」

「我倒沒有這個意思，」鄒龍說：「但是立保甲，一定會造成很大的糾紛，這是很明顯的，沒有總指揮的允許，我無權答應這樣的事。」

「好啦，兩位，咱們先喝酒吃菜。」鄭京衡說：「有話消停的談，有的是時間嘛。」

「來來，我先敬鄒隊長一盅，」于舉舉起杯來說：「我這裏先乾爲敬。」說完話，他當真仰脖子乾了一大杯。

鄒龍也跟著端起杯來，仰頸浮白；也就在他仰頸的這一霎間，耳邊聽到一聲悶悶的槍響，那是一種俗名七道渠的小型手槍，緊接著，他自覺肚腹一麻，立即明白他是中了對方的暗算了。笑容仍然浮在他臉上，他向于舉說：

「乖隆冬，你是上下都敬啊？」

他用腳蹬地，反手把步槍掄出一個圓弧，喀嚓一聲，槍托正砸在于舉的腦門上，血光迸現，于舉的頭腦殼開花，上身已伏在桌沿兒上了。

鄒龍從中槍到反擊，前後只是電光石火的工夫，坐在一邊的鄭京衡被嚇呆了，他還想打腰眼拔出匣槍，鄒龍已經掉轉槍口逼住了他。

「不准動。」鄒龍說：「我可沒想到，秦世修會有你這樣的朋友！」

「饒命，鄒兄。」鄭京衡結結巴巴的說：「我真冤透啦，沒想到他會玩這招啊。」

「廢話少說，」鄒龍說：「你走在前面，咱們出去，再有任何花樣，我就壓扳機。」

「是是，我……照辦。」

鄒龍用大槍抵住鄭京衡的脊背，押著他走出後屋，紅霧彷彿淡了些，天角上有著朦朧的月牙兒；鄭京衡一出門，就大聲嚷叫說：

「別亂動啊，我親送鄒隊長回去啦！」

朦朧的月色中，大院子兩邊閃出四條黑影，全都是端著步槍的，可見他們早有準備，一心想乘機把鄒龍這根眼中釘拔掉，但他們絕沒想到，先中了黑槍的鄒龍，居然還能押著鄭京衡出來，使他們一時不敢開槍。

鄒龍腹部中彈，整個身子自覺有些虛弱暈眩，但他全憑一股氣硬挺住了，他押著鄭京衡走過二道院子，鄭京衡仍一路叫喊著：「別開槍，我是鄭京衡，送鄒隊長回去的啊。」

這樣走到大門外，兩邊至少有十多條槍釘住他，因爲鄭京衡受制，沒人敢開槍，有一度，鄒龍已腳步蹣跚，自感熱熱黏黏的鮮血已經把褲腰全浸濕了，暈眩幾使他難以自持，但他吸口氣，咬一咬牙，以超常的耐力撐持不倒，出了大門向左拐，走不遠，他終於仆倒了，鄭京衡趁這個空隙，狂奔出去五、六步，鄒龍及時壓下扳機，鄭京衡的身子猛地朝上一彈，也摔倒在地，當共軍搶過去扶鄭京衡的同時，一排槍打倒了四、五個共軍，及時趕來接應的章富，也接應了受傷的鄒龍。

雙方在怪異的紅色霧雰中槍戰移時，章富先護著鄒龍撤退了。鄒龍的槍傷，在肚腹偏左的地方，肚腸已拖出一小截來，子彈仍留在肚子裏面，按常理，這是不可思議的，因爲人體任何部份，只要傷口深入體內三寸，這個人必會當場不支仆倒，鄒龍本身確具超乎常人的耐力，受傷後，仍能強行支持一袋煙的工夫，這簡直是百不一見的。

當天夜晚，章富把鄒龍背回秦家新圩，共軍竟然沒有進襲，過後才從民間傳言中得知，共幹于舉腦袋被鄒龍的槍托擊裂，當時斃命，共幹鄭京衡後心中彈，只多活了七個時辰，也跟著一命嗚呼了，而鄒龍經過拖腸大戰，居然留得性命，由章富以擔架抬他回老鄒莊，延醫診治，把腹部的子彈取了出來。

共軍印傳單，把戴聖公和鄒龍咒罵得體無完膚，硬指鄒龍蓄意設計圈套，謀殺重要的人民幹部，侵吞人民幹部的槍枝，這當口，鄒龍躺在病榻上，全由二絡頭的兩個女兒——巧姐和素姐照料著，他根本不能起床，更甭談爲文辨正這些謊言了。

鄒龍離開秦家新圩之後，共軍以優勢的兵力，前後三犯章富據守的防地，由於槍火不足，形勢也很孤絕，章富只好逐步南撤，屯在六塘河的北岸，改採守勢，這當口，據守在縣境東面的謝大隊，也受到共軍的壓力，對方不斷用鄒龍引發的羊家孤莊事件作爲藉口，對戴總指揮所屬的部隊頻施暗襲，也正因這樣，鄒龍的名頭在鄉野上更加響亮起來，他近乎神奇的故事，在各處被人們傳講著，他肚腹中槍，腸子拖出一小截來，居然不倒地，還能用槍托砸爛打他黑槍的于舉的腦袋，同時押著鄭京衡出來，闖過共軍埋伏人員的攔截，史在走出羊

家孤莊不支倒地的一刹那，舉槍擊中意欲逃遁的鄭京衡，這些事，換是一般人是根本辦不到的。

當然，也有些不明真相的，聽了老共的宣傳，認爲鄒龍年輕氣盛，不該掉轉槍口來打中國人，替四鄉惹來更多的麻煩，看樣子，戴總指揮若不嚴辦他，這種摩擦還會擴大。

事實上，戴總指揮已經明瞭事實真相，他嚴責鄒龍不該和對方舉行什麼談判，這雖使對方死了兩個幹部，卻讓他們找到宣傳的藉口，用來掩護他們報復性的攻擊，而這種摩擦究竟該怎麼處理，他也難以做主，必得要和遠處淮東地區的省府連絡，但連絡的困難，遠超過想像。

當時日軍占領徐州，續占兩淮地區，把中央留在敵後的主要武力逼在淮東地區，包括東台、如皋、興化、泰州那些縣分，準備大舉圍殲。國軍正式武裝，爲八十九軍的卅三師、一一七師，加上獨立第七旅，另有江蘇十個保安團擴編的十個保安旅，在戰力上也有很大的參差，這些部隊集中以後，準備全力抗擊日軍，留在北部各縣零星的地方游擊隊，實力就更微不足道了。

而共軍的第十八集團軍，和江南地區的新四軍遙相呼應，他們以分兵入蘇，占領廣大的東海岸地區爲首要目標，逐漸向灌沭、淮海地區拓展勢力，就雙方實力評估，他們至少有一師兩團的正規部隊，十五個以上的民軍大隊，而且兵力還在不斷的增加，戴總指揮明白當時實際的狀況，心裏的憂煩是可以想見的。

「這樣下去，真不是辦法啊。」他對汪二爺和宋老爹嘆說：「中央集中兵力抵住第一線，共軍卻在背後拚命的發展，鬼子以防共為名，但他們卻以主力專對中央，等中央部隊被打垮之後，再用偽軍去剿共，他們蓄意要用中國人消滅中國人，咱們的前途實在黯淡啦。」

「路程太遠了，咱們又不能擅離防區，」汪二爺說：「依我的性子，恨不能立時精編成一個團，拉到淮東地區向省府報到，支援八十九軍，打光算了。」

「也犯不著那麼激動，」宋老爹沉穩的說：「咱們面對盤據縣城的鬼子，仗已經打不完了，做烈士到處可做，何必一定要去八十九軍軍部所在地的黃橋？老共若想挖咱們的根，他們先放馬過來，咱們領著好了。」

「我是待罪之身，本不該說話的。」負傷未癒的鄒龍說：「但我覺得，中日的戰爭早晚會結束的，但國共的內部戰爭，會打個沒完沒了，說來太可怕了，咱們目前不是被對方擠逼得不能動彈嗎？」

「這真是一場噩夢，」戴總指揮說：「你瞧這一大疊文件，全是共軍假各地民眾的名義，寫來告你的，他們口口聲聲指你為羊家孤莊事件的罪魁禍首，要求我嚴辦。嗨，其實，你先挨了黑槍，他們反而倒打一耙，真可說無恥之尤。」

「無論怎麼說，咱們這點抗日的本錢，絕不能教他們端掉。」汪二爺說：「宋老爹善用筆墨，咱們也把事實真相抖露出來，印成文告四處散發，讓民眾知道，誰是好漢，誰是賴漢……」

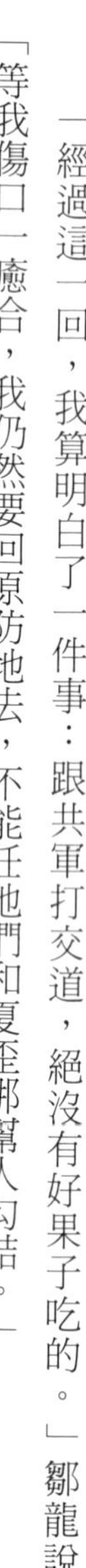

「經過這一回，我算明白了一件事：跟共軍打交道，絕沒有好果子吃的。」鄒龍說：「等我傷口一癒合，我仍然要回原防地去，不能任他們和夏歪那幫人勾結。」

也許由於鄒龍所得的經驗罷，東邊的謝克圖大隊就劃下了防區界限，他招募民伕挑出新的壕溝，嚴禁共軍入界，明白的昭告對方，越界就打，絕不客氣。至於錢風所領的秦大隊，一時還沒有新的情況發生。

鄒龍傷勢初癒，就和總指揮攤開地圖，不斷研究著新的情況發展。他指出，共軍在全國的形勢看來，實力是極爲有限的，但國軍大部隊全用在抗日戰場上，他們卻躲在國軍的背後，盡力發展，以江蘇省來說，江南陷敵，徐淮等北部重鎮也已陷敵，運河一線，都已在敵軍掌握之中，鬼子很明顯的要把國軍的武裝，困在淮東地區，利用最有利的時機，發動最後的殲滅性的攻擊，使他們完全解除後顧之憂，至於攻擊的時間選定，得要看日軍在內陸作戰情勢，不敢先期預測。

共軍逐步滲入省境東部，南起南通，北至連雲，他們多是占據荒遼的東海岸、荒曠無人的地區，或是偏遠農村，像影子似的貼著國軍，不斷發展著，除了國軍集中地的淮東區，他們在其他地區，都已逐漸形成局部的兵力優勢，這是一種確然的事實。

「聽說老八團、老十團，每個班都配有俄製的短柄衝鋒槍，七九大盤式寒帶專用機關槍，部隊裏還有多匹馱載用的口外駱駝，」鄒龍說：「他們的裝備，是咱們地方游擊隊不能相比的。」

「我早已想透了。」戴總指揮長嘆說：「人生不過是數十寒暑，咱們還不致笨到想留命活千年。以共軍的心性，能吃的早吃，咱們這些在他們認爲是零股的部隊，他們迫不及待的要先吃掉，咱們要真遇上那麼一天，只有拚命一搏，冀求保全了。」

四月裏，鄒龍回到隊上，和章富合計回到原防區的事，章富說：

「如今對方用盡惡毒的謠言糟蹋咱們不說，他們在那一帶駐紮了兩個民兵大隊，外加老十團的一個連，咱們這兩排人，只要朝北一拉動，雙方就會打起來，這對總指揮的處境大有關係啊。」

「他們指明要捉你，」趙保仁說：「還說要活剝你的皮呢。」

「我的皮只有那麼一層，有本事，他們就來剝好了！」鄒龍說：

「直屬中隊暫交章富替我帶領，我要精選幾個人深入共區，甚至進入縣城，咱們要是縮在這裏不動，怎麼抗日呢？」

「這樣不是太冒險了嗎？」章富說。

「沒有你想像的那麼冒險，」鄒龍說：「北邊那些村莊，住戶的心向著誰，你是明白的，秦大隊的人全是那兒的人，有根有蒂，他們自會掩護咱們啦。」

鄒龍精挑出四個幹練的人，是傳令小徐、秦家新圩出生的楊蔭人，小張莊的張宜川，和膽大心細的范傑，他們牽著健騾，打扮成馱販的樣子，他們都帶著匣槍和小攮子，利用大白

天，一路朝北走。

他們原先退出的地方，其實並不能算是共區，而是三不管的真空地帶，由於挨著鬼子太近，老十團退走了，民兵大隊也跟著後移了，只留下一些搭在樹枒上的瞭望哨，像空著的鳥巢，另在道路交叉的地方，有少數淺淺挖成的散兵掩體，連放哨的民兵也沒見著一個。

「章副隊長是小心過頭了。」鄒龍說：「情形既是這樣，直屬中隊仍該拉回來的，咱們是當地的老百姓，又不是中央正規軍，對共軍沒有那麼多的顧忌。」

「咱們隊伍一拉過來，他們一定眼紅，雙方不是又要接火嗎？」小徐說。

「我看接火也是早晚的事，」鄒龍說：「咱們沒有必要躲著避著他們。」

這話說了還沒到兩天，共軍就已在境東集結兵力，對謝克圖大隊發動了猛烈的夜襲，指揮這次夜襲的是一個女政委，諢號丁大姑娘，他們拉出兩個大隊，另外借調老十團的一個排，攻擊時吹的不再是牛角，而是響嘟嘟的兩支洋號。

謝克圖是個剛猛的硬漢子，明知守備的兵力薄弱，卻不肯朝後退讓一寸，進攻的共軍大隊，在沙壤上先挖之字形的地道，逐步朝前逼近，他們準備有門板，門板上面覆著多層濕了水的棉被，用來作爲防彈的盾牌，甭看這種土玩意兒，實戰時挺管用的，一般較遠距離發射的子彈，根本打不透它。

瞧著這種情況，謝克圖下令，對方不翻越橫壕直攻上來，一律不准開槍，他把他的衛士排推上去，短槍、單刀、手榴彈，準備在對方攻撲到近處時，強力壓制。

謝克圖大隊主力據守的姚家官莊，是一座整齊的老寨子，圩牆高聳厚實，謝大隊又加築了許多磚堡，這對沒有重武器的共軍民兵來說，想仰攻這座堅寨，實在是宗難事，他們一夜之間，連接吹了四番衝鋒號，雙方槍打得像炸豆似的，許多屍體懸掛在鹿砦上，還有許多跌落在陣前的壕溝裏，一直到天色微亮，他們並沒有衝破謝大隊的陣地，暫時退後整頓去了。

二天傍晚，丁大姑娘作陣前喊話，硬指她是代表八路軍，前來招安土匪的，並且直指戴老哈、羅駝子叔侄、朱大耳朵的嘍囉，只要丟槍出降，絕對給與寬大待遇。

「以老十團的實力，拔你們的寨子，易如反掌。」她說：「再不納降，保命的機會就沒啦。」

「甭聽她虛聲恫嚇，」謝克圖說：「咱們只要再撐過這一夜，援兵必到。」

對方倒不是虛聲恫嚇，這回擔任攻擊的確是老十團的部隊，七九大盤機槍聲音特別響，連發的斜柄俄造衝鋒槍威力驚人，這支共軍正規部隊的攻擊準備得很充分，繩索、雲梯、翻越橫溝的長木跳板，他們有些持衝鋒槍的攻擊手，還持有一支長竹竿，在翻越橫壕時，以竹竿插在壕心，飛身一躍就越過了。在東正面有兩座磚堡，被他們用手榴彈塞進去，在碉內起了爆炸，奪門逃出來的弟兄，全被他們的衝鋒槍掃倒，不出一個時辰，他們先頭的一隊，就已經衝到姚家官莊裏面來了。

謝克圖也不含糊，他的衛士排異常剽悍，手榴彈擲得又遠又準，貼身肉搏時，威猛如虎，一陣砍殺之後，總算把缺口堵住，使形勢暫沒再惡化。

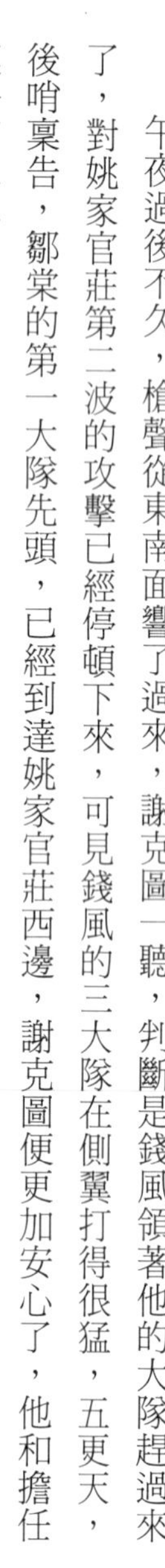

午夜過後不久，槍聲從東南面響了過來，謝克圖一聽，判斷是錢風領著他的大隊趕過來了，對姚家官莊第二波的攻擊已經停頓下來，可見錢風的三大隊在側翼打得很猛，五更天，後哨稟告，鄒棠的第一大隊先頭，已經到達姚家官莊西邊，謝克圖便更加安心了，他和擔任連絡的人見面，約好天一亮，就全面出動反撲，全力打好這一仗。

「我不信咱們打不垮老十團，」他說：「咱們要把它打成驚窩的兔子。」

不過，還沒等到天色大亮，槍聲就沉寂了，共軍看出對方的援軍紛至，再打下去占不著便宜，便響號後撤，全都退走了。

共軍攻打姚家官莊，倒使戴總指揮覺得朝後再沒什麼好爲難的了，雙方既已正式撕破臉，見面就打倒也好辦，吃人吃槍，總不能讓他們白吃了去。

當鄉下地區國共對火，打得很激烈的時刻，鬼子駐屯軍太田大隊可就顯得輕鬆了，他責令田伯滿安排各小學盡早普遍復課，保證除增加一節日語教學的課程外，日軍不會干涉學堂的教務，他個人的生活也訂出新的作息表來，大體是清晨五至六點，他馳馬巡城，上回他心愛的棗紅白蹄東洋馬在戰場上失落，他只能另換匹深褐色白鼻心的戰馬，馬型雖和前一匹差不多，但騎乘起來，總覺得有些差池；六點一刻升旗朝會之後，他回到大隊部去練習書道，偶爾寫些中國詩詞之類的小條幅，常被漢奸當成墨寶，刻意求了去裝裱懸掛，其實，他那劍拔弩張的字刻意雕琢，根本不入流，商會的李會長就說過：

「這不是字，是平安符啊。有了這玩意，鬼子下面的人，知道你和太田有交情，不敢亂找麻煩啦。」

而太田並無自知之明，總覺他隨意塗上幾筆，支那士紳便爭著向他索討，在支那士紳眼裏，他一定夠資格稱爲書法家，越寫也就越自我陶醉了。李會長猜透他的心理，便召聚六、七個能寫毛筆的文丑型人物，組織縣城裏的書法研究會，敦請太田蒞會，給他一個榮譽會長，並請他發表一場演講，題名爲「帝國書道傳統」。

太田在下午總要戴上面罩，練習東洋劍一小時，每當練劍時，他就覺得受過傷的肩胛仍隱隱作痛，使他揮劍時的靈活性減弱，力道也差了很多，崗本向他報告城外的情況後，他對游擊隊的怨恨消減了一些，因爲共軍正在攻擊他們。

「讓一群毛猴子打另一群毛猴子，大大的有好的呢。」他說：「皇軍按兵不動，讓他們自己拚個痛快。」

太田在意識裏很討厭支那人，瞧不起支那人，但在生活上卻離不開支那人，拿寫字來說，日軍官佐從來沒有真心誇讚過他，只有田伯滿他們，誇他筆力萬鈞，不遜中國古代的米柳顏蘇。因此，太田在晚上總愛到田公館飲茶，聽幾段平劇清唱什麼的，這使他逐漸覺出，支那人很會享受生活，他們把烹茶的技術叫成茶藝，不像日本慣用茶道、花道的名詞，把原本活潑的東西弄得很呆板。

這撮在政治上被民眾稱爲沒骨頭的漢奸，眾星捧月似的把他呵捧著，但就連這些做漢奸

的傢伙，生活上表現出的中國氣味，也已經使他對中國的生活情致著迷，有些希望早點兒罷戰休兵了。

那個叫鄒龍的毛猴子退走後，縣城外顯得很安靜，蔡老晃的僞軍可以經常出城，連余小貓子的黑狗隊也敢出城辦事了，太田爲這事感到十分高興，特意請田伯滿、夏歪、蔡老晃、余小貓子他們到麗香園子吃了一場花酒，即席頒給他們獎狀呢。

也許出自田伯滿的事先授意罷，麗香園子的姑娘們猛貼著太田灌米湯，說他長相儒雅又英挺，極像中國古代的聖賢豪傑，麗香園主曹麗娘還贈送一樣禮物給太田，那是一領中國的長衫，她說這是比著太田身材由她親手縫製成的，保證太田穿起來變成可愛的中國人。

「太好，真謝謝妳。」太田樂不可支的說。

很明顯的，太田在精神上有逐漸軟化的味道，這倒不是由於田伯滿和曹麗娘對他的奉承，而是和廣大戰場上烽火彌天的戰爭相比，他縮在縣城裏過安適的日子，實在太好了。騎騎馬、寫寫字、練練劍、吃吃酒、聽聽戲，是何等愜意啊！他明明知道這種日子絕不會很長遠，但他寧願不朝遠處想，一心享受高高在上的駐屯軍首長的樂趣。

要使他這種日子過得長些，讓支那人去打支那人，不失是個很好的辦法，他明白的對岡本大尉他們指示：只要他們不打到城門口來，日軍對於他們大可採取觀望的態度；讓他自行消耗實力，對帝國是絕對有利的。

「上面已經有新的指示來，」他說：「在短期之內，可能有新的、親日的和平政府誕生，那時候，可能重建和平軍，替日軍看守後方，這些零股毛猴子，就由他們去處理了。」

「那是最好的，」岡本說：「以華制華，是軍部最高明的設計呢。」

第十三章 四面受敵

時局仍然是陰霾的，但人們並沒有絕望過，鄒龍就是個例子，兩年多槍不離身的日子，把他鍛鍊得更膽大心細，他把直屬中隊化整爲零，潛回他原先的活動地區，等於完全處於共軍的勢力範圍之內，有時他一夜要換駐好幾個地方，防著共軍出奇不意的掩襲，在這樣緊張的情形之下，他還能經常出入縣城，有曹麗娘在暗中取得連絡，也透過張布在城裏的耳線、眼線，不斷搜集遠近的各種消息。

當時處在敵後的青壯，想抗日，有三條正路可走，一是冒險通過京浦鐵路的日軍封鎖線，逃到路西去，那邊有若干國軍的基地，歡迎有志抗日的青年前往投效；一是南下淮東，因爲省府退據興化、泰州那一帶，利用湖沼、叉河等天然複雜的地形，仍在敵後奮力推行著省政，國軍第八十九軍，也仍保持著兩師一旅以上的兵力，和日軍持續的周旋，而省府原屬的十個保安團，應時局的特殊需要，擴編爲十個保安旅，缺員亟待補充，只要有抗日的人槍前往參與戰列，各部隊都會收容；一是蹲在家根不動，參加零股游擊隊，做一些困敵擾敵的工作。

由於共軍更番擾襲，戴總指揮和鄰縣的地方武力連繫過，大夥兒都有意把本部人槍拉到淮東地區去，增加省府的基本實力，找機會和日軍大幹一場，問題是路途遙遠，轉進十分困難，遇上沿途的鬼子和共軍夾擊，一定會有慘重的損失，再說，地方部隊完全抽走，北方各縣等於是拱手讓給共軍去發展，這也並不是好辦法。

「這真是個很大的難局，」汪二爺說：「老共有他們的花言巧語，在荒鄉僻角越滾越大。咱們在困中央集中兵力去打鬼子，留下縣級以下的一點人槍在各地苦撐，能撐多久也不知道。咱們在困鬼子，八路又在背後困咱們，俗話說：淺塘經不得大旱。咱們情勢確算孤絕呀。」

「與其窩在荒鄉一角被耗光，倒不如拉往淮東，和鬼子拚個明白，」鄒棠說：「這世上，哪塊黃土不埋人，咱們既決意為抗日拚命，就不必再戀鄉戀土，守著這一方小格局了。」

促使戴總指揮離境，是在廿九年初夏，共軍對姚家官莊施行第三次大圍襲，他們集中了三千人槍，猛吃謝克圖大隊，最先挖地道、埋炸藥，把土圩炸塌，造成十多丈寬的裂口，再用十多挺機關槍開路，從那裂口硬衝進去，總攻的第二天，天落大雷雨，殺喊聲在電閃雷鳴中不斷騰揚，老十團在外圍布了一個營，阻扼要點，不讓西南的錢風來援，雷雨造成的洪流，也阻滯了援軍，攻撲之戰打了兩日夜，謝克圖大隊全軍覆沒，他的衛士排的一部，背著人隊長的屍首，到用黑夜搶渡官莊背後的小河叉，在鄒棠大隊接應之下脫圍，回到老鄒莊的總指揮部。

姚家官莊一失守，戴總指揮所屬的隊伍，明顯的被截成三段，北邊是鄒龍少數隊伍，深處共軍心臟地區，中間是總指揮部，只有鄒棠的一個大隊，加上新編的一個中隊，南邊的錢風一個大隊，失去側背的掩護，情勢也很危險。戴總指揮一再衡量，不得不下令錢風從雲家渡撤出，把兵力集中到鄒莊附近，至於鄒龍，由於距離較遠，根本無法調動，只有著人送信連絡，把本部非常的處境詳細知會他，要他相機行事。

共軍吞噬姚家官莊後，並沒讓戴總指揮有從容布置的時間，春季過後不久，他們在姚家官莊、七聯莊、雲家渡一帶，集中了老八團、老十團、四個民兵大隊，以及新近南竄的十六團的一部，打算一舉攻略老鄒莊。

錢風得到共軍亟於圖謀老鄒莊的確實消息，把雙方兵力、火力作了評估，建議總指揮不妨率部暫時西退，和鄰縣的地方武力會合，不必獨攖凶鋒，造成無謂的犧牲。當時，由錢風護著總指揮夤夜出發，沿著六塘河南岸朝西轉進，他們出發後不到兩個時辰，鄒棠的大隊已經和共軍的先頭接上了火，密密的槍聲清晰可聞。

「邪魔啊，」宋老爹在路上還惱恨著：「幾年前，只是拖幾根燒火棍的叫花子部隊，誰也不把他們放在眼裏，他們趁著鬼子打中國的亂局，躲在荒野地上坐大，從早先的笑臉迎人、打躬作揖，到今天反面無情，竟圖收拾咱們來了，這道理跟誰講去?!」

戴總指揮西撤到新安以東，四更天，東面的槍聲愈響愈密，可以想得到，鄒棠的大隊已經被共軍咬住，一時無法脫離戰場了。

「不行，」他下定決心說：「咱們不能一走了之，把鄒棠兄和一大隊弟兄留在老鄒莊，回師反撲，也許救得了他們，要是死，也該死在一道兒。」

「對。」宋老爹激動的說：「一群惡叫花子要占咱們家鄉了，與其避難，不如一拚，我這把老骨頭也湊合上啦。」

「不，」錢風很鎮定的說：「要反撲，也只用我的這個大隊，其餘人槍，仍然護著總指揮部西撤，只要有總指揮在，以您的人望和號召，日後還圖得再起，您若一倒下去，等於連根拔了。」

「這樣豈不是兩個大隊全砸上去了嗎？」總指揮憂慮著。

「我想不會。」錢風說：「即使戰況不利，咱們也得想法子死裏求生，兩個大隊的弟兄都是當地人，地形極爲熟悉，我會盡力領他們突圍的，總指揮，屬下這就要向您道別，希望後會有期啦。」

錢風下令他的大隊，轉頭奔東，逕自回援老鄒莊了。天色甫亮，錢風的三大隊在三岔口遇上一小股共軍，雙方接火後，錢部猛打猛衝把對方擊潰，等不上一會兒，他遇上了肩胛掛彩的鄒棠。

「前頭情勢怎樣了，鄒大叔？」錢風說。

「老鄒莊還由戴老哈一個中隊守著，無法撤出來。羅駝子的中隊也在老鄒莊西邊和對方硬挺，張猛的中隊在我背後，我是暫把大隊部移到三岔口，重組散勇，打算撲回去，他們幾個原是謝大隊的猛將，脫困之後，轉來一大隊領兵，我信得過他們。」

「我奉總指揮的命令，回師救援您，」錢風說：「我想，立刻朝東挺進，先和戴老哈會師，能攪亂對方的陣勢，把隊伍重新捏攏，必要時，斜向西南，朝雲家渡那個方向撤退，他們一時還吞不掉咱們的。」

共軍進撲老鄒莊，把鄒棠大隊分別圍在三處啃打，在兵力上擁有極大的優勢，看著看著已把包圍圈縮小，只等著第二天入夜後，發動一次最後的攻撲，就可像當初解決謝大隊一樣，把鄒大隊解決掉，然後再尾追撤離的戴總指揮，他們沒想到在緊急的辰光，錢風會率部回援，而且來得異常神速，他們已經一整夜鏖戰，遇上錢風的生力軍一路猛衝，陣勢動搖，被圍的各中隊一聽來了援軍，精神大振，也紛紛從碉堡、壕塹裏跳出，瘋狂向外衝殺。

俗話說：人怕拚命。捨死忘生的拚命搏殺，它所造成的氣勢，是十分驚人的，經過一個多時辰的反覆決蕩，戴老哈中隊衝出老鄒莊，和接應的錢風會合，嚴道生所領的一部，也和羅駝子部隊會合，共軍禁受不住裏外夾攻式的衝擊，分向左右迴旋，暫時退離戰場。

經過這陣折騰，鄒棠大隊損失了將近三成的兵力，沒負傷的人也是一身泥濘，滿身灰沙和血跡，他們也朝後撤，到三岔口重新集結。

「情勢只是暫時穩住了。」鐵風說：「但共軍只是暫退下去喘息，咱們還處在他們大包圍圈裏，一時無法脫出去，鄒大叔，您有什麼看法？」

「我認爲咱們不用休息，應該立即朝西南猛衝，」鄒棠分析說：「必要時，咱們一直衝過南大河到鄰縣去，那邊有韓司令的部隊在，共軍對他很有憚忌，短時間不敢輕動，日後咱們再看時機行動好了。」

「對。」錢風說：「愈快行動愈好。」

兩個大隊為了急速突圍，臨時做了混合編組，錢風以他的精銳衛士排，由他自己率領，當成前衛的先頭部隊，嚴道生集中兩個大隊所有的機槍，組成機槍隊，緊跟在後面，隨時以密集的火力支援，替後續的隊伍開道。鄒棠擔任總指揮，負責發號施令，下令張猛的一個中隊，中途轉朝東南橫衝，作為突圍部隊的側翼掩護，等所有各中隊通過之後，再後撤成為殿後，力阻共軍追擊，使前頭各部能在雲家渡渡河。章富的機槍隊一經渡河，立即架妥機槍，掩護張猛部隊完成最後一批渡河。

他們在白天開始行動時，共軍的抵抗出乎意外的薄弱，而且共軍的火力多半來自東側面，那只是一種騷擾性的零星射擊，產生不了攔阻作用，鄒、錢兩個大隊一口氣奔到七聯莊，逐退共軍少數民兵，因為沒見共軍追擊，這才停頓下來，草草進餐，臨到傍晚，他們已經來到雲家渡口，並且找到了渡船。

「共軍只會集中兵力，以人海打強襲，」錢風說：「他們的指戰員，腦袋的紋路不多，也並不挺靈光，要不然，咱們突圍絕沒有那麼輕鬆。」

「這一回，他們並沒占著便宜。」戴老哈說。

戴老哈說得沒錯，這次共軍攻撲老鄒莊，死傷人數遠超過鄒棠的大隊，由於錢風率眾及時回援，出其不意的朝西南直衝，共軍的部隊轉移到東面去了，等他們發覺對方的動向時，已經阻攔不及，而且張猛中隊轉向東面，和他們猛烈接火，使共軍無法轉移到突圍部隊的正面去，他們通過七聯莊之後，事實上已經安全了。

他們在雲家渡據守了兩天，共軍並沒有追上來，鄒棠和錢風商議，既然形勢暫顯緩和，就不必急著全軍渡河，不如將大部兵力移到河南岸去，留下一個中隊駐守雲家渡，夾河而營，兩面都能照顧得到，一面著人和韓司令取得連絡，協力構成聯防，也許還能穩得住。

「咱們把總指揮護送到西邊去了，一時沒法子聯絡，」錢風說：「鄒龍的隊伍，又陷在共區的中間，如今咱們雖然暫時保住了部隊，情勢仍然大大的不利，共軍逼迫咱們，卻不動鬼子一根汗毛，得利的是太田的駐屯軍呀。」

「情勢如此，急也急不來的，」鄒棠說：「鄒龍耳目靈通，又非常機敏，他既敢帶人深入共區，就必能站得住腳，相信不久他就會和咱們連絡上的。」

鄒棠決定讓錢風率部移駐河南，由他帶著張猛中隊留駐河北，同時著令戴老哈帶著精選的一個排，穿過可能是蘇老虎、莫大妮子盤據的地區，去連絡韓司令。他們剛剛布置妥當，共軍已經占據了七聯莊和白果樹，前哨直逼雲家渡外圍，但他們只是軟困，一時還沒有攻撲的跡象。也許認爲鄒、錢兩個大隊，在布置上很富機動，一口吞不下罷。

在秦家新圩附近的鄒龍，很快就聽到戴總指揮西奔、老鄒莊失陷及鄒、錢兩個大隊突圍南去的消息了，共軍在他們控制的村莊裏，響鑼聚眾，爲拔掉老鄒莊舉行慶祝大會，誇稱這是他們一次重大的勝利，他們籌劃很久，終於把老頑固戴聖公攆跑啦。

「甭他娘太早得意，」鄒龍氣得咬牙說：「我還留在這兒，沒被攆跑呢，不給他們一點顏色看，他們不知道厲害。」

距離秦家新圩十七里地，一座叫荊棘圍子的村落，是共軍第十六團的團部暫駐地，他們的區署也設在那兒，開完攻拔老鄒莊的慶祝會，軍政幹部們都喝了些土酒，醉意朦朧的觀賞文娛節目，那個身材肥胖的何區長，回到區署，躺在繩床上就打起呼來，區署裏有八個帶槍的區丁，也都各拖長凳和門板，歪七扭八的睡在穿堂過道上。

睡到三更天，鄒龍帶著穿黑衫的弟兄摸了進來，趁著對方熟睡時揮刀，一共切下九顆人頭，臨走時放了一把火，把團部也給燒了，等到共軍逃離火場，集合隊伍打算追擊，鄒龍一行的快馬，早在五里之外啦。

「這一定是鄒龍幹的。」一個姓葉的區委說：「旁人絕沒有這個膽子。」

「他那一小撮人，根本不是部隊，」被大火燒得鬚眉盡失的荊團長說：「咱們早想攻擊他，但找不到目標。」

「他的行動快速隱秘，不一定留在秦家新圩。」葉琨說：「最麻煩的是，他貼近鬼子活動，咱們沒法子拉動較多的部隊去圍擊他，弄得不巧，鬼子還會誤以為咱們集結攻城，開炮猛轟，那咱們就慘矣哉了。」

大伏天，鄒龍前後利用暗夜奇襲共軍三次，最遠的一次，深入共軍深處卅多里，活捉了一個民軍大隊的副大隊長，在曠野上砍掉那傢伙的腦袋。這三次奇襲，剽疾如風，他的人槍都沒有絲毫的損失。這一來，使得共區的土幹們紛紛害了恐鄒症，一聽到鄒龍的名字，不自覺的就

朝下縮腦袋，恐怕吃飯傢伙被他拎走，區署、鄉公所，夜晚都布雙崗，外面還派人整夜巡邏。

一天，鄒龍歇在唐灣，傳令小徐進來報說：

「隊長，您想不到罷，丁家巧姐和素姐找上門來啦，她們說，是總指揮在沭陽，要她們帶信來的，好不容易一路摸到這兒，難得啊。」

「甭楞著，快請她們進屋啊。」鄒龍興奮的說。

巧姐和素姐兩個，都穿著破舊的農婦衣裳，手臂上挽著白柳籃子，用老藍布巾包著頭，顯得風塵僕僕的樣子，可見她們長途跋涉的辛苦。

「鄒大哥，總指揮的心血沒白費，總算找到你啦。」巧姐說。

「避著鬼子，我們多繞了幾十里地，還好値崗的弟兄認得我們，才引我們來的。」素姐說：「見到你，真高興得要哭出來了呢。」

「上回我負傷，難爲妳們照應那麼多天，」鄒龍說：「我真不知該怎樣謝你們呢？總指揮現在在哪兒？」

「他老人家駐在馬廠南邊，已和當地的楚總指揮連絡上了。」巧姐說：「汪二爺、宋老爹都在一道，身邊還有一個中隊人槍，暫時穩得住。老鄒莊的住戶兩百多人，也都逃到那邊去啦。」

「聽說過鄒、錢兩個大隊的消息嗎？」

「有。」巧姐說：「聽說他們突了圍，又拉回雲家渡去了，總指揮也已著人捎信過去連絡，不知有沒有連絡上呢。」

「坐下說話罷。」鄒龍說：「得到這消息，我可安心多了，鄒、錢兩個大隊，經打經熬，共軍一時未必拔得掉他們，我也會著人過去連絡的。」

「對啦，這是總指揮給你的信。」巧姐從籃子底下的雜物中翻出一封信來，雙手遞給鄒龍，鄒龍抽出信箋，那上面寫著：

鄒龍賢侄：

此次共軍蓄意圍攻老鄒莊，圖謀拔我根基，態勢猖獗，為保全抗日實力，原意全軍西撤，因變化急驟，余率總指揮部西行，錢大隊長率部回援，於亂戰中會合鄒棠兄所部，突圍而出，聞說屯師雲家渡，吾侄當盡速與其取得連絡，以決定爾後之發展。據此間楚總指揮言，省府將召余等赴鳳谷村省府所在地，共謀爾後抗日大計，余已手令，在余離去後，余之職，暫由鄒棠兄代理。吾侄年輕英銳，抗日行動表現輝煌，如何在共軍逼壓之下，克服萬難，吾侄當深思熟慮，獨力因應，目前余已難以為助，吾侄好自為之，余時以勝利為祝也。

聖公手書

廿九年七月

鄒龍看完信，手捺在信箋上，默然良久，丁家姐妹也不敢驚擾他，只在一邊靜靜的坐著，鄒龍想到總指揮看得不錯，自己和鄒、錢兩個大隊，如今都處在萬難之境，鬼子、僞車、八路、土匪，處處都和這支孤軍爲敵，情勢困著人，拉不動、退不開，走不了，只能撐著、挺著、拚著、耗著，所幸各地百姓都還在暗中支持，使人在精神上略感寬慰，要不然，真難再撐下去了。

這幾年來，自己和弟兄們過的是什麼日子？冬天鑽麥草，睡覺連身倒，頭不梳，澡不洗，短槍總不離手，入夜後，不論官兵都輪崗値哨，以火線繩兒和香枝數算著時辰，在沒有接火打仗的日子，開伙也是有一頓沒一頓的，有什麼吃什麼，乾的塞塞洞，稀的灌灌縫，能把肚皮塡就算好的了。一旦遇上激戰，捨死忘生的殺喊著，硬朝槍林彈雨、硝煙紅火裏衝撞，身旁的夥伴躺下了，把它歸諸命運，連燒香祭拜、流兩滴眼淚的工夫全沒有，事後想來，心裏像浸了鹽滷般的潮濕，但眼被烈火熬紅，再也流不出淚來了。

饒是這樣，還要被人逼迫，要把自己這群人像耨草般的連根拔掉，這世界成什麼世界呢？亂世不做宋老爹所形容的怒目金剛，根本站不住腳的，是漢子就得爭強鬥狠，只是有邪正之分罷了。

「鄒大哥，你都在想些什麼呀？」巧姐忍不住問說。

「你們來了，我該高興才是。」鄒龍這才把思緒收拾起來說：「但我在這兒，情勢危險，根本沒法子照顧你們，你們又無投無奔，我又怎能趕你們走？這真難吶。」

「甭爲我們姐妹操心了。」巧姐說：「我們自小就幹粗活，駕得車，扶得犁，擔得水，趕得長路，我們願意留下，你隊裏弟兄衝鋒陷陣，總得需要幫閒打雜的人手罷？我們留下總有用處。」

「我們留在老鄒莊很久，凡事都習慣了，」素姐說：「接火流血，我們一點也不害怕呢。」

「這怎麼說呢？」鄒龍說：「我在這兒的情勢，跟當初總指揮部完全不一樣，隨時都會要命的。」

「這我們明白。」巧姐說起話來，很有她媽二絡頭嬸那般的爽氣：「我們死活都和鄒大哥捲在一道，沒有什麼好懊悔的，你有槍，我們姐妹照樣能扛。」

「短槍總是要帶的，」鄒龍說：「用著防身，總比空手強，日後我會教你們用槍，讓你們自己照顧自己。」

「這麼說，大哥你是收容我們了？」素姐說。

「不收容行嗎？」鄒龍苦笑說：「我能把你們攆到荒天野地去，讓鬼子八路去收拾？咱們死活都得像個人吶。你們暫時留在隊部好了。」

在鄒龍收容丁家姐妹的同時，共區的幹部們也在大伊山附近開會集議，商討著如何徹底清除中央留在地方上的殘餘勢力，丁政委、荊團長、黃團長、葉區委……一共到了幾十個人頭，他們的意見紛紜，有的認爲挖底刨根的法子，是先圍殲鄒錢兩個大隊，留下鄒龍這點人槍，早晚就會把他吞噬掉。有的認爲鄒龍是個大禍根，應該設計先除掉，再用軟困、分化的方法，對

付那兩個大隊。

「對鄒龍，唯有用硬吃的方法，」丁大姑娘說：「想要分化他們，那是行不通的，他再強項，總不是鋼打鐵澆的，也長不出三頭六臂來，踩定他的行蹤，只需一個圍襲，就能把他解決掉，怎能讓他像孫悟空似的，在咱們肚子裏揮拳踢腿？……至於對鄒棠和錢風，倒不定要鐵匠做官，打字朝前，咱們雖已硬吞掉對方的謝克圖大隊，但謝大隊手下那幾個悍將，都脫身轉到鄒大隊去了，有九條命在身上，對這個大隊咱們可不能逼得太急，咱們前次打姚家官莊，死傷已經太多啦。」

「政委同志說得不錯，」區委葉琨說：「消滅鄒龍，除去心腹大患，才是最要緊的，至於錢風那個大隊，原本是秦大隊，全是莊稼人，咱們可以勸他們回家務農，鄒棠手下，有機股受招安的土字號人物，逼急了他們，說不定他們也像蔡老晃一樣，拉去投鬼子了。吃不到他們的槍枝，咱們何必賣命呢。」

「我們老八團、老十團，原是奉命協助行政單位，發展東海岸地區的，」荆克說：「目前我們已經過分西移，暴露在鬼子眼皮底下了，短期可以，長時間不是辦法，我想，對付鄒龍，你們用民兵大隊就行了。」

「我們不是打退堂鼓，」黃時說：「老十團也要調回鹽阜地區去，不過，爲了支援你們，我仍打算留下一個連，必要的時候，配合地方上的行動。」

「好。」丁大姑娘說：「十六團的部份武裝也能配合，對付鄒龍，我想是足夠了。」

春季過後，共軍出動到各村莊去徵收糧食，那些村莊不敢抗拒，只有乖乖的如數納糧，但他們心裏老大的不願意，紛紛向鄒龍訴苦，一個年老的農民，一把鼻涕一把淚的說：

「鄒隊長啊，如今糧食貴如金，家家戶戶的一點存糧，根本不夠挨過冬天的，他們跑來硬攤派，你要納不出，他們就指你頑固反動，這怎麼得了啊。」

「不要緊，」鄒龍說：「我的人槍雖很有限，但為各村保糧，我仍然願和他們周旋。」

他差了分隊長趙保仁，帶了六桿步槍，外加六枝匣槍，騎馬到周圩去，原意是要觀察共軍的動靜，誰知他們剛進周圩，就有人告訴他們，說是共軍十六團的一個連，動員了十多匹驢子、五輛牛車，過來徵糧，已經快到村口了，趙保仁判斷，這時想走已經來不及了，他立即吩咐弟兄，把他們的馬匹牽進周家族主的內宅去，他和六個弟兄也躲到宅子裏面，把大門槓上。

十六團那個連，除了帶著牲口和牛車，還帶來一隊民兵，他們並不知道鄒龍的人槍已先進圩子。一進圩子，就在打麥場上集合，架起槍來休息，圩裏的民眾，一樣送來茶水，共幹要他們去通知村長過來，商議攤派糧食的事，送茶水的說：

「村長不久前還在，我就去找他過來就是了。」

那人剛走開，周家族主的房頂上，砰哩磅啷就扔過六、七顆手榴彈來，連聲爆炸之後，共軍一個連連死帶傷，至少躺下卅多個，其餘的伏在地上沒敢動彈，這當口，房裏開槍朝外猛打，長槍夾著連發的匣槍，潑水般的，在近距離內又放倒十來個，僥倖沒死的跑去抓槍，另一排手榴彈又扔來開了花，這個還算是共軍的正規連，在還沒來得及取槍還擊之前，業已報銷了七成，負傷的連長總算把殘留的隊伍帶著逃出圩子，留下受傷的，在血裏哀號爬動，他們遺落的槍枝，也都沒人去撿拾了。

倒不是趙保仁有什麼特別的能耐，而是正巧被他攫住了伏擊的機會，共軍在猝不及防的情形下，被打得落花流水，共軍那個負傷的連指戰員，逃到村外去集結隊伍，總共還賸下卅多人，廿幾枝槍，他得到後續民兵的支援，決定要撲回圩裏，奪回他們遺落在麥場上的槍枝，尤其是那一挺加拿大機槍，和兩挺老舊的捷克式機槍，連指戰員明白，假如他奪不回這些槍枝，回去之後，恐怕連性命都保不住了。

但當他再撲向周圩的時候，他們遺留在麥場上的槍枝和槍火，業已被趙保仁的手下取得了，他們以周圩族主的宅子爲據點，和共軍開起火來，他們人數雖少，但火力十分旺盛，雙方打到傍晚，共軍又增加幾十具遺屍，當時，他們以爲鄒龍的一個中隊都在周圩裏面，傍晚時，他們暫時退出，著快馬出去請求另調隊伍支援，誰知天黑之後，趙保仁用馬匹馱著擄獲的槍械，悄悄的從圩牆西柵門那邊退走了。

二天一早，共軍大隊開到，再撲圩子，發現裏面根本沒有人據守，區委葉琨非常惱火，他差民兵捕捉村裏的保長和十來個村民，誣指他們和鄒龍勾結，故意坑害解放軍，村長大呼冤枉，因爲當時他根本沒在村裏，村民也指稱鄒龍手下的人，一共有六匹馬，六個雙掛長短槍的漢子，他們先一步到村子裏來，共軍隨後就到，轉眼間，雙方就已經開起火來，共軍聚在打麥場上席地休息，七、八顆手榴彈一炸，當然被炸得唏哩嘩啦，這和做百姓的有什麼關係呢？

子，為什麼不事先通告咱們一聲。」

「至少，那個送茶水的稀毛禿子有問題，」負傷的連指戰員說：「他明知有人帶槍進圩子，為什麼不事先通告咱們一聲。」

「你說那個長工周禿子，他是出名的呆子啊。」村長說：「他呆頭呆腦，怎知你們是那一邊的，反正都是帶槍的中國人嘛。」

「周禿子他人呢？」

「我也不知道，照說他不會跑掉的。」

區委葉琨也許是惱羞成怒了，不問情由把保長、周圩的族主拉出來給槍斃了，又著人四處去找周禿子，終於在牛棚裏找著那個呆瓜，他們用鍘草的鍘刀把那個呆瓜鍘成兩段，並且警告周圩的人，日後只要見著鄒龍的人，一定要先向共軍報告，否則還要斃人的。

政委丁瑜為這事開會檢討，發誓要活捉鄒龍，剝下他的皮來，她動員了七百多人槍，四處尋找鄒龍的部隊，更亂抓可疑的民眾，把他們拘押拷問，逼他們說出鄒龍的下落來。

鄒龍所部，六個人打垮共軍一個連加上一個民兵大隊，像傳奇故事一般的在鄉野間耳語流傳著，四處跑來投效他的漢子不在少數，不到一個月的時間，他的部隊就急速擴充到五、六百人，他和代理總指揮鄒棠連絡，鄒棠下令他以第二大隊的番號，正式升任為大隊長，他把手下的人槍重編為五個中隊，副大隊長章富兼第一中隊長，曾士雄任第二中隊長，趙保仁任第三中隊長，張宜川任第四中隊長，樊傑任第五中隊長，傳令小徐任衛士排長，有人說，鄒龍這股實力，比原先謝克圖的大隊更強過數倍，共軍一個正規團和他對火，也占不著便宜。

「連我自己也沒想到，人槍擴充得這麼快。」鄒龍對章富說：「這些新投入的弟兄，都是被共軍逼著拖槍出來的，他們隨時要找共軍拚命啊。」

擴充部隊後的鄒龍，逐漸把他的部隊朝西南移動，期望在短時間內，能和暫駐雲家渡的第一、三大隊會合，再徐圖發展，而共軍的部隊，緊躡在他的後面，不過，他們領教過鄒龍的厲害，一時還不敢輕舉妄動就是了。

鄒龍原是一個鄉野少年，讀過兩年私塾，幼小時就喜歡騎馬玩槍，從沒接受過正規的軍事訓練，勉強說有，也只是已經戰死的武師何兆魁教過他一些粗淺的軍事常識而已。論到膽識和槍法，他是一等一的人物，論到帶兵作戰，他要學的還多，他自己也明白這一點，所以才不斷的閱讀兵書，他口袋裏、枕頭邊，經常都放著孫吳兵法，他不單逐段閱讀，還靜思參悟，把這些戰爭的原理原則運用到行軍、宿營和各種戰鬥情況上，他的膽大心細，使共軍很難乘虛蹈隙，這可能是他先天的才分，凡是跟隨他的人，都深深佩服他這一點。

「我們不能讓鄒龍回到雲家渡去。」政委丁瑜說：「他如果和鄒錢兩個大隊會合起來，勢力就更大了；無論如何，我們要在半路上截擊他。」

那夜，鄒龍率部來到距離雲家渡四十里的汪老莊，他把五個中隊都布置在汪老莊外圍的村落裏，自率衛士排住在汪老莊莊主汪士倫的宅裏，汪士倫諢號汪大先生，算來是鄒龍的父執輩，抗戰前，就在縣城中學執教，算是很有學問的人。共軍偵知這種情況，派了一小隊摸進去，先設計把汪大先生捉住當成人質，威脅汪家人的說：

「我們要對付的只是鄒龍一個人，和你們全沒關係，你們若想汪大先生活命的話，就乖乖聽話，放我們的人進莊院去，你們若敢通風報信，汪大先生就沒命了。」

天到二更尾，住在側房的衛士排都已就寢，前後門各留一個崗哨，混進莊裏的共軍都穿便衣，看來和當地的莊戶一樣，他們實際上已經控制族主宅子前後的通路，這群共軍，是由區委葉琨指揮，他決定先混進兩個膽大的槍手專門對付鄒龍，放黑槍把他撂倒，再行圍攻他的衛士排。

葉琨所選的兩名槍手，一個叫魏小黑子，一個叫金二鬼，他們匣槍玩得很熟練，也有幾分膽量，魏小黑子事先曾大拍胸脯，保證只要能混進內院，一定能把鄒龍擺平。

葉琨挾制了汪大先生的兒子，知道鄒龍是住在堂屋右角的三層磚堡裏，那座磚堡中除了他一個人之外，並沒有安排警衛人員，而且磚堡的包鐵柵門夜晚並不關閉。三更天，槍手魏小黑子和金二鬼兩個，來到汪家的角門邊，打了暗號，由汪家長工爲他們開了門，兩人趁黑溜進堂屋，摸到磚堡入口。

「我摸上去打黑槍，」魏小黑子悄聲說：「你留在這兒幫我把風。」

「那個鄒龍是出名的神槍手，你得小心行事，萬一他醒著，你就不能冒失動手。」金二鬼說：「要不然，咱們兩個都休想活著出去啦。」

「這年頭，有名無實的人多得很，你甭把外間風傳都當成真的，」魏小黑子說：「我不信鄒龍厲害到那種程度，他也是血肉之軀，只要他先中槍，就沒什麼可怕的了，上一回在羊家孤

莊，他小子算是走運，一槍沒打著他致命的地方，這回我的快慢機匣槍，和掌心雷又不一樣啦。」

魏小黑子抬頭朝堡裏望，一片漆黑，他不敢點火，只能朝前摸著走，好不容易摸到木梯口，躡著腳悄悄的朝上爬，他的快機匣槍壓上滿膛火，拎在手裏，隨時可以發火傷人；他爬到第二層梯子轉角處，看見頂層上透來微弱的燈火亮，便小心的停了下來，靜靜諦聽著，天到這麼晚，鄒龍應該入睡了，怎麼燈還亮著呢？他聽了好一陣，沒有一絲動靜，便更加小心的朝上爬，從第三層梯口探出半個腦袋，就著燈火仔細瞧看。

磚堡頂層的空間不大，只有一個方形的通間，四面都是射孔，橫樑上吊著一盞馬燈，捻得暗暗的，燈下有張木榻，鄒龍正在榻上睡著，枕角還放著一本書。這可是打他黑槍的大好機會，一個睡著了的人，根本無法反抗的。魏小黑子大步跨上梯口，對準鄒龍斜潑了七發子彈，打完之後，轉身就遁下樓梯。

鄒龍做夢也沒想到，土共會先窩倒汪圩的族主當成人質，混進內宅來打他的黑槍，連發的槍聲把他從睡夢中驚醒，他本能的意識到自己中槍了，至於中了幾發，傷在什麼部位，他根本無暇考慮。他第一個反應就是從床上躍起身來，抽出腰間攜帶的三膛匣槍，探身到垛口間，面朝著通向前屋的天井，因為打他黑槍的人，下了樓梯，必定要從堂屋門出去，奔過這座天井，大約半袋煙工夫，兩條黑影從堂屋門出來，朝前進院子奔去，鄒龍發了兩槍，那兩個傢伙就朝前仆倒下去了。

魏小黑子一樣是做夢也沒想到，一個被他用快機匣槍打了七發的人，居然還能從床上躍起，守著他們出屋，在堡頂的垛口間發槍，打中他和金二鬼的後腦。

槍聲響後，埋伏的共軍衝了進來，側屋的衛士排也抓槍朝外衝，雙方在宅內興起了激烈的混戰，區委葉琨大聲喊叫著說：

「今夜晚，我們只是對付鄒龍，和旁人無干，繳槍不打！」

這時候，從堂屋裏竄出一個穿藍布褂子的人，急匆匆的奔過來說：

「鄒龍在磚堡頂上，你們困住他抓活的好了。」

那人說著又朝外奔，招呼在後面的共軍，趕上去幫忙活捉鄒龍，共軍朝裏面湧，衛士排朝外面衝，雙方在二道院子和頭道院子打肉搏，鄒龍的衛士排都有單刀，把共軍砍得喊爹叫媽，不久之後，雙方都衝到宅外，射擊戰還在極大的混亂中進行著。

不過，只經過一頓飯的工夫，駐紮在左近的鄒龍手下五個中隊都趕來應援，葉琨所帶的一隊民兵，想跑也沒處可跑，不到天亮，就全部被殲滅了。

這是鄒龍腹部中彈以來，第二次被共軍行刺，他的肩胛、小腹、左手、右小腿各中一彈，但他撕破內衣，自行裹傷之後，還能穿好外衣，在混亂中通過共軍封鎖，跑至第一中隊章富處請援，使他的部隊朝汪圩集中，把偷偷混進汪圩的共軍悉數消滅，聽來更像是一頁傳奇故事了。

經過汪圩這一戰，鄒龍幾乎被鄉野上的人們當成神看了。因爲一般人只要中了一槍，即使

不在要害，也只有倒地呻吟的份兒，鄒龍中了四槍，不但沒倒，還能及時把打他黑槍的刺客射殺，又能裹傷混出封鎖，召集部隊殲滅入侵的共軍。這根本是一種現代的神話。但它絕不是神話，鄒龍硬是具有這種超常的能耐，使他成爲鄉野上的戰神。

經過這一戰，鄒龍大隊的每一個弟兄，也都膽氣豪壯起來，他們認爲跟著鄒龍大隊長，是無上的光榮，什麼鬼子八路，碰上鄒龍都不算個兒啦。

鄒大隊從新安鎮南退雲家渡，共軍雖然一路尾隨，但再沒敢直捋虎鬚。其實，大隊長鄒龍本人是躺在擔架床上，而且三度昏迷，幾乎把命丟掉，據鄒龍到達雲家渡時的回憶，他被襲的當時，並不覺得有什麼強烈的痛楚，只覺渾身熱熱黏黏的，鼻孔中嗅到血腥味而已，他恨透對方卑鄙無恥，一心只想把打他黑槍的傢伙放倒。後來，他撕破內衣，裹緊傷口，喊叫著活捉鄒龍，一路跑出去，一口氣竟能奔出二三里地，這是他自己也沒有想到的，等到第二天，當章富向他報告：以葉琨爲首的共軍全已就殲，他點一點頭，人就昏迷過去了。

「旁人把我當神看，我也自問過，我是神嗎？嘿，根本不是那麼回事，只是當時心裏有一股念頭梗著，根本忘記本身的痛苦，自己也不知是怎麼撐過來的，等到後來，一樣的天也旋、地也轉，我所有的能耐都沒啦。」

鄒大隊拉到雲家渡，實力的完整，使代理總指揮鄒棠大大的吃驚，這哪是臨時湊合起來的雜牌部隊？這是氣壯山河的精師銳卒，把他們數度昏迷的大隊長當成神祇。

「鄒大隊長分明是傷口發炎，」章富說：「天氣日漸炎熱，鄉下又沒有西醫，看樣子，若不送他進縣城，他會中血毒，那就沒有救了。」

「嗨，這一路朝北，都是共區，他好不容易一路南奔，才能到達雲家渡，反回頭再朝北，老共會放過他嗎？」鄒棠說：「依我看，只能先找韓老司令，看他在漣水能不能請到高明的西醫了。」

聽說鄒龍被土共刺殺，身受重傷，韓老司令帶著當地的名醫，在二天深夜，親自趕到雲家渡來探望，他看到鄒龍高燒昏迷，不禁搖頭說：「他的槍傷嚴重，傷口發炎，在附近的縣分恐怕沒有適當的西醫能救得了他。我說的不單是醫術的問題，而是醫院設備不夠，又缺少有效的醫藥，目前最好的辦法，是送他去淮陰城，那邊美國人開設的仁慈醫院，是整個華東區規模最大的醫院，也許能救得了他。」

「這一路，路途很遠，而且關卡重重，」錢風說：「日軍對他這樣年紀，又身受槍傷的人，一定會扣留盤詰的，那不等於送了他的命？」

「我們姐妹願意送鄒大哥過去，」巧姐說：「我們會編出一些說詞來，應付那些關卡。」

「你們年輕，又沒出過無門，這恐怕？……」鄒棠猶疑的回望著韓司令一眼，誰知韓司令卻點著頭說：

「這倒是個可行的辦法，咱們另外挑出老弱些的抬擔架，打扮成農戶人家一族人的樣子，大明大白的過那些關卡，對僞軍，只要有錢財打點，對鬼子，多多作揖打恭，我想是過得了關的。」

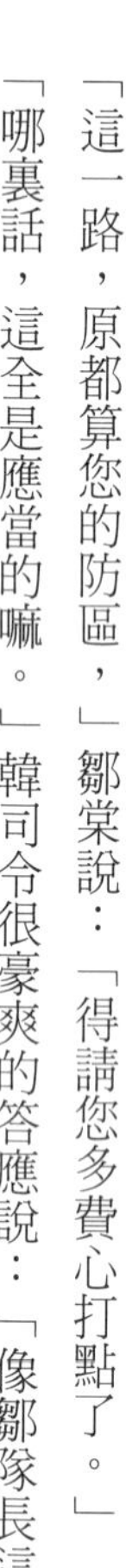

「這一路，原都算您的防區，」鄒棠說：「得請您多費心打點了。」

「哪裏話，這全是應當的嘛。」韓司令很豪爽的答應說：「像鄒隊長這樣一個年輕有爲的人，咱們陣營裏一條猛龍，咱們得盡最大力量，保全他的性命的。」

經過韓司令的安排，當夜他就用舊的繩床作爲擔架，由巧姐姐妹照應著，把鄒龍運過南大河，兩天之後，鄒龍被送進位於淮陰縣城東郊的仁慈醫院。當時日本和美國尚未斷交，對於懸掛星條旗的醫院，日軍未便進入，任何人只要一送進醫院的大門，便算獲得美方的庇護，得保生命安全了。

醫院替鄒龍開刀，從他體內取出兩顆彈頭，又清洗他發炎的傷口，終於使他傷勢轉趨穩定，人也清醒過來。韓司令著人在醫院門口的小街上，一家小客棧裏，替丁家姐妹租了間房，巧姐和素姐以病患家屬的名義，輪流進出醫院，在病榻邊照護著他。

從火裏血裏的環境，突然跳落到一片白色的寧靜中，鄒龍初醒時，感覺像一場夢，要不是巧姐正坐在床邊，他真的以爲是夢了。他掙扎著想起來，這才發覺自己十分虛弱，根本不能行動；巧姐也及時伸手捺住了他，勸他安靜下來，並且把他受傷後，經韓司令安排，送進華東地區最具規模的醫院，如何動手術取出嵌在體內彈頭的經過，娓娓的說給他聽。

「替你動手術的曹主任，一直認爲你能活著，真是奇蹟，」她說：「你的肺葉受了傷，腸子也穿了洞，雖沒在當時致命，也該倒地不起的。曹主任是韓司令的好友，他聽說你受傷後，能從床上躍起，舉槍對著天井，射殺兩名土共派來的刺客，便直豎拇指，誇說：這才是真英雄，真好漢呢……」

「我哪有那麼好。」鄒龍苦笑說：「只是當時不知打哪兒來的一股氣護著自己，擊殺行刺的傢伙，又自行裹傷，穿上衣服，靠著機智混出去……最後還不是倒下來，人事不知了麼？人畢竟是人啦。」

「無論如何，你還是比一般人強，」巧姐認真的說：「連上回土共打你黑槍，使你腹破腸流，你已經中過他們五槍啦。比起一槍就倒的人，你不是好漢是什麼？」

「不，那只是碰得巧了，沒打中真正的要害。」鄒龍舉手比著額頂說：「真要打在這兒，腦殼裂成四、五瓣兒，我就是想活也活不成啊。」

他留在醫院裏，療養一個夏天，才勉強能扶著枴杖下床走動，醫院病房前，是一片廣達十公頃的碧草庭園，花繁木茂，別有一番景致，事後他才弄清楚，巧姐是用他太太的名義，一路護送他來到這裏，並且日夜陪侍著他的，在他傷重的日子裏，換衣、抹洗、通便或導溺，都由她一手處理，這使他安慰中帶著感傷。再怎麼說，丁家和他家原是仇人，丁紅鼻子和丁二絡頭所帶的股匪，曾多次捲襲老鄒莊，殺害過他的父親和祖父，他也爲了報仇，化名進入匪窩，殺掉丁紅鼻子，誰想到世上事變化無窮，二絡頭後來竟然拉槍抗日，丁二孀死在鬼子手裏，留下兩個女兒，竟和他變成知己，人間的仇和愛如此的糾結難分，哪樣真是久遠的呢？

在他離開雲家渡之後，每個日子都會有變化發生，鄒棠和錢風的兩個大隊，自己新編的五個中隊，處境又變得怎樣了，要不是這次槍傷嚴重，使他幾乎變成殘廢，他恨不得插翅飛回

去，和他們立共死生。

醫院的曹主任常來看視他，對他傷勢復元的進度非常滿意，用樂觀的語調對他說：

「鄒先生，你的生命力旺盛，真是超乎常人，到秋天，你一定能完全復元，回到你的原防區啦！你動手術時，一共輸了三次血，輸血給你的人，一個是韓將軍本人，另外就是丁家姐妹，正好他們都是O型血，和你的血型相同，你得要好好的謝謝他們啊。」

「說來慚愧，」鄒龍說：「只怪我疏忽大意，才會給土共機會，我受傷，連累旁人，心裏太不安了。」

「韓將軍過幾天還會來看你的。」曹主任說：「在對付共軍這方面，他的經驗很多，你有時間，可以向他多請教，朝後這類的事，你會遇到更多的，不是嗎？」

韓司令在兩天後的上午，果然來到醫院，他進入鄒龍所住的病房時，鄒龍幾乎認不出他來，因爲他化裝成一個賣茶葉蛋的鄉下老頭兒，身上穿著打補靪的老藍布小褂兒，頭上戴著破斗篷，手裏還挽著細竹籃子，裏頭透著蛋香，他進屋掀去斗篷，鄒龍才隱約的看出他不是尋常的小販，從他眉眼之間騰出一股威嚴的劍氣。

「大哥，韓司令看您來啦，」這回伴在他身邊的素姐說：「韓大爺您好啊。」

「原來是韓老伯。」鄒龍想撐著下床，被對方伸手攔住了。

「甭多禮，賢侄台。」他說：「這回我進城，是督運一批械彈，順道看你來的，聽曹醫生說你好多了，果然如此，我可放心多吶。」

「嗨，我在這兒捱時辰，心總懸掛著，」鄒龍說：「也不知外間情勢如何了。」

「暫時還沒有大變化，」韓司令說：「但共軍陸續從山東南下，盤據在東海岸一帶，比較起來，淮河以北地區，咱們形勢孤單，只有咬牙苦撐待變，朝後怎樣變，目前還見不出端倪。依我料想：不久之後，淮東地區會有大戰發生，鬼子早晚會對中央正規軍開火，不能容忍芒刺在背的，共軍卻躲在中央軍的背後，不敢斷定他們會背後插刀；至少，在中央部隊和鬼子開戰時，他們不會伸出援手的，這種滋味，咱們早嘗透了。」

「你多早晚回防呢？」

「我在等貨，」韓司令說：「還有些日子好留。」

「要是我的傷勢好得快，我想提早出院，跟您一道走。」鄒龍說。

「沒有那麼快，」韓司令說：「養傷最要緊的，就是把心放寬，你在這兒空焦急，於事無補，何況如今鄒棠的防區和我的防區相連，彼此都有照應，你大可等傷勢完全養好再走。臨到那時刻，我會著人來接你的。」

韓司令在病房盤桓了半天才走，走後又著人送來幾本線裝書，那意思要鄒龍定下心養傷，切斷外間的一切掛念，這一點，鄒龍是體會得到的。一般說來，各地區的游擊武裝互不隸屬，彼此之間，平素也少有聯繫，韓對鄒的這份情誼，也就顯得更爲可貴，鄒龍和丁家姐妹的生活費用，一切住院療傷的費用，全都是韓司令籌措的，入院至今，業已花費了三百多塊大洋，但韓還留兩百多塊大洋在巧姐那邊，並且留下一張字條，只要需錢用，可以拿這張字條，到東關立大祥綢緞莊去取款。

「嗨，我欠韓公的這份情，實在太重了。」鄒龍感慨萬端的對巧姐說：「日後我拿什麼回報人家呢？」

「韓老伯只是敬重你是條漢子。」巧姐說：「日後你養好傷，多替老百姓做些轟轟烈烈的事，不就是最好的回報嗎？」

「你說得好，巧姐。」他凝望著他眼前這張熟悉的笑臉，也帶著些歉然：「我欠你們姐妹的，也夠多，我也正想著如何回報呢。」

「快甭說這些，這都是我們該做的。」巧姐說。

他朝窗外望了一會兒，在維多利亞式的長窗角上，天變高了，雲變巧了，在這塊被日軍視爲美國勢力範圍的醫院裏，初初來到的秋的姿影，是安靜迷人的，嗅不到一絲戰爭的氣味，若不是身帶槍傷，他根本沒想到，漫天烽火中的中國，還有著這麼一塊寧靜土，讓他感懷和愛戀。

一旦跨出醫院的門，恐怕連回想的時間都沒有了！

他捏住巧姐的手，對她說：「日子真快，秋天已經來啦，你看那雲，和你一樣的巧呢。」

巧姐的手是溫熱的，掌心微帶潮濕，鄒龍忘情的握住它時，巧姐受驚的微微抽動一下，立即就溫馴了，平靜的任他握著。她想起當初在雲家渡，大伯的垛子窯裏，初初見到這個年輕護駕槍手的時刻，從內心裏就有情動癡迷的感覺了。但對方的活力，都用在生死俄頃的戰鬥上，和鬼子幾番決盪，他都成了滿身浴血的酣虎。她和素姐爲他縫製的衣襪，兩次照料他養傷，他除了正容道謝外，並無一言一字涉有私情，他果真是鐵鑄的嗎？她明知不是，是他把那些全部隱藏了，在那種環境裏，他必得要全神貫注對付明天以後驚濤駭浪的日子，她沒想到在這微妙的一霎間，秋空的流雲，引動了他的感慨，他的手掌緊緊握住她的手，彷彿捉住一片雲似的。

「真的，我有很久很久，沒有這樣的看流雲了。」他嘆喟著，忽然他發現什麼，急忙放開手，抱歉說：「真對不住，巧姐，我想，我該趕辦出院手續，回到雲家渡去了。」

巧姐手掌空了，心也跟著空冷起來，在這一霎，她知道，他又化成一片火燒的戰雲，隨風飄蕩，不可能回到窗前，握著她的手再看一次流雲。除非她也在時代的烈風中化成另一朵流雲，追逐他直到雙方逐漸消失，亂世的愛戀，難道都是這樣的麼？

她點頭微笑著，淚光凝在眼角，微笑僵在頰上。

第十四章　汪政權

時間夾著一陣烈風呼嘯而過，鄒龍初次扶著枴杖上街，醫院兩側日軍張貼的海報，就已經讓他驚怔得發呆了，那上面赫然標示著南瓜店大捷，汪政府擴展和平軍，標示著占領宜昌，軸心國德軍攻破馬奇諾防線……看來日軍無往不利，一片好景，他看得站在看板前面發起呆來，還是巧姐扯著他說：

「鄒大哥，你在想什麼？你不是說要吃館子的嗎？」

「啊，我在看新聞吶。」他枴杖點點地說：「沒想到，在我負傷住院這段日子裏，竟有這許多變化？」

「鬼子在自說自話，你哪能信那麼多？」巧姐說：「走罷，黃包車在等著你吶。」

鄒龍由巧姐陪伴著，在黃包車上瀏覽著街景，這裏雖也是鬼子駐屯控制著，但它畢竟是個大城，人煙稠密，表面看起來仍很熱鬧。他選了位在東關的一家著名的菜館老半齋，也請了為他動手術的曹主任、郭大夫、照料他的素姐，這家飯館築在流水湍急的大閘邊，臨窗是奔騰的流水和四濺的浪花；曹主任來時，帶來一位不速之客，經介紹，才知他是韓司令派駐縣城的代表范傑，一個紅臉大個子，他在中洲做木料生意，掩護他的身分。

「汪精衛的政權，已經在南京成立了，」范傑告訴他說：「汪僞的政府，正派人到處遊說，要留在敵後的政府軍接受他的番號，改編成和平軍，他們喊出『曲線抗日』的口號，說是：只要改穿草綠色軍裝，連帽花都不必動，等待南京的汪政府與鬼子講和，再用談判方式，請求鬼子退兵。」

「哪會有這種事，這全是夢話。」鄒龍說：「當漢奸的，總要找藉口朝自己臉上貼金，汪政權只不過是鬼子塑出來的傀儡罷了。」

「實際上，鬼子打出汪記牌來，不能說它毫無影響力，」范傑說：「已經有不少失意在鄉的游離分子拉槍響應，投靠和平軍啦，在雲家渡西邊，李嘯天那股，就有四個大隊的實力。」

由於鄒龍訂下單獨的房間，窗外的流水聲很大，屋裏談話，外間聽不到，他們才能暢所欲言；范傑的消息靈通，他提出蔣委員長在較早的時刻，曾經下令給在江南的新四軍，要他們渡江北上和八路軍會合，到達黃河北岸指定的作戰地區，配合國軍對日作戰，但新四軍總是藉故拖延，迄目前爲止，渡江的只有兩千多人，盤旋在長江北岸、新生港以東地區，打算進入南通濱海地區。

「我猜想，這些只是打前站的，爲他們後續部隊尋找糧食，南通是蘇北的一等縣，非常富庶，他們要是到了那裏，就像一窩老鼠跳進糧甕，個個都吃肥啦！」范傑分析說：「要新四軍去黃河北，面對鬼子打硬仗，他們是絕不會幹的。」

「他們陸續渡過長江，不是又躲到國軍第八十九軍的背後去了麼？」曹主任關切的說：「我雖只是個醫生，也不能不關切這個，這一年多來，我們醫院收容國軍的傷患，少說也占七百多張床位，其中大部份都是受土共狙襲的，他們大喊著：中國人不打中國人，一面卻把子彈栽進中國人的血肉裏，讓他們開花。」

「嘿嘿，」鄒龍苦笑說：「我不就是個例子麼？」

「朝後咱們有得苦了！」范傑說：「新四軍陸續渡江，一定會裹脅擴充，若把中央正規部隊乘機扳倒，我們處在各地的游擊隊，都算零星小股，夾在鬼子和他們當中，那才難過呢。」

「我從沒打算有舒服日子過，除非這些妖魔鬼怪從世上滅絕了，人是難有好日子過的，」鄒龍用枴杖頓著地面說：「眼前能有這餐飯吃，對我業已是福分了，咱們多飲幾杯罷，明天我就打算辦出院了。」

「你的腿還不方便啊。」范傑說：「爲何不多養息些日子呢？」

「曹主任說過，它不要緊啦。」鄒龍說：「回雲家渡去養息，也是一樣。」

「目前雲家渡那一帶還算平靜，」范傑說：「只是民間糧食不足，聽說土匪又多了起來，蘇老虎和莫大妮子那兩股，人槍勢力又滾大了，他們總是趁亂窮攪和。」

「我死過兩次沒死掉，」鄒龍說：「這回我算打定主意了，不管是鬼子、八路和土匪，碰上我，我一概打字朝前，打到我的人槍耗光爲止，宋老爹沒說錯，亂世裏，總要有怒目金剛捨身救世的。」

鄒龍是在陽曆九月底才回到雲家渡的，這個曾淪爲匪穴的地方，如今變成抗日的基地，各處壕塹縱橫，增築了許多伏地堡和角堡，鄒棠所率的大隊據守河堆一線，下面的村落，由章富率領他的五個中隊駐防，防地一直推展到白楊樹和七聯莊。

一度氣燄囂張的共軍，又轉移到接近東海岸的地區去了，只留下三個民兵大隊，和游擊隊相隔十多里，遠遠的對峙著，雙方都沒有開火接戰，鬼子仍然龜縮在縣城裏，勉強維持著交通線，一直坐著冷板凳的夏歪，倒是領下了和平軍團長的番號，又把蘇老虎勾引過去，開到新安駐防，三方面互相擠著不動，造成很奇怪的現象。

鄒棠和錢風備了酒，歡迎鄒龍傷癒歸隊，在酒席上，大夥兒談了很多，談到目前這種僵持的局面，鄒龍說：

「夏歪的僞軍不動，是想得到的事，因爲夏歪原本就是個混混，好不容易弄到番號、掛了頭銜，他只要湊足人頭，在鬼子面前擺擺樣兒，哄得太田點頭，他就心滿意足了，蘇老虎是個敗軍之將，不足言勇，當然只有縮頭築炮樓，力圖自保。但共軍退縮，倒有點反常啊！」

「依你的看法，他們葫蘆裏賣的是什麼藥呢？」錢風說。

「當然我只是臆測，」鄒龍說：「他們的主力朝東朝南轉移，一方面是去接應新四軍渡江，一方面是集結兵力，準備對付淮東地區中央的正規軍，……他們想配合鬼子的攻勢，先吞大魚。」

「那樣的大魚，他們能單獨吞得下嗎？」嚴道生說：「中央在淮東地區，除了正規軍、各保安旅雲集，少說也有五、六萬人槍啦。」

「單獨吞，他們絕吞不下的。」鄒龍說：「但如果配合鬼子的行動，藉勢吞，那就很難講了。共軍如果南北配合，槍枝人數不少，實力也不容過分低估。最少，扯後腿、吞食小股、收繳散槍，他們總是有利可圖啊。」

「如今，鬼子已經打通了運河線，部隊集結調動都比較容易。」鄒棠望著壁上的地圖說：「他們攻打如皋、東台、興化、泰州這些縣分的時機，可說已經成熟，戰事隨時都會發生。咱們雖然相隔很遠，使不上勁，但咱們一樣可以聯合韓司令，分別對當地日僞發動攻擊，讓他們形成混亂，方便我軍突圍轉進。」

「代總指揮說得對，」錢風說：「我們隨時準備行動就是了。」

事實上，卻和他們的判斷相反，由於日軍的戰線拉長，在河南、湖北、湖南、廣東，多方面的戰場上，大量的使用兵力，在後方駐屯的部隊極爲有限，他們在運河線上，擺出集結進攻的架勢，真正能集結的兵力，還不足一個旅團，根本無法展開攻勢。倒是從入秋起始，新四軍的灰衣隊伍不斷的潛渡長江，槍枝人數不斷增加，表面上，他們特別派遣專人到省府和中央的軍部，說是：奉命北調，由此過境，請省府給他們糧草支援，省府勉力張羅糧草時，他們已揮軍進攻，奪取了游擊隊何克謙等人的防地。

「這是什麼部隊？簡直是一群土匪嘛。」李軍長接獲報告後，十分震怒，因爲共軍已經像一支狼牙釘，乘虛蹈隙，打進第八十九軍防區的中間，而且新港那一帶，共軍仍源源登陸中，如果這些部隊再滲透進來，整個防區的部署就形成四分五裂的狀況，不堪收拾了。

依當時的守備狀況，中央正規軍的主力分置在泰興以北的好幾個縣分，和各保安旅配合設防，這種分散的配置，是專對火力強大的日軍而設，因爲和日軍作戰時，不需力爭一城一地的得失，大軍能保持高度機動，要比堅據一地和日軍作陣地戰要靈活，也可以避免嚴重的傷亡，正因如此，共軍乘虛蹈隙，才容易滲透到防線裏面來，使防守部隊心理上產生混亂。

李軍長是個勇敢的將軍，氣魄雄渾，具有極強的自信，他認爲共軍只是一群不堪一擊的土牛木馬，他要親自率領一部人槍搶渡運鹽河，阻擋住後續的共軍登岸，然後再發動各部清剿深入防區的共軍，一鼓作氣把他們解決掉，至少是使用包圍繳械的方式，再報請中央發落。

他率領特務營和卅三師兩個團，向東南進擊，初期接戰非常順利，共軍甫經接觸，就狼狽竄逃了，頭一天，他揮軍急進，渡過第二條叉河，然後朝東迴旋，鎖住了共軍渡江登陸的港口，他把這次作戰，戲稱爲關門打狗，因爲只要共軍斷絕了後援，在防區內收拾他們是很容易的。

但他們的部下並不那麼想，因爲這一路地勢低窪，到處都是泥汙水潭，部隊的行動艱難遲緩，火力也無法充分發揮，把大部隊拉出來，一天搶渡兩道河，弄得大家又冷又濕，又處在不利的地形當中，實在是非常危險的事，特務營的營長把這意思向軍長報告，挨了軍長一頓罵。

「對那些跳樑小丑，你們也擔心成這個樣，朝後怎麼作戰？」軍長說：「打起精神，奮力朝前衝，把港口的設備和船隻全毀掉，先斷絕他們的後援，咱們一定要好好的打一場漂亮仗。」

說這話的當天深夜，共軍就開始猛烈的進攻，他們進攻的實力，遠超過軍長當初的預估，各團所得的情報顯示，新四軍一整師，是由羅炳輝羅大胖子率領，已經渡河養息了一日夜，如今全部壓了上來，以銳卒對疲師，打到天亮，李軍的兩團損失很大，逐漸不支，特務營還能保持建制，護著軍長朝後撤，在萬分緊急的狀況下，搶渡過第一道汊河，回奔黃橋鎮。

開戰第四天的上午，軍長抵達運鹽河南岸時，他所率的兩團人槍，已經在激烈艱苦的戰鬥中逐漸潰散，重武器、馬匹、輜重紛紛扔棄，大家一心搶著渡河，想在渡河後重新整頓，暫時據堅而守。軍長手執馬鞭，站在河岸上，大聲叱喝那些奔逃的潰兵，要他們拾起武器，守備河岸這一線。這時候，潑風潑雨般的槍火，已經密射過來，特務營的兩個連，業已拉上去，硬挺住敵人的進攻。同時，河北岸傳來戰訊，原先滲入的共軍，竟然集結有四個團之眾，在宣堡、泥滸莊、蔣垛那一線焚掠村鎮，正朝運鹽河進逼，很明顯的擺出南北夾擊的態勢。

就整個防區的情況來看，據守如皋以北地區各保安旅，只遭遇到由北而南的共軍佯攻，據守西北興化水城的部隊，面對著正在集結、準備攻撲的日軍，根本無法拉離防地，據守泰州、姜偃、白米鎮一線的一一七師和獨立第六旅，正好被共軍隔斷了，因此，在黃橋地區，共軍造成局部優勢，他們為了確保戰果，採取速戰速決的方式，拚命的使用人海，由正面壓迫。激戰過午，以潰兵重新編組，據守河堆一線禦敵的兩個團，傷亡不斷增加，師部連也已出動支援，特務營長爲了軍長的安全，建議先行護送軍長渡河。

這位在陸上策馬揚鞭，氣宇軒昂的將軍，卻不通水性，渡河時，採用特務營長想出的土方法，在馬尾上繫以粗繩，拖著由門板結紮成的小木筏，讓軍長坐在上面，這一次冒險作敵前搶渡，共軍的炮火，已經射落河面，激起許多水柱，使水流湍急的河面上波濤洶湧，小木筏頓然傾覆，使軍長落水了。衛士們回頭瞧見，叫喊著，泅過去搶救，但時間已然來不及，只搶得一頂軍帽和馬鞭。

搶渡過河的部隊，立即和河北岸的共軍遭遇，雙方又展開激戰，特務營的一部分官兵，仍在河面上撈救軍長，但因水流太過湍急，看光景是毫無希望了。由於軍長平素號令嚴明，賞罰公允，臨陣當先，特務營的官兵都異常悲憤，在營長率領下，擊退共軍的幾波攻擊，占穩了河北岸的黃橋陣地，第五天早上，一一七師增援部隊趕到，共軍得利後向東全面撤退，特務營到下午才撈獲軍長的屍體。

綜合黃橋地區這一戰，由於輕敵躁進，陷入不利地形，又受到共軍背腹夾攻，致使軍長陣亡，師長失蹤，兩個團潰不成軍，幸得援軍及時趕至，才解除了覆沒的危機。但省府在共軍壓迫下，遷至東台，精神上所遭的撼動，更大於軍械人員的損失，原以爲只會躲匿流竄的散股共軍，集結後，竟能在中央所部防區之內大敗李軍，這消息，流傳到已淪陷的各地區民眾耳裏，使人驚怔得張口結舌，都難以相信那是真的，那實在太意外了。

這消息傳到雲家渡時，時序已經入冬了，傷勢業已痊癒的鄒龍，聽到李軍長落水陣亡，兩

眼全教怒火熬紅了，他發狠罵說：「這些雜碎，要不是喪心病狂怎麼會幹得這麼絕？這班傢伙，若是犯到我手上，非活剝掉他們不可。」

大夥也都明白，憤恨和咒罵是沒有用的，新四軍潛渡長江後，絕不會遵照政府的指示，開拔到黃河北岸去對日作戰，他們在江蘇中部的魚米之鄉滯留下來，拚命的擴充和發展，在日軍壓力下的中央部隊，根本無力去對付他們。

農曆十月裏，日軍進攻興化水城，他們出動飛機炸射，並且施放毒氣，在水上，使用輕型快艇配合，激戰三天之後，占領那座城市，省府在側翼暴露的威脅下，逐步向北方撤退，這樣一來，使第八十九軍和保安部隊的防區分裂爲二，中間門戶洞開，而新四軍、八路軍和土共卻在東海岸地區，進行了南北串連，把中央的兩股實力，當成他們發展的墊背。

「情勢這樣混沌，咱們乾擠在這兒，絕非長久之計，」鄒棠憂慮著：「早幾年，咱們初初拉槍抗日，血裏奔，火裏闖，面對鬼子大軍，照樣踹陣，到如今，擠在這兒乾耗，真會把一點銳氣都耗掉了。」

「倒不是咱們不動，」錢風說：「實在是本錢有限，尤其是槍火供應沒有固定的來源，要是打一場激戰，把槍火耗光，只有等著別人來收拾的份，沒把握的仗，連一場也打不得。」

「說起來，咱們對領兵，都是外碼頭，」鄒龍說：「但兵總是要練的，即使沒有戰事，也不能讓弟兄搖著膀子閒逛，何兆魁師傅死前，留給我一本步兵操典，這些時，我翻都翻爛了，照本宣科的練兵，我那五個中隊，從沒放鬆過，找機會，加以實戰磨練，我相信會有用的。」

「你準備找誰去打呢？」鄒棠說。

「正如錢風兄所說的，要找有把握的仗先打嘍。」鄒龍說：「我考量再三，決心先打蘇老虎，把這股僞軍先解決掉，打通進逼縣城的進路，才是正理正道。咱們打蘇老虎，應該是有賺無賠，他的槍枝槍火，可以增添咱們的本錢呢。」

「要三個大隊全部拉動嗎？」鄒棠說。

「不用。」鄒龍說：「您和錢大隊，得穩守不動，防備土共乘機端咱們的鍋，我的五個中隊，只想動用三個，我要集中火力窮打猛攻，只用一夜的時間，把他們解決掉，不讓夏歪和鬼子有時間應援。」

「你真有這個把握？」鄒棠十分謹愼。

「我正督促章富，日夜演練著呢。」鄒龍說：「我會先去新安鎭，察探蘇老虎的虛實，等到絕對有把握的時刻，再向您報告。」

盤踞在新安鎭的蘇老虎，一到鎭上，就忙著攤派民伕，挑深壕、築炮樓，他安排出築堡費、置裝費、糧草費、商益費、保安捐，召聚保甲，強行攤派，從私土匪搖身一變爲官土匪，和當地沒骨頭的地痞流氓大肆勾結，眞是神氣極了。

炮樓沒築成之前，他占用廟宇，張掛起僞南京政府汪兆銘的肖像，開口主席長，閉口主席短，大喊著「曲線抗日，維持東亞和平」的口號，那全是夏歪教給他的，說起來像唱的一樣。

不過，南京汪記政權的這一套，在混沌情勢中，開始時對淪陷區的民眾，多少有些吸引力確是事實，它的論點是：以汪氏在國府的資歷和地位，出主南京政府，願意和鬼子在談判桌上解決東北問題，雙方相互合作提攜，共同防共，最終目的，是讓日軍退出大陸本土，不必拚得頭破血流。

汪氏的政府還沒正式成立之前，這一套宣傳的資料，早已印妥散發，而且和平軍的籌組活動，已然普遍開展了。蘇老虎趕在這個浪頭上，閉起兩眼瞎嚷嚷，把「和平」兩個字當成口頭禪，有時候，居然也唬得人瞪著兩眼摸腦袋，不知他念的哪一門符咒。

初冬時，他所築的三座炮樓，完成了一座，他急忙把他的大隊遷了進去，可見他對自己念的符咒並沒信心。

逢著趕集市，鄒龍裝成糧販子，進入這個他原本熟悉的鎮市，他很快計算出，蘇老虎手下只有兩百多人，一百七十條槍左右，其中屠別兒那個中隊，實力較強，時五的中隊次之，李二麻皮的中隊最差，一共只有卅條破槍，槍火的存量也很有限。

「如果他們全都進入炮樓，咱們來它個硬碰硬，甕中捉鱉，反而容易一網打盡，」鄒龍對章富說：「如今他們分駐三個地方，咱們只能分而擊之，先解決屠別兒的那個中隊了。」

屠別兒中隊，駐紮在北街的大瓦房，那棟宅子正是當年漢奸鄭麻子駐紮的地方，鄒龍曾親自帶隊，在那兒活捉過鄭麻子，對那兒的情況，可說十分熟悉，不過屠別兒是個狡獪的老賊目，流氓出身的鄭麻子當然不能和他相比。屠別兒駐進大瓦房後，利用無數沙包壘成鼠穴般的陣形，把房舍包在裏面，他又在正中的房頂上，築了一個從房內長梯直通而上的天巢，代替古代的刁斗，這個設在高處的瞭望台，值哨的人，可以旋身看得見四邊的動靜，他們還持有信號槍，能以紅色信號彈的落點，告訴防守的人，情況是發生在哪兒。

這個中隊有一百多人，廣造槍多，還擁有三挺輕機關槍、十多枝匣槍，隊裏的成員，也多是久經戰陣的悍賊，能熬得硬火，這回他們留駐灌河中段，據夏歪說，是得到太田的指示，在必要時，日軍一定會以車隊運兵，迅速支援，因此，蘇老虎和屠別兒在氣勢上顯得頗爲強硬，和當年初據雲家渡，被秦大隊打得狼狽南奔的情形，又不太一樣了。

鄒龍審慎估量過，憑他五個中隊的實力，要是以強攻硬吃的方法，可以經血戰擊滅蘇部，但本身的傷亡損失也一定很大，他除了督率弟兄，擺出蘇部防守位置，日夕作攻撲演練之外，更在鎮內布妥耳眼線，等待著適當的機會，他認爲只有使用奇襲法，才能避免辛苦纏戰，才能達到速戰速決、一舉殲敵的目的。

很快他得到消息，蘇老虎看上了街南毛家茶館毛老頭的二閨女，經常在那兒流連，又用半強半騙的方式，把那閨女搭上手，要迎娶她進炮樓，長枕大被過日子了。爲了表示他如今不再是土匪，而是和平軍的大隊長，他在迎娶前，找了不少地方人士出面，按照規矩大擺排場，乘機又大賣他的和平膏藥。

「咱們是和平軍嘛，跟著汪主席闖混，走曲線抗日的路，總他娘要有三分人樣兒，凡事都和和氣氣講和平嘛，」他蹺起二郎腿，在茶館裏放言說：「就比如這回我娶毛二姐，給毛老

頭——我的土老丈人一箱子儲備券，三媒六證的，禮數齊全啦，這不就是和平嘛。若依老子當年心性，非但霸王硬上弓，一毛不拔，還他娘連店端呢！」

「年頭真是顛倒了，」鎮上有個仕紳在背後罵說：「讓那個土匪信口雌黃，王八也想充聖賢，真笑掉人的大牙啦。」

「毛老頭父女也不是正經貨，烏龜王八湊上啦！」

爲了籌備這場婚事，蘇老虎著人進縣城，採辦大八件的物品，以毛老頭的名義當嫁粧，又四處洽請戲班子，到鎮上來唱三天大戲，通過保甲，暗示要四鄉的居民湊份子送禮，他的婚期，定在十二月中旬，正好在送灶前，鎮上的年市開市，鄒龍認爲這是突擊蘇部最好的機會。他立即召集章富、曾士雄、趙保仁、張宜川、樊傑等幹部，在燈下密商突襲的方法。

「咱們先派得力的人手混進鎮去，在暗中布置連絡，」章富說：「突襲的日子，最好就定在蘇老虎迎娶的那一天，不一定要揀夜晚，他們總在大白天疏於防範的。」

「我在鎮上有親戚，容易落腳，」樊傑說：「我想向大隊長討這個差事，先帶幾個人進去。」

「剿辦蘇部，我只想動用三個中隊，參加突擊的人數會更少。」鄒龍說：「但其餘各中隊，都要布置在外圍，以防蘇老虎的殘眾離鎮潛逃，也防著共軍乘機會鬨過來，撿現成的便宜。」

分配任務時，五個中隊爭相舉手，大家都躍躍欲試想打這一仗，最後，只有採用拈鬮的方法，由第一第二第五三個中隊中籤，擔任第一線攻擊，第三第四個中隊，在外圍布置，鄒龍分配章富中隊圍攻街西的時五，曾士雄只用一排人，困住炮樓的大隊部和李二麻皮，樊傑唱的是重頭戲，由他的第五中隊對付屠別兒，由章富、曾士雄作機動的支援。

「戲碼是如此。」鄒龍說：「唱做的功夫，瞧你們的了！」

蘇老虎迎娶的那天，共有三班樂隊吹打，中午大宴賓客，擺下流水席，另有兩個大戲班子演唱，造成萬頭鑽動的局面，蘇老虎的大隊，除卻值班的，全部都湊上了熱鬧，到了下午三點左右，爲新郎新娘祝賀的屠別兒，帶人回他的駐地，一進門，就被四支快慢機逼住了。

「對不住，屠隊長，這兒換主啦。」一個說：「這兒如今是樊隊長的駐地了。」

「笑話，我沒聽說過姓樊的。」屠別兒說。

「抱歉，」一個紅臉大個兒說：「我叫樊傑，也許晚生了幾年，您沒掛在眼下。」

「你是鄒龍的手下？」屠別兒有些驚惶失措了。

「不錯。」對方說：「我是他第五中隊的隊長。」

「算你有膽！」屠別兒說：「你們真會挑日子呀。」

「沒辦法。」樊傑說：「大隊長他說是黃道，要不然，蘇老虎怎會專揀這天迎娶呢，人說：揀日不如撞日，咱們是正巧撞上了。」

樊傑逼住屠別兒之後，把他放在隊部門口坐著，他自己和屠別兒併肩坐下，有說有笑的聊天，他們背後站了四個拎快機匣槍的，看上去像是護駕的衛士，但屠別兒手下被繳了槍的，都已叫綑得結結實實的關到屋裏去了。就這樣，屠中隊零零落落回來的，全被客客氣氣的繳了槍，進屋去乖乖受縛了，表面看起來，像是換防交接，從頭到尾也沒開過一槍。

等到下午五點左右，街西響起了密集的槍聲，那是章富中隊和時五的手下開了火，但前後不到半頓飯的工夫，槍聲就沉寂了，那表示時五手下那把子人頭，已經放棄了反抗。

蘇老虎剛把新娘子擁進炮樓，很快便覺出情況有異，他想差人出去探視外間的動靜，但他差出去的人，還沒出碉堡外的柵門，外面的機槍就打出清脆的點放，把他逼回去了。

「這他娘是怎麼搞的呀？這可是大白天，會捅出什麼漏子來呢？」

「報……報告大隊長，不好了！」在炮樓頂瞭望的傢伙滾跌著跑下來說：「咱們被游擊隊圍住啦！看樣子，屠中隊和時中隊，全完啦。」

「沒這回事。」蘇老虎說：「屠別兒機伶又老練，他那百十桿槍，哪是這麼好對付的?!」

正說著，外頭有人圈起話筒在喊話了。

「那蘇老虎、李二麻皮聽著，你們的屠、時兩個中隊，業已被咱們解決掉啦！給你們一頓飯工夫，樓頂挑白旗，人一個捱一個的抱頭走出來，保證饒你們不死，要不然，咱們響號猛撲，見一個殺一個，絕不寬貸啦。」

「這怎辦呢?大隊長，」李二麻皮苦著臉說：「咱們炮樓裏頭，連您的衛隊打總算，也不過四、五十枝槍，決計擋不住他們的。」

「嗨，」蘇老虎嘆口氣說：「這回咱們若是遇上鄒龍，那是垮定的啦！做新郎倌當天就翹辮子，這算啥？」

「您說該怎麼辦呢？」李二麻皮整個萎了。

「咱們和他們拚到底！」蘇老虎咬牙說：「咱們寧可死，也不願栽在姓鄒的那後生的手裏。」

「是嗎？」李二麻皮說：「只怕咱們手底下的人，不是這麼想啊！」

李二麻皮丟個眼色，一個歪頭的槍手就在蘇老虎背後開了一槍，那一槍子彈從蘇老虎脊背進入，彈頭並沒出來，蘇老虎身子猛的一震，臉色大變說：

「李二，你竟敢這樣……對待我?!」

「您多包涵點。」李二麻皮拱手說：「只有委屈您大隊長，咱們才有活路，好歹只有這一回，不是嗎？」

歪頭連開三槍，才把蘇老虎擺平，李二麻皮割下他的腦袋裝進蒲包，挑起白布旗子送出去請降，天剛過午，蘇老虎這支偽軍就被徹底解決掉了。鄒龍在鎮上停留了一個時辰，用炸藥炸毀偽軍的炮樓，押著俘虜撤回雲家渡去，他兵不血刃，只用半天時間，就解決了偽軍的一個大隊，消息輾轉傳進縣城，使掛上團長名銜的夏歪氣極敗壞，深覺顏面丟盡了，他不敢對鬼子隱瞞這個事實，匆匆跑去向太田報告，結果被太田狠罵了一頓。

「馬鹿馬鹿，」太田究竟是鬼子，平素想學中國，擺出點兒文明味，一臨到動火時，立即

就露出原形，把桌子拍得咚咚響：「你招募的是什麼隊伍？要都像這個樣子，毛猴子一天踹掉一個大隊，不用兩、三天，他們就打到縣城來啦！」

「是，屬下這就調動部隊，追剿毛猴子。」

「奪回新安，是你要做到的事，」太田說：「有任何困難，都不要再找我。你自己去解決好了。」

夏歪的脖子，被罵得短了一截，退出來之後，立即找了蔡老晃來商議，希望他能去接蘇大隊的防。

「這不是接防，這是自跳火坑咧。」蔡老晃說：「在那種地方，老虎都給人扳倒吃掉了，你……你就多送隻綿羊過去，這有什麼用呢？夏大人，您還是高抬貴手，饒了我這一遭罷。」

「我知道你是不肯去的。」夏歪說：「但則目下我手邊實在沒有本錢，新招來的一堆破爛，一碰就散了板，只有你這個大隊略微像樣兒，你總得幫襯我一點兒。」

「我有那個斤兩嗎？」蔡老晃說：「我真有那個斤兩，我就不叫蔡老晃了，前次出擊，教人家打得水流花落，如今我那些部下，早成了驚弓之鳥，一聽到鄒龍的名字，嚇得就朝地上趴，讓我離開鬼子，就像離開母雞翅膀的小雞，只有送給老鷹當點心啊。」

「我不是勉強你去長期駐防啊。」夏歪說：「咱們趁著鄒龍打得勝鼓退走之際，帶人到新安打打轉，然後也打鼓響號的轉回來，這樣虛晃一招，也好在鬼子面前有個交代，至於日後的事，日後再作計較，不成嗎？」

「只要您走在前頭，」蔡老晃硬著頭皮說：「我一定跟著您走就是了，我想，咱們運氣不至於差成那樣，一出城就碰到鬼罷。」

也算夏歪走狗運，他帶著一個破爛的中隊，十多匹瘦弱的馬匹，舉著旗幟，吹著洋號，撲奔新安鎮，在他的後面，跟著蔡老晃的一個大隊，走在官道上，也算得上浩浩蕩蕩，到了新安鎮之後，那兒的住戶早已聞訊逃空了，看來十分的冷落荒涼。

「鄒龍不會耍空城計罷？」夏歪不禁狐疑起來，吩咐手下四處布防，把僅有的兩挺輕機槍架起來，擺出一副如臨大敵的態勢，但他和蔡老晃的手下，卻已三、五成群的鑽進民家，像土撥鼠似的翻箱倒櫃，找起油水來了，殘剩的糧米食物、破舊的衣裳、沒帶走的油和酒，只要稍微有用的物事，全教翻弄出來了。尤其是蔡老晃手下的人，手法更是熟練，因爲早先他們打家劫舍，就是這麼胡亂翻騰的。

「來也來過了。」蔡老晃說：「就算鄒龍沒布口袋陣，用空城來誘敵，老民百姓全不捧咱們的場，咱們在這空空如也的鎮市上，也待不下去的。夏大爺，我看咱們吃頓飽飯就轉頭罷，天一落黑，咱們就動彈不得啦。」

來到一座空的鎮市，夏歪覺得十分沮喪，至少，他無法擂鼓鳴號，在人前神氣一番，表示他在聽到蘇部被擊時，就發兵來援，只是到晚了一步而已。但一街居民逃空，使他失去炫耀的機會，使他在沮喪之餘還有一分遷怒，他心裏有一種意念在冒泡了。

「撤退之前，替我舉火，咱們燒它一場玩玩！」他說：「不這樣，他們怎會曉得咱們來過?!」

他的部隊在掠奪一街殘賸的東西之後，匆忙的撤退了，撤退時，真的多處縱火，當他們在黃昏時北退五、六里之後，他們身後的鎮市，正陷在一片紅毒毒的大火之中。

若說夏歪走狗運，是一點也不錯的；他做夢也沒想到，他吩咐手下縱火燒街，這著棋會使他免於被襲，因爲鄒龍聽說夏歪率僞軍到新安時，立即自率兩個中隊回撲，他們到達後，正遇上大火，爲了搶救這個鎮市的民宅，鄒龍只有放棄追襲，把救火當成主要任務，這樣一來，得使夏歪從容遁走，揚旗鳴號的回到縣城。

「把你們在新安搜刮來的破爛雜物抖些出來。」夏歪說：「咱們這回出城，是用掃蕩毛猴子作名目，沒俘到人、擄到槍炮，至少得湊合些東西送到太田那兒，糊弄『鬼』呀！」

「團長說得是。」蔡老晃說：「我這就立即張羅去，人不朝自己臉上貼金，難道還貼到光腚上嗎？」

夏歪著人挑了「戰利品」，前去向太田覆命，大肆吹噓他這次「出征」的戰績，包括追擊毛猴子，搜查整個鎮街，最後還舉火焚燒了那個毛猴子經常出沒的集鎮……沾了皇軍的餘威，對方沒敢負隅頑抗，說得得意忘形、口沫亂飛，而太田用手支著腮，除點頭外，並沒開口。

當他站起身，背著手，檢視夏歪所稱的「戰利品」時，微笑著，撿起一條粉紅色的女褲，抖了一抖，摔在夏歪的臉上說：

「這也是『戰利品』?你在跟誰打仗啊?夏團長!」

第十五章 生死拚搏

局勢的變化，好像風捲動的雲，新四軍於三十年元月，在皖南發動叛變，經長官部下令包圍，在九天的時間內，生擒了葉挺，將其殘部繳械。表面看來，皖南事變已經敉平了，實際上，新四軍的大部份主力，早在半年前陸續渡過長江，抵達南通、東台、如皋各縣，尤其是南通濱海地區，更成爲他們窩聚的巢穴，皖南事變後一個月內，新四軍就完成新的編組，一共編成七個師，仍然以東海岸一線作爲他們活動的區域。在同時，南京的汪僞政府，也用盡威逼利誘的方式，擴充和平軍，從儀徵到運河線，也出現了六個師的番號。這樣一來，國軍第八十九軍的處境便日益艱困，江蘇省政府也朝北遷移，遷到淮安以東的鳳谷村，但整個說來，仍然脫不出四面被大包圍的態勢。

在這段時間裏，鬼子沒有再正面發動攻擊，雙方保持著對峙狀態。但位處東南的新四軍，倒是對國軍陣地後方，經常施行騷擾性的攻擊，這些攻擊通常都由民兵擔任，趁著黑夜，偷襲中央部隊的前哨，目的在於奪取糧食械彈，消耗中央部隊的戰力，其間有幾次較大型的戰鬥，共軍都棄甲曳兵，大敗而逃，算算總賬，他們並沒占著便宜。

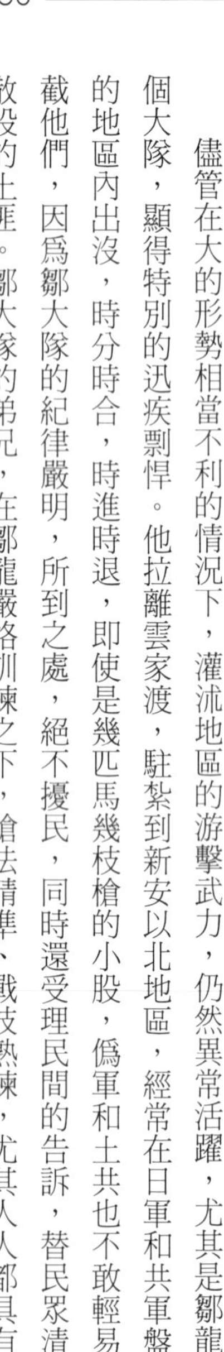

儘管在大的形勢相當不利的情況下，灌流地區的游擊武力，仍然異常活躍，尤其是鄒龍那個大隊，顯得特別的迅疾剽悍。他拉離雲家渡，駐紮到新安以北地區，經常在日軍和共軍盤據的地區內出沒，時分時合，時進時退，即使是幾匹馬幾枝槍的小股，僞軍和土共也不敢輕易攔截他們，因爲鄒大隊的紀律嚴明，所到之處，絕不擾民，同時還受理民間的告訴，替民眾清剿散股的土匪。鄒大隊的弟兄，在鄒龍嚴格訓練之下，槍法精準、戰技熟練，尤其人人都具有超人的膽識，敢於捨命拚搏。

有人認爲這全是受了鄒龍的感染所致，正合上「強將手下無弱兵」的古諺，但鄒龍卻不這麼認爲，他對父老們說：

「我也是一鼻兩眼一個人，並不是什麼三頭六臂的人物，有兩回，挨了土共的悶棍，幾乎把小命送掉。也正因這樣，我看開了！天底下人沒有不死的，早死晚死沒什麼大分別，咱們拎槍抗日，保衛家鄉，所作所爲，問心無愧，誰想挖咱們的根，攔咱們的馬頭，咱們就和他對上，凡是開槍對火，不是他死，就是我亡，我告訴我的弟兄們，捏住『狠』字訣兒，豁命向前，不噤這口氣，絕不認輸。若說咱們有膽量，也是環境逼出來的，誰天生就是英雄好漢來著？」

鄒大隊的五個隊長，卻都把他們的大隊長頂在頭上，一致認爲大隊長臨陣當先，從不退縮，也使得他們勇氣百倍，捨死忘生，不知道什麼叫害怕了。下面的弟兄，原本也有膽小畏縮的，跟隨大隊長日久，個個都受了感染，認爲只要打出鄒龍的旗號，人人都得表現出有種是漢子，不能使大隊長丟面子，團隊精神就是這麼培養出來的。

浴血的日子過久了，鄒龍屢在生死邊緣撿回性命，使他的外表蒼鬱冷峻，連心也跟著冷硬起來，即使臨著生死俄頃的辰光，他照樣木木冷冷的不形於色，他的命令是絕命令，他的規定是鐵鑄的，十分嚴苛。比如說，他攫住走私販毒的，一律當時處決，任何人來說情全不理會，他規定部下不得吸食鴉片白粉，違者立即槍斃，凡有擾民情事的，視情節輕重，施以斷手削足、挖眼紋額等古老刑罰，稍無寬貸；這在當時，任何游擊部隊都沒有的嚴刑酷法，只有鄒大隊在施行著，也正因這樣，鄒大隊長在當地老百姓眼裏，就有人替他取了綽號叫做「酣虎」。形容他勇猛善戰敢拚敢鬥，僞軍和土共聽到他的名號就打哆嗦，沒見著他的人影，就趕緊拔腿開溜。鄒部的三、五匹馬追逐土共的一個民兵大隊，幾乎像是趕羊一樣，夏歪和蔡老晃也只好龜縮在縣城裏，靠鬼子保護。

鄒龍大隊，在冒著萬難企圖打開局面時，駐紮在南大河南岸的錢風大隊，也正和韓司令配合，派兵進駐佃湖地區，隔著一條溪河，和共軍羅炳輝的部隊對峙著，雙方都沒有挑釁，沒有進擊，完全是隔河而治的味道；這其間，錢風的一個中隊，和女匪首莫大妮子的嘍囉，在佃湖西的朱家集開過一戰，錢風截獲了莫大妮子手下擄掠的財物七十多箱，莫大妮子到處宣揚，說姓錢的分明是黑吃黑，全不念過去一起闖道的交情，夥著鄒龍，剿滅了蘇老虎，又逼得她這最後一股無處立足。

但錢風聽了這些傳言，只是笑笑說：「她甭以爲，沒投靠鬼子和八路，別人就不該奈何她，如今老民百姓在夾縫當中捱日子，業已苦到頂了，哪還經得土匪洗劫，我姓錢的棄暗投明之後，大事幹不了，打打土匪，保護百姓，總是該當的罷。」

這話說了沒多久，有人傳來消息，說莫大妮子拉了她的人槍，到佃湖東投共去了。

「我早料到，那個娘們，早晚會走那一步的，」錢風嘆口氣說：「她的心性暴戾狠毒，投共之後，會拿咱們當成死對頭，找咱們報仇的。」

「莫大妮子本身的實力有限，」嚴道生說：「想撼雲家渡，她還沒那個分量。」

「話不能這麼說，」錢風判斷說：「如今，鄒大隊拉到北邊去，雲家渡的實力弱了一半，她勾結土共大舉來犯，很有可能；無論如何，咱們得加緊防範才是。」

卅一年春季，整季陰雨連綿，鄒大人和民眾結合，刨掉十二公里的電桿，破壞日軍交通線上的公路和橋樑，逼得自連雲運輸的日軍，要以大批武裝部隊護送補給，越野通行，附近幾縣的日本駐屯軍頭目，在沭陽縣城集會，太田和春日都主張發動一次聯剿，聯剿的計畫是兵分兩路，一路朝南，先攻撲游擊隊的根據地雲家渡，估計著鄒龍聽到這消息之後，必定會率部回援，另一支部隊就預布在沿途的要點，加以伏擊，太田認爲這一戰至少可以消滅游擊隊一半以上，使他們陷入癱瘓。

在計畫執行上，太田主力使用支那和平軍，作爲展開攻勢的主力，日軍出動炮兵支援，以日軍的步兵爲預備部隊，這樣可以避免日軍人員的過分損折，減輕指揮官的責任。春日和南木都同意這樣做，只是在調遣僞軍方面，費了一番商斟的工夫，最後決定派沭陽地區的僞團長李嘯天部為進攻雲家渡的主力。

李嘯天雖只領下團的番號，但他手下有十二個大隊，包括一個騎兵大隊，人槍實力足有七千之眾，其中大半都是各縣土匪改編的。據說李嘯天很想爭個師長的位置，但被駐紮徐州的日軍司令否決了，日方認為李部初領番號，毫無戰績，如果一開始就給他師長幹，使他越滾越大，形成尾大不掉的局面，對日軍將是很大的累贅，給他團長，准他暫時超編，日後再用作戰的任務，消耗他的兵力，使各縣僞軍的實力，不致失去平衡，這是日軍司令部的秘招。除李部之外，太田又調動鄰縣的葛敘五大隊、曹聚能大隊，配合夏歪擔任北路伏擊任務。

大體說來，日軍所定的攻擊計畫，可說是十分周延的。事先由太田擔任召集人；把各路僞軍頭目都召集到他司令部來，先作詳細的掛圖講解，再作沙盤推演。太田強調游擊隊的情勢孤絕，無法得到外間援助；只要大家一鼓作氣，很容易把他們盡數消滅的。在攻擊進行中，他們唯一能逃竄的地方，就是泅渡南大河，和位於漣水的韓部會合。日軍的炮兵，將在適當時刻，以密集炮火阻止他們渡河，但陸上攻擊的強度，端看參與各部的表現了。

但等這計畫付諸實施之前，保密工作實在做得太差，各路僞軍還沒拉動，就忙著催徵糧草、準備擔架、強拉民伕，弄成一片風聲鶴唳的氣氛，喝醉酒的僞軍們大聲嚷嚷說，很快就要出發上火線，攻打雲家渡了。

早在兩週之前，位處北端的鄒龍就從曹麗娘那邊，得到確實的情報，曉得鬼子選定的出兵

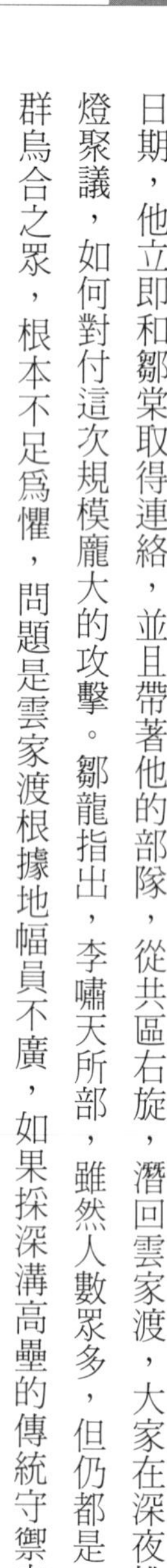

日期，他立即和鄒棠取得連絡，並且帶著他的部隊，從共區右旋，潛回雲家渡，大家在深夜挑燈聚議，如何對付這次規模龐大的攻擊。鄒龍指出，李嘯天所部，雖然人數眾多，但仍都是一群烏合之眾，根本不足爲懼，問題是雲家渡根據地幅員不廣，如果採深溝高壘的傳統守禦方式，很難抗得住日軍火炮的轟擊，在這樣的情況下，必須要想出新的方法才行。

「我已經預留一個中隊在北邊，牽制北路僞軍的行動了。」鄒龍說：「咱們目前要對付的，只有李嘯天這支隊伍，以咱們人槍數目，和李部相比，他要超出各位四倍，但就真正實力而論，他最多超出一倍，先把他們的士氣打垮，他們的戰力就會削減掉七成以上，那時候，咱們就有勝算了。」

「事實擺在眼前，」鄒棠說：「這一戰，咱們非打勝不可，要不然，咱們基業全毀也無可逃遁，這真是背水一戰啦。」

「我倒想到一個方法，」錢風說：「李嘯天要攻雲家渡，一定從沭陽拔隊向東，要穿過四條河、四個渡口，咱們妥爲分布兵力，先開到他經過的地方打伏擊，他的部隊一混亂，咱們的預備隊就朝上猛衝掩殺，咱們根本不打算回防雲家渡，採用蛙跳式的前進打法，咬住敗退的李部一路猛啃，吞吃它被截斷的部份，等李嘯天完全被打垮，咱們再陸續回防，那時候，鬼子再氣得牙癢，暫時怕也無力作連續攻撲啦。」

「錢兄這個方法，我首先贊成，」鄒龍說：「這在兵法上，正是出其不意、攻其無備的打法。李嘯天依仗著鬼子撐腰，擺出盛氣凌人的架勢出隊攻撲而來，他決難料到咱們會傾巢而出，在半路攔擊他，而且一路反撲打向沭陽縣城去。在戰法上，咱們盡量貼緊它，拚刺刀、打肉搏、打夜戰，甚至沿河打水戰，使日軍動搖的炮隊，根本無法開炮，等到李部一開始崩潰，咱們立即以騎步混合編組，猛衝日軍炮隊的陣地，專門奪炮，也給幾分顏色讓鬼子瞧瞧，咱們是無懼乎他們的。」

「奪炮會那麼容易嗎？」鄒棠問說。

「那得要看天氣如何了。」鄒龍說：「按照季節推算，春夏相交的時刻，一向多雨多霧，鬼子的炮隊，對遠處有強大的火力，對近處，他們的火力根本比不過步兵，咱們若是藉著雨霧的掩護，接敵到近處，快速的響號衝鋒，殺敵奪炮，並不是太難的事。」

經過一番研議，應戰的方式決定了，由鄒龍的四個中隊，以黑夜行軍的方式，秘密向西開拔，預伏到李嘯天所部必經之路的要點打伏擊，鄒棠自率大隊緊跟著猛衝向前，會同鄒龍追擊，錢風精編一隊人，繞道至李部後方，覓取日軍炮隊，施行奪炮，錢大隊留下一個中隊守禦雲家渡，另差專人給位在北面的鄒龍大隊第三中隊趙保仁部，讓他配合總指揮部的行動，發動擾襲；更送信給南面的韓司令，請他派出部隊北移，掩護雲家渡的右翼，防止土共來機騷擾。

日軍策動的重要攻勢，在四月中旬正式發動了，李嘯天率著他的十二個中隊，把騎兵置在前方，步隊放在後方，從胡集北面向東進行，當他的前隊越過第三條河，騎兵歇馬等候的時刻，預伏在河堆兩邊的鄒龍大隊章富中隊開了火，四挺機槍在近距打掃射，威力是十分驚人的，一霎之間，就打得人仰馬翻，後續部隊的渡河行動也跟著停頓了。

李嘯天的騎兵大隊只有六七十騎渡過河，經一個猛襲，就死傷半數，其餘的陷在河邊低窪處，惟有衝出狹谷般的渡口，到達能放馬奔行的平陽廣地上，才算覓得活路，但渡口已經被章富封死了。

有四匹馬在手榴彈的煙霧裏冒死奔出去，章富沒有理會它，下令掉轉槍口，向對岸待渡的李部掃射，雙方隔著河打開了。

「哼！」位在河西岸的李嘯天聽到密扎的槍聲，還在罵說：「他們真夠膽，不苦守老巢，還敢拉隊出來，打我的攔頭板啦？那第一大隊，拉槍頂上去呀！」

正說著，在他的後方也槍聲大作，第二道河渡口的伏擊跟著發動了，那是曾士雄的中隊，正痛擊李部的第五大隊；在同時，更西邊的第一道河口，張宜川的中隊也發動伏擊，開火猛撲李部的第十一隊，鄒龍和樊傑衝打李部的尾巴，驚惶無措的第十二大隊。這麼一來，李嘯天所部，無形中便截成四段，前面的向後奔，後面的向前逃，亂擠亂撞亂開槍，不久之後，就已亂成一鍋爛粥，根本失去建制，分不清誰是誰了。

天色還沒到黃昏，從另一個渡口渡過的鄒棠大隊，就全數投入戰場，一面勇猛踹陣，一面兜捕散潰的僞軍，人常說：兵敗如山倒，一點兒也不誇浮，李嘯天部的五、六千人，被驚天動地的猝然伏擊所震撼，片刻之間就失去原有的戰力，只有一簇簇、一團團，奪路奔逃的份兒了。位在李部右後方五華里遠的日軍炮兵，聽到前面槍聲密集，但完全弄不清究竟發生了怎樣的情況，雖然布妥炮位，但不敢盲目開炮，所以當李部崩潰四竄時，日軍炮火並沒幫上他一點忙。

李嘯天本人乘馬，由他的警衛連護著，奪路朝北竄逃，亂兵也像洪水般的，哪兒有缺口就靠哪兒奔，嘩嘩啦啦跟下來一、兩千人，由於他們斜奔向鬼子的炮陣地，鬼子不知道是僞軍，便下令發炮轟擊，打得那些潰兵喊爹叫媽，直嚷著：這回真他娘遇著「鬼」了！

李嘯天發現不對頭，詛罵日軍也沒用啦，只有撥轉馬頭向西北續奔，鄒棠所部的機槍，正好橫掃著他們。天黑後，李嘯天發現已經脫離了追擊，立時停頓下來，收容潰兵，拐腿斷胳膊的、連槍也扔掉的、輕傷包紮的、一彈沒發的、嚇成癡呆的，數算數算，總也有一個大隊以上，但槍枝損失十分嚴重，他在集合訓話時，跺腳大罵說：

「我把你們這批呆豬、笨驢、酒囊、飯桶、膿包貨色，恨不得一腳踹死，我他娘還想靠你們當師長呢？我他娘連旅長也沒指望了，我拿你們還有什麼辦法?!就算跑嘛，也不能金命水命不要命，連一根槍也扔掉？這跟扔掉吃飯的傢伙有啥兩樣呢？」罵著，罵著，手朝腰眼一摸，便停住了口，因爲他插在腰上的白朗寧手槍，居然也丟掉啦。

「報告團長，如今咱們怎辦？」

「那還怎辦，」李嘯天嘆說：「只有拉到灌雲去投靠太田，看他怎麼發落了。」

日軍的炮隊，原是春日轄下的一部，他們沒料到李嘯天所部崩潰得如此快速，正等著進一步的戰況，好作充分的炮火支援呢，天一黑，潰兵便已湧到了，哀求日軍收容他們，炮兵隊長基於本身的安全理由，不允許他們接近，令他們向北橫過陣地，繞至日軍側翼去整頓，然後，

他又下令向遠方開炮，想發揮一點鎮壓作用，但錢風所組的敢死隊，已經和潰兵銜接著猛衝過來。

日軍的火力仍然很強，雙方鏖戰到天亮，炮兵陣地被突破，錢風終於擄獲了兩門小鋼炮，還俘虜了七個鬼子炮兵。

當地聞名的灌西大捷就是這麼打的，這一火，粉碎了太田的如意算盤。李嘯天的殘部退至縣城南關，負傷的就有一百好幾，有的被子彈穿透後腦，頂掉一隻眼球，有的在奔跑時被子彈打中腳掌，從腳背穿出，叫喊的聲音傳遍半條街，太田惱火非常，不准李部進城，要他們收容整補之後，開回沭陽的原駐地去。李部在城南駐紮三天，把敗兵編成五個大隊，先行開拔，但卻把那些輕重傷患，全部扔棄在當地不管了。

擔任北路伏擊的夏歪團、葛敘五、曹聚能大隊，倒是平安無事，他們並沒遇著鄒龍的大隊，只在夜來時，有零星的小接觸，雙方開火不久，對方就立行撤退，明顯判斷出對方只是擾襲，他們當時扼守要點，不敢輕易拉動，等拿到太田的命令撤回縣城，這才知道李嘯天的部隊業已被游擊隊打垮了。

李嘯天退走後，夏歪把腦筋動到那些被遺棄的傷患頭中，著令蔡老晃趕去挑揀，把那些輕傷的挑出來，編成一個傷兵隊，蔡老晃不以爲然，夏歪卻說：

「嗨，好歹充充人頭嘛，這年頭，抓兵都抓不著呢！」

經過灌西一戰之後，夏歪所部的僞軍士氣低落到極點，他們窩在鬼子翅膀底下，輕易不敢出縣城，偶爾出去催逼糧草，也都如臨大敵，一旦發現風吹草動，便都嚇成驚窩的兔子，只有拔腳飛奔的份兒。

他們分別駐紮在東關和南關，簡陋的民房，臨時建造的碉堡裏，一天兩餐，一稀一乾，睡的是秫楷鋪成的草鋪，軍衣破舊，生滿臭蟲蝨子，大多數人都生了疥瘡，有人前沒人後抓抓撈撈的，一到夜晚，就生火烤疥瘡，抓得渾身都是膿和血。三操兩點只是意思賬，各隊的弟兄都圍在鋪上聚賭，爲幾文小錢爭吵，有些人賭輸了，把軍帽壓在臉上，悒鬱的唱著淒涼的小曲兒，有一首叫十二月彈梅的，在隊上十分流行……那正月裏，正月正，當兵之人受苦情，二月裏，龍抬頭，當兵之人淚雙流……唱著彷彿是在哭著，蔡老晃感嘆說：

「真是喪氣呀，連當初幹土字號的那點兒精氣神，全都教這些發霉的曲兒唱散啦。」

儘管做了官的蔡老晃沒有那麼喪氣，卻也有他自己的愁煩，當年跟著丁紅鼻子闖蕩，各股頭目轉眼分散了，其中半數已做了鬼，自己拉到縣城來投靠夏歪，可說是一錯再錯，前頭沒路好走啦。傍晚時分，一頭栽進小酒鋪，弄一碟鹽水花生、幾樣小菜，喝悶酒喝得東搖西晃，由馬弁扶回大隊部，夜裏常做亂夢，夢著自己被游擊隊捉去砍頭，那不是錢風、羅駝子嗎？原先都是一夥的，怎麼豎眉瞪眼，全沒情分了呢？

跟夏歪幹事，真是替大老爺抬轎子，跑腿出力有你的，好處卻輪不到你，夏歪憑他那張能把死人說活的嘴，在太田面前討好賣乖，住的是小公館，吃的是雞鴨魚肉，團裏的經費一把抓，經常到麗香園子聽姑娘們吹彈拉唱，自己這個大隊長官差一級，還不如團長老爺身邊聽差的，這算哪一門子？

夏歪是個老混家，他手下的士氣低落，他是早就明白的，大勢如此，他也沒什麼辦法，他的一個團，原以蘇老虎部爲主力的，想趁著蘇部朝外拓展，再把蔡老晃推出去，因爲和鬼子部隊同在一個槽頭搶食，絕不是辦法，必得要占據鄉鎭，包攬稅收，多設關卡，才能藉各項名目斂錢，誰知蘇老虎像是紙紮的，一戳就破了相，去掉他那個大隊，自己就像患了半身不遂，只靠蔡老晃這個大隊墊底兒了，蔡部如今軍心不穩，他只在暗底下著急，卻不願把焦急的神色寫在臉上。

一天夜晚，他召蔡老晃到麗香園子去喝酒，兩人窩在密室裏談天，夏歪挑明了說：

「老晃，我知道你們對我有閒話，我對你們也有些抱怨，大家礙著臉面，全在肚裏悶著，這樣弄久了，更會貌合神離，不如你我當面講明白，也爽氣些兒，怎樣？有話你儘管講好了。」

「夏大爺，您甭這麼說，」蔡老晃說：「咱們跑來投奔您，是信得過您，只是目前局面打不開，一乾一稀，半饑半飽的熬日子，弟兄們都很萎靡是真的。」

「局面打不開，也不能全怪在我頭上啊，」夏歪說：「你們靠我，我靠鬼子，如今鬼子也窩囊，你全看得見的，太田連他心愛的馬都教別人騎去了，我能憑一桿鴉片煙槍上陣？……倒過來說，你們有人有槍在手上，得要靠你們自己闖蕩啊，鬼子並沒拘住你們，不准下鄉啦。」

「嘿，下鄉？憑我這點本錢？」蔡老晃苦笑起來：「我的夏大爺，咱們比李嘯天如何？他的十二個大隊拉下去，和對方一碰，就損失一大半，蘇老虎的人槍實力強過我多多，在新安鎮教人給踹散了板，片甲無回，我敢單獨下鄉嗎？除非您夏大爺身先士卒，咱們陪著您，那就沒有話說，要不然，我不跑，我手下弟兄全會開差蹓號，我說的可全是實話啊！」

「不錯，」夏歪說：「說來說去，都是鄒龍那夥人害的，他們連鬼子的炮都奪，怎會把咱們放在眼下？你甭看我這當團長的，整天吃呀喝的神氣，我在檯面上當狗熊，哪是滋味，若不是我這狗熊這邊團那邊哄的兜著鬼子玩兒，你們連一乾一稀怕還混不到嘴呢！這話我只能對你講，跟底下人講不開口，遇有不明內情的抱怨我，你應該替我圓一圓啊。」

夏歪這套軟功，是蔡老晃學不會的，只要經他這一講，好像他住小公館，他吃喝玩樂都是天經地義的了，非但如此，他還倒打對方一耙說：

「老晃，你真該好生整頓你的隊伍了，成天唱小曲兒、賭小錢，唉聲嘆氣窮抱怨，鬼子不是瞎子啊！」

夏歪拿話穩住蔡老晃，其實心裏另有新的盤算，他召兵募勇的事從沒停過，他要培養出自己的人，逐漸擺脫他對蔡老晃的依賴，這幫土匪投過來的傢伙，全都是靠不住的，只能拿他們權充踏腳石罷了。

他相信，時局總是在變化著的，他是這牌局上的賭徒，在沒有下桌前，總要冒險，不甘心輕易變成輸家，鄒龍、錢風那些人，只是眼下手風順，他得縮頭忍著點，攫到適當的機會發狠，不怕撈不回老本。

私話談完了上席，和田伯滿、余小貓子一夥人不疼不癢的打哈哈，田伯滿倒是挺樂觀，他認爲中國從北到南，所有重要的大都會，全已落入日軍的控制，重要的交通線，也都逐步打通，南京汪政府業已站住腳，日後不會有大問題。

「就拿江蘇來說罷，中央的勢力只有幾個縣，他們等於裝在口袋裏，背後是共軍，前面是和平軍，只要鬼子得空抽緊袋口，他們想跑都沒路可跑。」田伯滿說：「至於鄒龍他們，在日軍眼裏，只是零星的小股，甭看他們眼下神氣，早晚會被收拾掉的。」

世上事，常有些莫名其妙的巧合，也就在田伯滿說話的那天夜晚，雲家渡有了戰事，共軍利用黑夜，划了不少小舢板，對駐紮堆頭的鄒棠大隊施行偷襲，經過錢風和鄒龍兩個大隊的及時支援，打到天亮，把來犯的共軍截住打退了，但總指揮部被焚，擔任代理總指揮的鄒棠，卻被燒死在火窟裏，這是一種意外的挫折，事先根本想不到的。

鄒棠落葬後，代理總指揮的擔子，幾經推讓，最後仍由年事較長的錢風接下來了，錢風兩眼紅濕的抓緊鄒龍的手說：

「好兄弟，我是被你從匪穴裏拉拔出來，你對我實在有再造之恩，你這樣一再的推讓我領軍，想來實是汗顏，我哪樣比得過你呢？」

「老大，您快甭這麼說，」鄒龍說：「我年輕血氣旺，是個道地的拚命三郎，從沒打算活過明天，帶兵，你有細心穩厚的一面，讓嚴道生接鄒大隊，你指揮起來也很靈便啊。」

錢風接掌這支游擊隊的兵符，下令爲鄒棠戴孝，並且籌劃向共軍反擊，討回失去的公道。這一年的秋季，游擊隊集中全部兵力，向東進逼，和共軍開火對陣，把縣境東邊暫時廓清，但也蒙受了不少的傷亡，使鄒龍奇怪的是，抵擋他們，都只是土共，並沒遇上共軍主力。

「這種跡象很不尋常啊，」他對錢風和嚴道生說：「我估量他們是把兵力集中到南邊去了，他們主要是在對付八十九軍和江蘇省府，如果我判斷不錯的話，那邊很快就要有更大的戰事啦。」

事實上，鄒龍的估量絲毫不錯，從冬季開始，共軍對位於淮東區的省府外圍，經常作試探性的攻擊，安豐、曹店都有了激烈的戰事，每過十朝半月，他們就會趁夜來犯，而且一來就是幾個團。

這時候，位於運河線上的日軍，也在明顯的增兵調動了，到了卅二年春季，他們一共集中了兩個旅團，加上一個炮兵聯隊，不下四萬之眾，對國軍八十九軍的防地，和省府所在地的鳳谷村，進行了大規模的全面攻擊。

這場戰鬥打得激烈而艱苦，因爲國軍處於四面被困的態勢，無法向西突進，又無法向東撤退，只有堅守原陣地，和優勢炮火的日軍抵死周旋，三月十三、十四兩天，日夜的鏖戰不休，日軍猛攻車橋、馬廠；安豐、曹店一帶，也都有了戰事，當日軍長驅而入，投入戰場之際，守軍的聯絡大多被切斷。局部地區被日軍包圍了，但各保安旅又從外圍掩至，形成反包圍，裏三層外三層的，形成敵我交雜狀態，重炮的轟擊，震動數十里地面，輕重機槍一直沒停過，殺喊聲和號角聲此起彼落，彼此都在踹陣衝殺，由於天氣極不穩定，地形十分複雜，日軍飛機助戰的效果減小，日軍的輕型鐵甲車無法靈活的運動。因此，在初期猛烈攻擊中，日軍吃足苦頭，付出相當慘重的代價。

入夜後，戰鬥依然持續著，各保安旅分成小股，向日軍施行逆襲，滿天都是子彈爆炸的閃光，卅三師據守的車橋，陣地蝕成鋸齒，但弟兄們死守不退，陣地前的敵屍累累，血跡斑斑，總計在一千具以上；一一七師朝北轉進，據守鳳谷，維護省府的安全，戰鬥也非常激烈，經過兩天兩夜的鏖戰，國軍兩個旅長負重傷，人員槍枝損失頗大，日軍業已陣歿三千人以上，但攻勢仍沒停頓的跡象，很明顯的可以看出，日軍本次作戰，準備了相當的時日，作戰的主旨，在於粉碎國軍敵後基地，一舉擊潰八十九軍，消滅保安部隊，以解除運河線側方的威脅。

三月十六日，日軍又投入兩個聯隊的生力軍，加上汪偽軍一師，在低窪的河流沼澤區，持續展開血肉紛飛的混戰，日軍的死傷已累達五千人以上。國軍由於械彈不足，長官下令趁夜搶過運河封鎖線，向西突圍，保安各旅，多數的建制已被打散，保三、保五兩旅，仍在省府西側苦戰未休，保七旅實力堅強，在硬漢王旅長統率之下，軍紀嚴明，素有鐵旅之稱，這支部隊一直擔任守護省府的重任。

戰鬥持續到十八日的凌晨，保七旅在日軍追擊下，護著主席邊戰邊退，經漣水退向泗陽，由於他們行動迅速，終於能在其他部隊拚命掩護之下脫離戰場，戴聖公、汪二爺、宋老爹他們，也都在省府單位裏，隨同保七旅退了出來。

省府轉進後，留在淮東袋形地區內的各部隊仍然一群一撮的向日軍反撲，不計一切犧牲作殊死戰，尤其是保安部隊，他們拚命作戰，使國軍兩師一旅，能夠衝破日方的封鎖線，回到津浦路西，歸入中央的戰鬥序列裏去。這使得日軍無法脫離原戰場，去追擊遠颺的保七旅，他們使用水上艇隊，配合陸路的搜索隊，日夜清掃戰場，坑殺殘兵，饒是如此，很多保安旅的小股部隊，還是分別潛離了，回到戰地之外的其他縣分，利用廣大農村的掩護停留下來，重新集結整頓。

這時候，共軍羅炳輝、黃克誠、粟裕的隊伍乘機北移，一路追擊保七旅，不讓這支部隊突圍到津浦路西去，當他們向東掩進時，灌沭地區的錢風，就不得不豁命攔阻了。錢風召集嚴道生、鄒龍詳作計議，若以雲家渡地區游擊隊的實力去抵抗共軍，無異是以卵擊石，根本不成比例，但情勢逼人，這一仗非打不可。

「這不單是保七旅的問題，」錢風說：「這關乎省府能否存在，絕不能看共軍乘機攫獲暴利，跟在鬼子後面耀武揚威。」

「咱們會同韓司令，擋住西線，讓保七旅有時間轉進。」嚴道生說：「雙方聯合，兵力運用上會更靈活些。」

「這和打李嘯天不同。」鄒龍說：「共軍正規部隊，在裝備上比咱們略強，重要的是他們很能熬火，彈藥的情況也比咱們充足得多，如果按照常法，布陣決戰，咱們難有勝算；咱們的本錢，只夠玩這一回啊。」

「面對十倍的共軍，咱們真的還能握住勝券嗎？」錢風鬱鬱的說：「戰事迫在眉睫，咱們沒時間再找韓司令他們商量啦。」

「看樣子，咱們只有走險棋了！」鄒龍說：「共軍要追擊保七旅，必得要先攻韓部，不等他們合圍，老大就帶著兩個大隊，從共軍薄弱之處硬攻。共軍的側翼一定會旋轉，反襲你的側背；當他們旋迴之際，我自率本部五個中隊，把他們擊散。共軍只要一翼先潰，咱們就有生機，不敢說大勝，至少保七旅轉進的威脅就減除啦。」

「讓韓部獨當共軍的初期猛攻，他們能撐得住嗎？」嚴道生說：「這一點是最要緊的，要不然，咱們這兩大隊，就等於肉包子塞進狗嘴，有去無回啦。」

「這就是險棋啦。」鄒龍說：「韓司令是老謀深算的人，他手下的幹部，也都精明幹練，對共軍那一套非常熟悉，他們能在佃湖地區，和共軍相持這麼久，絕不是偶然的，我相信他們能挺得住。」

「這一火能和共軍扯平，損失再重都算有代價了。」錢風說：「人只要把生死兩字看得開，旁的還有什麼好計較的呢？」

在雲家渡的老屋子裏，空氣是陰冷悶塞的，燭火伸著穩定的焰舌，朝樑頂上吐著煙，彷彿在敘述著一些故事。這個地方，是錢風和鄒龍最熟悉的；因爲開會的地方，正是當年總瓢把子丁紅鼻子的內室，也是鄒龍伸槍打死丁紅鼻子的地方。太多的回憶積在心上。鄒龍並不介意這些，只是略有些抑鬱和感傷，早先活動在這屋裏的人，有的死了，有的失蹤了，時間雖不很久，但滄桑變幻太大了，自己雖還活著，卻兩度在土共槍口下幾乎喪命，如今算是三度爲人啦，但局勢愈來愈艱困，隨時都要浴血踹陣朝前闖，今天料不定明天，在這種亂世，做人真難啦。

「這當口，我倒想起一宗該辦的的事來了！」鄒龍說：「咱們拉出打這一仗，可說是生死未卜，留下巧姐和素姐兩個怎麼辦呢？我總得要把她們安頓妥當啊。」

「對，」錢風說：「二絡頭是條漢子，丁二嬸又是那麼正直，他們的閨女，咱們理應妥善照顧的。」

「巧姐對你情深意重。」嚴道生說：「你兩次負傷，她都親自照料，你早就應該娶她的。」

「嗨，」鄒龍沉沉的嘆了一口氣說：「我並不是木石心腸的人，她對待我點點滴滴的恩情，都留在我的心上，我是一個隨時都準備赴死的人，怎能坑害人家，讓她爲我守寡？看光景，我只能把她們託給曹麗娘，由她設法爲她們安頓了。」

當雲家渡的游擊部隊準備行動時，共軍已經撲向韓司令的防地，雙方接上了火，鄒龍去找巧姐和素姐，把親筆信交給她們，要她們去縣城，誰知兩個都不肯去。

「鄒大哥，我不願替你添麻煩。」巧姐淚光瑩瑩的說：「我姊妹倆商量過，願意留在這兒，等你們回來，真要有什麼想不到的變化，我們也會照顧自己的。」

「你們最好把這封信留著。」鄒龍說：「曹麗娘算得是個奇女子，有她幫助你們，我就更

放心啦。」

雲家渡雖然沒有戰事，但隔河的槍炮聲隱約可聞，錢風所率的兩個大隊，已經完成準備，陸續渡河了，鄒龍面對著丁家兩姐妹，也有著生離死別的預感。當天夜晚，他坐在一張草圖前面，靜靜的想著這一戰，河南岸是荒涼的，一片河溪散布的平野，有著樹林、灌木和村落，韓的司令部傍著一條河，是借用臨河的一座廟宇，工事經營上費過苦心，火網交叉，相互支援都屬良好，共軍想搶渡那條河攻擊韓部，定會有大量傷亡，但位在河西岸的土共，尤其是莫大妮子所部，地形熟悉，她定會占據北側的一處小渡口，接應共軍主力渡河，從北面側背壓迫韓部，錢風的兩個大隊，正是針對這批渡河的共軍，從背後抄襲他們，重新奪回渡口，減除韓部側方的威脅，然後合兵對付正面來犯之敵，如果初期打得順，三官廟和雲家渡兩處基地，暫時就能保全得住了。

事實上，共軍一共出動六個團全力朝西撲，正面和側面，同時朝韓部猛撲，打得出乎意料的激烈，他們擁有迫擊炮，把韓部外圍據點毀掉很多，接戰第三天上午，錢風就動用俘獲日軍的兩門鋼炮，專門轟打渡口，先把渡船轟沉，阻止後續的共軍渡河。

游擊隊裏，並沒有受過炮兵訓練的人手，鋼炮放射的準確度不高，但它所帶來的震懾性的效果，卻是連錢風也沒料到的；因爲共軍不以爲游擊隊會擁有鋼炮，一聲鋼炮響，他們都以爲是日軍攻過來了。共軍指揮員認爲日軍既來攻打韓部，自己便下令停止攻擊，靜觀其變，他這攻擊一停頓，給了韓部喘息整頓的時間，而且他們已經過了河的一個團，失去渡船，無法及時撤回去，這當口，錢風和嚴道生的兩個大隊，業已撲上來咬住了他們。

雙方都在曠野上，只有靠草溝、沙塹、灌木叢和花生田的掩護，進行激戰和踹殺，韓部聽到北面援軍到了，韓司令也著令范傑領著一支隊伍，衝出去夾擊。戰事打至傍晚，共軍潰散了，沿著河西岸朝北方竄逃，而鄒龍的五個中隊的生力軍，正好投進戰場，連衝帶打，讓共軍渡河的部隊，幾乎被消滅了大半。

經過初期戰鬥的挫折，共軍隔河整頓態勢，韓部與錢部業已會師，沿河布防，並且扼住了數處渡口，鄒龍部的兩個中隊，在陳家屯子圍住了土共莫大妮子，繼續的攻打，打了一整天，土匪頭目莫大妮子舉槍自殺，結束了她短暫的一生，殘眾扯白巾出降，她的這支隊伍，緊接蘇老虎之後，被全部肅清了。

饒是如此，共軍並沒放棄攻撲的計畫，當他們發覺日軍並沒直接介入時，他們便已結筏，打算強渡，擊潰韓錢兩部，向西突進，去追逐西行的保七旅。攻勢停頓後的第二天下午，共軍再行發動渡河，和錢風所部再起纏戰，打到天黑，共軍完成數處搶渡，向內突進，雙方在花生田裏拚手榴彈、對刺刀，打得難分難解；共軍的人數多，一波接一波的渡河投入戰鬥，錢風和嚴道生各領著手下，捨死苦鬥，嚴道生首先陣亡，錢風也負了重傷，他們的部隊死傷慘重，但都還在離河岸三里之內的戰線上死守著。鄒龍帶人打了三次衝鋒，才把共軍逼退到河岸一線，但韓部被圍在核心，鄒部實已無力單獨解圍了。

「不管怎樣，咱們要擋住他們！」裹傷躺在擔架上的錢風說：「我寧願死在這兒，也不能讓他們得逞！」

第十六章 蒼茫大地

就全國的戰爭情況而言，這只是地方性的小規模戰鬥，但慘烈的情況，不亞於人的戰役，爲了掩護韓部突圍，錢風所指揮的兩個大隊，全部被共軍吞噬了，鄒龍所部，也傷亡過半，在子彈即將耗光的情形下，被迫北撤。共軍並沒分兵追擊他們，逕從新打開的缺口朝西湧過去，他們要會兵追擊的最大目標，就是擔任省府護衛部隊的保七旅。

在春雨綿綿的季節裏，這支經過淮東激戰的部隊，一面轉進一面整備，沿路的僞軍懾於鐵旅的威名，都龜縮著不敢攔阻，任它在泗陽地區停頓下來，準備糧食，補充人員，有許多中央的小股游擊隊，都自願投效進去，接受改編，白面書生型的王旅長告訴他們，一定要提高警覺，一直要等到越過津浦鐵路的日軍封鎖線，才會抵達安全地區，在這之前，隨時都會有特殊情況發生。

聽說保七旅暫時屯駐泗陽，鄒龍把所部縮編成一個大隊下轄三個中隊，分別由趙保仁、張宜川、樊傑率領，章富專任副大隊長，曾士雄調任大隊附，他打算利用夜晚轉進，趕往保七旅駐地去投效，但這一回，他的計畫沒能成功，土共兩個大隊追著他打，沭陽的日僞部隊，也橫

著展開攔截，他被逼回竄雲家渡，舉火焚燒了周家瓦房，夤夜引軍竄向西北，重新占據了老鄒莊。

「我真沒想到，局勢會變得這樣惡劣！」他對屬下的幾個說：「從戴大爺起兵抗日，熬到如今，前後也有四、五年，情勢起起落落，總還有立足之地，前不久，在雲家渡出兵截擊李嘯天，咱們還獲全勝，轉眼之間，卻讓共軍衝打得羽毛零落，錢風和嚴道生他們都已陣歿，韓司令所部，突圍西引，在這一帶，只賸下咱們最後一股人了，鬼子偽軍橫在前面，土共逼在背後，咱們究竟還能撐多久？誰也不敢說啦。」

「旁的咱們並不愁。」章富說：「但子彈耗光卻是最嚴重的事，如今咱們每枝槍，最多釘上三、五發槍火，只要一開戰，立即就會耗光，有槍沒彈，這個仗朝後怎麼打呢?!……上回咱們俘獲一些鬼子的槍火，他們六五型的子彈，合不上七九型的槍枝啊！」

「搜集彈殼，設法改裝啊。」鄒龍說：「要緊的是那裏面的火藥，任何槍枝全能用的。鬼子六五火的彈頭，加鉛再鑄，一樣管用呢。」

「這只是時間的問題，」樊傑說：「咱們嚴重缺少槍火的情況，要是透露出去，土共會立即攻撲過來，他們絕對不會給咱們時間的。」

「其實不用害怕。」鄒龍說：「土共槍枝破舊，缺火的情形，和咱們也差不多，必要的時刻，請曹麗娘幫忙，從偽軍手裏弄槍火，也不是辦不到的事，只是讓她擔一份風險罷了。」

「要是去縣城，我去最方便了。」坐在一邊的巧姐說：「情勢變成這樣，我們姐妹總不能乾坐在這兒不盡力呀。」

「也好，」鄒龍想了一想說：「總是在危急的時辰煩勞你們，真是慚愧。你們到城裏，見著曹姑娘，不妨把這兒的情形詳細跟她說一說，弄槍火，越快越好，情勢的變化非常快，誰也沒把握料定明天會怎樣呢。」

鄒龍大隊回占老鄒莊，那裏的四周都已是土共的勢力範圍，鄒龍督率部下，連夜趕工，加強四周的防禦設施，當地的群眾也主動跑來協助，送糧送草，給與他們給養，由於鄒大隊過去的戰績，土共摸不清虛實，居然不敢貿然發動攻擊。丁家姐妹去了縣城：不到六七天，就已有了回應，一群糧販子為鄒大隊帶來了千發左右的彈殼，說那是有人向偽軍收購的廢品，買回來鑄銅用的。

章富在附近找來銅匠和錫匠，研究怎樣改製新的七九槍火，他們發覺，連日軍六五型子彈，也能熔掉另行鑄模，把它們翻製成七九型槍火，高爐可以自行裝設，但須得使用鋼炭。

在槍火翻製改製的同時，曹麗娘居然買到廿箱彈藥，託糧販偷運了過來，這使得鄒龍大喜過望，有了這些救命的槍火，使他自信還能在危境中站得住，至少暫時不會有問題了。

這樣熬到五月上旬，他意外的收編到一撥人槍，那是拉到鄰縣的股匪陸小濱的殘部，陸小濱被日軍打死了，土共追擊他們要繳掉他們的槍械，陸的副手劉古佛聽說鄒大隊回到老鄒莊，就把人槍帶過來投降，請求改編，鄒龍檢點他們，人有一百多個，槍有七十多桿，彈藥十分充足，當時他就這撥人編成第四中隊，調大隊附曾士雄兼任中隊長，任命劉古佛做曾的副手，加

緊整訓，把劉所呈繳的四十多箱子彈，平均配給各中隊。

五月中，曹麗娘託人運第一撥槍械過來，那是七枝半新的捷克式步槍、一挺加拿大輕機槍，她同時帶來口信，一是保七旅已經轉至洪澤湖北岸地區，即將朝西越過省界，開到安徽去，準備俟機衝過鐵路線，一是駐紮縣城的蔡老晃那營僞軍，軍心不穩，可以勸降他們，合力抗共。

「誰能去說降蔡老晃呢？」新投來的劉古佛說：「我跟蔡老晃老家相距不遠，小時一道長大的，這傢伙膽氣不大，又沒腦筋，他投奔夏歪，一定被夏歪耍弄，能拉他出屯城外，不必讓他立即換番號，只要能暗中投效，對咱們也有好處啊。」

「就抗日的立場，我並不同意這樣做。」鄒龍說：「但要是利用蔡部，讓咱們率隊追上保七旅，正如古人所謂：兵不厭詐，還是可行的，不過，我得在適當時刻，把話和蔡老晃說清楚，再怎樣，我也不願拿他做蠟。」

劉古佛去說蔡老晃，倒是說成了，但鄒龍和保七旅連絡的想法卻落了空，遠地傳來消息，保七旅在皖省東部的陳家道口地區，被共軍發動當地農民群眾兜住，大送慰勞，幾個鄉紳在寨裏設宴，力請王旅長赴宴，宴會時伏兵突出狙擊，把那位抗日的鐵漢擊斃了！保七旅退守陳家道口，共軍聚眾萬餘人，推來七門小炮，對這支孤軍圍襲，前後激戰七晝夜，鐵絲網外共軍的屍體，積有五、六尺高，那一戰，共軍被擊斃於陣前的，有好幾千人，最後，保七旅第十三團向南突圍，第十四團向西突圍，共軍阻攔不住，第十三團的去向不明，第十四團據說已到達淮陰北鄉，和韓司令的部隊會合了。

因為距離遙遠，陳家道口戰鬥的經過，人言人殊，各有不同的說法，但共軍計誘王旅長入寨狙殺，然後又以重兵圍攻陳家道口，企圖掃蕩殲滅這支隊伍，卻是不爭的事實，但七晝夜圍攻的結果，共軍損失慘重，保七旅的兩個完整的團，都衝出了重圍，王冠宇團屯在五河，馬紹南團屯在淮陰，另有張彥南大隊，馬德霖、莊鴻年中隊，也都奪路奔出，全旅損失輕微，只是各團分散，限於環境，無法再行會合，同時喪失了他們最敬愛的王旅長，那個以十八桿步槍起家，屢挫日軍的游擊英雄，最後竟死在共軍手裏，這是一般人都未曾想到的。

「嗯，他們對待王旅長的手法，不是跟對待你差不多麼？」章富對鄒龍說：「笑著臉打暗槍，挾持人質逼人開門，半夜打你黑槍，都是這種玩法啊。」

「誰捨命抗日，誰最得人緣，共軍就會把你當成剷除的對象。」樊傑也彷彿悟出其中的道理來，直著喉嚨吼叫說：「他們這是什麼狗屎道理，我真的弄不懂了。」

「這有什麼難懂的呢？」鄒龍抑住激動，很平靜的說：「他們做暗事、行詭道，正人君子不除，他們騙不了眾多腦瓜簡單的人，說穿了，就是這麼一回事啊！」

也許共軍硬吞保七旅，啃蹦了門牙，當年秋季，他們並沒進犯老鄒莊鄒龍的駐地，只是把這支孤軍軟軟的困著，除了縣城的鬼子偽軍外，四鄉也都換成了土共的地盤，在這段日子裏，鄒龍經常挑燈夜讀，用古書陶冶自己，激勵自己。老鄒莊是他生長的地方，故宅幾經火劫，修修補補，勉強還保持著當年的影廓，上一代人，在這幾年中，也都紛紛辭世了，抬頭遠眺，野地啣天，在感覺裏，妖煙四騰，黑雲滾滾，看不見一線光亮，就算日後鬼子打退了，共軍這些妖魔，也夠纏的，按照鄉野現實，你不能不承認，他們裹脅民眾，確有另一套功夫，欺哄民眾，也是一等一的好手，要不然，怎麼會像滾雪球一樣，越滾越大呢。在這種紛紛亂世，也許正如古話所說：道高一尺魔高一丈。是一種反常的現象罷。

和共軍不斷擴充相比，窩在縣城的鬼子卻是氣勢全消了，鬼子的高級司令部，把駐屯各縣的鬼子頭目不加調動，但總是把他們轄下的部隊調走，再用新撥補的士兵來填補，這樣一來，太田所率領的，不再是經過嚴格訓練的老兵，而是些年輕體弱的補充兵，其中有很多是高麗籍的，上面責成他實施訓練，等到完成訓練後，再行調赴前方，由另一批新兵來替代。

「我怎麼去掃蕩鄉區呢？」太田對左右訴苦說：「我是駐屯軍的指揮官，不是新兵訓練官呀。」

這一時期所有給養，都以前方第一，駐屯軍的伙食不斷下降，僅僅比僞軍略佳而已。日軍僅有的兩套制服開始打補靪，皮鞋也綻了線，變成鱷魚嘴，裝備維持老樣子，撥補的槍炮都是陳舊的，爲了維持日軍傳統的武士道精神，太田不得不親自監督那些新兵勤練戰技，經常舉行戰鬥演習，尤其是劈刺術，他自己下場做示範動作，但他這幾年養尊處優，早已長出一身肥油，渾身肌肉也鬆弛不堪，玩不上幾下子，就喘氣八啦，兩腿發軟，嘴上沒說，心底卻暗自浮出一個「老」字來了。

日支相互提攜，同創大東亞共榮圈，這些宣傳性的論調也唱過去了，戰爭像是一片廣闊的泥沼，日軍越陷越深，毫無結束的可能，太田想到這些，只能自個兒搖頭苦笑；要他怎樣跟上級去稟告呢？單是本地的一支游擊隊，一些破爛的裝備，區區幾百個人頭，就和自己的駐屯軍周旋了四、五年，雙方接戰多次，加加減減，也只打了個平手，直到如今，鄒龍那股人還屯紮在東南的老鄒莊，攤開地圖來看，這兒早就被認定爲日軍占領區了，事實上，日軍所占的，只是一座縣城而已，這算什麼占領啊?!

他常想到北海道他的家鄉，經常冰封的溪谷和縱走的嶺脈，童年生活雖較清苦，但仍安逸無憂，自從踏入支那，那一切都被擠落到身後，感覺上很遙遠了，戰爭一天不結束，他就無望重回故鄉，這種苦味，停留在他舌尖上，永遠無法對部屬去吐訴，身爲一個指揮官，他只能挺起胸脯，機械而麻木的發號施令，用一些連自己也不相信的話訓勉士兵，那不是謊言又是什麼？

眼前這段日子，他常接受夏歪、田伯滿他們的邀請，到麗香園子去吃酒聽戲打發時間，園子裏特別禮聘了一個老琴師，兼教姑娘們唱京戲，夏歪他們只是會哼兩段的，也都湊合在內，把那兒當成臨時的票房，時間久了，太田居然也學會唱幾句黑頭，覺得滿有點學問的，他和麗香園子的女主人曹麗娘，十分談得來，在談笑之間，他常流露出對支那文化的羨慕之意；就拿喝酒來說罷，太田非常讚賞支那土釀的大麴，他覺得飲大麴要比飲日本的「月桂冠」、「澤之鶴」過癮得多，尤其當仰頸乾杯之際，一股灼痛食道的熱流，彷彿一柄利刃，從喉管直劃下去，簡直像挑胸剖腹，使人覺得鬱悶盡除，有一種近乎「切腹」的快感，真是大大的好。

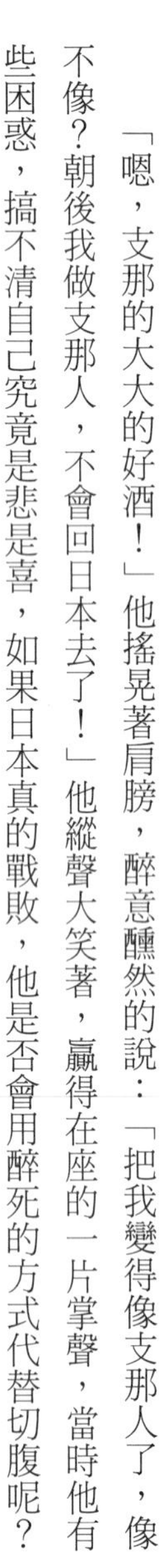

「嗯，支那的大大的好酒！」他搖晃著肩膀，醉意醺然的說：「把我變得像支那人了，像不像？朝後我做支那人，不會回日本去了！」他縱聲大笑著，贏得在座的一片掌聲，當時他有些困惑，搞不清自己究竟是悲是喜，如果日本真的戰敗，他是否會用醉死的方式代替切腹呢？感覺中，他真的很難活著回到日本去啦。

二天酒醒後，他又深悔孟浪，不停的自責，自覺愧對大日本天皇陛下。是否是入侵支那的長時期戰爭，把他的意志消磨殆盡了？

鄒龍透過曹麗娘，把縣城中日僞的情況，做了一番掌握，他計算出：日僞軍在各方面，都已到了水乾魚盡的地步，而盤踞四鄉的共軍，在數量上雖不斷增加，但訓練和裝備上也都不足，目前他的這個大隊，擠在當中，應該算最危險也最安全的時刻，重要的關鍵，全在於本身是否防範周嚴，千萬不能讓對方有可乘之機。

「鬼子目前的情況是江河日下，沒有什麼能力來攻撲咱們了。」他說：「但共軍始終不會放過咱們的。他們早晚會結集兵力，來犯老鄒莊的，咱們等著打這一仗。」

「蔡老晃那邊，業已說妥了。」章富說：「是否讓他拉出來，進駐新安呢？」

「也好。」鄒龍說：「雖說他那股人槍，實力極爲有限，但共軍攻撲老鄒莊時，蔡部和咱們成犄角之勢，側面總多一層掩護啊。」

當年冬天，蔡老晃大隊終於拉出縣城，進駐新安鎮了，夏歪爲這事大爲高興，還在太田面前邀功，認爲他的僞軍有相當實力，要不然怎能安駐鄉鎮，實際上，蔡老晃早已反正，只在表面上沒有立時摘番號而已。

卅三年底，共軍終於結集了四個團和三個地方大隊，對老鄒莊發動一次毀滅性的攻撲，鄒大隊早有準備，抵死頑抗，前後打了三天三夜，蔡老晃集合部隊，從右翼剷入，和共軍奮戰使全軍陣歿，鄒部的第一、第二兩個中隊，也犧牲殆盡，第三中隊長樊傑，身邊只有七個侍衛，冒死護著大隊長鄒龍，在黑夜裏突圍他去，共軍在第二天發動全面搜捕，竟然找不到鄒龍，這當口，他們早已快馬西馳，越縣抵達沭陽鄉下，接受民眾的保護了。

「要不是子彈耗光，老鄒莊還能多守三、五天的。」渾身浴血的鄒龍說：「咱們業已和共軍交手多次，他們並沒有什麼厲害之處，只是仗著人多勢眾，這回他們拔掉老鄒莊的據點，我的大隊固然損失慘重，但算算總帳，他們的損失，該在咱們兩倍以上，他們並沒賺到什麼。」

「大隊長，您業已盡力啦。」樊傑說：「他們用十倍以上的兵力圍擊咱們，咱們就算個個都生得有三頭六臂，也被烈火熬紅啦！可惜章副大隊長、士雄、宜川、保仁他們全都戰死，古佛下落不明，這一火，把咱們的老本耗盡，朝後不容易再起啦。」

「這不要緊，」鄒龍紅著眼，捏緊拳頭說：「只要咱們有口氣在，還是會拚下去的，俗話說：留得青山在，哪怕沒柴燒？這四鄉反共的百姓多得很，打不打得贏他們是另一回事，捨死力抗到底總是真的！我寧願和大夥一道，把骨骸埋在家鄉，也絕不信服他們騙人的邪道。」

在當時，附近各鄉區，幾乎所有隸屬中央的游擊武力，都被共軍用零敲麥芽糖的方式吞噬掉了，唯有鄒龍這個大隊兵強馬壯，一直撐持到最後，逼使共軍不得不大張旗鼓，不計代價的

硬劊，才把老鄒莊拔掉，事後卻發現鄒龍、樊傑和劉古佛等人趁夜走脫了，使他們覺得作戰不夠徹底，在地毯式的搜索沒有結果之後，他們連開了三次檢討會，檢討了作戰不力的人員。

爲了活捉鄒龍，扒皮抽筋，共軍在鄉野各處張貼了告示，沿途的關卡，也注意著可疑的客商行旅，但鄒龍卻像謎一般的隱沒了。

卅四年秋季，是蘇北共軍發展的高潮，日本在原子彈的鎮壓下，宣布無條件投降，八年的長期抗戰終獲勝利，人們還來不及大肆慶祝，共軍就已經集結重兵，對蘇北各個縣城，分別作掠奪性的攻撲；當時，日軍已經解除了武裝，中央訓令各地僞軍，聽取接收人員的命令，堅守防地，等待中央接收大軍接防。當國軍空運京滬，尚未渡江北上之前，共軍就已經對許多縣城，展開大規模的攻擊，每一縣城被攻破之後，他們就捉住中央先遣人員和僞軍首領加以屠殺，夏歪、田伯滿之輩，都死在共軍手裏。

共軍在當年冬季，一直攻到興、泰和邵伯一線，和駐紮揚州的國軍對峙，在當時，蘇北共軍的實力，包括各地民兵，總計超過四十七萬人，但他們在攻城掠地極爲順手之際，韓司令和鄒龍——他們視爲要犯的人物，卻始終沒能抓到，這當口，鄒龍已潛至鎮江，在大西路和韓司令見了面。

「共軍罵咱們是極端頑固分子，非要剝掉咱們的皮才甘心。」韓司令說：「咱們頑固嗎？頑固在什麼地方呢?!五經四書多讀了一點，對中華文化多一點認識，如果說這就該死，我死也不會服氣的。」

「我正在動員鄉親，籌組還鄉團，」鄒龍說：「早晚要跟著國軍打回去的，我知道這場仗很難打，但生死我已經不在乎了，對共黨那一套，我從沒信服過。」

卅六年的春天，鄒龍跟隨在整編七十四師的後面，出六合，經天長，從側面擊破共軍在興、泰前線的防守，穿過淮陰，斜攻漣水縣城，當時防守漣水的，是共軍三野正規部隊，大約一個縱隊外加獨立單位，合計總兵力達五萬人，他們的防禦工事甚爲強固，尤其在運河北岸，修築了許多隱密的機關槍巢，射口接近水線，國軍其他部隊，曾經作過多次進攻，但都受阻於運河，當整七十四師開到了之後，各軍首長集會，討論漣水縣城的攻略，張師長對當地形勢，做了通盤的研判，認爲先開炮轟擊防守要點，把共軍的瞭望哨轟毀掉，使他們在防守上變成盲者，然後以猛烈炮火，摧毀設於河岸下方近水處的槍巢，同時施放煙幕彈作爲進攻的掩護，運河的河面並不太寬，敵前硬行搶渡，成功的機會很大。

共軍據守的制高點，是城內的一座寶塔，其他部隊也曾開炮轟擊，但放射多發，都未能準確命中，共軍設在塔頂的瞭望哨，能對城南城西窪野的形勢一覽無遺，國軍一有集結行動，他們會隨時通告河北岸的守備；張師長經過親自觀測，下令他的炮兵試射三發，第三發就已直接命中，把塔頂削去了半邊。

「現在，替我開炮猛射，把塔下寺廟裏的共軍轟炮。」張師長說：「他們的指揮部一定設在那裏，指揮部一亂，咱們便乘勢進攻。」

猛烈炮擊先對城中寺院施行，逐漸轉移到運河北岸，經過兩個時辰，煙幕彈張起霧騰騰的

白網，七十四師的一個團擔任主攻，前後只花了六個小時，就已經搶渡完成，並且掃清北岸的殘軍。

這座古安東縣城的失守，使共軍屏障東海岸腹地的企圖成爲泡影，他們不分日夜的狼狽北竄，希望早一點進入魯南山區。跟隨在正規部隊的鄒龍所部，發展得頗爲迅速，他們收繳土共的武器彈藥，自行編裝，對來不及撤離的土共機構，進行突擊，在不到一個月的時間裏，他們就重回家鄉，總計灌沭地區全面陷入共軍之手不過一年，但家鄉已是面目全非，很多較大的村落，青壯人口被裹脅殆盡，樹木全被砍伐，磚牆瓦屋都被拆光，若干鬥爭會場還存在著，甚至血腥的鬥爭標語仍張掛在那兒，那些場地上流了多少血、死了多少人，卻多得無法以數計了。

「國軍還是動得太慢。」鄒龍說：「如果他們能事先安排大部隊，橫列在隴海線上，截擊三野北竄的殘部，就利用灌沭平原包圍殲滅他們的話，三野被完全消滅，也極有可能的；如今雖說只慢了一步，他們卻有半數以上進入魯南，日後的麻煩可大了。」

國軍駐軍的戴師長，並不重視鄒龍的看法，他對這些跟隨國軍進入收復地區的還鄉團，抱有相當的成見，劃定他們的駐地，不許他們涉及地方行政，認爲鄒龍年輕識淺，根本不配侈談軍事問題，駐軍長官的態度如此，鄒龍也就不願多說什麼了。

他在縣城會合了樊傑和劉古佛，商議著發展地方武力，在必要時協同國軍作戰。

「我不能把戴將軍個人的觀念，和國家情勢混爲一談。」鄒龍說：「咱們最熟悉地方情形，重建一支隊伍保衛家鄉，是咱們分內的事，這裏如今早已有百孔千瘡，經不得他們再加蹂躪了。」

在亂世裏死過很多回，鄒龍看上去十分沉鬱，比他實際年齡要蒼老了許多，滿臉鬍髭沒有刮，顯得青蒼蒼的，不論什麼時刻，他懷裏的手槍和腰眼的匣槍，都保持子彈上膛的狀態，只是撥上保險而已。這次回到縣城，他的感慨極深，因爲日軍駐紮時，他曾領著弟兄，在這裏多次拚鬥過，他的好兄弟張逢時，就在這裏丟的命，一場大亂，麗香園子被毀了，曹麗娘和巧姐、素姐也去向不明，失去了音訊，他也已託人四處打聽她們的下落，但仍然沒有結果。他身邊除了樊傑和劉古佛兩個舊屬之外，當年的友好弟兄，都已死傷殆盡了，夜晚他舉杯獨酌，會不經意的喃喃念出一些名字：錢風、鄒棠、嚴道生、章富、趙保仁、張宜川……這些人的音容笑貌、一舉一動，都彷彿仍在眼前，但他知道，他們早已隨風而逝，永不會重回了。

他策馬去過老鄒莊，他童年生長的地方，偌大的莊院，大部分地塌土平，只留下一些殘磚碎瓦，當年聚居的族人也都流落他方，一時難以聯絡啦。

「憑一村一地，是擋不住魔劫的，」鄒龍對陪伴他下鄉來的樊傑說：「但當年匪患初起時，這裏的人，也曾拚命保護過這片莊院，亂世人真活得艱難啊。」

「亂世讓人心都變薄了，」樊傑也感慨的說：「收復地區，離安居樂業的日子，看來還遠得很呢。」

「上面有意解散還鄉團，另立保安建制，」鄒龍說：「說來這是應該的，咱們如今原本是民眾，拿不到任令，就管不了地方上的事，你看見我的家窩，就是這個樣子，我只能暫時寄居

縣城啦。」

他們回到縣城，才知道新縣長到任了，而新縣長正是當年的副總指揮汪二爺，有人跑來說：「鄒大隊長，您可回來啦，縣長正在到處找你吶。」

「汪二爺是長輩，我該立即去看望他的。」

鄒龍跑去縣政府，果然見到了汪二爺，他的頭髮已經全白，精神卻顯得更矍鑠了。

「我說，老姪台，你我在這裏重逢，真像一場夢啊。」汪二爺拍著鄒龍的肩膀，兩眼噙淚說：「總指揮、宋老爹都已辭世了，我僥倖逃過大劫，在皖北待了半年，轉道去了大後方，直至還鄉後，才聽說你還活著，你爲家鄉拚到最後，真是難得喲！」

「大勢是那個樣，晚輩只是盡人事罷了。」鄒龍說：「如今共軍只是暫退，焉知他們不會捲土重來？我這是向你請纓求職來的，還鄉團一解散，我是平民，戴將軍不會讓我招兵買馬的。」

「這不要緊，」汪二爺說：「我已經向戴將軍稟告過，這就委任你擔任保安一大隊的大隊長，兵要你去募集，槍械彈藥由縣府提撥，你覺得怎樣？」

「成！」鄒龍爽快說：「我用還鄉團的人做底子，即行招募，我相信，四鄉抗共的人多得很，不日就可以足額成軍啦。」

鄒龍終於又拉起劫後的地方團隊來，四方望風投效的青壯很多，經他一再挑選，仍然超編爲五個中隊，他領得的槍械，大多爲捷克式和中正式步槍，捷克式和加拿大機槍，雖說半新半舊，但要比昔年裝備強得多，同時，他保留了相當數量的匣槍和手槍，他認爲保安部隊和專打陣地戰的正規部隊不同，打機遇戰時，短槍在使用上要靈便很多。

他選任了樊傑、郭濟仁、劉古佛、金耀昆、汪保山爲中隊長，自請將部隊移駐城外鄉鎮，加緊各項操練，一面擔任靖鄉的任務，他的部隊成軍不久，便恢復了當年的威勢，行動剽疾如風，灌沭地區的百姓，仍以鄒大隊稱呼他們，表示對這位年輕悍將的尊敬。

當時國軍重兵追剿共軍進入魯中魯南，也收復了若干平原地區的重鎮，但共軍盤踞廣大的山區，三野的殘軍和二野部隊會合，在深山狹谷佈防，又形成對峙的狀態。大軍經過時，一度銷聲匿跡的蘇北土共，不久便死灰復燃，仍在各偏遠鄉區活動著，駐守灌沭的國軍兵力有限，很少出城，鄒大隊成了少數能縱橫四鄉的隊伍。

「當時我實在看輕了鄒大隊長啦。」戴將軍事後才對汪二爺說：「我沒想到，一個從沒接受過正規軍事教育的年輕人，竟這樣的有膽識，能在短短時間，把部隊訓練成這個樣子，他們的戰力，不下於正規軍一團啊。」

「您不瞭解，他是在生死陣上滾大的，」汪二爺說：「土匪、日軍、僞軍、共軍，他都和他們對過陣，您聽說過身中四、五槍不死的人麼？」

汪二爺說起鄒龍當年的事跡，直把將軍驚呆了，他沒想到鄉野上竟有這樣不世的豪雄，簡直就是現世的楚項羽，無怪鄒大隊開到哪裏，哪裏的百姓就覺得安穩了。

當年的秋季，汪二爺意外的找到了被共軍脅迫到魯南，又乘機奔回來的巧姐，經她的述

說：曹麗娘在大亂中回到南方去了，她和素姐趕回丁家灘，落到共軍手裏，編進婦救會的紡織隊，共軍潰退時，脅迫她們隨軍奔行，擔任照護傷患和協助牽牲口工作，不久她便和素姐分開了，她是趁夜落隊，先奔至魯中的萊蕪，再經新泰、蒙陰，一路逃回來的，提到鄒龍，她就兩眼紅紅的哭了起來。

「你放心罷，你的鄒大哥還活著呢。」汪二爺說：「如今，他仍然領著鄒大隊，你很快就會見著他的。」

汪二爺下令召鄒龍回縣城，並沒說明原因，鄒龍還一頭霧水，急急奔回來，等見到了巧姐，這才明白箇中的緣由，汪二爺看著他們倆，感慨系之，以長輩的身分說：

「你們兩個，都歷經大劫難沒死，丁紅鼻子你大伯，當年害死過鄒家兩代，鄒龍報親仇，也曾潛身匪窟，打掉了丁紅鼻子，仇怨都扯直了。你爹後來了悟前非，散了匪股，拉槍抗日，也算是英風烈烈，盡贖當年罪過，你對鄒老姪一片心，老姪你也該明白，如今我願做這個媒，讓你們成個家，老姪台該不會反對罷？」

「棠叔在世，也跟我提過，」鄒龍說：「我欠巧姐欠得也太多了，哪敢說個『不』字呢？只是當時情勢孤絕，今天保不了明天，一個隨時準備赴死的人，怎敢再拖累她?!貓有九條命，我業已去了八條啦。」

「再甭朝下講了。」汪二爺說：「難道人逢亂世，就該斷子絕孫?!你就用最後一條命，配她大難不死的半條命罷，我請戴將軍親自替你倆證婚，我也夠資格替你倆主婚啊。」

這是一次隆重又風光的婚禮，鄒龍認爲是做夢撿來的；巧姐像她母親丁二孀，有著刻苦耐勞鄉下人的秉性，也有著粗爽堅毅的性格！這些年來，他從沒戀愛過，只是在雲家渡時，欲報親仇的夜晚，對出身風塵的水包皮動過愛憐，水包皮甘冒風險，入城開設麗香園子，幫助他太多，那種淡淡的情愫，早已昇華了，如今他能娶得巧姐，歷經曲折，總也算是天緣罷。

「說來也真可憐，巧姐。」在洞房裏，他才解下兩枝槍，壓在粧台上說：「這些年來，我的日子都是懷著兩枝槍過的，如今家鄉雖然暫時收復了，卻不算真正的太平年。說真的，我根本沒打算娶你，共黨他們是不會放過我的，但願你能先明白這個。」

「我也說真的。」巧姐握住他的手說：「我早就願意嫁給你，爲你生個後代，做夫妻的日子，是長是短我並不在乎，誰敢說在這種亂世留命活百年？好歹我早就認啦！」

「嗯，要是我們有了孩子，等於又多了一條命了。」鄒龍兩眼放光說：「就算我倒下，你倒下，咱們還有傳人呢！」

「明天的事先擱著罷，難得你有一個不帶槍的夜晚啦。」巧姐臉頰泛著紅潮說，一面輕輕捻暗了煤燈。

「報告大隊長！」就在這當口，有人喘息著大聲喊起報告來，鄒龍聽出是傳令小張。

「有情況麼？」他說，一面又順手拎起槍帶。

「在河套那邊，樊中隊和土共接上火啦！」小張說：「據說打得很猛呢。」

「替我備馬，傳令警衛班，跟我一道出動！」他說。

他在暗暗的燈光下匆匆離去時，吻了一下巧姐——他的新娘的額頭。

「你也該想到的，這就是我的日子。」他幽幽吁了口氣，就大踏步的走出去了。

在馬匹的嘶鳴和馬蹄潑響聲中，巧姐噙著淚，抓住粉紅水綾的被面，一直顫抖的捏得很緊、很緊。

黑夜初臨，離天亮真還遠著吶。

她這樣愣愣的想著。

第十七章　最後一戰

戰爭像瘋癲的秋雨，一會兒在南，一會兒轉北，胡亂的飄灑著，由於魯南山區進剿不利，一度陷入頽敗的共軍勢力，又形猖獗起來。共軍三野的一部，約有三個縱隊的兵力，在卅七年春季，越過隴海路東線，重新進入蘇北，他們一方面策應共軍在陜、豫、魯各地的作戰，一方面企圖重占東海岸地區，在當時，東北九省的戰局轉緊，中央屢運重兵出關，華北、華中各地戰火沸騰，形成長期的拉鋸，論戰爭之激烈、戰區之廣大，較諸抗戰猶有過之，共軍由於在抗戰勝利前夕，搶著攻城掠地，接收了日軍大批的武器彈藥，更羈留日軍專業士官兵作爲教練，使他們的炮兵也經常出現在戰場上，有些炮兵連隊，很多炮手都是日軍。

據守灌沭地區的國軍部隊，分別和共軍接火，在局部形勢暫時不利的情況下，多以縣城爲集結點，改採防禦的態勢，但鄒龍主動向部隊長建議，他願意率領他的一個大隊，拉出城打游擊，也許對共軍的牽制作用會增強一些。

「你以爲你是誰？」戴將軍叱責他說：「有時候，國軍整團整旅都被他們圍擊，傷亡慘重，你再強，也只是一個大隊，這等於是送死。」

「不錯。」鄒龍抗聲說：「這兒是我和我手下弟兄的家窩，被他整成這個樣子，我們寧死也不縮頭，保安部隊若不能替國軍分憂解勞，成立它幹什麼?您何不讓我出城去試試，我敢打賭，不會讓您失望的。」

「共軍流竄不定，只是一時的現象，沒有什麼好驚怪的，」戴將軍說：「在這種吃緊的時刻，最忌輕敵躁進，你一心想出城，那你最好朝西占領公路線上的新壩和龍苴，阻住共軍劃斷灌沭間的聯絡的企圖，需要的彈藥，我撥給你好了！」

「多謝長官的成全，」鄒龍說：「我會盡力的。」

位於灌沭地區交界的新壩和龍苴，確實是共軍南竄的要衝，如果能及時堵住這個缺口，對泗陽和兩淮地區的安危，都會產生重大的影響。鄒龍能領受這個任務，心裏覺得很安慰，他把第三、五兩個中隊駐紮在新壩，第一、二、四三個中隊防守龍苴，龍苴是一個古鎮，據傳是紀念漢代名將龍苴而得名的，兩淮也有龍苴廟，香火鼎盛，但有關龍苴本身的事跡，由於年月太過久遠，在文盲普遍的鄉野上，卻早已失傳了。

這個平原沙壤的集鎮，看上去寒傖荒冷，留有一些殘堡、斷壕，共軍曾數度占據過這裏，國軍在恢復初期，一度駐留，旋即開拔，整個集鎮的居民都已逃空，聽說鄒大隊入駐，才又陸續從四鄉回來一些，艱難的恢復生理。

鄒龍乘馬到集外的鄉野巡視過，沒見到共軍的蹤跡，但在叉路口、土阜邊、橋頭、農舍房頂，都看到土共挖掘的散兵壕和簡易掩體，以及臨時架設的瞭望哨，這些看似作廢的設施，他們隨時竄達，都可以立即使用的。

「著令弟兄們，盡量把這些玩意兒毀掉。」他交代跟隨他出巡的第一中隊長樊傑說。

「看不出共軍有大部隊開來的跡象啊。」樊傑說：「四處都沒有動靜呢。」

「這很難講，共軍行動一向迅速，今天還在兩百里外，明天傍午，就會來到眼前，咱們正要防它這一點。」鄒龍說：「各中隊需要日夜構工，咱們以少搏眾，工事的強固為第一要緊。」

當鄒大隊長進駐龍苴的時刻，共軍三野的部隊，業已南竄蘇北達五個縱隊，並且以有力的一部攻略了鹽城。在鄒大隊的正面，盤踞著一個新編的縱隊，這個縱隊的司令員，止是當年新四軍一個團長升任的，他曾和鄒龍交過手，知道他的厲害，他告誡他的部屬說：

「先不要打龍苴，鄒龍這個頑固分子極不好惹，和他在近距離接火，絕占不著便宜；咱們先斜向西南，去攻沭陽城，留少數兵力監視他的動靜，找機會配合友軍，用炮轟他才會有效。」

當時國軍主要各軍團大軍未至，共軍業已沿海岸南下，占領鹽阜地區，對灌沭地區形成包圍態勢，據縣城國軍得到的戰訊，魯省的濰縣、冀省的臨汾都在劇戰中，上級要他們苦守待援，但共軍並沒先攻灌沭，反而先攻徐州外圍的宿遷和運河線上的泗陽；鄒龍的防地顯得十分靜謐，充滿暴風雨來臨前的沉寂。

他坐守在地堡中，經夜燃著燭火在看書。

「決戰的時刻快到了。」他對樊傑說：「這幾年來，凡是隸屬中央的地方游擊幹部，十有八九都被共幹殺光了，咱們算是少數漏脫了的，記在他們的黑名單上，你想，他們會輕易放過咱們麼？」

「不錯，咱們跟共產黨是冰炭不同爐，早就結了生死段子啦。」樊傑聳肩膀：「我要在乎生死，幹嘛回來守在這兒？有種他們就放馬過來，我跟您一樣，也等著這一刻呢。」

「不管他們有多猖獗，想硬吃咱們，絕沒那麼容易。」鄒龍說：「我倒不希望咱們真都戰死了一坑埋，活著的，還可以找機會再打，就像抗戰一樣，鬼子雖那麼兇，打了多年，也沒把咱們吃光。」

他們正在談話，第二中隊一個分隊長，匆匆的帶了兩個民眾進來報告。原來這兩個人是龍苴的住戶，他們有親戚住在北邊十七里地的牛莊，據說共軍業已開到牛莊，攜有野炮多門，士兵的幹部威逼當地村民集會，鬥爭中央的汪縣長和鄒大隊長，稱他們爲汪剝皮、鄒挖眼，用紙糊的人像，刀刺火燒……這兩個民眾說著說著，眼就紅濕了，其中一個說：

「鄒大隊長，這不公平，家鄉人都知道汪二爺是個君子，毀家紓難打鬼子，你在抗日時期，捨死忘生，渾身全是傷疤，他們顛倒黑白亂栽誣，咱們實在氣不過的。」

「不要緊。」鄒龍苦笑說：「他們栽誣了汪二爺，並沒栽誣我，我確實挖過不少人的眼珠子，但犯在我手底下的，都是奸惡邪淫之輩，若真的失諸嚴苛，老天可以報應我，說什麼也輪不著他們來報復，他們使用鬼手段，黑槍打得我肚破腸流，這本賬，我正等著和他們算呢。」

沒等鄒龍去找共幹算賬，三個土共的大隊就先找著他們來了，他們想趁著麥熟季節，穿過公路線來搶奪新糧，他們經過新壩附近，被劉古佛和汪保山兩個中隊截擊，死傷累累，土共一發火，就圍撲新壩，守龍苴的鄒龍沒仗打，親自帶領一、二兩中隊連夜出動，以猛火直襲敵背，打到二天拂曉，土共三個大隊全行崩潰，鄒大隊的幹部正因這次戰勝高興著，鄒龍卻下達了撤退新壩的命令，調回三、五兩中隊，集中兵力固守龍苴。

「打贏土共不算一回事。」他說：「早幾年，咱們一個班經常打垮他們一個大隊，但共軍的正規部隊就在後面，他們人數超過咱們十倍，我有預感，他們很快就會找上咱們了。」

整個說來，共軍用兵十分詭詐，當國軍重兵分別集結在魯中、豫南、鄂北、冀西各戰場的時刻，他們突然以十萬以上的兵力投入蘇北，對徐州形成包圍孤立的態勢，爲了排擠國軍轉進海州連雲，鄒龍這支民間武力，豪氣干雲的死守著龍苴不動。

五月上旬，共軍集中了大小火炮四十餘門，開始猛轟這個小鎮，起先，鄒大隊的官兵還以爲這是攻撲的前奏，他們等待炮擊停止後，共軍大舉進攻，但他們等待完全落空了。共軍的戰術原就是持續性的炮轟，直到把龍苴鄒部的工事全部轟毀，守軍全部消滅爲止，橫豎炮彈是從日軍倉庫搬來的，炮手也多是日軍充任的，用它來對付鄒龍這個無比頑強的傢伙，是最合適不過了。鄒部的工事修築得十分強固，當龍苴鎮街已變成一片紅毒毒的火海時，鄒大隊僅僅蒙受輕度的傷亡，他們仍然堅守著這個四面被圍的鎮市。

鄒龍利用夜晚，召集各中隊長緊急會商，樊傑報告說：「大隊長，對方業已炮轟咱們一日

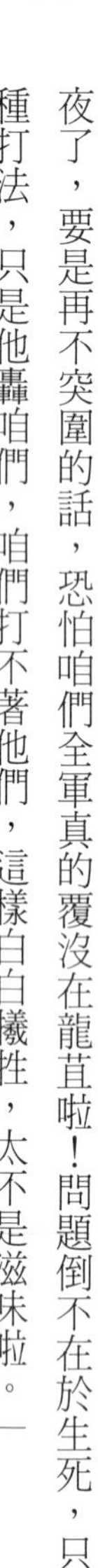

夜了，要是再不突圍的話，恐怕咱們全軍真的覆沒在龍苴啦！問題倒不在於生死，只是共軍這種打法，只是他轟咱們，咱們打不著他們，這樣白白犧牲，太不是滋味啦。」

「咱們乘夜突圍，找著他們去打。」汪保山說：「就算是死，也死得爽快些。」

「不。」鄒龍說：「跟共軍大股作戰，不能光憑血氣之勇；最後關頭，得要靜下來，仔細的計算，怎樣才能減少傷亡，殺敵致果。我的意思是：盡量保存咱們這支隊伍，日後找更適當的機會，和共軍再拚，樊隊長說要突圍，這雖是唯一的方法，但怎樣突圍才能成功，這還是要商量的。」

「依大隊長您的意思，該是如何呢？」樊傑說。

「目前共軍是布在西面北面，他們施行炮擊，也會預防咱們突圍，咱們突圍的方向是朝東北角，因爲只有奔向海州、連雲和國軍會合，才有生路。」鄒龍分析說：「咱們既是這樣想，共軍當然也會作這樣的估計，我料定他們會在東北方布兵伏擊咱們，所以說，從東北方向突圍，是一條死路。」

「不錯，」樊傑說：「出敵不意的方向，應該是朝正南方，那邊全是土共盤踞區，咱們可以繞路奔海州。」

「大致上雖是如此，」鄒龍說：「很明顯的，各隊還有許多行動不便的傷患，就眼前的形勢來看，是無法隨著大夥兒突圍的了。所以，我一再考慮，我要留下來，和傷患弟兄在一起死守龍苴，而且在你們朝南突圍的同時，我領著一部分輕傷患朝東北衝，轉移對方的注意力，也吸引他們的火力，只有這樣大冒險，才能使大隊安全的脫出圍困。」

「大隊長，您不能這樣做！」樊傑激動的說：「咱們這個大隊，所有官兵都是衝著您來的，要是大夥兒全戰死在龍苴，誰也沒話好講，留下您，讓咱們活命，這是辦不到的事。」

「讓我留下掩護大夥兒好了。」劉古佛喊說。

「土共百計千方，要找的就是我。」鄒龍說：「我活著，要弟兄們替我死，我這大隊長是怎麼幹的?!我業已決意要死在龍苴，諸位不必再勸說了……這是命令，我著令第一中隊長樊傑，率眾從南門突圍，我和傷患留守龍苴，我的警衛班留下，組織輕傷患，咱們衝北門！」

鄒大隊的官兵都知道，鄒龍下達的任何命令，都不准打絲毫的折扣，樊傑受命後，領著五個中隊悄悄的出南門，鄒龍自率警衛班和輕傷患一排出北門，這時候，共軍的炮火仍在轟擊龍苴的廢墟，他們根本沒料到鄒部竟敢向北突圍。

上弦月夜，鄒龍率眾利用地形地物的掩蔽，悄悄的爬離龍苴，郊野上多得是灌木、草溝、秋禾子和林地，共軍因爲著重於炮擊的關係，他們的部隊並沒接近，鄒龍等人行進了約莫兩里多地，不禁爲率眾突圍的樊傑慶幸，朝北原爲必死之路，看光景都略現生機，朝南突圍，更應該沒有問題啦。

「報告大隊長，繼續朝北，還是轉頭向東呢？」警衛班長小周爬過來說：「要是咱們行動夠快的話，脫出包圍的機會還是很大的。」

「脫出包圍的問題並不大。」鄒龍說：「但若想回到連雲和國軍會合，機會就太渺茫了，

你想想，咱們帶的都是傷患，夜晚摸索，不會被發現，白天在土共控制區，一步也難行動，這一去海州百多里地，哪容易通得過？——咱們又沒有隱身法啊。」

「那天亮之後怎麼辦呢？」

「找一處要點，占領陣地。」鄒龍說：「我估計他們炮擊龍苴之後，一定會派部隊上來，占據那個已成廢墟的集鎮，等他們逼近，咱們就開火伏擊，算是爲炮火轟倒的弟兄們撈本。」

「這是死戰啦。」小周說。

「不錯。」鄒龍說：「這樣才能掩護樊傑，使他們有機會率領大隊去海州、連雲，每個人只要活著，這場仗還是要打下去的，我這條命，就在龍苴賣了罷！」

龍苴北郊的最後一戰，可說是十分慘烈的，共軍的一個連，準備進占龍苴，猝不及防，被打得屍橫遍野，後續的部隊停頓下來，才發現鄒部事先占據土阜和灌木叢，他們調整炮火，猛轟那座土阜，一面派兵進撲，前後又打了一天，槍炮聲才完全沉寂。事後，他們清理戰場，發現據守土阜的只有四十多人，但鄒龍的屍首，赫然出現在一座沙坑裏，經土共幹部查證無訛，鄒龍渾身是血，腦袋也被炮彈炸裂了，兩眼圓睜著，手裏仍拎著他的快機匣槍，槍膛裏已沒有子彈了。

土共在他胸前找到一本記事冊，那裏面有韓司令贈給他的一首詩，題名爲：

楚王城被圍寄鄒龍吾弟

月照孤城夜　重圍苦戰時
睢陽甘折齒　信國數偏奇
死去原無憾　生還未可期
寄語魂斷處　莫遺世人知

土共尋獲鄒龍屍體，連夜開慶祝大會，鞭屍示懲，但當地百姓耳語，都說是龍飛入天了。

陰雲壓著天，更大的烽火仍然在綿續著，從北到南，有更多的孤城、更多的死士，以他們的鮮血，塗成時代真實的容顏，誰能以一時的成敗論英雄呢？

鄒龍死後，巧姐爲他生了個遺腹子，巧姐指著那孩子的鼻尖，對脫險的樊傑說：

「甭小看這個娃子，你們之後，就得看他的了！該反的，世人終會反的，又何止是他一個呢?!」

（全書完）

國家圖書館出版品預行編目資料

龍飛記／司馬中原著.— 初版 —
臺北市：風雲時代，2011.03
面； 公分
ISBN 978-986-146-764-1 (平裝)

857.63 100003853

龍飛記

作　　者：司馬中原
出 版 者：風雲時代出版股份有限公司
出 版 所：風雲時代出版股份有限公司
地　　址：105台北市民生東路五段178號7樓之3
風雲書網：http://www.eastbooks.com.tw
官方部落格：http://eastbooks.pixnet.net/blog
信　　箱：h7560949@ms15.hinet.net
服務專線：(02)27560949
郵撥帳號：12043291
執行主編：朱墨菲
美術編輯：芷姍

法律顧問：永然法律事務所　李永然律師
　　　　　北辰著作權事務所　蕭雄淋律師
版權授權：司馬中原
初版日期：2011年5月

ISBN：978-986-146-764-1

總 經 銷：成信文化事業股份有限公司
地　　址：台北縣新店市中正路四維巷二弄2號4樓
電　　話：(02)2219-2080

行政院新聞局局版台業字第3595號
營利事業統一編號22759935
©2011 by Storm & Stress Publishing Co.Printed in Taiwan

定 價：280元

版權所有　翻印必究

◎ 如有缺頁或裝訂錯誤，請退回本社更換